玻璃王座
THRONE OF GLASS

莎菈・J・瑪斯／著　甘鎮隴／譯
SARAH J. MAAS

謹獻給我在FictionPress的所有讀者——
感謝你們自始至終的陪伴。
銘感五內。

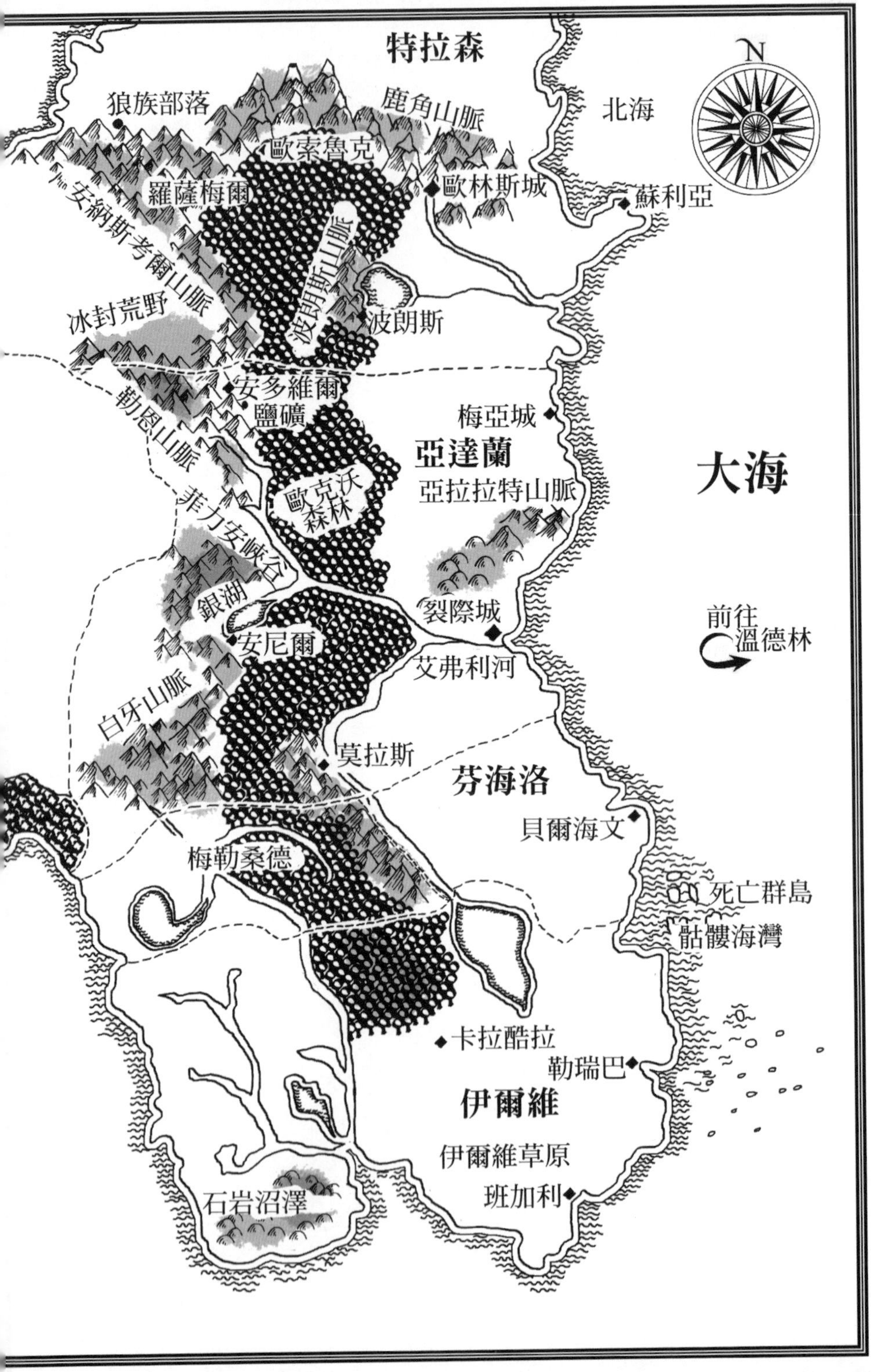

特拉森
狼族部落
鹿角山脈
北海
N
歐索魯克
羅薩梅爾
歐林斯城
蘇利亞
安納斯考爾山脈
波朗斯山脈
冰封荒野
波朗斯
安多維爾
鹽礦
梅亞城
勒恩山脈
亞達蘭
大海
歐克沃森林
亞拉拉特山脈
菲力安峽谷
銀湖
裂際城
前往溫德林
安尼爾
艾弗利河
白牙山脈
莫拉斯
芬海洛
貝爾海文
梅勒桑德
死亡群島
骷髏海灣
卡拉酷拉
勒瑞巴
伊爾維
伊爾維草原
班加利
石岩沼澤

亞瑪洛斯
冰封荒野
摩爾拉廢墟
摩爾拉叢林
西部荒野
女巫王國
荊棘崖
艾瑞利亞
帛丹諾叢林
貧瘠之地
歌唱沙地
尤爾帕
歐羅灣
赤紅
沙漠
靜默
刺客
巴爾格
綠洲
大裂隙
山卓城
諾爾
黑色沙丘
羅斯
黑沙
熔岩之流

第一章

在安多維爾鹽礦奴役一年後，瑟蕾娜・薩達錫恩早已習慣被衛兵們以枷鎖束縛、利劍指喉的嚴密押解。在往返於牢房和礦坑的路上，安多維爾上萬名奴隸大多受到相同待遇，瑟蕾娜身旁卻額外多了五、六名衛兵。身為亞達蘭王國最惡名昭彰的刺客，這也是應有待遇。但她沒料到的是，此刻身旁是一名身穿黑色兜帽披風的男子。

他揪住她的胳臂，帶她進入一棟建築物，安多維爾大多數的官員和監工都駐紮於此。兩人穿過一道道迴廊，爬上一條條樓梯，拐過不知道多少轉角，直到她根本不可能找到出去的路。

至少這就是這名男子的意圖，因為她注意到他們倆又來到幾分鐘前曾經爬過的樓梯，而且是在樓層之間不斷穿梭，儘管這棟建築的走廊和樓梯間格局跟一般建築沒多大差別。她怎麼可能這麼容易迷失方向？要不是看他這麼拚命的模樣，她或許會感覺自己的智商受辱。

兩人進入一條特別狹長的走廊，這裡一片寂靜，只聞他們倆的腳步聲。雖然揪住她手臂的這名男子高大結實，但她看不見被兜帽完全遮蔽的五官，這也是對方為了讓她困惑害怕而採取的手段，一身黑衣大概也是出於相同原因。他的頭撇向她，她燦笑以對，他又回頭看前方，加強手腕的勁道。

這種特殊待遇也算是恭維吧，她心想，雖然她**根本不知道**這到底怎麼回事，不知道這名男子為何在礦道出口等她。在山洞裡挖了一整天的岩鹽，出來看到他和六名衛兵在出口等候，這並沒有讓她心情好轉。

但一聽到他向她的監工說明身分，「鎧奧・韋斯弗——皇家侍衛隊長」，她突然感覺天空變得陰森，身後的遠山充滿壓迫感，就連兩條腿也似乎即將被大地吞噬。她已經有一段時間沒嘗過恐懼的滋味——因為她**不允許**自己這麼做。每天早上醒來，她都對自己重複這句話：我絕不畏懼。這一年來，這五個字象徵「精神崩潰」和「能屈能伸」之間的分界線，讓她不至於在漆黑礦坑中徹底放棄希望。當然，她不會讓身旁這位隊長知道這些事。

瑟蕾娜觀察對方的手套，黑皮革的色澤幾乎跟她肌膚上的泥巴相同。

她用另一手拉拉身上骯髒破爛的外袍，強忍嘆息。天沒亮就進礦坑，黃昏之後才走出礦道，她的生活可謂不見天日，一身被泥土覆蓋的肌膚其實蒼白得駭人。沒錯，她以前充滿吸引力，甚至稱得上貌美，但是——現在也不重要了，不是嗎？

兩人轉進另一條走廊，她仔細觀察這名陌生人的精美佩劍，劍柄尾端的劍首閃閃發光，造型彷彿一隻展翅騰飛的鷹隼。注意到她的目光，男子戴手套的手向下移，放在金色劍首上。她的嘴角又勾起一抹微笑。

「你離裂際城有點遠啊，隊長。」她清清喉嚨。「我稍早聽到一支軍隊在四處咚咚踏步，你是跟他們一起來的吧？」她窺視他兜帽底下的黑影，但什麼都看不到，儘管如此，她能感覺到對方的目光停留在她臉上、對她細細打量，她也回應對方的視線。皇家侍衛隊長會是個有趣的對手，或許值得她稍微認真對付。

過了一會兒，男子終於抬起枕於劍柄的手，佩劍隨即被垂下的披風遮蔽。趁布料擺動的瞬間，她得以窺見繡於他外袍的雙足翼龍金紋，那是皇家印記。

「亞達蘭的軍隊又與妳何干？」他回應。聽到跟她自己相似的口氣——語氣冰冷、口齒清晰——這感覺真好，就算他是個討人厭的莽夫！

「的確無關。」她聳個肩。他不悅得咬牙低吼。

嗯，如果能看到他血濺這片大理石地板，感覺應該不錯。她的情緒曾經失控過——就那麼一次，負責看管她的第一位監工用錯誤的方式把她逼得太緊。她還記得把鋤頭劈進他身軀裡的感覺，他的鮮血黏在她的雙手和臉上。她能在一瞬間讓身旁兩名衛兵繳械，這位隊長的下場能否比那名倒楣的監工幸運？考慮種種可能性的同時，她又朝他咧嘴笑。

「別用那種眼神看我。」他警告，手又移向劍柄，瑟蕾娜收起竊笑。兩人經過一排木門，她幾分鐘前才看過這些門。如果她想逃，只需在下一條走廊左轉，然後奔下三層樓。他們打算利用繞路的方式讓她迷失方向，反而只是讓她更熟悉這棟建築的內部。一堆白痴。

「我們到底要去哪？」她以甜美的口氣問道，撥開臉上一縷黯淡無光的頭髮。看他默不作聲，她繃緊下顎。

走廊之間的回音太過響亮，如果對他出手，就會驚動整棟樓的人。她沒看到他把鐐銬鑰匙藏在哪，而除了身上的枷鎖，跟在後面的六名衛兵也會是個麻煩。

一行人進入一條掛有幾座鐵質吊燈的走廊。牆面一排排窗戶透露外頭已經被黑夜籠罩，盞盞燈籠綻放耀眼火光，幾乎抹滅所有陰影。

中庭傳來聲響，她聽得出是其他奴隸正慢慢走回木屋宿舍。他們因痛楚而發出的呻吟聲與鐵鍊敲擊聲交織和鳴，跟在挖礦時唱了一整天的陰鬱小曲一樣令人熟悉，偶爾還能聽見鞭笞聲的獨奏傳來，加入這首殘酷的交響樂，由亞達蘭王國最惡劣的罪犯、最貧窮的公民以及最近期的戰俘所譜寫。

雖然有些囚犯是因為被控「使用魔法」這個罪名而被囚禁於此——他們其實**根本沒這種能**

耐，畢竟魔法早已在這個王國絕跡——但是這些日子以來，被關進安多維爾的幾乎都是反抗分子，大多來自「伊爾維」——還在勉強對抗亞達蘭王國的少數幾個國家之一。但當她不斷向他們探聽情報時，他們大多只是以茫然眼神回瞪，顯然已喪失鬥志。想到他們在亞達蘭軍隊的蹂躪下受過多少苦難，她不禁顫抖。她有時心想，或許死亡對他們來說才是解脫。如果她在遭到背叛而被捕的那晚能一死了之，或許那才是更幸運的下場。

一行人繼續前進時，她暗自盤算其他事情。她終於要被送上絞刑臺？這令她腸胃糾結。她的確重要得應該由皇家侍衛隊長親自處決，但他們又為何要先帶她來這裡？

一行人終於停步，面前是一扇由紅色與金色玻璃組成的雙面大門，厚得讓她無法窺視其後景象。韋斯弗隊長朝門旁的兩名衛兵撇個頭，他們以手中的長矛擊地，致敬行禮。

隊長加強手腕的勁道，令她感到痛楚。他把瑟蕾娜拉近，但她反抗他的力量，彷彿鉛製的雙腳定在原地。「妳寧可待在礦坑？」他的口氣帶有一絲莞爾。

「如果跟我說清楚這到底怎麼回事，或許我就不會這麼抗拒。」

「妳很快就會知道。」聽到這話，她的掌心冒汗。沒錯，她死定了，該來的總是會來。

大門戛然開啟，裡面是王座間，一座葡萄藤狀的水晶燈幾乎占據整片天花板，鑽石般的點點火光映在對側牆面的玻璃窗上。跟那排窗戶外頭的悲慘景象相比，這裡的奢華彷彿往她臉上賞了一記耳光，讓她知道自己的辛苦勞役為他們帶來多少財富。

「進來。」侍衛隊長低吼道，推她進去之後終於放手。蹣跚的瑟蕾娜試著站直身子時，布滿繭皮的雙腳在光滑的地板一滑。她回頭一望，發現又多出六名衛兵。

她現在被十四名侍衛包圍，每個人的黑色制服胸前都繡上皇家徽章，這些人是皇室家族的貼身保鑣：冷酷無情、動如雷霆，打從出生就接受訓練，為了保護主子和消滅敵人而戰。她緊張得用力吞嚥口水。

瑟蕾娜面對這個房間，感覺頭昏眼花、渾身沉重。一名英俊的年輕男子坐在華麗的紅木王座上。每個人向他屈膝的同時，瑟蕾娜的心臟停止跳動。

那人正是亞達蘭王國的王儲。

第二章

「殿下。」隊長開口，從跪姿站直身子，摘下兜帽，露出栗色平頭。兜帽的用意絕對是為了在押解時以神祕感讓她感覺遭受威脅而屈服，儘管這種方法對**她**根本無效。她雖然感到惱火，但還是因為看到他的臉龐而眨眨眼。他好年輕！

鎧奧．韋斯弗隊長雖然不算極為英俊，但她不禁覺得他的粗獷臉龐和清澈金棕眼眸頗具魅力。她歪著頭，此刻覺得自己實在髒兮兮。

「就是她？」亞達蘭王儲開口。瑟蕾娜立刻轉頭，看到身旁的隊長點頭。兩名男子盯著她，等她行屈膝禮。看到她依然站得直挺挺，鎧奧不安的挪挪身子。王子瞥他一眼，下巴稍微抬得更高。

向他下跪？休想！如果橫豎都得走上絞刑臺，她**絕不會**把生命的最後幾分鐘拿來卑躬屈膝。

她身後響起如雷步伐，某人揪住她的脖子。瑟蕾娜只來得及一瞥對方的緋紅臉頰和沙棕色鬍鬚，隨即便被摔在冰冷的大理石地板上。她的臉龐被痛楚貫穿，眼冒金星，雙臂疼痛，關節因為雙手被綁而偏位。雖然她試圖強忍，但還是痛得掉淚。

「這才是拜見未來國王該有的態度。」一名面色紅潤的男子朝瑟蕾娜斥責。

淪為階下囚的刺客咬牙嘶吼，扭頭怒瞪跪在一旁的混球：他的體型幾乎跟她的監工一樣魁梧，身上的橘紅衣物跟稀疏的頭髮同樣色澤。他加強在她脖子上的施力，一雙黑曜石般的眼眸閃閃發光。只要她的右臂能挪動幾吋，就能把他摔倒，趁機奪取他的佩劍……她的手銬陷進腹部，臉龐因為怒氣沸騰而赤紅。

經過漫長一刻，王儲開口：「我不太明白你為何強逼別人下跪，畢竟這種動作是為了表示忠誠和敬意。」他以深感無聊的口吻說道。

瑟蕾娜試著偷瞄王子一眼，但腦袋被往下壓，只能看到一雙黑皮靴踩在白地板上。

「你顯然很尊敬我，帕林頓公爵，但強逼**瑟蕾娜‧薩達錫恩**接受同樣看法，這麼做實在沒必要。你我都很清楚，她對我的皇室家族不懷一絲愛戴。所以，或許你的用意只是想給她一個下馬威。」他停頓。她很確定他的目光停在她臉上。「但我認為她受的屈辱已經夠多了。」他又停頓片刻，然後問道：「你不是和安多維爾的財務官有約？我可不希望你遲到，畢竟你大老遠跑來就是為了見他。」

這名施虐者知道王子是在暗示自己退下，因此悶哼一聲，鬆開她的頸子。瑟蕾娜把臉頰從大理石地板抬起，但沒站起身，直到他起身離去。如果哪天真能順利脫逃，或許她會去找這位帕林頓公爵，好好感謝他今天的熱情款待。

起身時，她看到身上的砂礫在原本無瑕的地板留下汙痕，加上枷鎖撞擊聲在肅靜的房間迴響，她不禁皺眉。然而，打從「刺客之王」在一條冰河岸邊發現只剩半條命的她，把她帶回要塞，她從八歲起就為了成為暗殺者而接受訓練。她絕不容忍受辱的滋味，尤其是因為自己渾身骯髒。她重拾尊嚴，把長長的髮辮撥到身後，抬起頭，目光對上王子的視線。

鐸里昂‧赫威亞德朝她微笑，這是個散發宮廷魅力的完美笑容。他慵懶的坐在王座上，一手撐下巴，金冠在柔光中微微閃爍。他的黑色緊身衣胸前被金色的雙足翼龍皇家紋章徹底占據，紅色披風優雅的籠罩身軀和王座。

但他的眼睛有些特別，格外的藍——彷彿那些南國海岸——與一頭鴉羽般的黑髮形成鮮明對比，這令她一愣。他俊美得令人窒息，年齡也絕不可能超過二十歲。

王子怎麼可以這麼帥！他們應該是又蠢又笨又噁心的鼻涕蟲！但這一位……他……身為皇室成員又英俊瀟灑，老天真不公平。

她挪挪身子，被他皺著眉頭仔細打量。「我不是叫你先帶她去清理乾淨？」他對韋斯弗隊長開口，對方走上前。她忘了還有其他人在場。她低頭看看自己，衣衫襤褸、渾身髒汙，不禁因為強烈的恥辱感而心痛。對她這位原本美麗的女孩來說，這種窘境簡直是悲劇！

如果只是瞥她一眼，一般人大概會以為她的眼睛是藍色或灰色，甚至綠色，端看她的衣服顏色造成什麼樣的視覺影響，但是細看之下，眼睛最迷人的部分其實是瞳孔周圍的一圈閃耀金邊。最吸引旁人目光的其實是她的金髮，目前尚保留一絲往日榮耀。簡單來說，瑟蕾娜・薩達錫恩被賜予幾項吸引人的特點，補償了其他方面的平庸。而且，進入青春期之後沒多久，她就學到化妝術可以化平庸為神奇。

但現在，站在鐸里昂・赫威亞德面前，她的魅力值沒比臭水溝的老鼠好多少！韋斯弗隊長開口時，她的表情放暖。「我不想讓殿下等太久。」

鎧奧朝她伸手時，王儲搖搖頭。「先別急著帶她去洗澡，我看得出她的潛質。」王子挺直身子，注意力依然集中於瑟蕾娜。「我們倆似乎還沒正式引見呢。不過呢，妳大概已經知道，我是鐸里昂・赫威亞德，亞達蘭王儲——雖然快成為艾瑞利亞全地的王儲了。」

艾瑞利亞，這塊大陸之名。她無視這個名詞所喚醒的苦悶心情。

「而**妳**是瑟蕾娜・薩達錫恩，亞達蘭王國最強大的刺客，或許也稱得上天下第一。」他打量她緊繃的身軀，揚起修剪整齊的濃眉。「妳看起來有點年輕啊。」他身子向前傾，兩隻手肘擱在大腿上。「我聽說過妳一些令人著迷的事蹟。妳以前在裂際城過得那麼奢華舒適，現在對安多維爾的生活感覺如何啊？」

自大的混蛋。

「我可是如魚得水呢。」她輕哼道，用力把鋸齒狀的指甲掐進掌心。

「過了一年，看來妳勉強還算活著。不知道妳是怎麼辦到的？我聽說待在這些礦坑裡的囚犯，平均壽命頂多一個月。」

「我也認為這是個難解之謎。」她眨眨眼，調整手銬，彷彿這是一雙蕾絲手套。

王儲轉頭看隊長。「她這個人倒是伶牙俐齒啊，不是嗎？而且她說話的方式跟那些暴民不同。」

「當然不一樣！」瑟蕾娜插嘴。

「『殿下』。」鎧奧・韋斯弗朝她怒罵。

「啥？」瑟蕾娜問道。

「妳得尊稱他為『殿下』。」

瑟蕾娜給他一個嘲諷的微笑，然後把注意力移回王子身上。

令她驚訝的是，鐸里昂・赫威亞德居然哈哈大笑。「妳**知道**妳現在是個奴隸吧？妳在這裡受刑卻什麼都沒學到？」

要不是因為被上手銬，她鐵定會以交叉雙臂的不耐煩姿態面對他。「我看不出在礦坑幹活除了精通鋤頭之外還能學到什麼。」

「妳從沒試圖逃跑？」

一抹邪惡的微笑在她脣間緩緩蔓延。「一次。」

王子挑眉，轉頭看韋斯弗隊長。「我沒聽說。」

瑟蕾娜一瞥身後的鎧奧，對方向王子投以致歉的眼神。「工頭今天下午才讓我知道，以前曾經發生過**某個**事件。三個月——」

「四個月。」她插嘴糾正。

「四個月，」鎧奧說：「薩達錫恩來到這裡四個月後，曾經試圖脫逃。」

她等著聽他說下去，但他顯然已經說完。「你怎麼沒說最精采的部分啊！」她抱怨。

「還有個『最精采的部分』？」王儲開口，面露苦笑。

鎧奧瞪她一眼，接著開口。「沒有任何人能逃離此地，國王陛下要求每一名安多維爾衛兵都習得從兩百步之外射中一隻松鼠的本領，逃跑無異於自殺。」

「但妳還活著。」王子朝她開口。

想起當時回憶，瑟蕾娜臉上的微笑淡去。「沒錯。」

「當時發生什麼事？」鐸里昂問道。

她的眼神變得冰冷嚴肅。「我失去理智。」

「妳對那次的行為只有這種解釋？」韋斯弗隊長質問：「她在被捕之前殺死她的監工以及二十三名衛兵。被衛兵打昏之前，她距離圍牆**只有半吋**。」

「那又如何？」鐸里昂說。

瑟蕾娜不禁怒火中燒。「那又如何？你知道圍牆離礦坑有多遠？」王子回以冷漠一瞥，她閉上眼，誇張的嘆口氣：「從我的礦道算起，離圍牆有三百六十三呎。我有請人計算過。」

「那又如何？」鐸里昂重複這幾個字。

「韋斯弗隊長，其他試圖逃跑的奴隸頂多能跑多遠？」瑟蕾娜問道。

「三呎。」他咕噥：「跑不到三呎就會被安多維爾衛兵射殺。」

她不喜歡王儲這種沉默反應。「妳明知那是自殺。」鐸里昂終於開口，態度變得嚴肅。

或許她不該提起翻牆事件。「沒錯。」她回應。

「但他們沒當場宰了妳。」

「你爹曾下令讓我盡量活久一點——充分體驗安多維爾提供的悲慘生活。」與溫度無關的一陣寒意爬過她的周身。「我根本沒打算逃跑。」看到對方眼中的同情，她只想把他痛扁一頓。

「妳身上有很多傷痕嗎？」王子問。她只是聳個肩。

他面露微笑，走下高臺，讓氣氛瞬間改變。「轉身讓我看看妳的背。」瑟蕾娜皺眉，但還是照做。他走向她的同時，鎧奧也向她走近。「身上這麼多泥巴，我看不清楚哪些是疤痕。」王子評論道，查看暴露於衣服裂縫之間的肌膚。她沉下臉，聽到他說「而且實在臭氣沖天！」時更是氣得要命。

「沒得洗澡也沒香水噴，恐怕就沒辦法跟您一樣清新又芬芳，**殿下**。」

王儲嘖嘖兩聲，慢慢繞她一圈。鎧奧——和其他衛兵——看著這一幕，手握劍柄。他們是應該這麼做，她不用一秒就能把雙臂套過王子的腦袋，用手銬壓扁他的氣管，如果真這麼做或許也值得——光是為了看看鎧奧會有什麼表情。但是王子沒停下腳步，似乎不在意這麼靠近她有多危險。身為傳奇刺客卻沒被對方放在眼裡，或許她應該為此感到恥辱。「就我所見，」他說：「有三條大疤——大概還有幾條比較小的傷痕，沒我預料的嚴重，不過……嗯，反正可以用裙裝遮掩，我猜。」

「裙裝？」她問。他站得很近，近得讓她能看到他外衣的精細針線，而且他身上散發的不是香水味，而是馬匹和鐵器。

鐸里昂咧嘴笑道：「妳的眼睛真是特別！而且看看妳氣得冒煙的模樣！」

亞達蘭王儲就在她的鎖喉範圍內，就是這傢伙的老子判她來這裡被慢慢折磨至死。她的自制力搖搖晃晃，彷彿在懸崖邊跳舞。

「給我說清楚——」她剛開口，就被隊長以碎脊力道往後扯、遠離王子。「我沒打算殺他啦，你這蠢蛋。」

「說話給我小心點，否則我立刻把妳丟回礦坑。」棕眸隊長警告。

「噢，我不認為你會這麼做。」

「妳憑什麼這麼認為？」鎧奧答道。

鐸里昂大步走回高臺，在王座坐下，藍寶石眼眸閃閃發光。

她來回看王子和隊長，挺起肩膀。

「你顯然對我有某種目的，而且重要得讓你必須親自走一趟。我可不是笨蛋，雖然笨到被抓，但我看得出你這趟是祕密行程，否則你又何必離開主城、長途跋涉來到這裡？你剛剛一直在試探我的身心狀況，關於這點嘛……我知道我還沒發瘋，還沒精神崩潰，雖然發生過那次翻牆事件。所以我要求你說清楚，既然沒打算把我送上絞刑臺，那你到底來這做什麼？對我有何目的？」

兩名男子交換視線。鐸里昂兩手指尖輕觸合十，開口道：「我對妳有個提議。」

她的胸腔緊繃。就算在最離奇的夢境中，她也未曾想過有朝一日能跟鐸里昂・赫威亞德說話。她能輕易取他的命，撕掉他臉上的笑容……她能毀了國王，正如國王毀了她……

但或許他的提議能給她逃脫的機會。只要能到牆外，她就有辦法逃走。她會拚命狂奔，消失於群山間，獨自一人生活於蒼翠野外，以星空為幕，以松針編織的綠毯為床。她做得到，她只需要離開這道圍牆，上次就差那麼一點點……

「我在聽。」這是她唯一的回應。

第三章

看到她這副莽撞粗魯的模樣，王子的視線露出頗感興趣的光芒，也在她的身軀上多逗留片刻。被對方這樣盯著看，瑟蕾娜實在很想用指甲耙過他的臉，但一想到她這種骯髒樣還能讓對方**多看幾眼**……臉上不禁緩緩露出微笑。

王子慵懶的翹起二郎腿。「你們退下吧，」他命令衛兵，「鎧奧，你留下。」

瑟蕾娜向前走近的同時，衛兵們一一離開，關上大門。王子這麼做可真愚蠢，但是鎧奧依然擺出讓人難以看透的表情。她如果真想逃跑，他可千萬別以為自己能制伏她！她挺直背脊。他們倆到底有什麼盤算？居然做出如此無謀之舉？

王子咯咯輕笑：「妳的自由現在懸於一線，妳不覺得對我做出任何大膽舉動都很危險？」

她完全沒料到他會提到**這個話題**。

「自由？」

光聽到這個字眼，她已經看到一片覆以松林和白雪的大地、被烈日晒白的峭壁、白浪滔滔的大海，陽光被天鵝絨般的起伏綠地吞噬。

「沒錯，自由。所以，薩達錫恩**小姐**，我強烈建議妳克制一下傲慢無禮的態度，否則就等著被丟回礦坑。」王子放下腿。「不過呢，妳這種個性倒也會帶來幫助，我也知道我父王可不是靠人與人之間的信賴互惠而打下這片江山，但妳老早知道這一點。」她稍稍握拳，等他說下去。他以試探而專注的眼神盯著她。「我父王最近覺得……他需要一名御前鬥士（註1）。」

她花了幾秒才聽懂這番話的美妙涵義。

瑟蕾娜仰頭大笑。「你爹要**我**成為他的御前鬥士？怎麼——別跟我說他已經把外頭所有的高貴靈魂殺得一個不剩！一定還剩**某個**忠誠騎士、堅貞英勇的貴族可供選擇吧。」

「注意妳的口氣。」身旁的鎧奧提出警告。

「你也算是個人選啊，不是嗎？」她朝隊長挑眉。噢，這太有趣了！**她**——成為國王專屬的御前鬥士！「還是咱們愛戴的國王覺得你不夠格？」

隊長的手按在劍柄上。「如果妳閉上嘴，就會聽到殿下接著要說什麼。」

她轉頭看王子。「然後？」

鐸里昂靠回王座上。「我父王需要某人為他的帝國助一臂之力——幫忙處理一些很難相處的傢伙。」

「你的意思是他需要一隻幫忙幹髒活兒的走狗。」

「如果妳想用這麼直截了當的說法，那麼，沒錯。」王子說：「他的**御前鬥士**會讓他的反對者保持沉默。」

「安靜得跟墳墓一樣。」她以甜美的口吻道。

註1　本書中「鬥士」的原文Champion是指菁英護衛，在發生糾紛時由鬥士代替主人出手。「御前鬥士」（King's Champion）的歷史源自十一世紀的英國，在加冕儀式時如有人挑戰新國王繼承王位之合理性，御前鬥士將代替國王與對方決鬥。因只有最優秀的戰士才能擔任御前鬥士，Champion一字也因此表示擊敗眾多競爭者之「冠軍」。

鐸里昂的嘴角微微勾起，但臉龐依然嚴肅。「是的。」

她抬起下巴。成為亞達蘭國王的忠僕，為**他**殺人——成為這頭吞掉大半艾瑞利亞的野獸嘴裡的一顆獠牙……「如果我接受？」

「那麼，六年後，他會讓妳重獲自由。」

「六年！」但是**自由**二字再次在她周身迴響。

「如果妳拒絕，」鐸里昂知道她接下來想問什麼，「妳就會留在安多維爾。」他的藍寶石眼眸變得嚴肅，她緊張得嚥口水。他不需要說出口的是「而且死在這」。

為國王幹六年的髒活兒……或是一輩子待在安多維爾。

「不過，」王子說：「有個條件。」她維持平靜的表情，看著他玩弄手上的戒指。「這個職位並不是平白給妳，沒那麼快。我父王想找點樂子，所以他要舉行一場競賽。他邀請了議會裡二十三位成員，每一位成員各自贊助一名鬥士前往『玻璃城堡』受訓、日後在決鬥中分出高下。如果妳獲勝，」他的表情似笑非笑，「就會**正式**成為『亞達蘭刺客』。」

她沒回以微笑。「我到底要對付什麼樣的對手？」

看到她的表情，王子收起咧嘴笑容。「來自艾瑞利亞各地的盜賊、刺客和戰士。」她剛要開口，但被他打斷。「我父王已經**發過誓**，如果妳獲勝，而且證明自己不但戰技高強而且值得信賴，他到時一定會賜予妳自由。**而且**，妳在擔任御前鬥士的期間，將獲得相當可觀的酬勞。」

她幾乎沒聽到他最後幾個字。競賽！對抗一些天知道來自哪裡的小人物！還有刺客！「哪些刺客？」她追問。

「都是我沒聽說過的名字，名氣遠不如**妳**。這倒提醒我了——妳不會以瑟蕾娜·薩達錫恩的身分參賽。」

「什麼？」

「妳得用假名。我猜，妳大概不知道妳受審之後發生了什麼事吧。」

「日日奴役於礦坑，實難盡知天下事。」

鐸里昂輕笑幾聲，搖搖頭。「沒人知道瑟蕾娜・薩達錫恩其實是個年輕姑娘，他們都以為妳是個老女人。」

「什麼？」她不禁重複這兩個字，臉頰泛紅。「怎麼可能？」

全世界幾乎沒人能查出她的真實身分，她是應該感到自豪，不過……

「妳東奔西跑、殺盡天下人的那些年裡，未曾讓自己的身分曝光。妳的審判結束後，我父王認為……更明智的做法，是別把妳的身分公諸於世，他想這樣維持下去。畢竟，如果敵人知道我們被一個小女孩搞得人仰馬翻，天知道他們會說些什麼風涼話？」

「所以我在這個爛地方當奴隸，用的卻是不屬於我的姓名和頭銜？那他們**以為**誰是亞達蘭刺客？」

「不知道，我也不怎麼在乎。但我**知道**的是，妳曾經是天下第一，而且時至今日，人們在提到妳的名諱時還是會壓低嗓門。」他瞪她一眼。「如果妳願意為我而戰，在競賽的那幾個月中擔任**我的**鬥士，我會確保我父王在**五年後**讓妳重獲自由。」

雖然他試圖隱藏情緒，但她還是看得出他身子緊繃，他希望她答應，他迫切需要她答應，甚至願意為此跟她討價還價。她的雙眼開始閃爍。「你那句『**曾經是**天下第一』是什麼意思？」

「妳好歹也在安多維爾待了一年，誰知道妳還剩多少本領？」

「還剩不少，您甭擔心。」她摳摳參差不齊的指甲。看到指甲縫裡一堆泥垢，她強忍顫意。這雙手已經多久沒洗淨？

「這點我們等著瞧。」鐸里昂說：「等我們抵達裂際城，妳會被告知競賽的細節。」

「雖然你們這些貴族一定會因為在我們身上下賭注而得到不少**樂趣**，但這場競賽還是顯得多餘。何不直接聘用我？」

「我剛剛說過，妳必須證明妳的本領。」

她一手扠腰，鐵鍊因此哐啷作響。「關於這點，我認為『亞達蘭刺客』這個名聲本身就是最有力的證據。」

「沒錯，」鎧奧開口，棕眼閃爍。「那個封號證明妳是個罪犯，證明我們不該這麼快就把國王的私事託付給妳。」

「我願意鄭重發誓——」

「我懷疑國王會把**亞達蘭刺客**說的話當作擔保。」

「的確，但我只是看不出我為何要受訓參賽之類的。我的意思是，我的狀況當然……有點不如以往，可是……這也很正常吧？畢竟我在這裡只能拿鋤頭和石頭勉強湊合維持身手。」她狠狠瞪鎧奧一眼。

鐸里昂皺眉。「所以，妳拒絕這項提議？」

「我當然接受。」她吼道。手腕被手銬擦破皮，她痛得眼眶泛淚。「我願意成為你的狗屁鬥士，只要你答應在三年後放我走，不是五年。」

「四年。」

「好吧，」她說：「成交。我這麼做或許只是接受另一種奴役，但傻子才會拒絕這個機會。」

她能贏回自由。

自由。

她能感覺到一陣冰寒微風從遼闊世界的遠山吹來、帶她遠去。等重獲自由，她願意遠離裂際城，那曾經任她呼風喚雨的亞達蘭首都。

「希望妳說得沒錯，」鐸里昂回答：「也希望妳能證明自己並非名過其實。我等著看妳獲勝。如果妳讓我丟臉，我會非常不高興。」

「如果我輸了？」

他眼中的光芒消失。「妳就會被送回這裡，服完剩下的刑期。」

瑟蕾娜幻想出的美景瞬間粉碎，彷彿用力闔上古書時所揚起的塵埃。

「那我寧可跳樓自殺。在這裡待了一年，我已經被消磨殆盡──想像一下如果我被送回這裡！我絕對熬不過第二年。」她的頭往後一甩。「你的提議還算公平。」

「的確還算公平。」鐸里昂回應，隨即朝鎧奧揮手。

「帶她回她的宿舍，把她清理乾淨。」他瞪她一眼。「我們明早就啟程前往裂際城。別讓我失望，薩達錫恩。」

簡直廢話。讓其他對手相形失色、以計謀智取再一一將其消滅，這有何難？她沒露出微笑，因為她知道如果這麼做，這個笑容就會重啟關閉已久的希望。儘管如此，她還是想拉住王子跳支舞。她試著回想起音樂、充滿喜慶氣氛的曲子，但只能想起伊爾維的一首哀悽小調的其中一句歌詞；那是奴隸們在幹活時唱的工作歌，她想起的那幾個字宛如濃稠蜂蜜從瓶罐緩緩流出：終於得以歸家……

她沒注意到自己被韋斯弗隊長帶離此處，穿過一條又一條走廊。

沒錯，她願意出發——去裂際城，任何地方，就算是穿過「命運之門」、進入地獄，只要能重獲自由。

畢竟「亞達蘭刺客」這項封號絕非浪得虛名。

第四章

終於回到宿舍床鋪躺下時，瑟蕾娜無法入眠，儘管每一吋身體都感到疲憊虛脫。在浴室被傭人們粗魯刷洗身子後，她背上的傷口傳來悸痛，臉龐被擦洗得彷彿只剩骨頭。雖然背部敷了藥也綁上繃帶，但為了減輕疼痛，她翻身側躺，伸手撫摸床墊，因為雙手能自由行動而驚訝得眨眼。在她進浴室前，鎧奧已經取下她的枷鎖，她感覺到所有細節——小鑰匙在鐐銬鎖孔內轉動以及枷鎖鬆脫落地時的震動。儘管如此，她還是能感覺到肌膚被鬼魅般的鐵鍊輕拂。仰望天花板，她轉動被洗掉一層皮又疼痛難耐的各個關節，滿足得嘆口氣。

躺在床墊上，肌膚被絲綢愛撫，臉頰被搖籃般的枕頭輕推，這種感覺實在怪異。她已經忘了軟爛燕麥和硬麵包之外的食物是何滋味、洗澡換上乾淨衣服有多麼舒服。這種感覺現在格外陌生。

雖然今晚的餐點其實**沒那麼**美味。烤雞不但味道普通，她吃了幾口後還衝進廁所吐得一乾二淨，畢竟這一年來從沒吃飽過，腸胃無法立即適應大餐。她**想大吃一頓**，把手放在吃撐的肚皮上，發誓以後再也不會這樣放縱自己。去了裂際城之後，她會吃得很好，不是嗎？而且更重要的是，她的腸胃會適應。

她已經瘦得前胸貼後背，睡袍下的肋骨清晰可見，更慘的是胸部！原本相當豐滿，現在縮小到青春期的尺寸，她難過得咽喉一緊。柔軟的床墊令她窒息，她又挪挪身子，換成仰躺的姿勢，雖然背脊因此發疼。

在浴室照鏡子時，她也發現自己的臉龐狀況不佳，不但憔悴枯槁，顴骨和顎骨尖銳，而且眼窩凹陷——雖然不算嚴重但也令她觸目驚心。她平穩地呼吸，細細品嘗希望的滋味。從明天開始，她會吃得豐盛又營養，而且她會開始鍛鍊身體，恢復健康。想像面前擺滿大餐、恢復往日風光的畫面，她終於進入夢鄉。

隔天清晨，鎧奧來接她，發現她以毛毯裹身睡在地板上。「薩達錫恩。」他開口。她咕噥幾聲，把臉深深埋進枕頭。「妳為什麼睡在地上？」聽到這話，她睜開一眼。當然了，他沒向她提起的是：她**清理乾淨**之後簡直判若兩人。

她站起身，懶得用毛毯遮住身子，被他們稱為「睡袍」的這塊布已經遮住不少部位。「那張床很不舒服。」她簡短解釋，但很快就忘了隊長的存在，因為她看到陽光。

純潔清新的和煦陽光。如果她重獲自由，就能天天沉浸於這種能驅散礦坑內無盡黑暗的光芒。陽光從厚窗簾之間滲入，化為粗型光體掃過整個房間。

瑟蕾娜小心翼翼伸出一隻手，蒼白又骨瘦如柴，雖被瘀傷和疤痕覆蓋，卻隱含某種魅力，在晨光下顯得美麗而脫俗。

她跑向窗邊，拉開窗簾——差點因為用力過度而將其扯下——揭露出灰山和陰鬱的安多維爾。在窗下站崗的衛兵們沒抬頭往上看，她凝視藍灰天空以及緩緩挪向遠方地平線的雲朵。

*我絕不畏懼。*這幾個字已經好一陣子沒顯得如此真實。

她的嘴唇勾起微笑。隊長挑起一眉，但沒說什麼。

她很開心，應該算是雀躍。僕人們把她的髮辮盤在後腦，再幫她穿上一套高級騎馬裝、遮住她皮包骨的模樣後，她的心情更是大好。她喜愛布料，喜歡絲布、天鵝絨、綢緞、麂皮和雪紡綢的質感，而且對優雅的縫線和精細複雜的完美刺繡十分著迷。等她贏得這場荒謬競賽、日後終獲自由……她要買下所有喜歡的衣服，一件都不能少。

瑟蕾娜站在鏡子前欣賞自己。五分鐘後，不耐煩的鎧奧把她半拖出房間，她因此哈哈大笑。看到正在放亮的天色，她想以輕快的舞步踏過走廊。兩人來到主廣場，當她看到礦場遠側一堆堆蒼白如骨的石塊以及小小人影在大嘴般的礦洞進出，她的腳步不禁蹣跚。

今日的工作已經開始。等她離開這裡、留那些人繼續面對此地的悲慘命運，這裡的工作也不會停止。感到腸胃糾結，瑟蕾娜避開囚犯們的目光，緊跟在隊長身旁，兩人走向靠近高聳圍牆的馬車隊。

車隊人員正在閒聊，這時三隻黑色獵犬從車隊中間位置疾奔而來，迎接他們倆，每一隻的毛皮都如箭羽般光亮——顯然來自王儲的狗舍。她單膝跪下，綁上繃帶的傷口因此發疼。她摸摸牠們的腦袋和光滑的毛髮，牠們舔舐她的指尖和臉龐，尾巴如鞭子般揮個不停。

一雙黑靴在她面前停步，狗群立刻安靜下來。瑟蕾娜抬頭，亞達蘭王儲的藍寶石眼眸正在打量她的臉，嘴角微微一笑。「牠們居然注意到妳，」他開口，輕刮一隻黑狗的耳後。「妳餵了牠們？」

她搖搖頭，這時隊長來到她身後，膝蓋擦過她的森林綠天鵝絨披風的皺褶。兩招之內，她就能讓他繳械。

「妳喜歡狗？」王子問。她點點頭，為什麼已經感覺熱得要命？看她沒說話，王子再問：

「我是否有幸聽見妳的聲音？還是妳決定整趟路都保持沉默？」

「因為你剛剛那個疑問恐怕不需要我開口回答。」

鐸里昂深深一鞠躬。「請接受我的道歉，尊貴的女士！居然委屈您回答我的問題，這想必令您極為不悅！下一次，我會試著想出一些讓您更樂意回答的疑問。」語畢，他腳跟一轉，大步離去，三隻黑狗立刻跟上。

她站起身，繃起臭臉。跟隊長走向車隊時，看到隊長竊笑，她的眉頭皺得更深，她實在很想把某人的血肉塗在牆上。這時有人為她牽來一匹雜色母馬，她的殺意因此降低。

她翻身上馬。天空顯得更近，一望無際而且向四處擴散，伸向她未曾聽聞的遙遠大陸。瑟蕾娜抓住鞍角，她真的即將離開安多維爾。經過這麼多絕望的日子、寒冷刺骨的夜晚……那些都已成過往。她深吸一口氣，她知道——她**清楚知道**——只要她用力一蹬，一定能跳離鞍座。

就在這時，她的雙臂再次感受鐵鉗的滋味。

是鎧奧，在她纏了繃帶的手腕鎖上手銬，一條長長的鐵鍊把手銬和他的坐騎鞍袋之間的環扣串在一起。他跨上他的黑色駿馬時，她考慮過從馬背跳起、用鐵鍊把他吊在一旁的樹上。

車隊一共有二十人，算是頗具規模的隊伍。王子和帕林頓公爵的坐騎位於兩名護旗兵後方，再後面是六名皇家侍衛，雖然並不起眼但絕對有能力保護他——不受**她**的傷害。她用鐵鍊敲擊鞍座然後瞥鎧奧一眼，對方沒反應。

太陽持續高升。檢查最後一次物資後，車隊啟程。大多數的奴隸已經在礦坑工作，只剩幾個人在破舊的煉礦棚裡忙碌，寬敞的廣場因此幾乎空無一人。圍牆突然陰森的向她逼近，她的脈搏加速。她上一次這麼接近圍牆的時候是……

鞭笞聲響起，隨之而來的是一聲尖叫。瑟蕾娜回頭，視線越過衛兵和補給車，來到幾乎無人的廣場。那些奴隸永遠不會離開這裡——就算在死後。每個星期，他們都會在煉礦棚後方挖新的亂葬坑，而且每個星期，那些亂葬坑都會被填滿。

她清楚感覺到背上的三條長疤。就算她贏回自由……就算她在鄉間過著平靜日子……這幾條傷痕會永遠提醒她曾經承受的一切，提醒她就算她重獲自由，其他人並沒有同樣的好運。

瑟蕾娜轉頭向前，從腦中推開那些思緒的同時，車隊進入貫穿圍牆的通道，這裡的空氣沉重，彷彿瀰漫煙味而且潮溼，迴響的馬蹄聲宛如雷霆翻騰。她一瞥寫在鐵門上的礦坑名稱，直到這個字體隨著大門左右敞開而一分為二。幾秒後，大門在他們身後戛然關閉。她真的離開此地了。

她挪動上銬的雙手，她和侍衛隊長之間這條鐵鍊搖晃，噹啷作響。鐵鍊的另一端固定於他的鞍座，而鞍座是固定在馬的身上。等車隊停止，她就能偷偷鬆開他的鞍座，然後再從她這裡用力一拉，鐵鍊就會扯掉他的鞍座，他就會落馬倒地，然後她會——

她察覺到韋斯弗隊長的注意力。他繃緊嘴脣，瞇起雙眼盯著她。她聳個肩，放下鐵鍊。隨著天色持續放明，天空化為一片蔚藍，幾近萬里無雲。一行人踏上林中道路，迅速穿越安多維爾的貧瘠山地，進入相較之下堪稱美麗的鄉間。

早上十點左右，他們進入歐克沃森林。這片森林從東面包圍安多維爾，也做為一條大陸分水嶺，成為東方各個文明王國以及西方祕境之間的分界線。關於西方那些危險的神祕居民的傳說仍在流傳——例如已經淪陷的女巫王國那些殘忍又嗜血的後裔。瑟蕾娜曾見過一名來自那片受詛大地的年輕女子，對方確實既殘忍又嗜血，但一樣只是個人類，也跟人類一樣會流血。

幾小時的沉默後，瑟蕾娜轉頭看鎧奧。「聽說國王一結束跟溫德林王國之間的戰爭，就會開始在西方祕境開拓殖民地。」她以若無其事的口吻說道，但希望他會承認或否認這個說法，她想盡可能知道國王目前的形勢和策略。隊長上下打量她，皺起眉，然後移開視線。「我同意，」她說，長嘆一聲。「我也不在乎那些杳無人煙的寬廣平原和悽涼山區有什麼下場。」

他咬牙，下顎繃緊。

「你打算一輩子把我當空氣？」

韋斯弗隊長挑眉。「妳覺得我在無視妳？」

她噘起嘴脣，克制惱火的情緒，她不會順他的意。「你幾歲？」

「二十二。」

「真年輕！」她眨眨眼，看他是否出現任何反應。「你只花了幾年就爬到這個位子？」

他點點頭。「**妳**幾歲？」

「十八。」

他沒表示什麼。

「我知道，」她繼續說道：「我如此年輕，卻已成就非凡，**確實**了不起。」

「犯罪並不是成就，薩達錫恩。」

「嗯，但是『成為全世界最有名的刺客』算是！」

他沒反應。

「你可以問我是怎麼辦到的。」

「辦到什麼？」他口氣緊繃。

「年紀輕輕就才華洋溢又無人不知。」

「我不想知道。」

這不是她想聽到的回應。

「你這個人實在很不親切。」她咬牙道。如果想惹惱這傢伙，她得再努力一點。

「妳是個罪犯，我是皇家侍衛隊長，我沒義務對妳親切或陪妳聊天。我們沒把妳鎖在馬車裡，妳已該心存感激。」

「嗯，這個嘛，我敢打賭，你就算態度親切，跟你說話的人也一定會覺得自討沒趣。」看他又沒說話，瑟蕾娜不禁覺得自己有點蠢。過了幾分鐘，她開口：「你和王儲是好友？」

「我的私人生活與妳無關。」

她嘖嘖兩聲。「你的出身有多好？」

「尚可。」他的下巴微微抬高，幾乎難以察覺。

「公爵？」

「不是。」

「爵士？」

他沒回答。

她緩緩露出微笑。「鎧奧・韋斯弗爵士。」她用手搧搧臉。「宮廷仕女一定成天**黏著你不放啊！**」

「別那樣叫我，我沒獲封爵士。」他輕聲道。

「你有個兄長？」

「沒有。」

「那你為什麼不接受這個封號？」他又默不吭聲。她知道應該就此打住，但無法控制自己。「有什麼醜聞嗎？你的繼承權被剝奪？你被牽扯進某種陰謀？」

他的嘴唇因為用力緊抿而發白。

她俯身靠向他。「你覺不覺得——」

「我應該拿抹布塞住妳的嘴？還是妳無需我的協助也能安靜下來？」他凝視前方的王儲，臉上又不帶任何表情。

她又開口說話時，他的臉龐隨之扭曲，她強忍笑意。「你結婚了嗎？」

「沒有。」

她摳摳指甲。「我也沒有。」

他用力吸氣，鼻翼顫動。

「你幾歲成為侍衛隊長？」

他抓緊韁繩。「二十。」

車隊在一塊空地停下，士兵們下馬。她面對鎧奧，他已經一條腿甩過馬背。

「我們為什麼停下來？」她問。

鎧奧從鞍座解開鐵鍊，用力一扯，示意她下馬。「午餐。」他回答。

瑟蕾娜撥開臉上一縷亂髮，被鎧奧帶去空地。如果她想掙脫逃跑，得先過鎧奧這一關；如果這裡只有他們倆，她或許會如此嘗試，雖然鐵鍊可能會是個麻煩。但現在，周圍有一票殺人不眨眼的皇家侍衛……

大夥忙著惱火、從箱子和囊袋取出食物烹煮的時候，鎧奧一直緊跟在她身後。幾名士兵推動地上的斷木，圍成幾個小圈當作長椅，其他同伴則忙著把食材丟進鍋裡熱炒油炸。王儲的獵犬們——這一路都忠心緊跟於主人的駿馬旁——搖著尾巴來到刺客面前，在她腳邊躺下。至少牠們喜歡有她同行。

一盤午餐終於放在她的大腿上時，瑟蕾娜早已飢腸轆轆。但是隊長沒立刻解開她的枷鎖，她因此十分惱火。他以警告的眼神瞪她幾秒，最後終於解開她的手銬，改套在她的腳踝上，她只是翻個白眼，把一小塊肉湊到嘴邊。她細嚼慢嚥，不打算像昨晚那般消化不良而在他們面前嘔吐。士兵們閒話家常的同時，瑟蕾娜觀察四周：她和鎧奧坐在五名士兵旁；不意外的，王儲和帕林頓公爵坐在專屬的兩根圓木上，跟她保持相當距離。鐸里昂昨晚雖然態度傲慢又略帶輕浮，此刻和公爵談話時卻是一臉嚴肅，而且似乎渾身緊繃。她也注意到當公爵開口時，鐸里昂咬緊牙根。不管他們倆之間是什麼關係，看來絕非友好。

吃到一半，瑟蕾娜的注意力從王子身上移向樹林。森林變得寂靜，黑獵犬們豎起耳朵，雖然並沒有因為這種氣氛而顯得不安。就連士兵們也安靜下來。她的心跳加速，這一區的森林並不尋常。

懸蕩於枝頭的樹葉宛如小小的紅寶石、珍珠、黃寶石、紫水晶、綠寶石和石榴石，地面芳草如茵。雖然外頭烽火連天，歐克沃森林的這個區域卻未曾受擾，賜予這些樹木如此不尋常之美的那股力量仍殘留於此。

她才八歲的時候，「刺客之王」艾洛賓．漢默爾，她日後的恩師，發現她半沉於一條結凍的河岸邊，因此將她帶回他位於亞達蘭和特拉森交界的一處巢穴。將她訓練成最優秀而忠誠的暗殺者期間，艾洛賓未曾允許她返回她在特拉森的老家。但她依然記得家園之美——至少在特拉森因為亞達蘭國王一聲令下而化為焦土前。今日，她的老家早已不復存在，也永遠不會重建。雖然艾洛賓未曾明說，但如果她當時拒絕受訓，就會被他交到毀她家園的那幫人手中，或是面對更悲慘的下場。她那時剛失去家人，而雖然年僅八歲，她已經知道跟艾洛賓一起生活——當時的他默默無名，日後人人聞之喪膽——是個讓她重新來過的機會，讓她能逃離逼她在十年前那晚跳進冰河的厄運。

「他媽的鬼森林。」坐在她這個圈子的一名橄欖膚色的士兵開口，他身旁的士兵咯咯發笑。「這裡越早燒掉越好。」其他幾名士兵點點頭，瑟蕾娜僵直身子。「這裡可是充滿仇恨啊。」另一名士兵說。

「不然你以為這裡充滿什麼？」她插嘴。士兵們轉頭看她，其中幾人露出嘲笑的表情，鎧奧的手立刻移向佩劍。「這可不是普通森林，」她用叉子指向林中，「而是布蘭農的森林。」

「我爹以前跟我說過很多故事，說這裡到處都是精靈，」一名士兵說：「他們現在都消失了。」

一名士兵咬一口蘋果，開口道：「那些該死的永生精靈也是。」

另一人說：「我們把他們殺乾淨了，不是嗎？」

「說話小心點，」瑟蕾娜斥責：「布蘭農國王是永生精靈，歐克沃森林依然是他的地盤。如果這裡還有一些樹記得他，我可不意外。」

士兵們哈哈大笑。「如果是這樣，那些樹鐵定有兩千年歷史了吧！」某人開口。

「永生精靈不老不死。」她說。

「樹木可沒這麼好命。」

怒火中燒的瑟蕾娜搖搖頭，再用叉子把一小口食物送進嘴裡。

「妳對這片森林有何了解？」鎧奧低聲問她。他在嘲弄她？坐在圓木上的士兵們俯身向前，準備看笑話，但是隊長的金棕眼眸中只流露好奇。

她吞下嘴裡的肉。「亞達蘭王國開始四處爭戰之前，這片森林籠罩於魔法之中。」她不情願的緩緩開口。

他等她說下去，但她已經說夠了。「然後？」他催促。

「我只知道這麼多。」她回應他的視線。

士兵們沒好戲可看，因此低頭繼續用餐。

她說謊，鎧奧也知道這點。她十分熟悉這片森林，也知道這裡的居民原本是精靈，包括地精、妖精、水精、哥布林，名字多得讓人記不住也數不清，他們都由體型較大、型如人類的遠親「永生精靈」統領——永生精靈是艾瑞利亞這片大陸的原住民和開拓者，也是最古老的生命體。

因為亞達蘭王國日漸腐敗，也因為國王試圖徹底剷除這些生物，精靈和永生精靈因此逃離此地，躲藏於這個世界的荒野祕境。亞達蘭國王以法律禁止魔法、永生精靈和精靈生物的存在，而且湮滅所有相關事證，這使得體內擁有魔法之血的後代差點以為魔法未曾存在，瑟蕾娜就是其中一位。國王宣稱「魔法」是對至高女神及其眾神的公然侮辱——施用魔法就是無禮的模仿神力。但就算國王頒布了魔法禁令，大多數人還是知道真相；頒布禁令後的一個月內，魔法之力就自動自發的消失得無影無蹤，或許它意識到哪些厄運即將來臨。

她還能聞到在她八歲和九歲時肆虐各地的大火，嗅到珍貴古書被焚燒時的煙味，聽見天賦異稟的先知與醫者被烈焰吞噬時的尖叫聲；無數店鋪和聖所被拆毀褻瀆、消失於歷史。許多逃過火刑的魔法操控者被囚禁於安多維爾——而且大多撐不了多久。她已經有一段日子沒想過自己失去的天賦，儘管關於那些能力的回憶常於她夢中出現。雖然發生了那場大屠殺，但或許魔法絕跡其實是**好事一樁**。對任何腦子清醒的人來說，操控魔法都實在太過危險；如果依然保留這種能力，她可能早已自毀。

她又咬一口午餐，記憶中的那場濃煙大火令她眼眶灼痛。她永遠不會忘記那些故事，關於歐克沃森林、恐怖的黑暗幽谷、深沉而平靜的池水，以及充滿光明和天籟歌聲的洞穴。但現在，那些故事就只是故事，僅此而已。提起那些事物，無異於惹禍上身。

她凝視穿透樹冠的陽光，細長骨感的枝條彼此交錯、隨風搖曳。她強忍顫意。

還好午餐時間很快結束。她腳上的鐵鍊又被移回手腕，所有馬匹也恢復體力而且再次裝上重物。瑟蕾娜的雙腿變得非常僵硬，鎧奧只好扶她上馬。騎馬令她渾身發疼，加上一直聞到馬匹的汗味以及飄至車隊後方的馬糞味，這也刺痛她的鼻腔。

接下來的時間，一行人不停趕路。刺客默默坐在馬背上，看著從旁經過的群樹，緊繃的胸腔未曾放鬆，直到大夥遠離身後那道微光幽谷。車隊停下來準備過夜時，她全身痠痛不已。吃晚餐時，她懶得說話，也沒對別人為她搭起的小帳篷發表意見。她獲准休息時，鐵鍊的另一端拴於帳篷外站崗的一名衛兵身上。她沒作夢；醒來時，她不敢相信自己的眼睛。

幾朵小白花躺在她的吊床尾端，還有一串串嬰兒尺寸的足跡進出帳篷。趁其他人還沒發現，瑟蕾娜連忙用腳掃平這些腳印，消滅所有跡象，再把白花塞進一個小背包。

接下來的路上，雖然沒人再提起精靈，瑟蕾娜還是不斷觀察士兵的臉龐，看他們是否發現任何怪事。她常常手心冒汗，心跳急促，而且不斷窺視兩旁的樹林。

第六章

接下來的兩星期，一行人持續橫越大陸，夜晚越來越冷，日照時間持續縮短。連續下了四天凍雨，瑟蕾娜難受得想跳進深谷一了百了，最好能順便把鎧奧拉下去當墊背。

所有東西都溼透而且幾乎結冰，她雖然能忍受頭髮溼淋淋，但實在受不了溼鞋子，十隻腳趾沒剩多少知覺。每晚，她用勉強算得上乾燥的布料包裹雙腳，感覺自己彷彿已經腐爛了一半；每一道刺骨寒風來襲時，她都懷疑皮肉恐怕會跟骨頭分離。然而，因為現在時值秋季，這場大雨驟然平息，無雲藍天再次延展於他們頭上。

瑟蕾娜在馬背上半夢半醒時，王儲脫隊，往她的方向策馬而來。他的紅披風如緋浪般起伏，素白上衣罩了一件鑲金邊的鈷藍緊身短上衣。她原本想嗤笑，但他穿棕色高筒靴看來**確實**相當帥氣，而且他的皮帶**真的**很搭——雖然身上那把華麗獵刀太過珠光寶氣。他來到鎧奧身旁，開口道：「來吧。」同時朝車隊前方的陡峭緣丘撇個頭。

「去哪？」隊長問，搖晃瑟蕾娜的鐵鍊，提醒鐸里昂。隊長跟她可謂形影相隨。

「去看看風景，」鐸里昂說明：「看來你得把那東西帶上。」

瑟蕾娜氣得發抖。**那東西**！好像她只是一件行李！

鎧奧用力一拉她的鐵鍊，兩人離開車隊，隨即開始疾奔。她抓緊韁繩，馬鬃的刺鼻氣味滲進她的鼻孔。他們迅速衝上山丘，她胯下的坐騎顛簸搖晃。身子在鞍座向後滑時，瑟蕾娜試著穩住自己；如果摔下馬，她會羞愧至死。夕陽的光輝從他們身後的樹林射來，當她看到一座……三座……還有另外六座聳天入雲的尖塔，不禁屏住呼吸。

佇立於山丘上，瑟蕾娜凝視亞達蘭最引以為傲的成就：裂際城的玻璃城堡。

這座巨大的垂直城市以閃閃發光的水晶堡壘、橋梁、房間、塔樓、舞廳，以及永無止盡的長廊組成。這座玻璃城堡是蓋在原先的石城堡之上，所花費用等同於一整個王國的財富。

她想起八年前初次目睹這座城堡，它冰冷寧靜、表面結霜，就像她胯下這頭胖小馬所踩的土地。就算在當時，她也覺得這座城堡缺乏品味，只是浪費資源和人才，伸向天空的高塔彷彿手爪。她想起那天的景象：她不斷撫摸的粉藍斗篷，她剛整理好的一頭鬈髮有多厚重，她的緊身褲襪刮過鞍座，她很緊張天鵝絨紅鞋沾染的泥漿，還有她不斷想著那名男子——她三天前殺死的男子。

「如果再蓋一座高塔，整座城堡就會崩塌。」在鎧奧另一邊的王儲開口。持續接近的車隊傳來聲響。「我們還剩幾哩路，我寧可等白天再穿越這些山麓丘陵，我們今晚在這紮營。」

「不知道你父王對她會作何感想。」鎧奧說。

「噢，他不會有什麼不良反應——但她開口的那一刻，你就會聽到他吶喊咆哮，然後我會後悔浪費兩個月的時間追查她的下落。但是——嗯，我認為我父王有更重要的事情要擔心。」語畢，王子離去。

瑟蕾娜的視線無法從城堡移開。就算城堡尚在遠處，還是令她感到自身有多渺小。她忘了那棟建築會讓人顯得多麼微不足道。

士兵們忙著生火和搭帳篷。「妳看起來好像即將面對絞刑臺而非自由。」身旁的隊長向她開口。

她在一根手指上不斷纏繞又鬆開一條韁繩。「看到那一幕，感覺很怪。」

「城市？」

「城市、城堡、貧民窟、河川。」城堡的陰影如巨獸般掃過整座裂際城。「我還是不太明白那件事到底是怎麼發生。」

「妳是指妳為什麼會被抓？」

她點點頭。「不管你對帝國一統天下這種事情有什麼幻想，你那些領袖和政客在『內鬥』這方面從不手軟。刺客也一樣，我猜。」

「妳認為妳是遭到另一名刺客背叛？」

「他們都知道我接到最好的案子，我能要求任何價碼。」她掃視交錯的城市街道和閃爍的蜿蜒河川。「如果我消失，就會空出一個能讓他們賺大錢的位子。背叛我的可能只有一人，也可能不只一人。」

「妳不該期待那種夥伴會懷有榮譽之心。」

「我沒說我有那種期待，我幾乎不信任他們之中任何一人，而且我知道他們很討厭我。」當然，她有懷疑的對象。最具嫌疑的人是她還沒準備好——也永遠不會準備好面對的真相。

「安多維爾的日子一定很悽慘。」鎧奧的口氣不帶絲毫惡意或嘲諷。難道他感到同情？

「沒錯，」她緩緩開口：「很悽慘。」他以眼神要她說下去。說出來也確實無妨。「到了那裡，他們剪去我的頭髮，給我換上破衣服，然後把鋤頭交在我手中，好像我一定知道該怎麼用。他們用鐵鍊把我和其他人串在一起，我挨到的鞭子也沒比別人少。但是那些監工被交代要特別照顧我，所以自作主張的拿鹽巴抹在我的傷口上——**我**挖出來的鹽巴——而且三不五時就賞我一頓鞭子，我身上的一些傷口因此無法完全癒合。還好在幾名來自伊爾維的好心囚犯照顧下，我的傷口才沒有感染，他們輪流熬夜清理我背上的傷口。」

鎧奧沒說什麼，只是瞥她一眼然後下馬。她居然把這麼私人的事情說給他聽，該不會算是做了蠢事？之後的時間，他都沒再跟她說話，除了向她下達命令。

瑟蕾娜驚醒，一手壓在喉嚨上。冷汗流過背脊，也在下唇凹陷處堆積。她以前作過惡夢——夢見自己躺在安多維爾的亂葬坑，她試著抓住那些腐爛肢體往上爬時卻往下摔，被二十具屍體壓住。旁人將她活埋時，都沒注意到她還在尖叫。

瑟蕾娜感覺作嘔，用雙臂抱住膝蓋，吸氣，吐氣，然後頭一歪，尖銳的膝蓋抵住顴骨。因為天氣熱得不合時令，大夥決定放棄帳篷，直接露宿——這讓她能欣賞前所未有的主城美景。燈火通明的城堡聳立於熟睡的城市中，彷彿一團冰塊和蒸氣，透出的綠光隱隱悸動。

等明天這個時候，她會被幽禁於那幾面城牆之中。但今晚——今晚的城堡如此祥和，彷彿暴風雨前的寧靜。

她想像全世界被城堡以魔法般的海綠光芒催眠。時間一秒秒過去，群山起伏，藤蔓爬過入夢的城市，以層層荊棘和樹葉將其遮蔽。眾人皆睡，唯她獨醒。

她用披風裹住身子。她會獲勝，她會贏得勝利而且服侍國王，然後消失無蹤，之後不再煩惱城堡、國王或刺客的事，她不願再成為這座城市的一方霸主。魔法早已絕跡，永生精靈不是被驅逐就是被處決，她跟那些王國的興衰將永遠不再有任何瓜葛。

她這一生沒有任何事情是命中註定。不再是。

位在熟睡的車隊人員另一側，鐸里昂·赫威亞德稍微起身，一手放在劍柄上，暗中凝視刺客。她看來有些悲悽——雙手抱膝，一動不動，髮絲被月光染成銀白。城堡的光芒在她眼中閃爍，她臉上沒有大膽而神氣活現的表情。

在王子眼中，她顯得美麗，雖然有些古怪而且討人厭。她看著這片夜景中的某個美物，雙眼閃動。這令他好奇，他不明白她在想什麼。

她動也不動的凝視城堡。在艾弗利河畔的耀眼月光襯托下，她的身子化為剪影。雲朵於上空集結，她仰起頭。旋雲中間的空隙透出一叢星光，他不禁覺得那些繁星正在俯視她。

不，他得提醒自己：她是個刺客，被上天賜予漂亮臉蛋和絕頂機智。她手染鮮血，對他甜言蜜語或是割斷他的咽喉都不會有一絲猶豫。況且，她是他的鬥士，她將為他而戰——也為她的自由，僅此而已。他躺下入眠，手沒離開劍柄。

儘管如此，一幅景象整晚都在他的夢中穿梭：一名美麗的女孩仰望星辰，星辰也深情回視。

第七章

一行人穿過裂際城高聳的大理石牆，城門的小號手吹奏信號，讓城內人員知道車隊的到來；繡上雙足翼龍金紋的緋紅旗幟飄揚於主城頂端，鵝卵石街道清空讓路。解除了枷鎖、換了衣服也化了妝的瑟蕾娜坐在鎧奧前面，因為聞到城市的惡臭而眉頭緊蹙。

香料和馬匹的氣味底下是一團以穢物、血汗和發酸牛奶形成的惡臭。這裡的空氣帶有一絲來自艾弗利河的鹹味，但是跟安多維爾鹽礦的那種鹹味不同——混雜於此的氣味來自艾瑞利亞各個海域的每一艘戰艦、塞滿貨物和奴隸的商船，以及滿載半腐帶鱗魚肉（這種東西居然也有人吃得下去？）的漁船。不管是滿臉鬍鬚的小販還是扛著帽盒的女僕，人人駐足觀禮。護旗兵在前頭驕傲的開路，鐸里昂・赫威亞德向民眾揮手，剩下的車隊人員則跟在他的後方。

跟鎧奧一樣，王儲也身穿紅披風，一角以皇家印記造型的胸針固定於左胸，整齊的頭髮上戴著一頂金冠，她必須承認：他看起來確實頗具帝王相。

年輕女子們跑來向王子揮手，鐸里昂眨眼燦笑。瑟蕾娜不禁注意到自己引來那群女子的銳利目光，她知道自己是什麼模樣：高坐於馬背，像是被王子帶回城堡的戰利品。瑟蕾娜只是對她們微笑，一甩頭髮，朝王子的背脊眨眨羽睫。

她的胳臂突然一陣刺痛。「你幹什麼？」她朝捏她手臂的侍衛隊長嘶吼。

「妳看起來很可笑。」他咬牙道，依然對群眾微笑。

她的表情跟他一樣。「**她們**才可笑。」

「閉上嘴，表現得正常點。」他的氣息噴上她的頸子。

「我應該跳離馬背逃跑。」她邊說邊向一名年輕男子揮手，對方似乎以為她是宮廷仕女。「你等著看我瞬間消失。」

「嗯，」他說：「妳消失的瞬間會有三支箭頭嵌進妳的脊椎骨。」

「咱們的閒聊可真令人愉快。」

車隊進入購物區，大批群眾在此聚集，擠在白石大街的路樹之間，一排排玻璃店面幾乎完全被群眾遮蔽。經過那些店面時，一種貪婪的飢餓感在她體內攀升；每一面櫥窗都展示裙裝和外袍，這些華服驕傲的豎立於閃耀的珠寶之後，寬邊帽如花束般堆成一團。高聳的玻璃城堡赫然聳現於這片景象上方，她得仰頭才能看到最頂端的塔樓。他們為什麼選擇這條又長又不方便的路線？這場遊行真的有必要？

瑟蕾娜嘖嘖口水。建築物之間有個開口，車隊拐進一條沿艾弗利河畔而建的街道，她看到如飛蛾展翅的風帆，一艘艘船隻停靠於碼頭，水手們朝彼此呼喊，忙著處理繩索和網子，沒注意到皇家隊伍。聽到鞭笞聲，她立刻轉頭查看聲源。

奴隸們蹣跚走下一艘商船的梯板，來自各國的俘虜被綁在一起，臉上都掛著她熟悉的表情——呆滯又憤怒。大多數的奴隸都是戰俘——逃過死刑場和亞達蘭大軍的反抗分子；其中有些人可能是因為被控使用魔法而遭逮捕，但剩下的人只是普通老百姓，在錯誤的時間出現在錯誤的地點。她這才注意到以鐵鍊縛身的眾多奴隸正滿身大汗的在碼頭工作、搬貨、撐傘、倒水，眼睛不是看地面就是天空——而不是前方。

她想跳離馬背、跑向他們，她想吶喊讓大家知道她不屬於這位王子的宮廷，她沒幫忙把這些奴隸帶來這裡忍受枷鎖、飢餓和毆打，她曾與他們一起工作流血——她跟毀滅一切的那幫禽獸不同。她也**的確**有些貢獻：約兩年前，她從「海賊之王」那裡協助近兩百名奴隸逃走。然而，就算這樣也不夠。

這座城市彷彿突然與她隔絕。民眾還在揮手行禮、歡呼歡笑，把花朵和其他無聊東西丟在車隊馬匹前。她感覺呼吸困難。

沒多久，以鋼鐵和玻璃組成的城堡出現在眼前，格紋大門開啟，十幾名衛兵從中湧出，站在拱門兩側。他們豎起槍矛，手持矩盾，青銅盔底下的眼睛被陰影遮蔽。每個人都身穿紅披風，身上的護甲雖然黯淡無光，但都是以銅材和皮革精心製作。

拱門內部是一條道路，兩旁種植金銀樹，玻璃路燈豎立於路邊樹籬之間。通過另一道由閃爍玻璃製成的拱門時，一行人已經聽不到城市的喧囂。接著，城堡聳立於他們面前。

鎧奧嘆口氣，在寬敞的中庭下馬。在旁人的扶持下，瑟蕾娜也滑下鞍座，以蹣跚的兩腿站立。放眼望去，四周盡是閃耀玻璃，馬童們安靜而迅速的把她的馬牽走。

鎧奧的手揪住她肩上的披風，把她拉過去，這時王儲走來。「六百個房間、軍人和僕人的寢室、三座花園、一座狩獵場，兩側還各有一座馬廄。」鐸里昂開口，凝視他的住處。「哪有人需要這麼多空間？」

她勉強給個無力微笑，對他突然表現出的親和力感到有些納悶。「住在那麼高的地方卻只有一面玻璃圍阻，我不知道你晚上怎麼睡得著。」她向上一瞥，但立刻把注意力移回地面。她並不怕高，但想到在那種高處卻只有玻璃充當牆壁，她的胃袋一緊。

「那妳跟我一樣。」鐸里昂輕笑。「感謝諸神，我給妳的是在石城堡的房間，我可不想讓妳感到不自在。」

瑟蕾娜判斷這時對他擺出臭臉並非明智抉擇，因此只是凝視巨型的城堡大門——以混濁的紅玻璃製成，如巨人之嘴般朝她大張，但她能看見室內環境是以石頭堆砌而成。在她眼中，玻璃城堡像是落在另一座城堡上頭。「玻璃做的城堡」，這個點子可真荒謬。

「嗯，」鐸里昂開口：「妳變胖了些，肌膚也恢復一些氣色。歡迎蒞臨敝舍，瑟蕾娜・薩達錫恩。」幾名路過的貴族向他謙卑行禮，他點頭回禮。「競賽明天開始。韋斯弗隊長會帶妳去妳的房間。」

她轉轉肩膀，查看競爭對手是否就在附近，但他們似乎尚未到來。

王子又對一群向他奉承的朝臣點個頭。再次開口時，他的視線不在刺客或侍衛隊長身上。「我得去見我父王。」

他上下打量一名路過美女的身軀，朝她眨眼，對方用蕾絲摺扇遮臉，沒停下腳步。他朝鎧奧點個頭：「我們今晚見。」沒再對瑟蕾娜說一個字，他踏上宮殿階梯，紅披風隨風飄動。

王儲信守承諾。她的房間位於石城堡的側翼，比預料的更寬敞而且一應俱全：一間連浴室的臥室、一間更衣室、一間小型用餐間，還有一間音樂娛樂室。每個房間都以金黃和緋紅色系裝潢，臥室的一面牆掛有巨幅掛毯，沙發和厚墊椅以極具品味的方式擺放於四處。露臺俯視一座花園的美麗噴水池——雖然她注意到幾名衛兵就在窗下站崗。

鎧奧先行離去。沒等到聽見門關上，瑟蕾娜已經先把自己關在臥室。在鎧奧帶她參觀住處時，她計算了一下：這裡有十二扇窗戶、一道出口，還有九名衛兵在她的門口、窗下和露臺站崗。每個人都配有長劍、小刀和十字弓；雖然他們在隊長經過時打起精神，但她知道弓弩那類重物扛個幾小時下來是個不小的負擔。

瑟蕾娜悄悄來到臥室窗口，身子貼上大理石牆，往下窺視。果不其然，衛兵們已經把十字弓改背於身後。等發生狀況再臨時備弩填箭，這會浪費寶貴的幾秒鐘——足以讓她奪走他們的佩劍，割斷他們的咽喉然後消失於花園。她微笑，整個人站到窗前觀察花園，花園的另一側和狩獵場的樹林交接。她對城堡已經有基本概念，知道自己在南側；如果穿過狩獵場，她就會來到一面石牆，牆外就是艾弗利河。

瑟蕾娜打開又關上大衣櫃和梳妝檯的櫃門和抽屜，裡面當然沒有任何武器，房裡連火鉗都沒有。但她抓起梳妝檯抽屜裡的幾支細長髮簪，以及在沒放任何衣服的寬敞更衣室裡的針線籃裡找到的一些縫線——沒看到縫衣針。她在鋪設地毯的更衣室地板屈膝，不忘注意身後的門，同時迅速折斷髮簪的一端，然後用縫線綁起。完工後，她拿起這個東西，皺起眉頭。

好吧，這不算小刀，但幾支髮簪綁在一起，因斷裂而造成的銳角也能製造一些傷害。她用指尖測試髮簪的尖端，長繭的皮膚被扎痛，她的臉龐因此微微扭曲。沒錯，如果能拿這東西刺進衛兵的脖子，效果一定不錯，讓對方癱瘓的時間足以讓她掠奪對方身上所有武器。

瑟蕾娜又回到臥室，打個呵欠，站在床墊邊緣，把這支粗製武器塞進床鋪天篷的一道皺褶。她再次打量臥室，這裡的空間感有點怪——牆壁的高度不太對勁，但她不確定。儘管如此，這面天篷已經提供不少藏東西的空間。她還能拿些什麼東西而不引起他們注意？車隊抵達這裡前，鎧奧大概已經先派人檢查過這個房間。她的耳朵貼在臥室門上，偵查外頭的動靜；確認沒有其他人在附近，她離開臥室，穿過玄關，進入娛樂室。看到掛在遠側牆上的撞球桿以及綠色毛氈桌上的沉重彩球，她咧嘴笑。鎧奧自認高明，其實不過爾爾。

過了一會兒，她離開撞球桌。這些設備如果全部消失，當然會引起猜疑。沒關係，等她需要逃跑時，隨時可以抓起這裡的球桿，或是拿這些球把衛兵砸暈。她感到疲憊虛脫，因此回到臥室，把身子拖到大床上。床墊非常柔軟，她因此下沉幾吋，這張床也寬得能讓三人互不干擾的同睡一起。瑟蕾娜側身蜷縮，兩眼越來越沉重。

她睡了一小時，直到一名僕人宣布裁縫師來幫她製作適合的宮廷服飾。也因此，接下來的一小時用來量身、看這名男性裁縫師說明不同布料和顏色的用途——大多數都令她討厭，但有些抓住她的注意力。她試圖向對方提出她喜歡的幾種造型時，對方只是揮揮手、嘴一噘。她有點想拿裁縫師的珍珠大頭針戳他的眼睛。

洗澡淨身時，她感覺跟在安多維爾時幾乎一樣髒，也很感激服侍她的僕人們動作溫柔。許多傷口已經結痂或是化為細細白線，雖然背上的疤痕幾乎依舊。經過兩小時的溫柔呵護療程——修剪頭髮、美容指甲、磨掉手腳的繭皮——瑟蕾娜對著更衣室的鏡子笑呵呵。

只有主城的僕人有這種本事。她看起來實在引人注目、令人捨不得移開視線。她身穿裙裝，長袖布滿蘭花紫條紋及斑點，靛藍胸衣鑲以細金邊，一條冰白披風垂於雙肩；半盤起的頭髮以紫紅色緞帶纏繞，鬈曲髮絲散落下垂。想起自己到底為何在此時，她臉上的微笑消失。

不愧是御前鬥士。她這下看起來更像國王的走狗。

「真美，」一名較為年長的女性嗓音傳來。瑟蕾娜轉身，身上沉重的布料也隨之轉動。她的束腹——這該死的蠢東西——用力擠壓肋骨，害她無法呼吸。**這就是為什麼**她平時喜歡穿舒適的外袍和長褲。

那名女子體型龐大，但並不因為身上的鈷藍與桃色相間長袍而顯得臃腫。從這身服裝判斷，她是皇室家族的僕人之一，臉上雖然有些皺紋但紅潤健康。

「菲莉琶・斯賓德海，」女子自我介紹，行禮後站起身。「妳的專屬僕人。想必妳就是——」

「瑟蕾娜・薩達錫恩。」她語調平淡。

菲莉琶瞪大眼睛。「別讓其他人知道您的身分，小姐。」她輕聲道：「這裡只有我知道這個祕密。還有衛兵吧，我猜。」

「那麼，其他人看到我被這麼多衛兵看守會作何感想？」她問。

菲莉琶走上前，無視瑟蕾娜的怒視，只是調整這名刺客長袍上的皺褶，把該蓬鬆的部位弄得蓬鬆。「噢，其他人嘛……**鬥士**的房門前都有衛兵站崗。又或許他們會以為妳只是王子的紅粉知己之一。」

「**之一**？」

菲莉琶微笑，但目光依然集中在瑟蕾娜的裙裝上。「殿下是很博愛的。」

瑟蕾娜一點也不感到訝異。「深受女性歡迎？」

「我沒資格對殿下做出任何評論，妳也該注意自己的發言。」

「我想怎樣就怎樣。」她打量僕人這張經歷過不少歲月的臉龐。為什麼派這麼老弱的女人來服侍她？她一秒內就能制伏對方。

「那妳就會被送回礦坑，乖寶寶。」菲莉琶一手扠腰。「噢，別板起臭臉——妳這樣會變成醜八怪唷！」她伸手去捏瑟蕾娜的臉頰，瑟蕾娜立刻退後。

「妳瘋了？我是刺客——不是逗國王笑的宮廷弄臣！」

菲莉琶如母雞般咯咯笑。「妳終究是個女人。只要在我的看管下，妳就必須給我表現得像個女人，願命運之神助我！」

瑟蕾娜眨眨眼，然後緩緩開口：「妳可真大膽。希望妳在其他宮廷仕女身旁不是這副德行。」

「啊，想必這就是為什麼我被派來伺候妳。」

「妳應該知道我的工作是什麼內容吧？」

「我無意冒犯，但妳這身華服的價值遠超過我這顆腦袋。」

瑟蕾娜皺起上唇，看著僕人轉身離開房間。「別擺出那種表情，」菲莉琶回頭呼喊。「否則妳的小鼻子會變成豬鼻子哦。」

瑟蕾娜目瞪口呆的看著女僕慢慢離去。

亞達蘭王儲眨也不眨的凝視父王、等對方開口。亞達蘭國王高坐於玻璃王座，回視王子。有時候鐸里昂忘了自己跟父王之間有多麼不相似——弟弟霍林的模樣才像國王，繼承了魁梧骨架、銳利眼神和一張圓臉。但是鐸里昂高䠷結實而優雅，跟國王沒有任何相像之處。還有鐸里昂的藍寶石眼眸——就連母后也沒有這種眼睛，沒人知道他這雙眼眸從何而來。

「她到了？」父王的語氣嚴肅而銳利，彷彿盾牌互擊、箭羽破空。對王子來說，這恐怕已經是最親切的一次寒暄。

「她在這裡的這段日子，應該不會造成任何威脅或惹事。」鐸里昂盡可能維持口氣平靜。選擇薩達錫恩，這其實是一把豪賭——賭看看父王是否能容忍。他即將知道這麼做是否值得。

「你的想法跟那些被她殺害的傻子一樣。」國王繼續說下去時，鐸里昂挺直身子。「她只效忠自己，就算要拿匕首刺穿你的心臟也絕不會有絲毫猶豫。」

「這就是為什麼她絕對有能力贏得這場競賽。」父王沒說什麼，鐸里昂繼續說下去，心跳加速。「其實仔細想想，這場競賽或許根本沒必要。」

「你說這種話，是因為怕輸錢吧。」如果父王能明白他去尋找御前鬥士並不只是為了贏得金幣，也是為了能出門遠行——為了遠離**父王**、能避多久就避多久。

鐸里昂鼓起勇氣，想起從安多維爾回來的路上不斷思索的一番話。「我保證她會盡忠職守；我們真的沒必要訓練她。如我之前所說的，這場競賽根本是一場鬧劇。」

「給我注意一下你說話的口氣，否則我會叫她把你當練習目標。」

「然後呢？讓霍林繼承王座？」

「別挑戰我的威信，鐸里昂，」父王警告：「你或許認為這個……**小女孩**能獲勝，但你忘了帕林頓公爵贊助**凱因**出賽。你原本明明可以選他那種鬥士——在戰場上以鐵與血打造、真正的鬥士。」

鐸里昂把兩手插進口袋。「您不覺得那個頭銜有點可笑？畢竟我們的『御前鬥士』只不過是個劊子手。」

國王從王座站起身，指向繪於會議廳遠側牆上的地圖。「我是這片大陸的征服者，不久之後也將成為**全**艾瑞利亞的統治者，我的命令不容你質疑。」

鐸里昂意識到自己即將從「傲慢」越界到「反叛」——他一向小心翼翼避免跨越的界線——因此咕噥道歉。

「我們正在跟溫德林王國激戰，」父王繼續說道：「我樹敵無數。這場競賽的優勝者不但將被賜予重生的機會，還能獲得我名下的財富和權力，也將因此對我感激不盡，還有比這種人更適合為我效勞的人選？」看鐸里昂沉默不語，國王微笑。被父王打量時，鐸里昂強忍顫意。

「聽帕林頓說，你在這趟旅途表現得中規中矩。」

「有帕林頓這條看門狗，我只好乖一點。」

「我可不想看到哪個村姑來敲打城門、哭喊指控你是負心漢。」鐸里昂的臉龐泛紅，但沒避開父王的視線。「我辛苦了大半輩子，就為了建立我的帝國，你可別搞個私生子出來把事情弄得太複雜。去娶個正經的女人，讓我抱幾個孫子之後你再回去拈花惹草。等你繼位，你就會明白何謂自食其果。」

「當我成為國王，我才不會以毫無說服力的『繼承權』聲稱我擁有特拉森的統治權。」鎧奧警告過王子，跟國王說話時務必謹慎，但王子像這樣對國王說話，口氣彷彿被寵壞的白痴……

「就算你給他們自治權，那些叛徒還是會拿矛尖插穿你的頭顱、豎於歐林斯城門口。」

「或許還能跟我所有私生子的腦袋並列呢，如果我夠幸運。」

國王對他冷笑。「吾兒可真是辯才無礙。」

父子無聲對望片刻之後，鐸里昂再次開口：「或許您應該考慮一下，既然我們攻不破溫德林王國的海軍防線，或許這就是一個徵兆，暗示您不應該繼續扮演天神。」

「扮演？」國王微笑，一口歪牙在火光照映下泛出黃光。「我沒在扮演什麼，戰爭這回事兒也不是一場遊戲。」鐸里昂的雙肩僵硬。「她的模樣或許賞心悅目，但骨子裡還是個巫婆。你必須跟她保持距離，明白嗎？」

「誰？那個刺客？」

「她很危險，孩子，就算你是她的贊助人。她只有一個目的——別以為她不會利用你來達成她的目的。如果你跟她搞上，會出現一些麻煩後果——不是來自她，也不是來自我。」

「如果我屈尊跟她來往，您會怎麼做，父王？也把我扔進礦坑？」

鐸里昂還來不及做好準備，父王已經箭步上前，手背啪一聲甩在他臉上。王子踉蹌欲倒，但立刻恢復鎮定；臉龐劇烈刺痛，他強忍淚意。「不管你是不是我兒子，」國王咆哮：「我還是你的國王。你會服從我，鐸里昂．赫威亞德，否則你會付出代價。我絕不再容忍你對我的質疑。」

知道再待下去只會給自己帶來更多麻煩，亞達蘭王儲默默行個禮，轉身離開父王身邊，眼中噴出難忍的怒火。

第八章

瑟蕾娜穿越一條大理石長廊，拖曳於身後的裙襬化為紫白波浪。鎧奧邁步於她身旁，一手枕於佩劍的鷹隼劍首。

「這條走廊有沒有任何有趣的東西？」

「妳還想看什麼？我們已經參觀了所有花園、舞廳、史料室，還有石城堡最美的風景。如果妳拒絕進入玻璃城堡，那就沒其他東西可看。」

她交叉雙臂。她成功以「我快無聊到發瘋」的藉口說服他帶她到處參觀——其實是為了勘測逃脫路線。這座城堡非常古老，大多數的迴廊和樓梯的盡頭都是死胡同，逃亡計畫需要從長計議。可是競賽明天就開始，她現在還能做什麼？為了以防萬一，她當然應該先安排第三十六計。

「我實在不懂，為什麼妳拒絕進入上頭的玻璃擴建區？」他繼續說道：「室內裝潢根本都一樣——除非有人向妳說明，或是妳看向窗外，否則妳根本不會知道妳在玻璃城堡裡。」

「只有蠢蛋才會在玻璃屋裡走來走去。」

「玻璃城堡堅若鋼鐵磐石。」

「嗯，但是胖子進去就會垮。」

「沒這回事。」

想像站在玻璃地板上，她感覺頭暈目眩。「沒有我們可以參觀的獸欄或是圖書館嗎？」兩人走過一排關上的房間，愉快的談話聲以及輕柔的豎琴聲從中傳來。「裡面是什麼？」

「王后的寢室。」他揪住她的胳臂，拉她繼續沿長廊而行。

「喬治娜王后？」他到底知不知道自己洩漏了多麼重大的機密？或許他真以為她已經弱得不再是個威脅，這令她感覺受到冒犯，她藏起臭臉。

「沒錯，喬治娜·赫威亞德王后。」

「小王子在家嗎？」

「霍林？他在學校。」

「他是不是跟他老哥一樣帥？」看鎧奧繃緊身子，瑟蕾娜露出賊笑。

全國上下都知道十歲的小王子被寵得從頭爛到腳。她想起在她被捕幾個月前的某件醜聞：霍林·赫威亞德在用餐時發現燕麥粥燒焦，因此把一名女僕打得半死，事情嚴重得完全無法向大眾隱瞞。女僕的家人獲得金錢賠償，小王子也被送去山區的一間學校；喬治娜王后那陣子還拒絕上朝，時間長達一個月。

「霍林遲早會長得像個赫威亞德。」鎧奧咕噥。瑟蕾娜以輕快的腳步往前走，王后的房間消失於他們身後。兩人無言以對的幾分鐘後，一道爆炸聲從附近傳來，然後又一道。

「那可怕的噪音是什麼？」瑟蕾娜說。帶她穿過一道玻璃大門、進入花園時，隊長向上指。

「鐘樓。」他回答，棕眼因笑意而閃爍。大鐘發出的戰吼漸漸停止，她從沒聽過這種爆炸般的鐘聲。

花園中，一座以如墨黑石砌造的塔樓拔地而起，四個鐘面都各有兩座展翅欲飛的石像鬼雕像，正在朝下方無聲咆哮。「真恐怖的東西。」她低語。珍珠般的白色鐘面上，數字彷彿戰士於出征前畫在臉和身上的戰繪，兩根指針如刀劍般劃過表皮。

「我小時候不敢靠近那裡。」鎧奧坦承。

「這種鬼東西應該出現在『命運之門』的入口前——不該在花園。那是什麼時候蓋的？」

「鐸里昂誕生那段期間，國王下令興建。」

「現任國王？」

鎧奧點點頭。

「他幹麼蓋這麼噁心的東西？」

「來吧，」他轉身，無視她的疑問。「我們走。」

瑟蕾娜再看大鐘一眼，一隻石像鬼的粗爪指過來，她敢發誓它的嘴巴張得比剛剛更大。她轉身跟上鎧奧時，注意到走道上的一塊石板。「這是什麼？」

他停步。「什麼是什麼？」

她指向刻在石板上的痕跡：一條垂直線將一個圓圈從中徹底貫穿；直線的兩端呈勾狀，一個朝下，另一個朝上。「地上這個痕跡是啥？」

他在四處走動觀察，然後來到她身旁。「毫無頭緒。」

瑟蕾娜再次觀察石像鬼。「它指向這個痕跡。這個符號到底表示什麼？」

「表示妳在浪費我的時間。」他說：「這符號大概只是某種裝飾性的日晷。」

「還有其他痕跡嗎？」

「如果妳有意尋找，一定找得到。」她允許自己被他拉離花園，遠離鐘樓的陰影，進入城堡的大理石走廊。然而，無論她如何嘗試，她還是無法甩掉那個感覺——那些石像鬼的凸眼還在盯著她。

他們經過廚房，裡頭是由吶喊聲、麵粉塵和熊熊烈火組成的一團亂。他們接著進入一條空無一人的長走廊，除了兩人的腳步聲外一片寂靜。瑟蕾娜突然停步。「那個，」她吸氣，「是**什麼**？」她指向二十呎高的橡木大門。看到從石牆兩側伸出的龍獸，她瞪大眼睛。這種龍有四條腿──跟皇家印記上的凶猛雙足翼龍不同。

「圖書館。」這幾個字讓她感覺彷彿閃電落下。

「圖……」她凝視鐵質門把上的爪痕。「我們──能不能進去？」

侍衛隊長不甘願的用力推開老舊的橡木門，強健背肌隨之緊繃。跟採光充足的走廊相比，眼前這個房間暗得可怕。但她一走進，立刻看到好幾座分枝燭臺，還有黑白大理石地板，搭配紅天鵝絨椅的紅木大桌、壁爐裡的一團小火、樓中樓、橋梁、梯子、欄杆，然後是書──數不盡的書。

這是一座完全以皮革與紙張築起的城市。瑟蕾娜一手貼於心口，逃脫路線這下一點也不重要。「我從沒見過這麼多──這裡到底有多少書？」

鎧奧聳肩。「上一次有人花時間計算的時候，答案是一百萬，但那是兩百年前的事，我猜現在的數量大概超過一百萬，而且傳聞還有第二座圖書館，深藏於地底的墓穴和地道中。」

「超過一百萬？一百萬本**書**？」她的心快樂得起舞，臉上綻放微笑。「我還沒看完一半就會老死！」

「妳喜歡看書？」

她揚起一邊眉毛。「你不喜歡？」沒等對方回答，她深入圖書館內，長袍裙襬掃過地板。她來到一面書櫃前，查閱書名，不認得任何一本。

她露齒而笑，轉身走過主廳地板，一手掃過覆以塵埃的書籍。「我從沒見過喜歡看書的刺客。」鎧奧呼喊。就算她現在就死，也會死於至喜之中。「妳說妳來自特拉森，那妳有沒有參觀過歐林斯城的大圖書館？聽說那座圖書館是這裡的兩倍大——其藏書一度囊括來自全世界的知識。」

她轉身背對原本正在打量的書櫃。「去過，」她坦承：「我很小的時候。雖然他們不讓我瀏覽——那裡的大學士們擔心我弄壞一些珍貴的手抄本。」那天之後，她就再也沒回去過大圖書館。她感到好奇：亞達蘭國王下令禁用魔法時，不知道銷毀了那間圖書館中多少珍藏？鎧奧說「一度」這個字眼時，口氣有些憂傷，她猜那些書籍應該大多已經消失。雖然她有些希望那些大學士已經把大部分的無價之寶私運去安全之地——當亞達蘭國王大舉入侵、特拉森皇室家族被斬草除根時，希望那些老古板學者有動手藏匿累積兩千年的想法和知識。

她的心中彷彿打開一口死寂大坑。她需要改變話題，因此問道：「這裡怎麼看不到你那幫人？」

「圖書館不需要衛兵。」噢，他可大錯特錯！圖書館充滿「想法」——這或許是全天下最危險而強大的武器。

她開口：「我是指你那些貴族夥伴。」

他斜靠在桌邊，一手依然枕於劍柄。看來某人還記得這間圖書館只有他們倆。「很不幸的，閱讀有點退流行。」

「嗯，那麼——沒人跟我搶書看了。」

「看書？這些書屬於國王。」

「這是間圖書館，不是嗎？」

「這是國王的財產，妳也不是貴族血脈，妳需要經過國王或王子的許可。」

「我很懷疑他們父子倆會注意到這裡少了幾本書。」

鎧奧嘆口氣。「時候不早了，我餓了。」

「所以？」她問。他一聲低吼，幾乎是用拖的把她拖出圖書館。

瑟蕾娜獨自一人吃過晚餐後——吃飯時她不斷思索所有逃脫路線、如何再製作一些武器——在房中來回踱步。她的競爭對手們住在哪？他們如果想看書的話是否有得看？

瑟蕾娜癱倒在椅子上。她感覺疲倦，但太陽才剛下山不久。如果沒書可看，或許她可以彈鋼琴，不過……好吧，她已經很久沒彈，因此不確定是否能忍受自己的笨拙手指彈出的噪音。她摸摸裙裝絲綢上的一抹紫紅。那麼多書，卻無人閱讀。

腦中閃過一個念頭，她從椅子跳下，來到書桌前坐下，抓起一張羊皮紙。如果韋斯弗隊長就是要堅守規矩，那她會大力配合。她拿玻璃筆在墨水瓶沾了沾，然後把筆尖移到紙上。

拿筆的感覺真怪！她在半空中稍做練習。她居然忘了如何寫字。筆接觸紙的時候，她笨拙的移動手指，小心寫下名字，然後開始寫下所有字母，重複三次。雖然字體有些歪七扭八，但她確實能寫。她拿出另一張紙，開始動筆。

殿下——

小女子最近注意到您的圖書館其實不算是圖書館，只是由您和您尊貴的父王獨占的私人藏書。您所珍藏的百萬書藏實在未達古人「物盡其用」之理，奴家只得哀求您容我借覽幾本，讓書籍受到該有的注意力。小女子無朋無伴，也被剝奪娛樂消遣；容我翻閱幾本書卷，這對您這種德高望重之人來說只不過是舉手之勞，算是對奴家這種低等下賤苦命人的慈悲之舉。

拜啟，

瑟蕾娜・薩達錫恩

瑟蕾娜朝這封信咧嘴笑，然後把它交給宮廷內看來最親切的女僕，清楚交代對方立刻把信交給王儲。半小時後，女僕兩手捧著一疊皮封書回來。瑟蕾娜從上頭拿起一張便條，不禁笑出聲。

致吾最忠心之刺客，

隨附七本吾近日閱畢且樂在其中的私人藏書。汝自然可隨意瀏覽城堡圖書館之書籍，但務必先讀此七冊，以便日後與汝討論。吾保證這些書籍絕不沉悶，因吾對廢話連篇又大放厥詞之文章毫無耐性——雖然自視甚高者之風格或許與汝十分相符。

汝之深情主子，

鐸里昂・赫威亞德

看完信，瑟蕾娜又哈哈大笑，接著從女僕手中接過書本，也感謝對方跑這一趟，然後走回臥室，以一記後蹬踢關上門，隨即飛撲到床上，書籍四散於緋紅床面。她不認得任何一本書名，雖然其中一位作者有些耳熟。選定看來最有趣的一本，瑟蕾娜仰躺在床上，進入書中世界。

翌日清晨，瑟蕾娜被鐘樓發出的凶惡爆炸聲吵醒。在半夢半醒的狀態下，她計算鐘聲次數——看來是中午。她坐起身。鎧奧在哪？而且更重要的是，競賽呢？不是應該從今天開始？

她從床鋪跳起，大步走過房間，原以為可能會看到他坐在椅子上、一手輕擱於劍柄，但沒看到他。她探頭窺視走廊，外頭四名衛兵唯一的反應是把手伸向武器。她走向露臺，底下的五名衛兵立刻架起手中弓弩。她雙手扠腰，打量這片秋日景色：花園樹木金棕相間，大半的樹葉已趴死在地，但今日天氣溫暖，幾乎算得上夏天。瑟蕾娜坐在欄杆上，朝那些以十字弓瞄準自己的衛兵揮手致意。遙望裂際城的遠方，她能看到船艦的風帆，以及在街上川流不息的馬車和民眾。在燦爛陽光下，城市的一片片綠屋頂綻放綠寶石般的光芒。

她又一瞥露臺下的五名衛兵，他們回瞪。看到他們慢慢放下十字弓，她咧嘴笑。她拿幾本厚書就能把這種小角色打昏。

一道聲響掠過花園，幾名衛兵把視線移向源頭。三名女子從不遠處的一片樹籬後方現身，聚在一起談話，朝她這區走來。

瑟蕾娜昨日聽到的旁人話題都無聊至極，她不期望這三人有特殊表現。她們身穿高級裙裝，不過中間那位——黑髮宛如鴉羽的那位——身上的衣服格外精緻：紅裙蓬鬆如帳篷，胸衣緊勒，瑟蕾娜懷疑她的腰圍恐怕不超過十六吋。其他兩名女子都是金髮，身穿淡藍裙裝、淡藍長袍，看來這兩人是專門服侍女性貴族的宮女。那三人在附近一道噴水池駐足，瑟蕾娜從欄杆後退。

從露臺靠近後方的位置，瑟蕾娜能看到紅衣女子伸手撫平裙前。「我應該穿白色禮服才對，」她的嗓門大得能讓全裂際城的人聽見。「鐸里昂喜歡白色。」她調整裙上的一條褶襇。

「但我敢打賭，每個人都會穿白色衣服出席。」

「我們是否該回去換衣服，小姐？」其中一名金髮女子問。

「不，」女子罵道：「這身衣服沒問題，又破又舊好得很！」

「可是——」另一名金髮女子問，看到女主人猛然轉頭瞪她，連忙住嘴。瑟蕾娜又靠近欄杆窺視。她那身衣服哪裡又破又舊？

「鐸里昂很快就會要求私下見我。」黑髮女子說。這時瑟蕾娜的上半身越過露臺邊緣；衛兵們出於完全不同的原因盯著這三名女子。「雖然我很擔心帕林頓對我獻的殷勤會給我帶來困擾，但我**確實**感謝他邀請我來裂際城。我母親現在一定在墳墓裡打滾吧！」她停頓，然後接著說道：「不知道她是誰？」

「您的母親，小姐？」

「我是說王子帶回裂際城的那個女孩。我聽說他走遍艾瑞利亞去找她，而且她是騎在侍衛隊長的坐騎上進城。除此之外，我對她一無所知，連她叫什麼名字都不知道。」跟在女主人後面的兩名女子不耐煩的對望一眼，這讓刺客知道這場對話已經不知道重複多少次。「我不需要擔心，」女子沉思，「王子帶回來的那個小蕩婦不會受到歡迎的。」

他的什麼？

宮女們在露臺下停步，朝衛兵們眨眨眼。「我需要我的菸斗，」女子低語，揉揉太陽穴。「我感覺快犯頭疼了。」瑟蕾娜揚起眉毛。「總之呢，」女子邊說邊走，「我應該要小心一點、避免被人暗算。我甚至或許需要——」

哐啷！

女子們尖叫，手持十字弓的衛兵們連忙朝她們轉身，瑟蕾娜仰頭看天的同時從欄杆退至露臺入口的陰影處。花盆沒擊中目標——下不為例。

女子以鮮明生動的文字咒罵連連，害瑟蕾娜必須摀嘴忍笑。宮女們柔聲安撫小姐，擦掉她裙子和麂皮鞋上的泥巴。「給我安靜點！」女子嘶吼。明智的衛兵們藏起笑意。「閉嘴，我們走！」

三名女子快步離去的同時，王子的小蕩婦回到房間，吩咐僕人為她準備最上等的長袍。

第九章

站在花梨木全身鏡前，瑟蕾娜面露微笑。

她撫摸這身長袍，海沫白的蕾絲綻放於曲型領口，彷彿浪花從這身粉緻海綠絲綢湧起、襲擊她的胸口。一條紅腰帶繫於腰際，形成一道反轉的頂峰，將胸衣與腰下的蓬裙分離。清透綠珠以螺旋和藤蔓的形式繡於整件禮服，白骨色的縫線沿肋骨的位置伸展。她把自製的髮簪匕首藏於胸衣，儘管胸口肌膚因此被這暗器無情戳刺。她撫摸一頭以髮簪固定的鬈髮。

換好衣服後，她不知道接下來該做什麼，尤其在競賽開始前八成需要再換一次衣服，可是——

看到鏡中倒影的房門口飄起裙襬，瑟蕾娜抬頭，從鏡中看到菲莉琶出現在她身後。刺客試圖隱藏得意洋洋的模樣，但徹底失敗。「真可惜妳是職業殺手。」菲莉琶開口，轉動瑟蕾娜的身子面對她。「如果妳成功引誘哪位貴族娶妳，我一點都不會覺得意外。如果妳魅力十足，或許也能讓殿下拜倒於妳的石榴裙下。」她調整瑟蕾娜身上的綠色褶痕，然後屈膝刷拂刺客腳上的紅寶石色平底鞋。

「這個嘛……相關謠言似乎已經四起。我聽到一名女孩說王儲帶我來這裡是為了追求我。我還以為全宮廷的人都聽說了這場蠢競賽。」

菲莉琶站起身。「不管外頭有什麼謠言，一星期之後就會被大家遺忘，妳等著看吧。等他找到下一個他喜歡的女人，妳就會從宮中耳語的話題消失。」瑟蕾娜站直身子，讓菲莉琶整理一縷凌亂鬈髮。「噢，我這話沒有惡意，孩子。漂亮姑娘總是會跟王儲傳出緋聞——妳是因為充滿吸引力而被別人當成他的情人，妳應該為這點感到榮幸。」

「我一點都不希望被他們當成那種人。」

「總好過被他們當成刺客吧，我敢打賭。」

她看著菲莉琶，然後笑出聲。

菲莉琶搖搖頭。「妳這張臉蛋在微笑時實在美極了，甚至顯得稚氣，遠好過妳總是皺眉的那副模樣。」

「嗯，」瑟蕾娜坦承：「或許妳說得沒錯。」她轉身想坐在淡紫絨腳墊上。

「啊！」菲莉琶驚呼，瑟蕾娜連忙僵站原地。「別坐，妳會弄皺衣裙的布料。」

「可是這雙鞋會咬腳。」她疼得皺眉，「妳不可能打算要我站一整天吧？就連吃飯也要站著？」

「等有人向我稱讚妳有多美之後，妳再坐下。」

「又沒人知道妳是我的僕人。」

「噢，他們知道我被派來照料王子帶回裂際城的**情人**。」

瑟蕾娜咬咬下唇。沒人知道她的真實身分，這**真的**是好事？她的對手們會怎麼想？或許外袍和長褲的簡單打扮還是比較適合。

瑟蕾娜伸手想撥開一縷讓臉頰發癢的鬈髮，手立刻被菲莉琶拍開。「別弄亂頭髮。」

她的房門突然被推開，一道熟悉的咆哮和重踏步聲隨之傳來。她從鏡中看到鎧奧氣喘吁吁的出現在房門口。菲莉琶向他屈膝行禮。

「妳，」他開口。瑟蕾娜轉身面對他時，他閉上嘴，打量她全身，然後鬆開眉頭，頭一歪，開口似乎想說什麼，但只是搖頭怒道：「跟我去樓上，現在。」

她行個屈膝禮，抬頭看他，眼睛半閉。「大人欲將小女子帶往何處？」

「唉，少跟我來那一套。」他揪住她的胳臂，帶她離開。

「韋斯弗隊長！」菲莉琶責罵：「她會被這身禮服絆倒，至少讓她提裙走路。」

她還真的絆了一跤，鞋子深深咬進腳跟，但他完全無視她的抗議，繼續把她拖進走廊。她朝房門外的衛兵們微笑；看到他們交換目光、表示讚賞，她的微笑化為咧嘴笑。隊長不斷增強手腕的勁道，直到她感到疼痛。「快點，」他說：「我們可不能遲到。」

「如果你早點通知我，我就會早點換衣服，你也不用這樣揪著我！」肋骨被束腹擠壓，她感覺呼吸困難。兩人匆忙走上一條長樓梯時，她摸摸頭髮，確認髮型沒亂。

「我忙著處理其他事情。還好妳已經換好衣服，雖然我會希望妳能穿……褶邊少一點的衣服去見國王。」

「國王？」幸虧她還沒吃東西。

「是的，國王。妳以為妳不會見到他？王儲跟妳說過競賽從今天開始——這次會面也等同競賽正式開幕，真正的工作從明天開始。」

兩條手臂感覺沉重，她完全忘了痠疼的兩腳和慘遭輾壓的肋骨。花園那座怪鐘開始報時。兩人來到樓梯頂階，沿一條狹長走廊快步而行，她無法呼吸。

感覺作嘔的她看往走廊窗外，大地遠在她腳下——非常遙遠。他們倆在玻璃樓層。她不想待在這，不想待在玻璃城堡。「你為什麼不早點告訴我？」

「因為他剛剛才決定現在就見妳，他原本打算今晚才見妳。希望其他候選人不會比我們早到。」

她感覺頭暈目眩。國王。

「妳進去以後，」他回頭道：「我在哪停步，妳就在哪停步，然後向他鞠躬——腰桿越彎越好。抬頭後挺胸站好，別看國王的眼睛，回答任何疑問前務必加個『陛下』，而且**無論如何**千萬別頂嘴。如果妳讓他不高興，他會立刻把妳送上絞刑臺。」

她的左太陽穴疼得要命，這個看來脆弱的玻璃之城讓她想吐。他們倆在這麼高的地方，高得可怕……拐進某個轉角前，鎧奧停步。「妳很蒼白。」

她不斷吸氣吐氣，很難把視線聚焦在他臉上。她痛恨束腹、痛恨國王、痛恨玻璃城堡。

她遭捕判刑的那些日子宛如發高燒時作的一場夢，但她能在腦中完美重演那場審判——以深色木頭搭建的牆壁，屁股底下的平滑椅面，被捕時受的傷還在痛，還有掌控她身心靈的恐怖寂靜。那時，她瞥了國王一眼——只有一眼，已經足以讓她失去理智，讓她希望能獲得任何刑責、只要能讓她遠離國王——就算是速速受死。

「瑟蕾娜。」她眨眨眼，臉頰灼熱，鎧奧的表情變得柔和。「國王也只是凡人，但妳應該向他表現出他的地位所該受的尊重。」他繼續跟她並肩行走，但是放慢腳步。「這次會面只是提醒妳以及其他鬥士來到此地的目標及任務、如果勝選會有什麼收穫。妳不是來受審，今天也不會接受測試。」兩人進入一條長走廊，她注意到四名衛兵在走廊盡頭的玻璃大門前站崗。「瑟蕾娜。」他在距離衛兵幾呎時停步，目光閃亮，透出柔和棕光。

「嗯？」她的心跳恢復平穩。

「妳今天看起來挺漂亮的。」他只說了這句，接著大門開啟，兩人走向前。進入這個擠滿人的房間時，瑟蕾娜昂首挺胸。

第十章

地板最先映入她的眼簾。在陽光照射下，紅色大理石地板之中的白色紋理閃爍，這片光芒隨著透明的玻璃大門戛然關閉而緩緩消失。吊燈和火炬掛在這個寬敞房間的各處，她瞟向兩側，這裡沒有窗口，只有一整面牆的玻璃，玻璃牆外只見天空。這裡沒有任何逃脫口，除了她身後那扇門。

在她左方是一座占據大半面牆壁的壁爐。被鎧奧帶往裡頭的同時，瑟蕾娜試著別瞪著那東西瞧。壁爐十分巨大，造型宛如大張的獠牙巨嘴，裡頭是一團熊熊烈火。火焰隱隱透出綠光，這令她繃緊背脊。

隊長在王座前的一小塊空地停步，瑟蕾娜也連帶站定。他似乎沒注意到自己身處的環境有多麼不祥，又或許他其實知道，只是比她更會隱藏情緒。她把視線往前移，看到四周的群眾。知道許多人正在看她，瑟蕾娜僵硬的深深一鞠躬，裙襬沙沙作響。

鎧奧把一隻手放在她背上、示意她起身時，她感覺兩腿無力。他帶她離開這個位置，來到鐸里昂・赫威亞德身旁站立。洗淨臉上的塵土和三星期的長途跋涉所留下的風霜後，王子的平滑臉龐顯得很不一樣，身上是一件鮮紅亮金相間外衣，經過梳理的黑髮閃閃發光。看到她一身華服，他臉上閃過一絲驚訝，但這個表情立刻化為挖苦的咧嘴笑，他隨即轉頭看父王。要不是因為她太專心於別讓雙手顫抖，她實在很想開口酸他幾句。

國王終於開口：「各位總算全員到齊，我們或許可以開始了。」

這是她曾經聽過的嗓音，低沉而粗啞，令她的骨頭分裂瓦解，讓她感覺到尚未降臨的刺骨凜冬。她的視線只敢移高至國王的胸口，他的寬胸略帶贅肉，被緋紅與墨黑雙色外袍繃得緊緊。一件以白獸皮製成的披風垂下雙肩，一把劍收在他腰間的劍鞘中，劍柄尾端是一頭張嘴咆哮的雙足翼龍。曾面對那把闊劍的男男女女皆無緣迎接翌日晨光。她知道那把劍的名稱。

諾盾。（註2）

「各位從艾瑞利亞各地被找來，是為了報效國家。」

她很容易看出對手們的高貴出身。每一名年邁貴族都身穿華服、佩帶飾劍，身旁都各站著一名男子——有些高䠷瘦長，有些肌肉賁張，有些身材普通，但都至少被三名高度警戒的衛兵包圍。

二十三名男子擋在她與日後的自由之間。大多數的對手都強壯得值得她多看兩眼，但當她觀察他們的臉龐——大多布滿疤痕、凹凸不平，或是醜得不堪入目——眼神都十分黯淡，缺乏狡黠光芒，被選上的都是四肢發達、頭腦簡單的傢伙。其中三人甚至被鎖鍊綑綁。他們真有這麼可怕？

幾人回應她的視線，她也回瞪，不知道他們把她當成對手還是普通的宮廷仕女？但大多數

註2　此劍的典故源自以北歐神話為背景的華格納歌劇《尼貝龍根的指環》。齊格蒙從樹中拔出此劍，將其名為「諾盾」（Nothung），意為「將於臨危之時拯救吾命之物」。此劍後來在戰鬥中被擊碎，日後由齊格蒙之子齊格飛（Siegfried）重鑄，用以擊殺巨龍法夫納。此「斷劍重鑄」的劇情即為日後托爾金於《魔戒：王者再臨》中亞拉岡取回先王之劍的原型。

的注意力都直接跳過她。她咬牙，這身禮服真是個錯誤。鎧奧為什麼**昨天**不告訴她今天要集會？

不過，一名稱得上英俊的年輕男子盯著她。他以灰眸打量她時，她逼自己收起所有表情。他高䠷結實，但並不顯得過瘦。他朝她微微點個頭，她也多打量他幾秒，看他把身子重心移往左腳，觀察他把視線移向其他對手時先注意他們哪些特徵。

一名體積龐大的男子站在帕林頓公爵身旁，似乎渾身以肌肉和鋼鐵組成——還特地穿上無袖盔甲來展示身材，一雙鐵臂彷彿能擊碎馬顱。他長得並不醜——其實那張古銅色臉龐還算悅目，但他的舉止就是有些噁心。他的黑曜石眼眸移向她的眼睛，張嘴亮出大白牙。

國王開口：「你們將角逐成為我的御前鬥士——在這烽火四起的世界中成為本王之劍。」

一絲羞愧在她心中閃過。「御前鬥士」這個響亮稱號的骨子裡只不過是劊子手。她真的能忍受為他賣命？她嚥嚥口水。她非忍不可，別無選擇。

「接下來的十三週裡，各位將在此居住、彼此競爭。你們每天都會受訓，而且每週接受一次試驗——每次都會有一人遭到淘汰。」瑟蕾娜計算：參賽者有二十四人——時間只有十三週。彷彿察覺她的疑問，國王繼續說道：「訓練與試驗並不輕鬆，有些人可能會死於這個過程。如果必要，會再另行加入淘汰賽。誰跟不上進度、誰於競試中敗北、誰令我不悅，就會被送回原地。」

「冬至節之後的那週，剩下的四名候選人將兩兩決鬥、爭取頭銜。在那之前，雖然我知道我的一些好友及參謀們私底下在進行某種比賽——」他一揮疤痕累累的大手，指向在場所有人，「你們最好低調些。只要誰犯錯，就等著被槍矛釘在城門上。」

她的視線不小心移到國王臉上，發現他以黑眸回視、得意洋洋，她的心臟嚇得往後逃、緊抓肋骨不放。

那個殺人凶手。

他應該被吊死在絞刑臺。他殺過的人比她更多——而且都是手無寸鐵的無辜之人，太多文化、珍貴知識以及美好事物毀在他手上。他的人民應該起義，全艾瑞利亞都應該揭竿而起——就像那些少數的反抗分子。瑟蕾娜逼自己回應他的視線，她不能退卻。

「明白了嗎？」國王問，還在盯著她。

她點個頭，腦袋沉重。她在冬至節之前必須擊敗所有對手。每週接受一次測驗——可能更多。

「說話啊！」國王咆哮，她試著別退縮。「你們不為這次機會感激涕零？你們不打算向本王表示感謝和忠誠？」

她低頭鞠躬，凝視國王的腳。「謝陛下隆恩，小女子感激不盡。」她咕噥道，聲音和其他候選人的答謝聲混在一起。

國王的手擱於諾盾劍柄。「這十三週應該會很有意思。」她能感覺到他的注意力還在她臉上，她不禁咬牙。「證明自己的價值，成為本王專屬的御前鬥士，就能獲得無盡財富與榮耀。」

她只有十三週的時間可以贏得自由。

「我下週將因私人事務而出一趟遠門，冬至節才會返回，但別以為我因此無法下令處決你們之中任何一人——只要我聽聞任何不該有的麻煩或意外。」競爭者們又點個頭。

「如果父王話已說完，我恐怕必須先行離開。」她身旁的鐸里昂插嘴，她立刻轉頭看他——他居然傲慢得敢打斷他父王的話。他朝父王一鞠躬，然後朝鴉雀無聲的在場人士點個頭。國王揮手要兒子快滾，甚至懶得看他一眼。鐸里昂朝鎧奧眨個眼，隨即走出會場。

「如果沒有其他疑問，」國王對所有候選人及贊助人說，語氣暗示發問者絕對會被送上絞刑臺，「各位可以退下了。別忘了，你們來這裡是為了榮耀我——還有我的帝國。」

瑟蕾娜和鎧奧不發一語的沿走廊而行，迅速遠離那群對手和贊助人。他們在會場逗留，互相談話——也為了打量彼此的能耐。隨著遠離國王的每一步，她漸漸恢復暖意。拐過一個轉角後，鎧奧才長長吐一口氣，手從她的背脊放下。

「嗯，起碼妳成功控制住妳那張嘴——真難得。」他說。

「不過她鞠躬哈腰的模樣可真充滿說服力！」一個笑呵呵的嗓音傳來。是鐸里昂，斜靠在牆邊。

「你怎麼在這？」鎧奧問。

鐸里昂從牆面撐起身子。「怎麼這麼問？當然是在等你們啊。」

「我們今晚得出席餐宴。」鎧奧回答。

「我是說，我在等我這位御前鬥士。」鐸里昂淘氣的眨個眼。想起王子進城時朝宮廷仕女們燦笑，她把目光鎖定前方。三人並肩行走，王儲走在鎧奧另一側的安全位置。「我為父王的粗魯向妳道歉。」她依然凝視前方，經過的僕人一一向鐸里昂行禮，他不予理會。

「看在命運之神的份上！」鐸里昂哈哈大笑：「他已經把妳訓練妥當！」他用手肘一頂鎧奧。「看到你們倆這樣公然無視我，她絕對可以扮演你小妹！雖然你們兩個長得並不像——要讓這麼漂亮的人冒充**你**妹，實在有難度。」

瑟蕾娜的嘴角忍不住勾起。她和王子都有個嚴父——好吧，以她的例子來說是個如父親般的人物。艾洛賓從未取代她失去的生父，也沒試圖這麼做。但至少艾洛賓有理由表現得又專橫又溺愛。為什麼亞達蘭國王讓兒子變得完全不像老子？

「出現了！」鐸里昂說：「她有反應耶——感謝諸神，我讓她笑了。」他一瞥身後，確認附近沒有其他人，然後壓低嗓門：「鎧奧應該沒在剛剛那場集會前向妳說明我們的計畫吧——對我們三人都很危險的計畫。」

「什麼計畫？」她撫摸裙上小珠，看著珠子在午後陽光下閃爍。

「關於妳的身分，妳應該隱藏的真實身分。妳的對手們或許對亞達蘭刺客略知一二，很可能利用那些情報對付妳。」

好吧，這也算公平，雖然他們過去幾星期都沒向她說明任何事情。「如果我的身分不是無情殺手，那我到底是誰？」

「對這座城堡裡的每個人來說，」鐸里昂回答：「妳的名字是莉莉安·葛戴納。妳的母親已不在人世，父親是來自貝爾海文的一名富商，妳是他唯一的繼承人。但妳有個不為人知的祕密：到了晚上，妳搖身一變成為珠寶大盜。妳我是在今夏邂逅，當時我在貝爾海文度假，妳試圖把我洗劫一空，而我看出妳的潛力。但妳父親發現妳晚上幹些什麼好事，因此把妳從五光十色的大城帶去安多維爾附近的一座小鎮。我父王決定舉行這場競賽後，我就前去找妳，把妳做為我的鬥士帶回這裡。剩下的細節妳可以自由發揮。」

她挑起眉毛。「真的？**珠寶大盜**？」

鎧奧嗤笑一聲，但是鐸里昂繼續說下去：「妳不覺得這個身分滿迷人的？」看她沒反應，王子問：「我的住所還合妳的品味嗎？」

「這裡確實還不錯。」她口氣平淡。

「『確實還不錯』？或許我應該把我這位鬥士搬去**更大**的房間。」

「你怎麼開心就怎麼辦。」

鐸里昂咯咯發笑：「看來即將揭幕的競賽完全沒影響妳那副囂張樣，本人甚感欣慰。妳覺得凱因如何？」

她知道他在指誰。「不管帕林頓餵他吃什麼，或許你也該把那種飼料送上我的餐桌。」看到鐸里昂還在盯著她，她翻白眼。「他那種體型的男子通常不夠靈巧敏捷。他大概一拳就能打趴我，但也得等打中再說。」她迅速瞥鎧奧一眼，看他敢不敢挑戰她這項宣言。

鐸里昂開口回答：「很好，我也這麼認為。其他人如何？有沒有發現哪位對手可能是個威脅？他們有些人的履歷還滿血腥的。」

「其他人看起來都很可悲。」她說謊。

王子笑得更開。「我打賭，他們絕對想不到最恐怖的對手居然是這麼漂亮的姑娘。」

這一切對他來說只是場遊戲？瑟蕾娜還來不及這麼問，某人在他們面前行屈膝禮。「殿下！還真巧呀！」這個嗓音高亢，但是平滑而且充滿心機，是花園那名女子。她換了衣服——現在是一身純白與亮金相間的長袍。瑟蕾娜雖然不願承認，但她非常欣賞對方這身打扮，實在美得令人驚豔。

瑟蕾娜敢打賭，這次相遇**絕非**巧合——這女人八成已經在這等上一段時間。

「嘉爾黛女士。」鐸里昂簡短寒暄，身子緊繃。

「我剛離開王后身邊，」嘉爾黛說，背對瑟蕾娜。對此輕蔑之舉，刺客沒什麼特別感想，畢竟她對宮中生態毫無興趣。「王后想見殿下。當然了，我有向王后說明殿下因為開會而無法——」

「嘉爾黛女士，」鐸里昂打斷她的話，「我還沒把妳介紹給我的朋友認識呢。」瑟蕾娜相當確定自己看到這名年輕女子微微一震。「容我介紹莉莉安．葛戴納女士。莉莉安女士，這位是嘉爾黛．朗皮耶女士。」

瑟蕾娜屈膝行禮，克制一走了之的衝動；如果要應付一大堆宮中狗屁，她寧可回去安多維爾。嘉爾黛鞠個躬，禮服的金條紋在陽光下閃爍。

「莉莉安女士來自貝爾海文——她昨天才到。」

女子以彎曲黑眉下的兩眼打量瑟蕾娜。「妳會在這裡待多久？」

「只待幾年。」鐸里昂嘆道。

「『只待幾年』！唉唷，殿下！這話太滑稽了！那是很長一段時間啊！」瑟蕾娜打量嘉爾黛的超細纖腰。真有那麼細？還是這女人其實快被束腹勒得窒息？

她注意到身旁這兩名男子迅速對望一眼——目光透出**惱怒厭惡**和**勉強應付**。「莉莉安女士和韋斯弗隊長是極為親密的摯友。」鐸里昂以誇張的口吻道。看到鎧奧臉紅的模樣，瑟蕾娜感到竊喜。「對他們倆來說，在一起的美好時光可謂度年如日，我向妳保證。」

「對您來說呢，殿下？」嘉爾黛羞怯的口氣隱藏緊張情緒。

惡作劇的情緒在瑟蕾娜體內攀升，但是鐸里昂回答：「我猜，」他慢聲慢氣道，亮藍眼眸移向瑟蕾娜，「等分離之日到來，我和莉莉安女士一**定會**依依不捨。」

嘉爾黛立刻把注意力移向瑟蕾娜。「妳從哪兒弄到這件衣服？」她口氣婉約。「真美。」

「我派人幫她訂做的。」鐸里昂一派輕鬆的說，摳摳指甲。刺客和王子互瞥一眼，各自的藍眼透出相同訊息：他們倆至少有一**位共敵**。「這件衣服在她身上**確實**美麗非凡，不是嗎？」

嘉爾黛的嘴脣噘起幾秒，但立刻換成微笑。「的確令人眼睛為之一亮，雖然這種淡綠色調很容易讓皮膚蒼白的女生更顯慘白。」

「莉莉安女士這身慘白樣正是她父親引以為榮之處，因為這讓她顯得與眾不同。」鐸里昂一瞥鎧奧，對方實在無法隱藏懷疑的表情。「你不同意嗎，韋斯弗隊長？」

「同意什麼？」他不高興的問。

「我們的莉莉安女士是多麼的**與眾不同**！」

「您說這什麼話呢，殿下！」瑟蕾娜責備，以輕笑聲隱藏邪惡笑意。「跟嘉爾黛女士的精美五官相比，小女子可是**相形失色**。」

嘉爾黛搖搖頭，對瑟蕾娜回應時卻看著鐸里昂。「妳真是好心。」

鐸里昂挪挪身子。「好啦，我閒混夠久了，得去照料母后囉。」他向嘉爾黛和鎧奧先後一鞠躬，然後轉頭面對瑟蕾娜，她揚起眉毛，看著他把自己的手湊到他唇邊。他的嘴唇柔軟平滑，這個吻釋放一道熾紅火焰，沿她的手臂往上蔓延，微微燒灼她的臉頰，她強忍退後或是賞他巴掌的衝動。「回頭見，莉莉安女士。」他說，露出迷人微笑。瑟蕾娜原本很想看看嘉爾黛有何表情，但對方只是朝王子屈膝行禮。

鐸里昂吹著口哨、兩手插進口袋邁步離去後，鎧奧開口：「我們也得走了。您是否需要由我們護送一程？」這是個言不由衷的提議。

「不用了，」嘉爾黛語調平淡，卸下偽裝。「我要去見帕林頓公爵。我很希望能常常見到妳，莉莉安女士。」她這種殺氣騰騰的眼神會讓任何刺客感到驕傲。「我跟妳非交個朋友不可。」

「沒問題。」瑟蕾娜說。嘉爾黛從他們倆旁邊走過，裙襬於周身飄動。兩人繼續前進，等嘉爾黛的腳步聲徹底消失。「妳很享受剛剛那一幕，是吧？」鎧奧罵道。

「陶醉其中。」瑟蕾娜挽住鎧奧的手臂輕拍幾下。「現在你得表現出**為我神魂顛倒的模樣**，否則這場戲就演不下去啦。」

「看來妳和王儲有同樣的幽默感。」

「或許我和他會成為好朋友，丟你在一旁玩沙。」

「鐸里昂比較喜歡跟教養與容貌皆宜的女士們有所來往。」聽到這話，她立刻轉頭看他，他微笑道：「妳真膚淺。」

她怒目相視。「我討厭那種女人。為了吸引男人，她們不惜背叛及傷害女性同胞。我們居然還說男人沒腦！至少男人在某方面的目的非常直截了當。」

「聽說她的父親富可敵國，」鎧奧說：「我猜這就是為什麼帕林頓對她那麼著迷。她當初進城時所坐的轎子比一間普通農舍還大，僕人把她從她家一路扛來這裡，距離將近兩百哩。」

「真是嬌嬌女。」

「我替她的僕人感到可憐。」

「我替她老爸感到可憐！」兩人咯咯發笑，他把跟她挽在一起的手臂抬得更高些。兩人在她房門外停步時，她朝門口的衛兵們點個頭，然後轉頭看鎧奧。「你要去吃午飯嗎？我好餓。」

他一瞥衛兵，收起微笑。「我有重要工作要處理，例如為即將遠行的國王準備隨行人馬。」

她打開門，但看著他。他臉上的小小雀斑隨著再次綻放的微笑而挪動。

「怎麼了？」她問。聞到房中飄來的菜餚香氣，她的腸胃咕嚕叫。

鎧奧搖搖頭。「亞達蘭刺客，」他輕笑，開始往回走。「妳最好休息休息，」他回頭呼喊：「競賽從明天開始。就算妳有妳自稱的那麼了不起，還是別浪費每一秒的休息時間。」

她翻個白眼，用力砸上門，稍後發現自己在吃飯時哼著小曲。

第十一章

瑟蕾娜感覺眼睛還沒閉多久，就被某人用手戳腰、把她弄醒。窗簾被拉開、迎接晨光時，她呻吟皺眉。

「起床。」果然是鎧奧。

她在被單下慢慢蠕動，用毛毯蓋頭，但毛毯被鎧奧抓起、丟到地上。睡袍下襬只遮到大腿，瑟蕾娜冷得打顫。

「冷死了。」她呻吟，把雙膝抱到胸前。她不在乎自己只有幾個月的時間擊敗其他鬥士——她現在只想**睡覺**。可惜王儲沒更早把她從安多維爾挖出來，這樣她就能有一**些**時間恢復原本該有的體力。說起來，那傢伙到底多久之前就已經知道這場競賽的存在？

「起來。」鎧奧扯掉她腦袋底下的枕頭。「妳這是在浪費我的時間。」就算他注意到此刻的她可謂衣不蔽體，他也沒做出反應。

瑟蕾娜邊埋怨邊滑到床邊，垂下一腳接觸地板。「去把我的拖鞋拿來，」她咕噥：「地板冰得要命。」

他不高興的咬牙低吼。瑟蕾娜沒理他，而是起身下床，駝著背蹣跚走進用餐間，一頓豐盛的早餐已經放在桌上。鎧奧的下巴朝餐點一撇。「快吃。測驗一小時後開始。」

不管心中有多少焦躁，她都沒在他面前表現出來。她誇張的長嘆一聲，以巨獸的優雅姿態癱坐在椅子上，掃視餐桌，拿叉子戳一塊香腸，還是沒刀子可用。

鎧奧站在門口說道：「能否容我一問，妳為何如此疲倦？」

她把石榴汁一飲而盡，然後拿餐巾擦嘴。「我看書看到凌晨四點，」她說：「我寫了封信給你的小王子，拜託他讓我借閱圖書館的書籍。他答應了我的請求，還給我七本他的**私人藏書**，命令我看完。」

鎧奧難以置信得搖搖頭。「妳沒有資格寫信給王儲。」

她朝他傻笑，然後咬一口火腿。「他原本大可不用理會我那封信。更何況，我可是他的**鬥士**，不是每個人都像你一樣認為必須對我壞得要命。」

「妳是刺客。」

「如果我說我是珠寶大盜，你會不會對我好一點？」她揮揮手。「別回答。」她把一匙燕麥粥送進嘴裡，發現根本沒味道，因此把四大匙紅糖舀進這碗灰色稀泥。

那些對手們到底有多少斤兩？她還沒來得及開始擔心，倒是先打量他的一身黑衣。「你從來不穿正常一點的衣服？」

「動作快一點。」他只有回這句。競賽正在等著她。

她突然食欲全消，推開燕麥粥。「那我最好去換衣服。」她轉頭想叫菲莉琶，但突然想到什麼。「今天的淘汰賽是什麼樣的活動？這樣我才知道該怎麼穿。」

「我不知道——妳得抵達會場後才會知道細節。」隊長站起身，敲敲佩劍的劍首，然後喚僕人前來，這時瑟蕾娜走回臥室。鎧奧向女僕指示：「給她穿上長褲和襯衫——寬鬆一點，不可花俏或暴露，再給她準備一件披風。」女僕進入更衣室，瑟蕾娜跟著進去，迅速脫得只剩內衣。看到鎧奧臉頰泛紅、轉身背對她，她暗爽在心。

幾分鐘後，瑟蕾娜快步跟著隊長來到玄關，朝自己皺眉。「我看起來真可笑！這條長褲蠢得要死，這件襯衫醜得嚇人。」

「別抱怨了，也根本沒人在乎妳穿什麼。」他推門進入走廊，外頭的衛兵迅速立正站好。「更何況，妳可以到了兵營再脫，我相信大家都迫不及待想看妳只穿內衣的模樣。」她低聲咒罵連連，用綠色天鵝絨披風緊緊裹身，跟在他身後。

侍衛隊長快步穿越城堡，氣溫因為天剛亮而依然寒冷。兩人很快來到兵營，正忙著穿戴盔甲的衛兵們向他們敬禮。

一道敞開的門露出內部的寬敞食堂，許多衛兵剛坐下來準備用餐。

鎧奧終於在一樓某處停步。

兩人進入一個寬敞的矩形房間，尺寸跟一間宴會大廳差不多。一排排用來支撐樓中樓的柱子豎立其中，地板是棋盤狀的黑白瓷磚。從地板延伸到天花板、組成一整面牆的一排排玻璃門全數敞開，薄紗窗簾隨著從花園吹進的冰涼微風而輕擺。另外二十三名鬥士大多已經到場，四散於各處，都在和各自的夥伴進行對戰練習，那些夥伴想必就是贊助人的訓練師。大家都受到衛兵的嚴密監視，也都懶得看她一眼，唯一的例外是那名堪稱英俊的灰眸年輕男子。他對她微微一笑，然後繼續練箭，以恐怖的精準度將一支支箭矢釘在會場對側的一塊標靶上。她抬起下巴，打量武器架。「你要我天剛亮就拿個釘錘亂揮？」

六名衛兵從他們身後的門口出現，加入在場的十幾名持劍衛兵。「如果妳膽敢做出任何蠢事，」鎧奧輕聲道：「他們不會放過妳。」

「我只是個珠寶大盜，記得嗎？」她走向武器架。他們大剌剌的把這些殺人利器放在此處，這麼做實在愚蠢至極。長劍、破刃短劍、斧頭、弓箭、刺槍、狩獵匕首、釘錘、長矛、飛刀、木杖……（註3）雖然她偏好防不勝防的匕首，但也熟悉在場每一種兵器。她掃視這間練習場，藏起厭惡的表情，看來大多數的對手也是十八般武藝樣樣精通。她觀察他們的同時，從眼角注意到某個動靜。

凱因進入會場，身旁是兩名衛兵以及一名想必是訓練師的魁梧刀疤男子。凱因邁步走向她，厚唇上揚、咧嘴而笑，她挺起雙肩。

「早啊。」他的嗓音低沉而粗啞，黑眸射出的視線如毒蛇般爬過她全身，然後移回她臉上。「我還以為妳老早逃回家了。」

她回以抿嘴微笑。「好戲才剛要開始，不是嗎？」凱因也微笑以對，隨即轉身離開。

如果她真要下手，那實在再簡單不過。衝上前揪住他的脖子、把他的臉砸在地上，真的**再簡單不過**。她甚至沒意識到自己因為怒氣破表而渾身打顫，直到鎧奧走進她的視線。「把那股殺氣留到正式決鬥。」他的口氣輕柔但不軟弱。

「老娘要宰了他。」她低聲道。

「不，如果妳想讓他閉嘴，那就在場上擊敗他。他只是王國軍隊裡的一介莽夫——別把妳的精神浪費在怒氣上。」

她翻個白眼。「**非常感謝您**以我的名義介入此事。」

「妳並不需要我出手相救。」

「你出手相救其實也不錯。」

註3　破刃短劍（sword-breaker）是一種雙刃短兵器，其中一刃是呈梳子般的鋸齒狀，用以招架、固定及折斷對手的刀劍。

「妳能勝任屬於妳自己的戰鬥。」他以手中的劍指向武器架，眼神提出挑戰。「選一個。」她把披風脫下，丟到身後。「咱們來看看妳那副囂張樣是不是有憑有據。」

她遲早會讓凱因閉嘴——讓他躺在墳坑裡安靜一輩子。但現在……她要讓鎧奧把剛剛那番話吞回去。

所有武器都品質精良，在陽光下閃閃發亮。瑟蕾娜判斷每一把武器能在隊長臉上製造哪種傷害，一一淘汰不適合的選擇。

撫摸每一把武器的握柄和刀刃時，她的心跳加速。她不知道該選一雙狩獵匕首，或是一把配有華麗護手盤的精美細劍。她能用細劍在安全距離外刺穿他的心臟。

她從架子抽出這支劍時，劍發出低鳴。她以雙手捧著，這是把好劍——強韌、光滑而輕巧。她的餐桌上連奶油刀都沒有，現在卻能摸到**這種東西**？

何不趁機小小教訓他一番？

鎧奧也脫下披風，丟在她的披風上頭，黑襯衫下的結實肌肉緊繃。他拔出佩劍。「預備！」他擺出架勢，瑟蕾娜面無表情的看著他。

你以為你是誰啊？這年頭誰還會大喊「預備」？

「你不先教我**基本功**？」她的聲音輕得只有他能聽見。她用一手輕甩細劍，然後搓搓劍柄，指尖在冰涼的表面收縮。「我在安多維爾待了一年，你知道，很容易因此忘掉之前所學。」

「以妳待在礦坑那段日子的殺人量來看，我非常懷疑妳這種本領會生疏。」

「在礦坑的時候是用鋤頭，」她的微笑愈顯狂野。「我只需要敲開對手的頭顱，或是朝他們的腹部丟把斧頭。」還好在場其他人完全沒注意到他們倆的談話內容。「如果你以為那種鬥毆廝殺**也算**劍術……**你**的戰鬥都是什麼樣的內容呢，韋斯弗隊長？」為了加強語氣，她把另一手放在心口，閉上眼睛。

侍衛隊長低吼一聲，箭步上前。

但她早已等候多時。一聽到他的靴子擦過地板，她立刻睜眼，手臂一轉，以劍擺出格擋姿態，兩腿準備承受鋼鐵互擊的衝勁。敲擊的瞬間所發出的聲響十分怪異，似乎比承受這道衝擊力更令人難受，但是瑟蕾娜沒多想，因為對方再次進擊。她輕鬆的以劍刃招架對方的武器，雖然沉睡已久的雙臂痠痛，但她繼續撥擋招架。

擊劍宛如跳舞——腳步必須配合，否則舞蹈就會支離破碎。節奏感一恢復，她的技能熟練度便迅速提升，在場的其他對手全部消失於晨光和陰影。

「很好。」他咬牙道，被她逼得以防禦姿態格擋她的刺擊；她的兩條大腿痠得彷彿在燃燒。「非常好。」他吸氣。他本身也不差——其實算得上是高手，但她不可能當面這樣稱讚他。

鏗鏘一聲，兩人的劍刃互抵，彼此用力推擠，但他的體格更為強壯。她悶哼一聲，使勁抵擋對方的壓迫。他雖然力量十足，卻不如她敏捷。

她抽身虛晃，雙腳如優雅飛鳥般在地板輕跳彎曲。他猝不及防，招架的力道不足，只能勉強撥擋。

她衝上前，持劍的手臂不斷往下揮舞扭轉，劍刃敲擊他的兵器。她愛死這種肩膀痠疼的感覺，她的進擊其疾如風——宛如神殿儀式的舞者、赤紅沙漠的毒蛇，又像奔流直下的飛瀑。

他跟上她的節奏，她允許他前進，但隨即取回上風。他試圖以一記揮向她臉部的拳擊讓她措手不及，但她怒火中燒，手肘瞬間抬起撥擋，直接擊向他的拳頭，逼對方收手。

「跟我對打的時候，妳得記住一件事，薩達錫恩。」他喘道，金棕眼眸反映陽光。

「嗯？」她悶哼一聲，上前撥擋他的下一招。

「我從沒輸過。」他對她咧嘴笑，她還沒聽懂這番話是什麼意思，突然某個東西掃向她的腳，然後——

她感到搖搖欲墜。脊椎接觸大理石地板的瞬間，她倒抽一口氣，細劍從手中飛離。鎧奧的劍尖指向她的心臟。「我贏了。」他吸口氣。

她用兩肘撐起身子。「你居然使出絆腳這種爛招，這算哪門子勝利？」

「被劍抵住心口的人可不是我。」

兵器互擊和呼吸困難的聲音在四周迴響，她一瞥其他正在對練的鬥士。當然，只有凱因閒著。他對她咧嘴笑，她也亮出牙齒。

「你的技巧不錯，」鎧奧說：「但有些招式尚嫌凌亂。」

她的視線從凱因身上移到鎧奧臉上。「那可從沒影響過我的工作表現。」她怒斥。

看她激動的模樣，鎧奧輕笑幾聲，把劍指向武器架，讓她站起身。「再選一把——選個不一樣的武器，而且有趣一點、能讓我滿身大汗的東西，拜託。」

「等我活剝你的皮、挖出你的兩顆眼珠再用腳踩爛，我包你滿身大汗。」她咕噥咒罵，撿起細劍。

「精神可嘉。」

她幾乎是用砸的方式把細劍放回原位，然後毫不猶豫的拔出那雙獵刀。

我許久不見的老友啊。

一抹邪惡笑容在她臉上擴散。

第十二章

就在瑟蕾娜準備把獵刀揮向隊長時，某人把長矛尾端往地板一砸，抓住所有人的注意力。她轉身面對聲源，看到一名體格粗壯的禿頭男站在樓中樓下方。

「**大家注意**。」男子開口。瑟蕾娜瞥鎧奧一眼，他點個頭，從她手中取走兩把獵刀，然後帶她跟其他二十三名參賽者在男子身邊排成一圈。「我是西奧達斯·布羅，武器大師，也是這次競賽的裁判。當然，我們的國王才是你們這幫廢物的最終評審，但我每天都會評估你們是否夠格擔任他的御前鬥士。」

他拍拍腰間的劍柄，瑟蕾娜實在欣賞那把劍的金縷劍首。「我在這裡擔任武器大師已經三十年，在這座城堡一共住了五十五年。我訓練過不少貴族和騎士——以及許多想成為亞達蘭鬥士的候選人。想讓我刮目相看，這會**非常不容易**。」

看到身旁的鎧奧挺起雙肩，瑟蕾娜意識到布羅很可能訓練過這位隊長。既然鎧奧的實力跟她不相上下，而如果他曾接受過布羅的訓練，這名武器大師想必名不虛傳。她比任何人都清楚：切勿因為對手的外表平凡而輕敵。

「國王已經向大家說明這場競賽的重要事項，」布羅的雙手交叉於身後。「但我猜，你們都很想對彼此有更多了解。」他朝凱因伸出一根粗短手指。「你，報上名諱、職業和老家。別說謊——我知道你們之中沒人是烘焙師或蠟燭工。」

凱因又露出令人無法忍受的咧嘴笑。「凱因，王國軍隊士兵，來自白牙山脈。」一點也不讓人意外，她聽說過那個區域的山地人有多殘暴，她也曾近距離目睹過幾位、看過他們眼中的凶光。他們許多人曾起身反抗亞達蘭——下場大多死路一條。如果他的山地同胞看到他這副模樣，不知道會作何感想？她咬緊牙根；如果特拉森的同胞看到**她**這副模樣，不知道會作何感想？

布羅若非不知道那是什麼地方，不然就是不在乎，甚至連頭都沒點一下，而是直接指向凱因右邊的男子，這副酷樣讓瑟蕾娜非常欣賞。「你？」

這名金髮略稀的高瘦男子打量這圈鬥士，冷笑一聲。「薩維爾·弗魯，盜賊大師，來自梅勒桑德。」盜賊大師！**就憑你**？當然，她意識到：對方八成就是因為瘦得跟竹竿一樣才能在門窗縫隙之間來去自如，或許他不是自吹自擂。

剩下的二十一名參賽者一一自我介紹。有六人也是身經百戰的戰士——皆因「行為不當」而被踢出軍隊，這一點實在令人疑惑，因為惡名昭彰的亞達蘭軍隊就是以冷酷無情的「行為不當」聞名天下。另外還有三名盜賊——包括黑髮灰眼的諾克斯·歐文，她以前曾經聽說過他的名字，而且他整個早上都對她露出迷人微笑。在場的還有三名傭兵，一臉凶神惡煞的模樣，彷彿想把誰丟進沸水煮熟。外加兩名上了鐐銬的殺人犯。

還有人如其名、綽號「噬眼者」的比爾·查斯坦——他吃下每一名受害者的眼球。他的模樣意外的平凡，灰褐頭髮、古銅肌膚、中等身高，雖然瑟蕾娜很難不去盯著他帶有疤痕的嘴。另一名殺人犯名為奈德·克萊蒙，他曾有三年的時間化名「鐮刀」，因為他就是用這種武器虐待及肢解神殿女祭司。這兩名男子都沒被處死，可真是奇蹟，不過從他們晒黑的膚色判斷，他們大概被捕之後就在安多維爾南邊的姊妹營「卡拉酷拉」頂著烈日勞動。

再來是兩名帶疤的沉默男子，看起來像是某位遠方軍閥的密友，然後是五名刺客。她立刻忘了前面四位的名字，只以特徵代替：瘦巴巴的傲慢男孩、肌肉發達的莽夫、目中無人的小矮子，外加一名鷹勾鼻掛著鼻涕、自稱小刀愛好者的白痴。他們甚至不是刺客公會的成員——艾洛賓・漢默爾也永遠不可能讓這種小角色加入，會員僅限受過多年訓練而且紀錄卓越者。那四人或許有三兩下功夫，但缺乏艾洛賓想在其追隨者中看到的優雅氣質。她不會過於小看這四人，但至少他們不是來自赤紅沙漠那些風吹沙丘的「靜默刺客」——那幫人會值得讓她認真對付、讓她稍微流些汗。她曾在某個酷夏跟他們其中一人特訓，想到他們那些累死人的操練，她的肌肉隱隱作痛。

撇去這四位不談，第五位刺客引起她的注意。他自稱古雷夫（註4），個子瘦弱矮小，邪惡臉龐讓人們想立刻撇過頭。他進入會場時身負枷鎖，負責看管他的五名衛兵們向他鄭重警告後才解開束縛。就算在此刻，衛兵們仍站在一旁緊盯著他。自我介紹時，古雷夫露出諂媚的微笑，偷偷打量她全身時更令她感到厭惡。如果受害者是女人，像他這種刺客絕不會只滿足於殺人奪命。她逼自己回應他的貪婪視線。

「妳呢？」布羅打斷她的思緒。

「莉莉安・葛戴納，」她抬頭挺胸。「來自貝爾海文的珠寶大盜。」

幾名男子竊笑，她氣得咬牙。如果他們知道她的真名、知道這位「珠寶大盜」能空手活剝他們的皮，他們鐵定笑不出來。

「好了，」布羅揮揮手。「各位放下武器，休息個五分鐘。接下來是跑步，測驗你們的體

註4　古雷夫的原文是Grave，意為墳墓。

能。無法跑完全程的人可以回家了——反正打哪來就回哪去。第一場正式測驗是五天後，多給你們幾天做準備，你們應該心存感激。」

他說完後，大夥四散，跟各自的訓練師竊竊私語、討論哪些參賽者應該是最大的威脅——大概就是凱因和古雷夫，反正不可能是來自貝爾海文的珠寶大盜。鎧奧站在她身旁，看著其他鬥士大步離去。她花了八年建立聲望，還在安多維爾做了一年苦工，可不是為了像**這樣**被小看。「如果我以後還得自稱珠寶大盜——」她抱怨。

鎧奧揚起眉毛。「那妳就要怎樣？」

「假裝自己是來自芬海洛某小城的小賊，你知不知道這對我來說是多大的屈辱？」

他瞪著她，沉默片刻。「妳就真的**這麼自大**？」她氣得發抖，但他繼續說下去。「剛剛跟妳對打，那麼做很愚蠢，我承認，我沒料到妳這麼厲害。還好其他人都沒注意到妳的身手，妳想不想知道**原因**，莉莉安？」他上前一步，壓低嗓門。「因為妳只是個漂亮姑娘，因為妳只是來自芬海洛某小城的珠寶小賊。看看四周。」他稍微轉身面對其他參賽者。「有人在瞪妳嗎？有人在打量**妳**嗎？沒有，因為他們不把妳當對手，因為**妳**沒攔阻他們要追求的自由、財富或是其他東西。」

「一點沒錯！所以這讓我很丟臉！」

「這叫做聰明，給我弄清楚。妳必須在整場競賽中保持低調，妳不會表現突出，妳也不會大勝那些盜賊、士兵和無名刺客。妳會穩穩的表現平庸，不會有人多看妳一眼，因為妳不構成威脅，因為他們認為妳遲早會被淘汰、他們應該把注意力放在更魁梧更強壯更敏捷的參賽者身上，例如凱因。」

「但妳會撐得比他們都久，」鎧奧繼續說道：「當他們在最終決鬥那天早上醒來，發現**妳**是他們的對手、是**妳**擊敗他們，他們臉上的表情會讓妳受到的屈辱和小覷獲得成果。」他朝她伸手，準備帶她出去。「所以，妳對**這種做法**有何看法，莉莉安．葛戴納？」

「我能照顧自己，」她輕描淡寫的說，牽起他的手。「但我必須承認，你相當精明，隊長，精明得讓我覺得……我應該送你一顆我打算今晚去王后那裡偷取的珠寶。」

鎧奧咯咯笑，兩人大步來到外頭，準備接受跑步測驗。

肺臟灼燒、兩腿如鉛，但她繼續奔跑，位置保持在鬥士們的中間。布羅、鎧奧和其他訓練師——以及三十多名武裝衛兵——騎馬繞著狩獵場，跟在他們身後。其中一些鬥士，包括古雷夫、奈德和比爾，被鎖上長長的鐐銬。鎧奧沒給她上枷鎖，她猜這算是對她的特殊待遇。但令她意外的是，凱因跑在最前頭，而且距離第二名至少有十碼遠，他怎麼可能這麼快？

落葉碎裂聲和鬥士們的喘氣聲在溫暖秋風中迴響，瑟蕾娜把視線固定於前方那名盜賊的潮溼閃爍黑髮。一步接一步，吸氣接吐氣，呼吸——她必須記得呼吸。

前方的凱因拐過一個轉角，朝向北方——返回城堡，後面的參賽者如鳥群般緊隨在後，未曾放慢腳步。沒關係，讓他們去盯著凱因、讓他們想辦法解決那傢伙，她不需要靠贏得賽跑來證明自己更優秀——不需要國王提供的任何證明，她本來就比他們優秀！她的呼吸少了一拍，雙膝搖晃，但她依然挺直身子。這場跑步很快就會結束。很快。

她甚至不敢回頭看有誰落後。但她能感覺到鎧奧的目光落在她身上、提醒她待在中間。至少他對她還有這種程度的信心。

群樹漸疏，露出狩獵場和馬廄之間的廣場，終點將近。她轉頭，如果還多剩一口氣，她一定會咒罵戳到側腰的襯衫縫線。她必須待在中間……待在中間……

凱因穿出樹林，高舉雙臂表示勝利。他多跑幾呎，放慢腳步讓身體緩和下來，他的訓練師為他歡呼。瑟蕾娜唯一的反應是讓兩腳保持移動。只剩幾碼。隨著持續接近，廣場的光芒越來越亮。她眼冒金星，她必須待在中間。在艾洛賓・漢默爾多年的訓練中，她學到「太早放棄」的危險性。

接著，她穿出樹林，空間、草地和藍天如爆炸般襲來、將她包圍。她前方的男子們放慢腳步，然後停止。這是她唯一能避免膝蓋癱軟的方法，還在眼冒金星的同時，她讓兩腿放慢、放慢、放慢，讓雙腳行走，逼自己不斷呼吸。

「很好。」布羅說，勒馬停下，打量先抵達終點的這批人。「去喝水。接下來還有其他訓練。」

從視線的斑點中，她看到鎧奧也拉住坐騎的韁繩。她的雙腳自行移向他，然後從他身旁經過，返回樹林。「妳去哪？」

「我的戒指掉在路上。」她說謊，盡力讓自己顯得精神散漫。「給我幾分鐘的時間去找。」沒等對方同意，她進入樹林，遠離幾名鬥士因為聽到她掉東西而對她發出的冷笑聲。從持續逼近的撞擊聲判斷，她知道還有一名鬥士即將跑出樹林。她躲進一旁的灌木叢，這個世界變得黑暗、輕盈而歪斜。她的腳步蹣跚，反胃嘔吐時，她差點來不及蹲下。

她吐個不停，直到吐不出任何殘渣。落後的那名鬥士從旁經過。四肢顫抖的她抓住旁邊一棵樹，把自己撐起身。她發現韋斯弗隊長站在小徑對面，抿嘴看著她。

她用手背擦擦嘴，走出樹林，對他不發一語。

第十三章

布羅叫大家解散時，已經到了午餐時間。以「飢餓」來形容瑟蕾娜的目前狀態，這個說法恐怕過於保守。她在房裡的用餐間拚命把肉排和麵包塞進咽喉時，門突然打開。「你來幹麼？」她開口問道，滿嘴食物。

「我不能來？」已經沐浴更衣的侍衛隊長回嘴，在餐桌旁坐下，把一盤鮭魚拉到面前，把魚放到自己的小盤上。瑟蕾娜皺起鼻子，做出厭惡的表情。「妳不喜歡鮭魚？」

「我最討厭魚，寧死不吃。」

「這倒令人意外。」他咬一口鮭魚。

「為什麼？」

「因為妳聞起來像魚。」

她張大嘴，炫耀嚼成一團的麵包和牛肉。他搖搖頭。「妳或許稱得上武功高強，但實在粗俗無禮。」

她等著他提起稍早目睹的嘔吐一幕，但他沒繼續說話。「老娘如果願意，一樣可以表現得像淑女。」

「那我建議妳開始這麼做。」他停頓片刻之後問道：「妳還喜歡現在這種暫時性的自由嗎？」

「你這是在挖苦我？還是真想知道答案？」

他又咬一口魚。「妳怎麼想都行。」

午後天光從窗戶滲進，稍嫌黯淡但依然宜人。「總體來說，我很喜歡，尤其因為被你鎖在這個房間裡的時候，我還可以慢慢看書。我猜你大概不懂吧。」

「正好相反。或許我不像妳跟鐸里昂有那麼多時間看書，但這並不表示我對書本的喜愛比你們少。」

她咬一口蘋果，味道有點酸，還帶有蜂蜜口感的甜甜後勁。「噢？你喜歡什麼樣的書？」

他說了幾本，她眨眨眼。「嗯……那些還不錯——大部分啦。還有嗎？」不知道為什麼，兩人就這麼順著話題聊了一小時。時鐘突然敲擊，告知現在是下午一點，他站起身。

「這個下午是妳的自由時間。」

「你要去哪？」

「讓我的四肢和肺臟好好休息。」

「嗯，好吧，希望下次見到你之前，你已經看了幾本像樣的書。」

走出她房間之前，他的鼻子嗅了嗅。「希望下次見到妳之前，妳已經**洗了澡**。」

瑟蕾娜嘆口氣，喚僕人準備洗澡水。她打算整個下午都在露臺享受書本。

翌日黎明時分，瑟蕾娜的臥室門開啟，熟悉的跟蹤狂步伐在房中迴響。還沒踏進她的閨房，鎧奧・韋斯弗不禁停步——他看到刺客以雙手吊在臥室門口上方的木梁，重複把自己向上拉、直到下巴接觸木梁；汗水浸溼她的內衣，在白皙肌膚形成一條條涓涓細流。她已經鍛鍊了一小時，再次引體向上時，她的雙臂顫抖。

雖然她得在對手面前故意表現平庸，不代表她的自我鍛鍊也可以放鬆，就算每次拉舉都讓她的身體尖叫抗議。她的體能沒退化**那麼多**——畢竟她在礦坑用的鋤頭一點也不輕，而且如此訓練自己也絕不是因為她在昨天的賽跑中大輸其他對手。

隱藏實力，這已經讓她占了上風，她只是需要更加提升自己的優勢。

她朝他微笑，咬牙喘氣，但沒停止鍛鍊。令她意外的是，他回以微笑。

下午時分，一場猛烈的暴風雨降臨，鎧奧允許瑟蕾娜在結束和其他參賽者的本日訓練後跟他在城堡周圍散步。雖然他話不多，她還是很高興能走出房間，而且身穿一件新的長袍——精美的紫色絲綢，搭配淡粉紅蕾絲和珍珠小球。兩人拐過一個轉角時，差點撞上嘉爾黛・朗皮耶。刺客原想板起臭臉，但一看到嘉爾黛的隨行伴侶，她立刻忘了嘉爾黛的存在。那是一名伊爾維女子。

女子的五官精美光華、令人驚豔，身形修長苗條。一身寬鬆的白色裙裝襯托乳脂般的棕色肌膚，大半的胸口和脖子被一條三環金色領圈遮蔽。幾條象牙和黃金手環在她的兩腕閃爍，雙腳的涼鞋與踝環同色，她頭上還戴有一條鑲有寶石、垂掛金條的細圈。女子身旁有兩名全副武裝的男性護衛，配有弧形的伊爾維匕首和長劍，兩人都緊盯鎧奧和瑟蕾娜、評估威脅。

這名伊爾維女孩是個公主。

「韋斯弗隊長！」嘉爾黛說，屈膝行禮。她身旁一名身穿紅黑議員服裝的矮小男子朝他們倆鞠躬。

伊爾維公主挺直站立，棕眼仔細觀察瑟蕾娜及其同伴。瑟蕾娜微微一笑，公主向她走近，兩名衛兵微微緊繃。她的動作優雅得彷彿與生俱來。

嘉爾黛朝這位女孩打個手勢，美麗的臉龐藏不住厭惡的神情。「這位是伊爾維的皇室成員，娜希米雅．耶格公主。」

鎧奧深深鞠躬。公主點個頭，下巴微微一撇。瑟蕾娜知道這個名諱——在安多維爾時，她經常聽到伊爾維奴隸們吹噓娜希米雅多麼美麗而勇敢。「伊爾維之光」娜希米雅有一天會將他們救離苦難。未來繼位之時，娜希米雅或許會威脅到亞達蘭國王對伊爾維的統治權。那些奴隸甚至說娜希米雅把情報和物資偷偷提供給躲藏於伊爾維的反抗軍。她為何在這？

「這位是莉莉安女士。」嘉爾黛以輕快的口氣補充道。

瑟蕾娜深深行個快讓她摔倒的屈膝禮，以伊爾維語開口：「歡迎來到裂際城，公主殿下。」娜希米雅公主緩緩露出微笑，其他人目瞪口呆。議員眉開眼笑，擦掉額頭上的汗水。為什麼不是王儲或是帕林頓去迎接娜希米雅？為什麼公主是被嘉爾黛．朗皮耶牽來牽去？

「謝謝妳。」公主低聲回應。

「一路長途跋涉，想必十分辛苦，」瑟蕾娜繼續以伊爾維語說道：「公主殿下是今天抵達的嗎？」

娜希米雅的衛兵們互望一眼，娜希米雅的眉頭緩緩揚起，沒多少北方人會說這種南國語言。「是的，而且王后派了**這個人**——」娜希米雅的頭朝嘉爾黛一歪，「還有那隻滿身大汗的蟲男帶我走來走去。」公主朝矮小的議員瞇起眼睛。對方搓擰雙手，然後用手帕輕輕點拭額頭。

或許他知道娜希米雅代表什麼樣的威脅；但為何帶她來城堡？

瑟蕾娜的舌頭舔過牙齒，強忍笑意。「他看起來有點緊張。」她必須改變話題，否則真的會笑出聲。「您覺得這座城堡如何？」

「這是我看過最蠢的東西。」娜希米雅打量天花板，彷彿目光能穿透石頭、接觸上方的玻璃樓層。「我寧可走進一座沙雕城堡。」

鎧奧以有些難以置信的眼神看著她們倆。

「很抱歉，我完全聽不懂妳們在說什麼。」嘉爾黛插嘴。瑟蕾娜試著別翻白眼——她完全忘了這女人還杵在這。

「我們，」公主開口，努力思索通用語的辭彙，「剛剛在跟天氣說話。」

「妳的意思是**討論天氣**。」嘉爾黛銳利的糾正。

「注意妳的口氣。」瑟蕾娜衝口斥責。

嘉爾黛朝瑟蕾娜露出一抹凶惡微笑。「既然她是來學習我們的生活方式，我就應該糾正她、別讓她說傻話。」

學習他們的生活方式，還是其他事情？公主及其衛兵的表情莫測高深。

「公主殿下，」鎧奧走上前，以微妙的動作擋在娜希米雅和瑟蕾娜之間。「您正在參觀城堡？」

娜希米雅思索這句話，然後看向瑟蕾娜、揚起眉毛，彷彿在等對方提供翻譯服務。瑟蕾娜的嘴角勾起一抹微笑，難怪議員汗流不止，娜希米雅是個強勁對手。瑟蕾娜輕鬆翻譯鎧奧的疑問。

「如果這種瘋狂建築也算城堡。」娜希米雅答覆。

瑟蕾娜轉頭看鎧奧。「她說是。」

「她說了那麼長一串，原來只是個『是』啊？」嘉爾黛以虛假的甜美口吻說道。瑟蕾娜的指甲掐進掌心。

我一定要扯掉妳的頭髮。

鎧奧又向娜希米雅走一步——恰好擋在瑟蕾娜跟嘉爾黛中間，這傢伙真聰明。他一手貼在胸前。「公主殿下，在下是皇家侍衛隊長，請容我護送您。」

瑟蕾娜幫忙翻譯，公主點個頭。「把她攆走，」她平淡的對瑟蕾娜說，然後向嘉爾黛揮個手。「我不喜歡她的脾氣。」

「妳可以退下了，」瑟蕾娜對嘉爾黛說，露出燦爛微笑。「公主已經厭倦妳的陪伴。」

嘉爾黛一愣。「可是王后——」

「既然公主殿下如此要求，就應該遵從。」鎧奧插嘴。雖然鎧奧的表情總是中規中矩，但嘉爾黛很確定他眼中閃過一絲笑意。瑟蕾娜真想給他一個擁抱。公主和議員加入他們倆，一起沿走廊而行；丟下這位氣得冒煙的貴族仕女時，瑟蕾娜甚至懶得對她點頭道別。

「你們的皇家女子都是那副德行？」公主以伊爾維語問瑟蕾娜。

「像嘉爾黛？很不幸的，是的，公主殿下。」

娜希米雅打量這名刺客，瑟蕾娜知道對方在觀察自己的衣服、步伐和姿態——正如瑟蕾娜已經對公主做出的觀察。「可是妳——妳跟她們不一樣。妳的伊爾維語為什麼說得這麼好？」

「我——」瑟蕾娜編個藉口，「學了幾年。」

「妳的發音是農民的語調，妳的課本是這樣教妳的？」

「我認識一名伊爾維女子，是她教我的。」

「妳的奴隸？」她的語氣變得銳利，鎧奧瞥她們一眼。

「不，」瑟蕾娜連忙說：「我不遵行奴隸制度。」想到還在安多維爾的那些奴隸、那麼多人註定受虐至死，她的腸胃一揪。只因為她離開了安多維爾，不代表安多維爾不復存在。

娜希米雅的口氣變得柔和。「那麼，妳跟妳那些宮廷夥伴真的很不一樣。」

瑟蕾娜只能勉強對公主點個頭，兩人把注意力移向前方的走廊。僕人們從旁快步經過，看到公主及其隨從時瞪大眼睛。一段沉默後，瑟蕾娜挺起雙肩。「能否容我一問，為什麼您來到裂際城？」她補充道：「公主殿下。」

「妳不用叫我公主殿下。」公主勾轉手腕的一只金手鐲。「我是奉我父王伊爾維國王之命前來，學習你們的語言和傳統，好讓我能更佳侍奉伊爾維和我的人民。」

以之前對娜希米雅的了解來判斷，瑟蕾娜不認為這是最主要的理由，但還是禮貌的微笑道：「您會在裂際城待多久？」

「直到父王派人接我回去。」她停止把玩手環，朝窗外的滂沱大雨皺眉。「如果幸運的話，我只需要待到春天。除非父王決定哪個亞達蘭男子或許適合成為我的配偶，那我就會在這待到**那件事**處理完畢。」看到公主眼中的惱怒，瑟蕾娜為她父親可能會選擇的男子感到一絲憐憫。

想到某個念頭，瑟蕾娜頭一歪。「您會嫁給誰？鐸里昂王子？」這種提問是挖人隱私，而且有些無禮——她剛說完就後悔。

不過娜希米雅只是嘖了一聲。「那個花美男？他太愛對我咧嘴笑——而且妳該看看他對宮中其他女子眉來眼去的模樣。我要的是只為**我**暖床的丈夫，禁止濫情。」她一瞥刺客，又上下打量對方。瑟蕾娜注意到公主的視線在她雙手上的幾道疤痕逗留。「妳打哪兒來的，莉莉安？」

瑟蕾娜若無其事的把雙手藏在長袍的皺褶裡。「貝爾海文——芬海洛的一座城市，是個漁港，臭氣沖天。」這是實話。之前因為出任務而到訪貝爾海文時，如果太接近碼頭，她一定會因為魚腥味而嘔吐。

公主咯咯輕笑。「裂際城的味道也很可怕，這裡實在太多人。在班加利，至少太陽能燒掉所有臭味，我父王的河濱宮殿聞起來像蓮花。」

一旁的鎧奧清清喉嚨，顯然受夠了被冷落，瑟蕾娜朝他咧嘴笑。「別這麼悶悶不樂嘛，」她以通用語說：「我們必須配合公主。」

「少那副得意洋洋的模樣。」他回嘴，壓低眉頭，一手放在腰間劍柄上，娜希米雅的貼身保鑣們向他走近。雖然鎧奧是侍衛隊長，但如果構成威脅，瑟蕾娜絕不懷疑娜希米雅的保鑣會立刻解決他。「我們只是帶她回去國王的議會。我會去跟他們談談，關於允許嘉爾黛帶她四處參觀的事。」

「妳打獵嗎？」娜希米雅以伊爾維語插嘴。

「我？」瑟蕾娜回應，公主點個頭。「噢——呃，不，」瑟蕾娜也改用伊爾維語，「我其實比較喜歡看書。」

娜希米雅的視線轉向被雨水覆蓋的窗戶。「五年前亞達蘭大軍入侵時，我們的書籍大多被焚燒殆盡，不管那些書是關於魔法——」說到這個辭彙，她壓低嗓門，雖然鎧奧和議員根本聽不懂，「或是歷史。他們放火燒掉一間間圖書館，連同博物館和大學……」

胸口被一道熟悉的痛楚貫穿，瑟蕾娜點個頭。「伊爾維不是唯一一個遭受那種苦難的國家。」

娜希米雅的眼中透出某種冰冷而苦悶的情緒。「現在，我們收到的書籍大多來自亞達蘭——我幾乎根本看不懂的語言。我在這裡也必須學習他們的語言，還有其他一堆東西要學！」她用力跺腳，身上的珠寶叮噹作響。「而且我痛恨這雙鞋！還有這件討人厭的衣服！就算這是伊爾維絲綢，就算我應該要代表我的王國，我也不在乎——我一穿上這東西就渾身發癢！」她瞪著瑟蕾娜的華麗長袍。「妳怎麼受得了穿這麼巨大的東西？」

瑟蕾娜拉起裙角。「說實在的，我的肋骨快被這件衣服壓碎。」

「好吧，至少受苦的不只我一人。」娜希米雅說。鎧奧來到議會廳門前，命令門口的六名哨兵盯著這兩名女子以及公主的衛兵們。「他在做什麼？」

「把妳送回議會，然後確保嘉爾黛不會再帶妳到處亂跑。」

娜希米雅的雙肩微微下垂。「我才來這裡一天就想回家。」她用鼻孔長嘆一聲，又看向窗外，彷彿視線能回到伊爾維。她突然抓住瑟蕾娜的一隻手，緊緊捏住；沒想到她的手指布滿繭皮——或許是長劍或匕首的握柄所造成。瑟蕾娜回視公主的眼睛，對方放下手。

或許關於公主和伊爾維反抗軍之間的那些傳聞是真的……

「我在這裡的時候，妳能不能陪我，莉莉安女士？」

聽到這個要求，瑟蕾娜眨眨眼——不禁感到光榮。「當然，我有空的時候會很樂意侍候您。」

「我有僕人侍候我，我的意思是我希望有人能陪我說話。」

瑟蕾娜實在控制不住興高采烈的情緒。鎧奧又回到走廊，朝公主鞠躬。「議員們想見您。」瑟蕾娜翻譯。

娜希米雅低聲呻吟，但還是謝過鎧奧，然後轉身看瑟蕾娜。「很高興能跟妳見面，莉莉安女士，」娜希米雅的眼神發光。「願妳平安。」

「您也是。」刺客輕聲道，目送對方離去。

瑟蕾娜向來沒多少朋友，曾有過的朋友也經常讓她失望——有時甚至帶來嚴重後果，正如她在某個夏天從赤紅沙漠那幫靜默刺客身上學到的教訓。在那之後，她發誓絕不再相信女人，尤其是擁有野心及能力的女人、為達目的**不擇手段**的女人。

但隨著伊爾維公主的象牙色裙襬消失於關上的門內，瑟蕾娜懷疑自己是否該改變這個想法。

鎧奧・韋斯弗看著刺客吃午飯，她的目光在餐盤之間跳躍。一回到房間，她立刻脫下長袍，現在穿著合身的玫瑰翡翠雙色浴袍。

「你今天可真安靜啊。」她開口，又是滿嘴食物。她好像永遠吃不飽？她的食量比他認識的任何人都大——包括他的手下。她每一餐的每一道菜都吃了好幾盤。「被娜希米雅公主迷住了？」這幾個字跟她的咀嚼聲混在一起。

「那個頑固女孩？」看到她瞇起眼睛，他立刻後悔做出這種評論。這下一定會被她罵一頓，但他實在沒心情被當成笨蛋，他有更重要的事要煩惱：國王今早動身之前沒讓鎧奧推薦的**任何一名**衛兵同行，也拒絕說明目的地或是讓鎧奧隨行。

更別提居然有幾隻皇家獵犬失蹤，牠們被吃剩的殘骸在宮殿北翼被發現。**這件事**實在令人擔心。誰會下這種毒手？

「頑固有什麼不好？」她追問：「只因為那種頑固女孩不是只會開口使喚別人、閒聊八卦的無腦弱智？」

「我只是比較喜歡某一類女人。」

還好這個答案正確，因為她眨眨眼。「哪一類女人？」

「不是自大的刺客。」

她嘛嘴。「如果我不是刺客呢？你會喜歡我嗎？」

「不會。」

「你喜歡**嘉爾黛女士**？」

「別說傻話。」講話討人厭一點都不困難，但就是因為太過容易所以她不想說好話。他咬一口麵包，她歪著頭看他。他有時覺得她看他的眼神就像貓盯著老鼠，他懷疑她隨時可能撲殺過來。

她聳聳肩，咬一口蘋果。她有些舉止卻又像個小女孩。唉，他實在受不了她的矛盾！

「你在盯著我看唷，隊長大人。」

他差點開口道歉，但連忙制止自己。她是個傲慢粗俗又毫無禮數的刺客。他希望接下來的幾個月趕快過去。她早日成為御前鬥士，然後等她服役期滿、消失在他眼前。自從帶她離開安多維爾，他就一直沒睡好。

「妳的牙縫裡有殘渣。」他說。她用尖銳指甲摳出碎屑，然後轉頭看窗外，大片雨水滑過玻璃。

她是在看雨？還是更遠的景物？

他拿起高腳杯啜飲。她雖然自大，但也聰明，而且相對來說心地不錯，還有些迷人。她隱藏起來的黑暗面呢？為什麼不表現出來？如此一來，他不就能把她關進地牢、取消這場荒謬競賽？她刻意收起強悍而致命的一面，這令他不悅。

他會做好準備——等那一刻到來。他只是好奇，到時候誰會活下來？

第十四章

接下來的四天，瑟蕾娜天沒亮就醒來，在房間以現有設備進行鍛鍊，像是椅子、門上橫梁，甚至撞球桌和木桿，沉重的撞球本身則非常適合用來鍛鍊平衡感。鎧奧通常在黎明時會來跟她共進早餐；之後，他們倆在狩獵場跑步，他調整步調、跑在她身旁。秋季終於到來，風散發落葉和飛雪的氣息。看到她彎腰撐膝、吐出胃袋的早餐時，鎧奧未曾說些什麼，也沒針對她持續改善的奔跑耐力和距離做出評論。

跑步結束後，兩人在遠離其他對手的一個私人房間進行練習，直到她倒在地上、哭喊自己即將飢疲交加而死。訓練課程中，小刀依然是瑟蕾娜的首選，但她也越來越喜歡木杖；這當然是因為她能拿木杖拚命扁他而不用擔心砍下他的手臂。自從跟娜希米雅公主邂逅後，她就沒有對方的消息——甚至僕人之間也沒談起這個話題。

鎧奧總是會來她房間跟她一起吃午飯；之後，她就跟其他參賽者一起接受布羅的嚴密訓練，活動內容主要只是為了確認他們真的能**使用**武器。她也全程保持低調，努力的程度足以讓她免於被布羅責罵，但也不足以讓她像凱因那般被布羅稱讚。

凱因。她恨透這傢伙！布羅對他簡直崇拜——就連其他鬥士也會在他經過時對他點頭致意，根本沒人對**她**的完美動作做出評論。她在刺客要塞的那些年霸占艾洛賓．漢默爾的注意力時，其他暗殺者是否就是這種感受？在這，凱因就在附近對她冷嘲熱諷、等她犯錯，她實在很難集中精神。希望在第一場淘汰賽時，他對她不會有這種影響。布羅完全沒洩漏測驗內容到底是什麼，鎧奧也毫無頭緒。

測驗的前一天，她還沒前往訓練場就知道有事情不對勁。鎧奧沒來她這裡共進早餐，而是派她的衛兵們把她帶去訓練場獨自練習，午飯時間他也沒出現。被押解去訓練場時，她滿腦子問號。

少了鎧奧在身邊，她杵在一根柱子旁，看著其他對手在衛兵和訓練師包圍下排成一列。布羅還沒到場——這點也很怪，而且今天的衛兵特別多。

「妳覺得這是怎麼回事？」身旁的諾克斯．歐文問她，他是來自波朗斯的年輕盜賊。他在練習過程中證明了自己本領不賴，許多對手因此想接近他，但他還是選擇獨來獨往。

「韋斯弗隊長今早沒給我進行訓練。」她開口。承認這點有什麼關係？

諾克斯伸手。「諾克斯．歐文。」

「我知道你是誰。」她回應，但還是跟他握手。他的手強勁有力，皮膚布滿繭皮和疤痕，這傢伙顯然見過不少場面。

「很好。過去幾天都看著那隻笨重肌肉男在那邊炫耀，害我覺得自己有點缺乏存在感。」他的下巴朝凱因一撇。凱因正忙著檢查自己凸起的二頭肌，手指上一塊散發虹彩的黑石閃閃發亮——他為什麼在訓練時還戴著這種大型戒指？

諾克斯繼續說下去：「妳有沒有看到弗林那副模樣？他看起來好像快吐了。」他指向瑟蕾娜很想打昏的盜賊。弗林這個大嘴巴經常在凱因附近嘲諷其他鬥士，但今天獨自站在窗邊，臉色蒼白、兩眼大睜。

「我聽到他跟凱因說話。」一個膽怯的嗓音從兩人身後傳來，他們轉頭看到年紀最小的盜賊裴洛站在一旁。她已經花了半天的時間觀察裴洛——她雖然故意表現得像個二流角色，但他才是真的缺乏訓練。

這孩子實在太年輕，嗓子甚至還沒變聲，怎麼會被帶來這種地方？

「他說了什麼？」諾克斯把雙手插進口袋，身上的衣裝不像其他對手那般破爛；從她以前聽說過他的名諱這點來判斷，他在波朗斯一定是個相當出名的盜賊。

裴洛的雀斑臉有些蒼白。「比爾・查斯坦——噬眼者……他的冰冷遺體今早被人發現。」

一名鬥士死亡？而且還是個惡名昭彰的殺人犯。「怎麼會？」她追問。

裴洛用力嚥嚥口水。「弗林說那個場面很血腥，遺體好像從裡到外被撕裂。弗林來這裡的路上有經過那個現場。」

諾克斯低聲咒罵。瑟蕾娜打量其他鬥士：他們變得沉默，聚成幾團低聲交談，看來弗林的故事已經迅速蔓延。

裴洛接著說下去：「他說查斯坦的遺體被**纏滿緞帶**。」

一道寒意如毒蛇般爬過她的脊椎，但她搖搖頭。這時一名衛兵進來宣布：布羅命令他們今天可以自由使用會場而且進行任何練習。她需要把注意力從腦中畫面轉移，因此沒對諾克斯和裴洛說再見，而是大步走向武器架，抓起一條塞滿飛刀的皮帶。

她來到箭靶的射擊線。過了一會兒，諾克斯也加入她的行列，開始把刀子射向目標。他射中第二環，但就是無法接近靶心，他的飛刀術完全不如他的箭術。

她從皮帶中抽出一把飛刀。誰會對鬥士下如此毒手？而且屍體就留在大廳，凶手又是如何逃脫？這座城堡到處都是衛兵。一名鬥士被殺，還是在第一場測驗的前一天，難道這是某種徵兆？

她把注意力移向箭靶中央的小黑點，放慢呼吸，半舉手臂，讓手腕放鬆。其他鬥士的聲音淡去。黑色靶心向她呼喚，她吐氣，讓小刀向前飛。

刀刃閃閃發光，化為一道鋼鐵流星，正中目標。她綻放冷笑。

她身旁的諾克斯因為射中第三環而咒罵連連，她笑得更開心，雖然一具殘破屍體正躺在城堡某處。

瑟蕾娜又抽出一支飛刀，但暫停動作，因為跟凱因對練的弗林朝她呼喊：「御前鬥士不需要這種馬戲團雜耍的本領。」她的視線移向弗林，但身子依然面對箭靶。「妳應該多練習躺下，學些女人用得著的技巧。其實呢，如果妳願意，我今晚可以教妳幾招。」他哈哈大笑，凱因也跟著起鬨。瑟蕾娜用力捏緊飛刀柄，握得掌心發疼。

「別理他們，」諾克斯咕噥，又丟出一把飛刀，一樣偏離靶心。「就算有女人脫光了走進他們臥室，他們也根本不知道該如何應付。」

瑟蕾娜擲出飛刀，刀刃擦過插在靶心的那支，發出鏗鏘一聲，兩支飛刀相距只有毫釐。

諾克斯揚起和灰眸形成對比的黑眉，他的年齡不可能超過二十五。「妳的命中率真了不起。」

「就女孩子來說？」她挑戰。

「不，」他又射出一支飛刀。「就任何人來說。」這刀一樣未擊中目標。他走向箭靶，拔出六支飛刀，塞回皮鞘，然後走回射擊線。瑟蕾娜清清喉嚨。

「你的站姿不對，」她壓低嗓門，避免讓其他人聽見。「手腕的動作也不對。」

諾克斯放下手臂。她做出投擲姿態。「兩腿要像這樣。」她解釋。他打量她片刻，然後模仿她的站姿。「膝蓋微彎，肩膀向後挺，手腕放鬆。吐氣的時候投擲。」她做出示範，飛刀正中目標。

「再來一次。」諾克斯以感激的口吻說。

她再表演一次，一樣正中目標。然後她改以左手投擲，看到刀刃插進靶上的另一支飛刀柄，她吞下勝利的歡呼。

諾克斯全神貫注於箭靶，抬起手臂。「好吧，妳這樣害我很丟臉。」他低聲發笑，同時把刀子舉高。

「手腕再放鬆一點，」她開口：「重點在手腕的巧勁。」

諾克斯照做，長長吐口氣，把小刀甩向前。雖然沒擊中靶心，但也落在最內圈。他揚起眉毛。「進步了一點。」

「只有一點。」她說。

她站在原地的同時，他上前從箭靶取回兩人的飛刀，把她的刀子遞還給她，她把刀子塞回皮帶。「你來自波朗斯，是嗎？」她問。雖然她從沒去過特拉森的第二大城波朗斯，但想起老家，她的心中還是閃過恐懼和內疚。十年前，亞達蘭國王的大軍壓境，特拉森的皇室家族被滿門抄斬，特拉森人民垂頭沉默面對末日。她不應該提起這件事——她其實根本不知道自己**為何**提起。

諾克斯點個頭，她逼自己換上純粹好奇的表情。「其實這是我生平第一次離開波朗斯。妳說妳來自貝爾海文，是嗎？」

「我父親是個商人。」她說謊。

「女兒以偷竊珠寶為生，他對此作何感想？」

她微微一笑，把一支飛刀射進箭靶。「他有一陣子不會邀請我回家了，這點可以確認。」

「啊，不過妳在這裡受到妥善照顧。妳的訓練師比誰都優秀，我見過妳跟他在大清早跑步。我得哀求我那位訓練師放下酒瓶，讓我接受額外訓練。」他朝他的訓練師點個頭，對方靠牆坐在地上，用斗篷的兜帽遮住眼睛。「又在睡覺。」

「侍衛隊長有時候讓我很火大，」她又拋出一支刀子，「不過你說得沒錯——他最優秀。」

諾克斯沉默片刻，然後開口：「下一次兩兩分組訓練的時候，來找我，好嗎？」

「為什麼？」她摸索皮帶，發現飛刀已經用盡。

諾克斯又丟出一支，這次擊中靶心。「因為我的金幣都下在妳身上，賭妳會贏得這整場競賽。」

她微微一笑：「希望你在明天的測驗不會被淘汰。」她掃視訓練場，查看是否有什麼跡象顯示明早的測驗內容，但看不出任何不尋常之處。其他對手大多沉默不語——凱因和弗林例外——許多人臉色蒼白如雪。「也希望我們倆不會落得跟噬眼者同樣下場。」她發自內心的補充道。

「除了看書之外，妳沒別的事情可做？」鎧奧問道。

他在她旁邊的位子坐下時，坐在露臺椅子上的她嚇一跳。近黃昏的陽光溫暖她的臉龐，秋季最後一道宜人微風從她垂下的髮絲之間飛掠而過。

她吐舌頭。「你不是應該忙著找出殺害噬眼者的凶手？」這還是他第一次在午餐之後的時間進入她的房間。

他的眼中閃過某種陰影。「那跟妳無關，也別試著從我身上挖掘情報。」看到她開口，他補充道，然後指向她大腿上的書。「午餐的時候，我看到妳在看《風雨》，我忘了問妳的感想。」

一名鬥士屍體今早被發現，他真的是來討論書籍？「內容有點艱澀。」她坦承，從膝頭拿起這本棕色書籍。看他沒回應，她問：「你到底來這做什麼？」

「來放鬆一下，今天實在很累。」

她揉揉膝蓋的痠痛處。「因為比爾被殺？」

「因為王子把我拖進一場長達三小時的議會。」他回答，下顎的一條肌肉抽動。

「我還以為殿下是你的朋友。」

「他是。」

「你們倆的交情有多久？」

他停頓。她知道他在評估她會如何拿這種情報對付他，也在衡量跟她說出事實的風險。她正要發火的時候，他開口：「從我們年幼的時候。城堡裡只有我跟他是年齡相近的男孩——至少在高級貴族之中。我們一起上課，一起玩耍，一起訓練。但我十三歲的時候，我父親帶我們全家搬回在安尼爾的家。」

「『銀湖』那座城？」鎧奧的家族統治安尼爾，這確實合理。安尼爾的人民打從出生就是戰士，而且世世代代抵禦白牙山脈部落的狂野山地人。過去十年間，安尼爾戰士們的日子輕鬆許多，因為白牙山脈的居民是第一批被亞達蘭大軍征服的對象之一，當地的反抗分子也很少活下來成為奴隸。她聽聞那些山地男子殺害妻小然後自盡，寧死不願被亞達蘭軍隊活捉。想到鎧奧面對成千上百名山地男子——凱因那種體格的敵軍——她感覺有些作嘔。

「是的，」鎧奧說，撥弄腰間的長獵刀。「我被安排加入皇家議會，正如我父親。他要我花些時間跟我的同族相處，學習……議員該學的事情。他說既然國王的軍隊已經進入山區，我們就可以把注意力從對付山地人移向政治圈。」他的金棕眼眸彷彿看向遠方。「但我想念裂際城。」

「所以你逃跑？」她感到驚奇，他居然願意分享這麼多事——從安多維爾來到這裡的路上，他不是幾乎完全不讓她知道他的過往？

「逃跑？」鎧奧輕笑幾聲。「不。透過布羅的協助，鐸里昂說服侍衛隊長收我當弟子，但我父親拒絕，所以我把我的『安尼爾領主』的頭銜讓渡給我弟弟，我第二天就離開了那裡。」隊長的沉默暗示了他不能說的事——也就是他的父親沒有反對。他母親呢？他長吐一口氣。「那妳呢？」

她交叉雙臂。「我還以為你對我的過往根本沒興趣。」

他看著天色溶化為一抹金橙，臉上暗藏微笑。「妳父母對女兒成為亞達蘭刺客作何感想？」

「我父母老早死了，」她說：「我八歲的時候就死了。」

「所以妳——」

她的心臟跳動如雷。「我在特拉森出生，後來成為刺客，然後去了安多維爾，現在待在這，就這樣。」

兩人沉默以對，然後他問道：「妳右手的傷疤是怎麼來的？」

她彎曲手指，沒低頭一瞥右腕上方的鋸齒線條。

「我十二歲的時候，艾洛賓・漢默爾判定我的左手劍術完全不如右手，所以他給我兩個選擇：要嘛他幫我打斷我的右手，要嘛我自己來。」當年那陣劇痛貫穿她的手。「那一晚，我把右手抵在門框上，然後用力砸上門。我的手立刻裂開，斷了兩根骨頭，花了好幾個月才痊癒——那些日子裡，我只能用左手。」她給他一個凶惡微笑。「我打賭布羅從沒對你那麼做。」

「嗯，」他輕聲回應：「沒有，的確沒有。」他清清喉嚨，站起身。「明天就是第一場測驗，妳準備好了嗎？」

「當然。」她說謊。

他在原地多站幾秒，打量她。「明早見。」他說完離去。在他留下的一片寂靜中，她思索他的故事，兩人的過去讓彼此非常不同卻又相似。她以雙臂擁抱自己，裙角被一道冷風勾起，在身後飄動。

第十五章

瑟蕾娜實在不知道第一場測驗到底可能是什麼內容。過去五天的訓練以及練習各種武器，搞得她現在渾身痠痛。雖然很難隱藏四肢的悸痛，但她絕不會表現出難受的神情。早上時，瑟蕾娜跟鎧奧走進寬敞的練習場，她一瞥其他對手，想起並非只有自己對接下來的測驗內容毫無頭緒。場地中央豎起一大塊黑色簾布，遮住另一半的場地。她意識到：不管黑簾後方是什麼東西，它即將決定他們其中一人的命運。

平常該有的喧鬧被一種沙沙作響的寂靜取代，競爭對手們也不像平常那樣聚在一起，而是留在各自的訓練師身旁。她緊跟著鎧奧，他的神態倒是跟平常一樣。然而，站在樓中樓上方、俯視黑白方格地板的那些贊助人跟平常不同。視線對上王儲的目光時，她的喉頭一緊。除了提供她書籍外，她在那次國王晉見之後就沒有王子的消息。王子朝她咧嘴一笑，藍寶石眼眸在晨光下閃閃發光。她回以緊繃的微笑，立刻移開視線。

布羅站在簾布旁，帶疤的手放在劍柄上。瑟蕾娜觀察全場，某人來到她身旁，還沒開口，她已經知道對方是誰。「妳不覺得這有點誇張？」

她斜眼一瞥諾克斯。身旁的鎧奧渾身僵硬，她感覺得到他正在盯著這名盜賊，想必懷疑她和諾克斯是否在安排某種逃亡計畫、此計畫是否會讓皇室家族死得一個不剩。

「經過五天的無腦訓練，」她低聲回應，清楚知道現場沒幾個人說話，「我很歡迎刺激一點的活動。」

諾克斯低聲發笑。「妳認為他們有什麼安排？」

她聳個肩，把注意力放在簾布上。越來越多參賽者抵達會場，大鐘即將敲擊九下——測驗到時開始。就算知道簾布後方有何名堂，她也不可能對他伸出援手。「希望是一群我們必須徒手擊殺的食人狼。」她正眼看著他，嘴角微微勾起。「那豈不有趣？」

鎧奧微妙的清清喉嚨，暗示現在不是說話的時候。她把兩手插進黑色長褲的口袋。「祝好運。」她對諾克斯說，然後大步走向簾布，鎧奧跟在身後。來到充足距離外，她低聲問道：「你不知道簾布後面有什麼東西？」鎧奧搖搖頭。

她調整斜掛在腰間的厚皮帶，這種腰帶是設計用來掛載及承受各式武器的重量，此刻的輕盈只讓她記得自己失去了什麼——以及未來可能的收穫。昨天的噬眼者死訊在某方面來說是個好消息：競爭對手少了一個。

她抬頭一瞥鐸里昂。**他**從樓中樓的位置大概看得到簾布後面的東西，何不向她稍微透露？她把注意力掃向其他贊助人——華服貴族——看到帕林頓時，她不禁咬牙。帕林頓以沾沾自喜的笑容看著正在伸展粗壯雙臂的凱因。他已經讓凱因知道簾布後面有何安排了？

布羅清清喉嚨，朝大家呼喊：「**注意！**」他邁步走向簾布中央時，所有參賽者試著顯得鎮定。「今天是第一項測驗。」他露齒而笑，彷彿簾布所隱藏的東西會讓他們受到慘烈折磨。「奉國王陛下之命，你們其中一人將於今日被淘汰——某人會被判定為**不夠資格**。」

別那麼多廢話行不行！她暗自咒罵，繃緊下顎。

布羅彷彿聽到她的思緒，彈個響指，一名站在牆邊的衛兵拉開簾布，黑布一吋一吋挪開，直到——

瑟蕾娜強忍笑意。箭術？居然是**射箭比賽**？

「規則很簡單。」布羅說。他身後的五塊箭靶以交錯排列的方式豎立於不同距離外。「每人五支箭，一箭一靶。精準度最低的就被淘汰。」

有些參賽者開始竊竊私語，她藏起好心情。凱因懶得隱藏勝利的笑容——昨天被發現的鬥士屍體為什麼不是**他**？

「你們輪流上場，」布羅說。參賽者們身後的兩名士兵推來一架手推車，上面擺放弓與箭袋。「在桌邊排隊以決定順序。測驗現在開始。」

她以為大夥會急忙衝向長桌上相同款式的弓箭，但他們二十一人顯然不急著打道回府。瑟蕾娜準備去排隊，但是鎧奧抓住她的肩膀。「低調點，別炫耀。」他警告。

她甜甜一笑，掰開他的手指。「我盡量。」她溫柔的說，加入隊伍。

雖然箭頭平鈍，但給這幫人弓箭也實在算是勇氣十足的決定。就算鈍箭也能刺穿帕林頓的咽喉——或是鐸里昂，隨她高興。

雖然這個想法樂趣十足，她還是把注意力集中在其他對手上。一共二十二名鬥士，每人五箭，這場測驗因此格外冗長。因為剛剛被鎧奧拉向一旁，害她排在隊伍後頭——雖然不是最後一位，而是倒數第三位。她因此被迫看著其他人先上，包括凱因。

他們表現得還算可圈可點。巨型圓靶有五條色環——最中間那圈是黃色，靶心則是一個小黑點。越遠的箭靶顯得越小，也因為會場的長度十足，最後一塊箭靶差不多在七十碼外。

瑟蕾娜撫摸手中這把紫杉木弓的圓滑弧面。箭術是艾洛賓最早傳授給她的技能之一，也是任何刺客都必須接受的一項主要訓練。在場的另外兩名刺客輕而易舉的以高明箭術證明這一點。雖然沒射中靶心，而且精準度隨著目標拉遠而降低，但他們倆以前的師父顯然有真本事。瘦弱的刺客裴洛不夠強壯，無法充分拉動長弓，因此沒射中幾箭。結束後，他眼中透出怨恨，其他鬥士竊笑，凱因笑得最響亮。

布羅一臉嚴肅。「沒有**任何人**教過你如何使弓嗎，孩子？」

裴洛抬起頭，居然有臉對武器大師怒目相視。「我更擅長用毒。」

「毒藥！」布羅兩手一攤。「國王要的是**御前鬥士**——你卻連在牧場吃草的牛都射不中！」武器大師揮手要裴洛退下。其他鬥士們又哈哈大笑，瑟蕾娜也想跟他們笑成一團，但是裴洛顫抖的吸口氣，雙肩放鬆，加入其他已經完成測驗的參賽者。如果他被淘汰，會被送去哪？監獄——還是哪個地獄？瑟蕾娜不禁為這孩子感到難過，他的箭術其實**沒那麼糟**。

最讓她意外的其實是諾克斯，近距離的三塊箭靶都正中靶心，遠距離的兩箭都射在最內環的邊緣。或許她**應該**考慮跟他結為盟友。從其他參賽者看著他大步走回會場後方這點來判斷，她知道他們也有同樣想法。

好吧，噁心的刺客古雷夫表現得還不錯。四箭正中靶心，最後一箭擊中最內環的邊緣。

現在換凱因走向畫在會場後方的白線，拉開紫杉木弓，手上的黑戒指閃爍，然後射擊。射擊、射擊再射擊，在幾秒內完成五發連擊。

等最後一箭的破空迴響停止、會場突然安靜下來時，瑟蕾娜的腸胃翻攪。五箭全部正中目標。

她唯一的安慰是沒有任何一箭打在靶心正中央的小黑點，雖然其中一支很接近。

不知道為什麼，隊伍的移動速度加快。她只想著凱因——凱因接受帕林頓的鼓掌、凱因的背脊被布羅拍了幾下、凱因受到這麼多讚美和注意，並非因為他是一座肌肉山，而是因為他確實值得讚賞。

瑟蕾娜突然發現自己來到白色射擊線，看著眼前的寬敞空間。幾個人輕笑，雖然壓低嗓門。她抬起頭，從肩後取出一支箭，搭上弓弦。

大夥幾天前都練過箭術，她的表現非常優秀，或許應該說在「不引起旁人注意」的範圍內表現優秀。更何況，她以前曾多次在超過七十碼的距離外射殺目標，而且都是正中咽喉、一箭斃命。

她試著嚥口水，但是嘴巴乾燥。

我是瑟蕾娜・薩達錫恩，亞達蘭刺客。如果這些傢伙知道我是誰，一定笑不出來。我是瑟蕾娜・薩達錫恩。我會獲勝。我絕不畏懼。

她拉動弓弦，痠痛的手臂肌肉因此發疼。她專心於第一塊箭靶，排除噪音、動靜、一切，只留下自己的呼吸聲。她穩穩吸一口氣，在吐氣時釋放箭矢。

正中目標。

腸胃的緊繃感減弱，她從鼻孔嘆氣。不算百分之百正中靶心，但她剛剛也沒仔細瞄準。幾名男子收起笑聲，但她無視任何干擾，而是搭起第二箭，射向第二塊箭靶。她瞄準最內環的邊緣，也以致命的精確度命中目標。如果她願意，甚至可以用箭桿在靶上排成一個圓圈。

第三箭也是正中目標——她瞄準圓環邊緣，但擊中環內。第四箭也如法炮製，她瞄準最內環的邊緣，箭隨心動。

取出最後一箭時，她聽到名為雷諾的紅髮傭兵竊笑。她抓緊弓，紫杉木因此呻吟，然後她拉弓準備最後一擊。

在寬敞的會場中，遙遠的目標化為一個小小色斑，靶心宛如一粒沙。她看不見靶心的小黑點——目前無人擊中的小點，包括凱因在內。她把拉滿的弦再往後拉一些，手臂因此顫抖，然後放箭。

箭矢正中目標，擊碎小黑點。他們收起笑聲。

她邁步離開射擊線，把弓丟回手推車時，旁人不發一語。鎧奧朝她板起臭臉——她顯然**不夠**低調——但是鐸里昂一臉微笑。她嘆口氣，加入已經完成測驗的參賽者們，但跟他們保持距離。

布羅親自確認大家的成績後，被淘汰的是一名軍隊士兵，而非年輕的裴洛。然而，雖然她確實沒輸，但她也無法忍受——完全無法**容忍**——什麼都沒贏的感覺。

第十六章

和鎧奧在狩獵場跑步時，瑟蕾娜雖然試圖讓呼吸放穩，但還是氣喘吁吁。就算他也感到呼吸困難，他並沒有表現出來，唯一的跡象只有臉上的閃爍汗水以及溼透的白上衣。

兩人跑向一座山丘，山頂仍被晨霧籠罩。看到上坡，她不禁兩腿癱軟、感到反胃。瑟蕾娜大聲倒抽一口氣以引起鎧奧的注意，然後慢下腳步，雙手撐在一棵樹幹上休息。

她顫抖的吸口氣，嘔吐的同時抓緊樹皮。她痛恨從眼眶滲出的熱淚，但因為吐個不停而無法伸手拭淚，鎧奧只是站在一旁看著這一幕。她的額頭貼在上臂，試圖讓呼吸緩和、逼身體放鬆。今天是測驗後的第三天、抵達裂際城後的第十天，但她的體能還是嚴重低落。下一場淘汰賽是在四天後，雖然訓練課程再次開始，她還是特地起得更早。她**絕不會**輸給凱因、雷諾或任何對手。

「吐完了？」鎧奧問。她抬頭惡狠狠瞪他一眼，但周遭天旋地轉、把她往下拉，她又開始嘔吐。「我在出發前就跟妳說過別吃東西。」

「你沾沾自喜夠了吧？」

「妳的內臟吐乾淨了吧？」

「目前來說吐乾淨了。」她發火。「或許我下次不該這麼禮貌，我應該直接吐在你身上。」

「如果妳逮得到我。」他皮笑肉不笑。

她很想一拳捶掉他臉上的賊笑，但她移動腳步時，雙膝顫抖，因此又把雙手撐在樹上，等嘔吐感再次湧現。她從眼角瞥到他正在看她，她的身子因為白色內衣被汗水浸溼而曝光。她站起身。「你很喜歡看我的傷疤？」

他抿嘴片刻。「那些是什麼時候造成的？」她知道他是指她背上的三條巨痕。

「你認為？」她反問。他默不作聲。

她抬頭看頭上的樹冠。一道清晨微風使兩人打個冷顫，連帶從骨骸般的樹枝扯下幾片葉子。「那是我在安多維爾的第一天。」

「妳做了什麼事情而活該受罰？」

「活該？」她的笑聲尖銳，「沒有人該像動物一樣被如此鞭打。」他開口正要說些什麼，但被她打斷。「我抵達安多維爾後，他們把我拖進營地中央，把我綁在鞭刑柱上，二十一鞭。」她瞪著他，但也不是完全集中在他身上。灰色天空帶她返回陰鬱的安多維爾，天風的嘶聲化為奴隸的嘆息。「那是我跟其他奴隸建立任何交情之前——在那的第一個晚上，我思索自己是否能撐到早上、背上的傷有沒有被感染、我會不會在不知不覺中失血而死。」

「沒人對妳伸出援手？」

「只有到了第二天早上。我們排隊領取早飯的時候，一名年輕女子偷偷塞給我一小罐藥膏。我一直沒機會向她道謝；同一天，她被四名監工先姦後殺。」感到眼睛刺痛，她的雙手握拳。「我失控的那天，我跑去那四人負責的坑道為她報仇。」某種冰冷的情緒流過她的血管。

「他們死得太快。」

「但妳也是女人，」鎧奧輕聲道，嗓音粗啞。「在安多維爾的時候難道沒人……」他欲言又止。

她綻放一個緩慢而苦澀的微笑。「他們原本就很怕我。我差點碰到圍牆的那天之後，他們更不敢太接近我。不過如果哪個衛兵想跟我拉近距離……嗯，我會讓他成為樣本、警惕大家我想發火就發火。」秋風在兩人身旁攪動，從她的髮辮扯出幾縷金絲。她不需要說出她的另一項懷疑：或許艾洛賓為了保護她而賄賂安多維爾的衛兵。「我們都以各自的方式生存下去。」

他對她點個頭，她不太明白他眼中的那種柔和。她只多凝視他幾秒，然後拔腿奔跑，衝向山丘，早晨的第一束陽光開始探出山頭。

下午，鬥士們在布羅身旁聚集，聽他解說各式兵器以及她幾年前就學得滾瓜爛熟的東西。正在考慮自己是否能站著睡覺的時候，她突然從眼角瞥到露臺的某個動靜，因此轉身，剛好看到一名體格較為魁梧的鬥士──是個退役士兵──動手把身旁一名衛兵推倒在地。衛兵的腦袋喀噠一聲撞在大理石地板，立刻暈了過去。她根本不敢動──其他鬥士也不敢──只是看著那名男子試圖奪門而出、穿越花園逃跑。

但是鎧奧及其手下動作太過迅速，那名鬥士還來不及接觸玻璃門，一支箭桿已經貫穿他的咽喉。

現場一片沉默，半數衛兵包圍所有鬥士，手握劍柄。包括鎧奧在內的其他人則迅速衝向斷氣的鬥士和倒地的衛兵。樓中樓的弓箭手們拉緊弓弦，弓木喀喀作響。瑟蕾娜保持不動，身後的諾克斯也一樣。只要一個錯誤舉動，受驚的衛兵就可能宰了她。就連凱因的呼吸也變得稍微急促。

瑟蕾娜的視線穿過一排排鬥士、衛兵和他們手中的武器，看到鎧奧跪在昏厥的衛兵旁。沒人碰觸倒下的鬥士；他趴倒在地，一隻手仍伸向玻璃門。他名叫史凡——雖然她不知道他當初為何被踢出軍隊。

「諸神在上，」諾克斯輕輕呼吸，嘴脣幾乎沒動。「他們就這樣……殺了他。」她想叫他閉嘴，但就算對他責罵恐怕也是危險舉動。幾名鬥士竊竊私語，但沒人敢動一步。「我知道他們絕不會讓我們逃跑，可是……」諾克斯咒罵，她感覺到他的目光停留在她臉上。「我的贊助人給了我豁免權。當初是他找到我，他說就算我輸了這場競賽也不用坐牢。」這一刻，她知道他其實算是在喃喃自語；因為她沒回應，諾克斯也停止說話。她的視線逗留在已死的鬥士身上。

史凡為什麼要冒這種險？而且為什麼挑此時此地？第二場測驗還有三天才舉行，他為什麼偏偏挑這時候逃跑？她在安多維爾失控的那天，其實沒考慮到所謂的自由；不，她選定時機和場合，然後動手，她根本沒打算脫逃。

陽光穿透玻璃門，把鬥士染血的臉龐如彩繪玻璃般照亮。

或許他意識到自己沒有獲勝的機會，他寧可這樣死去也不想回去他原本待的地方。如果他真想逃跑，就會等到晚上、遠離其他對手的時候。她明白了：史凡是以死明志。她之所以能明白，純粹是因為她離安多維爾圍牆不到半吋的那天。

亞達蘭可以奪走他們的自由，摧毀他們的人生，打擊他們，鞭打他們，逼他們參加荒謬的競賽。然而，無論他們是不是罪犯，他們還是人。死亡——而拒絕玩國王的遊戲——是他唯一剩下的選擇。

史凡依然凝視自己伸出的手，那隻手永遠指向無法接觸的地平線。瑟蕾娜為喪命的鬥士默禱，祝他一路好走。

第十七章

高坐於王座的鐸里昂・赫威亞德感覺眼皮沉重，試著挺直背脊。樂聲和談話聲在四處飄動，帶來強大的催眠效果。為什麼母后堅持要他出席？就算每星期只挑某個下午來訪，這也讓他覺得太過頻繁。但這總好過勘驗噬眼者的屍首——鎧奧這幾天都在忙著調查這件案子。這事可以晚點再煩惱——如果真成了問題。不過既然鎧奧正在處理，那就應該不會成問題。那件兇殺案八成只是因為醉酒鬧事。

另一件事就是這個下午試圖逃跑的某名鬥士。想到目睹那一幕會是什麼感覺——還有鎧奧要處理的混亂場面，包括受傷的衛兵、失去鬥士的贊助人，以及死者本人，鐸里昂打個冷顫。父王決定舉行這場競賽時，腦袋到底在想什麼？

鐸里昂一瞥母后，她坐在旁邊的另一張王座。她對那些事情當然一無所知；如果知道何等罪犯住在她的屋簷下，她大概會被嚇得半死。母后依然美麗，雖然臉龐有些細紋，撲上的脂粉出現裂痕，而且赤褐髮絲夾雜幾條銀痕。今天的她披上幾碼長的森林綠天鵝絨，蓬鬆的圍巾和金色披巾，一道閃亮薄紗從王冠垂下，鐸里昂總覺得她看起來好像頭戴一頂帳篷。

在母子倆面前，貴族們四散於宮廷四處，閒聊八卦、打小算盤、引誘獵物。角落的一支管弦樂隊演奏小步舞曲，僕人們則以自己的舞步穿越於貴族之間，幫忙斟酒、清理餐盤、杯子和銀質餐具。

鐸里昂覺得自己像個裝飾品。當然，他身上是由母后選擇、今早派人交給他的服飾：藍綠色的天鵝絨背心，可笑的蓬鬆白袖彷彿從藍白條紋的肩處炸出。還好長褲是淡灰色，雖然栗色麂皮靴看起來實在**太**嶄新，嚴重影響他的男子氣概。

「鐸里昂，親愛的，你一臉悶悶不樂。」

他給喬治娜王后一個表示歉意的咧嘴笑。

「我收到霍林的來信，他問候大家。」母后說。

「他有沒有提到什麼有趣的事？」

「他只說他討厭學校，希望趕快回家。」

「他每封信都這麼說。」

亞達蘭王后嘆道：「要不是因為你父王阻止，否則我一定讓他回家。」

「他待在學校比較好。」提到霍林，那傢伙滾得越遠越好。

喬治娜打量兒子。「還是你最乖，從不頂撞那些私人教師。唉，我可憐的霍林啊。我死了以後，你會照顧他，對嗎？」

「死？母后，妳才——」

「我知道我有多老。」她揮揮戴滿戒指的手。「這就是為什麼你必須成婚，而且盡快。」

「成婚？」鐸里昂咬牙。「娶誰啊？」

「鐸里昂，你是王儲，而且已經年滿十九。你打算成為國王而不留子嗣、讓霍林繼承王座？」看兒子沒答話，她接著道：「我想也是。」過了一會兒，她又開口：「外頭有許多年輕女子或許能成為賢妻，不過最好是公主身分。」

「外頭沒剩公主了。」他的口氣有點尖銳。

「除了娜希米雅公主。」她呵呵笑，手放在他手上。「唉呀，別擔心，我不會逼你娶她。我沒想到你父王允許她保留那個封號。那魯莽又傲慢的女孩——你知不知道她拒絕穿上我送去的衣服？」

「我相信公主有她的理由。」鐸里昂小心翼翼的回答，對母后話中暗藏的歧視深感厭惡。「我只有跟她說過一次話，但她顯得……很活潑。」

「那或許你**應該**娶她。」他還來不及回應，母后又發笑。

鐸里昂無力的笑笑。他還是搞不懂為什麼父王答應伊爾維國王的要求：讓愛女來參觀這裡的宮廷，進而更熟悉亞達蘭的生活方式。以大使來說，娜希米雅實在不算最佳人選，尤其因為他聽聞她支持伊爾維反抗軍——而且試圖關閉卡拉酷拉的勞動營。不過鐸里昂不能怪她這麼做，因為他自己也目睹過安多維爾的慘況，以及那地方讓瑟蕾娜・薩達錫恩受到的凌虐。但父王做事一定有他的原因——從鐸里昂自己跟娜希米雅的簡短交談來判斷，他不禁懷疑她來此也另有目的。

「真可惜嘉爾黛女士已經跟帕林頓公爵訂下婚約。」母后繼續說道：「她**真是個**漂亮姑娘——又懂禮貌。說不定她有個妹妹？」

鐸里昂交叉雙臂，吞下反感的情緒。嘉爾黛站在宮廷的遠側，他非常清楚她的目光正在打量他渾身上下每一吋。他挪挪身子，因為坐太久而尾椎發疼。

「伊莉絲如何？」王后指向一身紫衣的年輕金髮女子。「她非常漂亮，而且有時也帶來不少樂趣。」

這點我已經親身體驗過。

「我覺得伊莉絲這人很沒趣。」他回答。

「噢，**鐸里昂**。」她的手按在心口上。「你該不會想娶你**所愛**吧？愛情可不保證婚姻美滿啊。」

他**實在**感到厭倦，厭倦這些假扮朋友的貴族，厭倦這些女人，厭倦這些假扮朋友的貴族，厭倦一切。

他原本希望安多維爾之旅能消除這種無聊，然後他會開開心心的回家，但他發現回家之後什麼都沒變。同一批仕女依然以哀怨的眼神看他，同一批女僕依然朝他眨眼挑逗，同一批議員依然把立法草案連同小紙條塞進他的門縫。還有父王……父王永遠忙著東征西討——在每一塊大陸都納入亞達蘭版圖之前絕不罷手。就連拿這些所謂的鬥士們豪賭一場的遊戲也開始讓鐸里昂無聊得難受。最後決鬥的兩人顯然會是凱因和瑟蕾娜，而在那之前……這麼說吧，其他鬥士不值得他浪費時間。

「你又在悶悶不樂。什麼事情讓你心情不好，寶貝兒子？有聽到蘿莎蒙的任何消息嗎？我可憐的兒子——她當初實在傷透你的心！」王后搖搖頭。「雖然那**已經**是一年多前的事了……」

他沒回話。他不願想起蘿莎蒙——她甩了他，就為了嫁給某個粗野男子。

幾名貴族開始起舞、身影交錯。許多人都跟他年紀相仿，但他總覺得自己跟他們格格不入。他不覺得自己比較年長，也不覺得自己比較聰明，而是覺得……覺得……

他覺得自己似乎不適合他們的歡鬧，不適合他們對城堡外頭世界的刻意無視。他的心中有某種超越皇家身分的欲望。剛進入青春期的時候，他曾喜歡跟他們相處，但事實證明他總是跟他們有些距離。最糟糕的是，他們似乎沒注意到他不一樣——或是他覺得自己不一樣。要不是因為有鎧奧在，他會覺得無比寂寞。

「總之呢，」母后開口，朝一名宮女彈個響指，「我很確定你父王給了你一堆事情去忙，但當你有時間想起我、想起你王國的命運時，把這些東西看一看。」宮女行個屈膝禮，把一張摺起的紙遞給他，上面有母后的血紅印記。鐸里昂扯開紙條，看到長長一串姓名時，感覺腸胃糾結。上面都是適婚年齡的貴族女子。

「這是什麼？」他質問，克制把紙撕碎的衝動。

她露出勝利微笑。「適當人選。任何一位都適合加冕，而且據我所知，她們的生育能力都不錯。」

鐸里昂把名單塞進背心口袋，心中的蠢蠢欲動就是無法平息。「我會考慮。」他回答。她還來不及回應，他走下以天篷遮蔽的王座高臺。五名年輕女子立刻接近他、請他跳舞、問他最近如何、他是否打算參加薩溫舞會（註5）。不斷被她們的話語包圍，鐸里昂茫然的凝視她們。她們叫什麼名字？

他的視線越過她們戴滿珠寶的腦袋，尋找通往出口的路線。如果在這裡逗留太久，他會窒息。王儲禮貌的說聲再見，隨即大步離開喧譁的宮廷。口袋裡的名單彷彿起火燃燒，燒出一個小洞，火焰直接鑽進他的皮膚。

鐸里昂把雙手插進口袋，穿過一條條城堡走廊。每一間狗舍都空空如也——狗群都在操場上。他原想查看其中一隻懷孕的獵犬，雖然他知道幼犬的模樣只有在出生之後才能揭曉。他希望幼犬能維持純正血統，但那隻母犬很喜歡逃出圍欄。那是他最敏捷的獵犬，但他一直無法徹底馴服牠。

他其實不知道自己要去哪，只是想走走——任何地方都好。

註5「薩溫」（Samhuinn）一詞源自蘇格蘭的薩溫火祭（Samhuinn Fire Festival），是為了祭祀祖先而於十月底舉行的慶典。

鐸里昂解開背心的第一顆鈕扣。一道敞開的房門傳來刀劍互擊聲，他停下腳步。這是鬥士的訓練室，雖然訓練應該已經結束，但裡面是——

她。

她在三名衛兵之間遊走穿插，手中長劍化為纖手的鋼鐵延伸，一頭金髮散發光澤。她閃躲衛兵、在他們周遭旋轉，絲毫沒放慢腳步。

左方的某人鼓掌，打鬥的四人因此收手，氣喘吁吁。刺客看到是誰拍手，因而綻放笑容，這一幕都看在鐸里昂眼裡。薄薄一層汗水讓她的高顴骨染上光芒，藍眸閃爍。她確實動人，可是——

娜希米雅公主拍手，走上前，身上不是平常那身白長袍，而是深色外袍和寬鬆長褲，而且一隻手緊握一支覆以華麗雕飾的木杖。

公主抓住刺客的肩頭，說了些什麼，令對方發笑。鐸里昂掃視四周，鎧奧或布羅呢？為什麼亞達蘭刺客跟伊爾維公主在一起？她甚至手持利刃！這一幕絕不能繼續下去，尤其昨天才有一名鬥士試圖脫逃。

鐸里昂走上前，朝公主微笑鞠躬。娜希米雅只是屈尊的簡短點頭，這點不意外。鐸里昂牽起瑟蕾娜的手，雖然這隻手散發金屬和汗水的氣息，但他還是一吻，同時抬眼看她的臉。「莉安女士。」他朝她的手背低語。

「殿下。」她試圖抽手，但是布滿繭皮的掌心被鐸里昂緊緊抓著。

「能否與妳私下一談？」他說，她還沒同意就被他帶離此處。離開旁人的聽力範圍後，他質問：「鎧奧呢？」

她交叉雙臂。「這是深情主子對鬥士的說話方式？」

他皺眉。「他在哪？」

「不知道。不過如果要我猜，我敢打賭他正在查看噬眼者的碎屍，或是忙著處理史凡的遺體。況且，訓練結束後，布羅說我想在這裡待多久都行。我明天**確實**還有一場測驗，你知道吧。」

他當然知道。「娜希米雅公主為什麼在這？」

「是她派人來找我，聽到菲莉琶說我在這，她堅持要參加。你也知道，女人如果有劍，辦事就更方便。」她緊咬嘴唇。

「我可不記得妳是如此健談。」

「噢，如果你之前願意多花些時間跟我說話，或許你就會發現我非常健談。」

他嗤笑一聲，但還是上鉤。可惡。「妳所謂的之前是指什麼時候？」

「你**應該**還記得我們是一起從安多維爾過來的吧？還有我已經在這裡待了幾星期？」

「我給了妳那些書。」他提起。

「你有問過我看了那些書嗎？」

她是不是忘了自己在跟誰說話？「來到這裡後，我有跟妳說過一次話。」

她聳個肩，轉身要走。他惱怒卻又有些好奇，因此抓住她的胳臂。她以閃爍的青綠眼眸凝視他的手，視線移向他的臉龐時，他的心跳加速。沒錯，雖然她滿身大汗，但確實吸引人。

「你不怕我？」她一瞥他的佩劍。「還是因為你的劍術跟韋斯弗隊長一樣高明？」

他靠近她，加強手腕勁道。「我更厲害。」他在她耳畔低語，看到她的反應：臉頰泛紅、羽睫輕舞。

「嗯……」她開口，但時機已失，他贏了。她交叉雙臂。「你說話可真有趣，殿下。」

他誇張的鞠個躬。「我只是盡我所能。總之，妳不能讓娜希米雅公主跟妳一起待在這。」

「為什麼？你以為我會**殺了她**？這座城堡裡就只有她不是滿嘴廢話的白痴，我怎麼可能殺她？」她以眼神暗示他也屬於那個主流族群。「更何況，我如果真的動手，一定立刻被她的保鑣收拾。」

「不行就是不行。她來這裡是為了學習我們的傳統，不是為了練習對打。」

「她是公主，她想怎樣就怎樣。」

「而我猜**妳**會傾囊相授妳的畢生絕學？」

她頭一歪。「你說了這麼多，或許只是因為你**有點**怕我吧。」

「我會送她回她的房間。」

她做個誇張的手勢要他請便。「願命運之神助你。」

他用手梳理黑髮，走向公主，對方正在單手扠腰等他們倆。「公主殿下，」鐸里昂開口，示意要她的私人保鑣上前。「很抱歉，我們恐怕得送妳回房。」

公主揚起一眉，瞟向他身後。令他錯愕的是，瑟蕾娜居然開始用伊爾維語對公主說話；公主把手上的木杖往地上用力一敲，然後朝他嘶聲說些什麼。鐸里昂的伊爾維語實在不甚靈光，而且公主說得飛快，更讓他有如鴨子聽雷，還好在場的刺客身兼翻譯。

「她說你可以回去躺在沙發上或是去跳舞，別來騷擾我們。」瑟蕾娜說。

他盡量讓表情顯得嚴肅。「告訴她，她絕對不可以參加對打練習。」

瑟蕾娜說了些什麼，公主的反應只是手一揮，大步從他們倆身旁走過，踏進對練場。

「妳說了什麼？」鐸里昂說。

「我說你自願當她第一個對手，」她說：「所以你打算怎麼做？最好別惹公主生氣唷。」

「我才不會跟公主**對打**。」

「還是你想跟我打？」

「我們可以在妳房裡進行私人訓練，」他以平穩的口吻說道：「今晚。」

「我拭目以待。」她以指尖勾轉髮絲。

看到公主轉動木杖時所展示的力量和精準度，他緊張得嚥口水。他實在不想被痛打一頓，因此走向武器架，選了兩支木劍。「換成基礎擊劍課程如何？」他問娜希米雅，接著鬆了一口氣，因為公主點個頭，把木杖交給衛兵，然後接過他遞來的木劍。瑟蕾娜想讓他出糗？**想得美！**

「像我這樣站著。」他對公主解釋，擺出防禦架式。

第十八章

看著亞達蘭王儲向伊爾維公主示範基本劍術，瑟蕾娜面露微笑。她得承認，這傢伙確實迷人，雖然是驕傲自大的那種迷人。但以他的身分地位來說，他也實在算得上好人。想到被他弄得臉紅窘迫，她感到不自在。事實上，他的吸引力讓她**無法不去想**他多麼吸引人，而且她又感到好奇：為什麼他還沒結婚？

她有點想吻他。

她嚥嚥口水。當然，她以前被吻過，山姆以前常常吻她，她對這回事毫不陌生；但在一年多前，那名青梅竹馬的刺客永遠離她而去。雖然「跟山姆以外的人接吻」這個想法令她作嘔，但她看著鐸里昂的時候……

娜希米雅公主一個箭步上前，用木劍擊中鐸里昂的手腕。瑟蕾娜強忍笑意。他皺眉，揉揉痠痛的關節，但還是朝得意洋洋的公主微笑。

媽的！他為什麼這麼帥！

她斜靠在牆上，要不是因為手臂被某人用力揪住而發疼，她會好好欣賞這個小劇場。

「**這**怎麼回事？」她被拉離牆邊，發現鎧奧在面前。

「什麼怎麼回事？」

「鐸里昂跟**她**在做什麼？」

她聳個肩。「對練？」

「他們**為什麼**在對練？」

「因為他自願教她？」

鎧奧把她推開，走向那兩人。正在對練的王子與公主停下動作，鐸里昂跟鎧奧走向某個角落，兩人談話的口氣急促——而且火氣不小——然後鎧奧走向瑟蕾娜。「衛兵會帶妳回房。」

「什麼？」想起跟鎧奧在露臺的對話，她不禁皺眉，看來互吐心事並沒有讓兩人的關係改善。「明天就是測驗，我需要把握時間鍛鍊！」

「我認為妳今天已經練夠了——而且晚餐時間也快到了，妳跟布羅的課程兩小時前就已結束。去休息吧，否則妳明天會很虛弱。而且，**沒錯**，我**不知道**測驗是什麼內容，所以別問。」

「這太過分了！」她咆哮。鎧奧用力捏她、要她放低嗓門。娜希米雅公主朝瑟蕾娜的方向投以擔心的眼神，但是刺客只是朝她揮個手、要她繼續跟王儲練習。「我**哪兒都不去**，你這惹人厭的白痴。」

「妳真的盲目得不明白我們為何無法允許這件事？」

「『無法允許』？你只是怕我罷了！」

「少往自己臉上貼金。」

「你以為我**想**回去安多維爾？」她嘶吼：「你以為我不知道如果我逃跑就會一輩子被追殺？你以為我不知道我和你晨跑之後我**為什麼**會吐滿地？我的身體一**團糟**。我**需要**在這多待幾小時，你不該為此懲罰我！」

「我對罪犯的心理沒什麼研究。」

她不耐煩得兩手往上一甩。「你知道嗎？其實我之前確實有些內疚，雖然只有一**點點**罪惡感，但現在我想起來為什麼我不該感到內疚。我痛恨被鎖在房裡、坐著不動、閒得發慌。我痛恨那些衛兵和一堆狗屁，我痛恨看著布羅稱讚凱因，我卻像個悶葫蘆一樣杵在那，就因為你叫我隱藏實力！我痛恨別人叫我**不能做什麼**。而我最痛恨的就是**你！**」

他不耐煩得腳板在地上敲節拍。「妳說完了沒？」

鎧奧的表情冰冷。她嘖一聲，轉身離去，只想用雙拳把他的牙齒砸進咽喉。

第十九章

嘉爾黛坐在寬敞主廳壁爐旁的椅子上，看著帕林頓公爵跟王座高臺上的喬治娜王后談話。可惜鐸里昂一小時前已經匆忙離去，她甚至沒機會跟他說話，這點尤其令她惱怒，因為她整個早上都在為這場宴會精心打扮：鴉羽黑髮整齊盤起，臉龐因為巧妙撲上的亮粉而綻放金光。雖然肋骨快被這身粉紅鮮黃相間禮服壓碎，而且頸上珍珠和鑽石令她窒息，但她還是抬頭挺胸。鐸里昂已經離開，但帕林頓的出場實在是出乎意料；他很少在這出現，看來是有要事在身。

嘉爾黛站起身的同時，公爵向王后鞠個躬，然後轉身走向出口。她走到他面前時，他因為看到她而停下腳步，眼中的欲望差點令她顫抖。他深深一鞠躬。「夫人。」

「大人。」她微笑，逼自己吞下作嘔的感覺。

「願妳一切安好。」他朝她伸手，表示要帶她走出主廳。她回以微笑，接過他的手。雖然他有些矮胖，但手臂肌肉粗壯。

「我很好，謝謝。您呢？我感覺我們倆已經好幾天沒見面！看到您探訪宮中，實在令人驚喜。」

帕林頓微笑，露出一口黃牙。「我也很想念妳，夫人。」

他用毛茸茸的胖手指揉搓她吹彈可破的肌膚，她試著別顫抖，而是優雅的朝他點個頭。

「希望王后殿下身體安康。你們剛剛談得愉快嗎？」

噢，挖掘情報實在危險，尤其她是透過他的關係才能來到宮中。她去年春天幸運與他邂逅，而且輕而易舉的說服他邀請她來宮廷——大多透過暗示：如果由他擔任護花使者、陪她遠離父親的屋簷，他或許能得到某種獎勵。但她來這裡絕非只是為了享受宮廷氣氛；不，她受夠了只是當個小小仕女、等著嫁給最高出價者，受夠了無聊的政治，受夠了毫無心機的傻子。

「王后殿下十分健康。」帕林頓帶嘉爾黛走向她的房間，她的腸胃微微一揪。雖然他沒隱藏對她的欲念，但也沒推倒她——尚未。不過跟帕林頓這種想要什麼就必能得手的人在一起……她沒剩多少時間能找到藉口，拒絕實現當時做出的微妙承諾。「可是，」公爵繼續說道：「因為王子已是適婚年齡，王后殿下因此十分忙碌。」

嘉爾黛維持表情鎮定而平靜。「有沒有可能……不久後就傳出訂婚的消息？」又一個危險的提問。

「但願如此。」公爵咕噥，紅褐頭髮下的臉龐變得陰沉，如蜈蚣般爬過臉頰的疤痕令人觸目驚心。「王后殿下已經有一串人選——」公爵突然住嘴，想起自己在跟誰說話。嘉爾黛朝他眨眨眼。

「噢，我很抱歉，」她溫柔道：「我無意打探皇室家族的私事。」她拍拍他的胳臂，心臟全速狂奔。鐸里昂拿到一份名單？誰在上面？她要如何……不，這點稍後再考慮。就目前來說，她得查清楚是誰攔住她跟王權之間的去路。

「沒什麼需要道歉的，」他的黑眸閃爍。「來吧——跟我說說妳最近幾天做了什麼。」

「沒什麼特別的，不過我遇見一位非常有意思的年輕女子。」她若無其事的說，帶他走向一條被窗戶包圍的樓梯，進入城堡上方的玻璃樓層。「她是鐸里昂的一個朋友——稱作莉莉安女士。」

公爵顯然變得僵硬。「妳見過她？」

「噢，是啊——她人滿好的。」這個謊言從舌尖溜出。「今天跟她談話的時候，她說王儲非常喜歡她。為了她好，我希望她在王后那份名單上。」雖然她想獲得關於莉莉安的一些情報，但她沒料到公爵接下來提供的答案。

「莉莉安女士？她當然不在那份名單上。」

「可憐的孩子，我猜她會難過得心碎。我知道我不該窺視別人隱私，」她繼續說下去，公爵的臉龐持續因憤怒而漲紅，「但我不到一小時前聽鐸里昂親口說……」

「說什麼？」他的怒氣幾乎令嘉爾黛打顫——但不是針對她，而是莉莉安——嘉爾黛偶然邂逅的人間兵器。

「他說他非常被她吸引，可能愛上她了。」

「這實在荒謬。」

「我說的是真的！」她陰沉的搖搖頭。「真悲劇。」

「是真愚蠢。」公爵在通往嘉爾黛房間的走廊盡頭停步，舌頭噴出怒火。「愚蠢、癲狂，而且不可能成真。」

「不可能成真？」

「以後我會解釋。」古怪鐘樓傳來報時聲，帕林頓朝大鐘的方向轉頭。「我得去參加一場議會會議。」他俯身在她耳邊說道，溫熱潮溼的鼻息拂過她的肌膚。「或許我們今晚見？」他一手撫摸她的腰際，然後轉身。她目送他離去，等他消失後，她才顫抖的嘆口氣。可是如果公爵能讓她接近鐸里昂……

她必須弄清楚對手到底是誰，但首先得想辦法讓王子脫離莉莉安的魔爪。不管在不在那份名單上，莉莉安都是個威脅。

如果公爵如此討厭莉莉安，在嘉爾黛日後想從莉莉安手中奪取鐸里昂時，她很可能擁有公爵這位強力盟友。

走進大廳準備用晚餐時，鐸里昂和鎧奧沒說什麼。娜希米雅公主已經安全回房，被她的衛兵包圍。兩人很快做出結論：雖然讓瑟蕾娜和公主對練是很愚蠢的做法，但鎧奧當時也不該不在場，就算是忙著調查鬥士命案。

「你看來似乎跟薩達錫恩挺要好。」鎧奧的口氣冰冷。

「你吃醋哦？」鐸里昂逗他。

「我擔心的是你的安危。她或許稱得上漂亮，靈敏的腦袋或許令你欣賞，但她還是個**刺客**，鐸里昂。」

「你講話像我老爸。」

「這是常識。離她遠一點，不管她是不是鬥士。」

「別命令我。」

「我這麼做只是為了你的安全著想。」

「她何必殺我？我認為她喜歡被呵護的日子。如果她之前都沒打算逃跑或是取誰性命，現在又何必動歪腦筋？」他拍拍好友的肩膀。「你這是杞人憂天。」

「杞人憂天就是我的職責。」

「那你不到二十五歲就會滿頭白髮，到時候薩達錫恩**絕不會**愛上你唷。」

「你在胡說什麼？」

「總之，如果她**真的**試圖逃跑，雖然她**不會這麼做**，但她如果真的那麼做，就會傷透你的心，因為你得把她丟進地牢、追捕她，或是宰了她。」

「鐸里昂，我不喜歡她。」

察覺到這位老友越來越不高興，鐸里昂改變話題。「喪命的那名鬥士——噬眼者？有沒有任何線索顯示是誰下的手、動機為何？」

鎧奧的眼神變得黯淡。「過去幾天，我反覆勘驗了他的屍體，簡直是被徹底破壞。」他的臉頰失去血色，「內臟被挖空，就連腦子也……不見蹤影。我已經向國王陛下送出一封信、說明現況，但同時我也會繼續調查。」

「我相信那只是醉酒打架鬧出來的命案。」鐸里昂說，雖然他自己也打過不少架，卻從沒見過有誰因此挖出對方的內臟；一絲恐懼在鐸里昂心中浮現。「聽到噬眼者死得這麼徹底，我父王或許會很高興吧。」

「希望能這樣大事化小。」

鐸里昂咧嘴笑，一手摟住隊長的雙肩。「有你負責調查，我相信明天就會破案。」他帶好友進入用餐間。

第二十章

瑟蕾娜闔上書，嘆口氣，這本書的結局真悲慘。她從椅子站起身，不確定要去哪，乾脆走出臥室。下午被發現和娜希米雅對練時，其實她原本願意向鎧奧道歉，可是他的態度……她在房裡來回踱步。他有比監視「天下第一罪犯」更重要的事要忙，不是嗎？她其實不喜歡表現得那麼惡毒……但他根本活該被罵，不是嗎？

提起晨跑嘔吐的事，她已經讓自己丟臉，還用那麼多難聽字眼罵他。他信任她？還是討厭她？瑟蕾娜凝視雙手，意識到因為雙手用力揉搓而十指泛紅。她居然從安多維爾最恐怖的囚犯變成**這種**多愁善感的小女生？

她有更重要的事要擔心──例如明天的測驗，還有被謀殺的鬥士。所有房門的鉸鍊已經被她動過手腳，一旦被打開就會刺耳的吱嘎作響。如果有人進入她的房間，她會提早獲得預警。她還把幾根偷來的縫衣針插進一塊肥皂，製成一把迷你刺槍。這總好過赤手空拳，尤其如果那名凶手就是喜歡鬥士的血。她逼自己放下雙手，甩掉心中的不安，然後邁步走進音樂娛樂室。雖然沒辦法一個人打撞球或打牌，不過……

瑟蕾娜一瞥鋼琴。她以前常彈──噢，她以前實在喜愛彈琴、喜愛音樂；琴聲讓她獲得治癒，讓困難局面化為可以完成的英雄任務。

彷彿接近正在熟睡的某人，瑟蕾娜小心翼翼走向這架大型樂器，拉出木質琴椅，它刮過地板時發出的巨響令她皺眉。她掀開沉重的鍵盤蓋，腳踩踏板測試。她先一瞥平滑的象牙鍵，然後查看牙縫般的黑鍵。

她以前的技術不錯，或許不只是不錯。艾洛賓．漢默爾每次見到她，都會要她為他彈一曲。

不知道艾洛賓是否知道她離開了礦坑？如果他知道，會不會試圖把她救走？她還是不敢面對**到底是誰**背叛她的這個真相。被捕時，她彷彿置身薄霧——僅僅兩週，她就失去了山姆、失去了自己的自由。在那些模糊的日子中，她也失去了一部分的自我。

山姆。他對這一切會作何感想？如果他在她被捕時還活著，一定會在國王甚至不知道她被囚禁前就從皇家地牢把她救走。但跟她一樣，山姆也遭背叛——有時候，他的離去令她難受得忘記如何呼吸。她按下一個低音鍵，琴聲低沉悸動，充滿憂傷與憤怒。

小心翼翼的，她用單手在高音鍵彈出一串簡單而緩慢的旋律。回音——以及破碎回憶從心中的虛空處湧現。她的房間是如此寂靜，音樂顯得格格不入。她移動右手，在鍵盤上彈奏，這是她以前常常重複彈奏的曲子，直到艾洛賓嚷著要她彈些別的東西。她以左手彈奏和弦，然後換一套和弦，再用右手加入幾道清脆的音符；腳在某個踏板踩一下，然後整個人融入樂聲。

十指爆出音符，琴聲原本顫抖，但隨著曲中情緒掌控一切而更充滿自信。曲調憂傷，但讓她感覺受到洗滌而煥然一新。她意外發現自己沒遺忘右手的手感；在那一年的黑暗和奴役中，音樂隱藏於她的內心深處，此刻依然充滿生命力。她也意外發現山姆存在於音符之間。她在曲子之間漂流，說出不能說的話、揭開往日瘡疤；她不斷彈奏，忘了時間，直到琴聲原諒她，也拯救了她。

鐸里昂斜靠在門邊，完全靜止不動。她已經這樣背對他彈奏了一段時間，他不知道她是否有注意到他，或她是否會停手，他也不介意就這樣聽一輩子。他來這裡原想取笑這名尖酸刻薄的刺客，卻只見一名向鋼琴傾訴心事的年輕女子。

鐸里昂離開牆邊。雖然在暗殺這方面經驗豐富，刺客卻沒注意到他，直到他在她身旁的空位坐下。「妳彈得真美——」

看到他出現，她的手指滑過琴鍵，發出恐怖的哐啷巨響，腳步已經衝向撞球桿架。他相當確定她的眼眶潮溼。「你來這做什麼？」她朝門口一瞥。她打算拿撞球桿對付他？

「鎧奧沒跟我一起來，」他很快一笑。「如果妳想問的是這個。如果打擾到妳，我道歉。」看她臉頰泛紅又不自在的模樣，他感到好奇；亞達蘭刺客居然有這麼像「人類」的情緒。或許他還是可以進行取笑她的計畫。「因為妳彈得太美，所以我——」

「沒關係。」她走向一張椅子。他站起身，攔住她的去路，低頭一瞥她的身形，她並沒有特別高䠷，但曲線實在誘人。「你來這做什麼？」她重複這個疑問。

他露出淘氣的微笑。「我們說好今晚在這見面。妳不記得？」

「我以為那只是開玩笑。」

「我是亞達蘭王儲，」他在壁爐前的椅子坐下。「從來不開玩笑。」

「他們允許你來這裡？」

「允許？還是那句話：我可是亞達蘭王子，我想怎樣都行。」

「是沒錯，但我可是亞達蘭刺客。」

他拒絕受到威脅，就算她能在幾秒內拿撞球桿把他做成串燒。「從妳的彈奏來判斷，妳不只是刺客那麼簡單。」

「這話什麼意思？」

「嗯……」他試著別在她那雙詭異又美麗的眼眸中迷失自己。「我不認為琴藝那麼高超的人會**只是個**罪犯。妳似乎也有靈魂。」他取笑道。

「我當然有靈魂，每個人都有。」

她還是滿臉通紅。他讓她這麼不自在？他強忍笑意，這實在有趣得令人欲罷不能。「妳覺得那些書怎麼樣？」

「很不錯，」她輕聲道：「非常棒，其實。」

「這真是好消息。」兩人的目光交會，她退到椅子後方。怎麼好像**他**成了刺客！「訓練進行得如何？有哪個對手給妳麻煩嗎？」

「訓練很順利，」她回答，但是嘴角下垂。「也沒哪個對手找我麻煩。經過今天發生的事，我不認為我們之中有誰敢製造任何麻煩。」他過幾秒才意識到她是指試圖逃跑而被殺的那名參賽者。她咬咬下唇，沉默片刻，然後問道：「是鎧奧下令殺掉史凡？」

「不，」他說：「我父王向所有衛兵指示過，只要有誰試圖脫逃，就當場格殺勿論。我不認為鎧奧有可能下達那種命令。」他補充道，雖然不確定為何要如此解釋。聽到他這番話，至少她眼中令人膽怯的光芒減弱。看她沒再說話，鐸里昂盡可能以若無其事的口氣問道：「說到這個，妳跟鎧奧相處得如何？」當然，這是個非常單純的疑問。

她聳個肩，他試著別對她這個動作想太多。「我認為他有點討厭我，但就他的立場來說，我並不感到意外。」
「妳為什麼認為他討厭妳？」不知道為什麼，他無法否認她這個看法。
「因為我是刺客，他是侍衛隊長，被迫屈尊照顧未來的御前鬥士。」
「妳希望你們倆的立場顛倒過來？」他慵懶一笑，這句疑問不再這麼單純。
她慢慢繞過椅子、靠近他，他的心跳快了一拍。「嗯……誰想被討厭？雖然我寧可被討厭也不想被無視，但這都無所謂。」她此話言不由衷。
「妳很寂寞？」還來不及阻止自己，他已經衝口說出。
「寂寞？」她搖搖頭。經過王子的充分鼓勵，她終於坐下。他克制自己，沒衝上前查看她絲綢般的頭髮是否確實以蠶絲製成。「不，我靠自己也能生存下去——只要有好書可以看。」
他凝視爐中火焰，試著別去想她兩星期前在哪——那種孤寂是何種感受。安多維爾可沒有圖書館。「話雖如此，總是獨自一人，這不可能讓人有好心情。」
「那你會怎麼做？」她笑道：「我可不想被別人當成你的**情人之一**。」
「被那樣誤會又有什麼關係？」
「我的刺客名聲早已惡名昭彰，實在不想因為跟你同睡一張床而弄得更臭。」這話害他差點噎到，但她繼續說下去：「你希望我解釋**為什麼**？『我不願收到珠寶首飾當作感情的回報』這個答案夠不夠充分？」
他咆哮：「我不想跟刺客討論倫理道德。妳也很清楚，妳是**為錢殺人**。」
她的眼神變得嚴肅，手往門口一指。「你可以走了。」
「妳叫**我**滾？」他哭笑不得。
「我應該叫鎧奧過來、徵求他的看法？」她交叉雙臂，知道自己獲勝。或許她也意識到激怒他很有趣。

「我因為說實話就要被踢出妳房間？妳剛剛簡直把我形容成嫖客。」他已經好久沒這麼開心過。「跟我說說妳的人生吧——妳怎麼會如此精通鋼琴？而且剛剛那是什麼曲子？聽來好憂傷。妳是在想念哪個祕密情人？」他眨個眼。

「熟能生巧，多練習就會。」她站起身，走向門口。「而且，沒錯，」她發火道：「我是在想念某個祕密情人。」

「妳今晚可真帶刺兒啊。」他跟在她身後，停在一呎後的距離，可是兩人之間的空間卻感覺親密，尤其當他溫柔的說：「完全不像妳下午的時候那麼健談。」

「我不是什麼讓你盯著看的特殊商品！」她走向他。「也不是什麼嘉年華展示，也別把**我**放進你幻想出來的什麼大冒險！這想必就是你為何選我做為你的鬥士吧。」

他目瞪口呆，退後一步，勉強吐出：「什麼？」

她繞過他身旁，在扶手椅坐下，至少她沒打算離開。「你真以為我不知道你為什麼來這？你給了我《英雄王冠》那本書，那顯然暗示你對冒險的渴望吧？」

「我不認為妳是個冒險。」他咕噥。

「噢？所以城堡生活充滿刺激？亞達蘭刺客的登場其實再尋常不過？完全不吸引這輩子都被關在宮中的小王子？說到這點，這場競賽意味著什麼？我本來就得聽你老爸的使喚，我可不希望也成為他兒子的解悶小丑。」

現在輪到他臉紅。他這輩子有被誰這樣責罵過？或許父母和私人教師吧，但絕不是年輕姑娘。「妳不知道自己在跟誰說話？」

「我親愛的王子，」她慢條斯理的說道，查看兩手的指甲，「這裡只有我和你，通往走廊的那扇門遠得很，我想說什麼都行。」

他爆出笑聲。她坐直身子，歪頭看他；她的臉頰潮紅，藍眸更顯燦爛。他感到好奇：她知不知道如果她的身分不是刺客，他對她或許有何計畫？「我要走了。」他終於開口，不讓自己繼續猜想是否該冒這種風險——引來父王和鎧奧的勃然大怒。但如果他決定對那種後果不予理會，可能會帶來何種結局？「但我會回來，很快。」

「這點無庸置疑。」她口氣冷淡。

「晚安，薩達錫恩。」他查看四周，咧嘴笑。「我離開前，告訴我一件事：妳那個祕密情人……他不是也住在這座城堡裡吧？」

看到她眼中失去一些光芒，他立刻知道自己說錯話。「晚安。」她的口氣有些冰冷。

鐸里昂搖搖頭。「我不是故意——」

但她只是揮手要他走，眼睛凝視壁爐的火焰。明白對方要他離開，他大步走向門口，每一個步伐都在過於寂靜的房間迴響。快來到玄關時，她開口，聲音聽來遙遠。「他的名字是山姆。」

她還在凝視火焰。她用的動詞是**過去式**……「發生什麼事？」

她看著他，露出悲傷微笑。「他死了。」

「什麼時候？」他說出口。如果早知道這回事，他絕不會像這樣取笑她、絕不會說一句蠢話……

她勉強吐出幾個字。「十三個月前。」

她臉上閃過的一絲痛苦是如此真實而無盡，令他也感同身受。「我很遺憾。」他吸口氣。

她聳個肩，彷彿這句話就能消除她眼中被火光映出的悲痛。「我也是。」她低語，又轉頭面對爐火。

鐸里昂察覺到她這次是徹底說完，因此清清喉嚨。「祝妳明日測驗一切順利。」他離開房間時，她不發一語。

就算燒掉母后那張名單，就算看書看到深夜，就算終於入眠，他就是無法把她扣人心弦的琴聲拋出腦海。

第二十一章

雙腿顫抖的瑟蕾娜吊掛在城堡石牆上，把沾染瀝青的指尖和腳趾伸進巨大石磚之間的縫隙。布羅對其他攀附於城堡牆面的十九名鬥士吼幾句，但參賽者們位於七十呎的高處上，根本聽不見他在說什麼。某一名鬥士缺席，就連負責看守他的衛兵們也不知道他跑去哪。或許他成功逃離此地，反正冒險脫逃大概也好過參加這項令人難受的蠢測驗。她咬緊牙根，一隻手慢慢向上移，然後再把自己往上拉一呎。

往上二十呎，再往側面移個三十呎，就是這場瘋狂競賽的目標：一面金旗。規則很簡單：爬到牆面九十呎高的位置、取回在風中飄逸的旗幟。誰先奪旗回到地面就是英雄好漢——最後抵達旗點的輸家就得打包走人。

令人意外的是，目前還無人墜落——或許是因為通往旗幟的路線還算簡單：一路上是幾座露臺和窗臺，而且大部分的空間都被棚架覆蓋。瑟蕾娜又往上挪動幾呎，十指疼痛。這種時候，「往下看」一向是最糟糕的舉動，艾洛賓曾逼她站在刺客要塞外牆邊數小時之久，就為了讓她克服對高度的恐懼。她喘著氣，抓住一面窗臺，撐起身子。還好這面窗臺夠深，讓她能蹲在裡面，她花了幾秒觀察其他對手。

果不其然，凱因領先在前，而且選了通往旗幟的最簡單路線。他身後是古雷夫和弗林，諾克斯緊跟在這兩人後方，再來是年輕的刺客裴洛，就在諾克斯下方不遠處。許多對手緊跟在凱因後方，彼此的裝備因為距離過近而互敲。出發前，每個人都可以選擇一個協助攀爬的工具，例如繩索、釘刺或是特製靴子。不意外，凱因選擇繩索。

她的選擇是一小罐瀝青，出發前用一小段繩索把罐頭繫於腰帶。從窗臺站起時，黏巴巴又黑抹抹的兩手和赤腳輕易的攀附於石牆上。走出窗臺的陰影前，她在兩掌又抹上一些瀝青。底下的某人倒抽一口氣，她克制往下瞥的衝動；她知道自己選了一條更困難的路線，但總好過選擇簡單路線卻得跟其他人競爭。她可不想被古雷夫或弗林推離牆面。

瑟蕾娜的雙手吸附於石面、把自己向上撐的時候，剛好聽到一道尖嘯，然後是咚一聲，接著是一片沉默，隨之而來的是旁觀群眾的吶喊聲。一名對手墜落——而且當場摔死。她低頭看到奈德·克萊蒙的屍體，之前因為犯刑而被送去卡拉酷拉勞動營、自稱「鐮刀」的殺人犯。她渾身打顫；雖然噬眼者命案讓許多鬥士變得消沉，但那些贊助人顯然不在乎這場測驗很可能會再要幾名鬥士的命。

她沿一條排水管慢慢向上挪，兩條大腿夾緊鐵管。凱因把長長的繩索繞過凶惡的石像鬼頸部，然後擺盪越過一面扁平牆壁，降落在旗幟下方十五呎的露臺上。她吞下沮喪的情緒，持續沿排水管往上爬。

其他對手跟隨凱因的路線慢慢挪動。聽到幾聲喊叫，她低頭發現古雷夫造成阻塞，因為他無法像凱因那樣把繩索勾住石像鬼的頸部。弗林把古雷夫輕推到一旁，搶先一步，輕鬆勾好繩索。此刻位於古雷夫後方的諾克斯也打算如法炮製，但換來古雷夫連串咒罵，諾克斯因此停下，舉起雙手要對方別生氣。沾沾自喜的瑟蕾娜把染黑的雙腳撐在水管托架上，她即將抵達與旗幟同高的位置，接著只剩三十呎光禿石牆。

瑟蕾娜謹慎的沿水管往上爬，十隻腳趾緊貼金屬表面。這條水管下方十五呎處，一名傭兵緊抓石像鬼的雙角，同時把繩索綁在雕像的頭部。他似乎想採取一條捷徑：踩過一排石像鬼，擺盪到十八呎外的一處平臺，再前往古雷夫和諾克斯正在爭奪的另一排雕像。他不會試圖攀爬這條水管而騷擾到她，因此她繼續一吋吋往上移動，頭髮被強風左拍右打。

這時她聽到諾克斯的叫喊，及時看到古雷夫把他推離兩人正踩著的石像鬼背部。諾克斯的身子大幅度搖擺，撞到下方的城堡牆時，綁在腰間的繩索因此繃緊。瑟蕾娜僵住身子；看到諾克斯為了攀住牆面而四肢擦過石牆，她倒抽一口氣。

古雷夫沒打算就此罷手。他假裝為了調整靴子而彎腰，但瑟蕾娜看到他從中抽出一把短匕首，刀刃在陽光下閃爍。他居然能瞞過衛兵而取得那種武器，這已堪稱一項成就。瑟蕾娜喊出警告，但話語被風吹散，古雷夫開始動手鋸開諾克斯吊在石像鬼上的繩索。一旁的鬥士們沒打算介入，雖然裴洛來到古雷夫的位置時猶豫片刻，但終究繞過他身邊繼續前進。如果諾克斯喪命，大夥就少一個競爭對手——如果插手，自己反而可能在這場測驗中敗北。瑟蕾娜知道自己應該繼續往上爬，但某種情緒令她定在原地。

諾克斯找不到石牆上任何縫隙，旁邊也沒有突出物或是石像鬼讓他攀附，整個人除了往下之外沒有其他方向可去。一旦繩索斷裂，他就會墜落。

在古雷夫的利刃下，繩索的纖維一根根斷裂。諾克斯察覺到繩索震動，抬頭朝刺客投以驚悚的眼神。如果他掉下去，就不可能活命。古雷夫的刀子只要再割幾下，繩索就會被徹底切斷。

繩索發出呻吟。瑟蕾娜做出行動。

她沿排水管下滑，手腳肌膚被金屬割裂，但她不讓腦子接收痛楚。她撞上石像鬼的頭部、抓住雙角以穩住身子時，踩在石像鬼背上的這名傭兵只來得及把身子挨在牆上。他先前已經把繩索的一端綁上石像鬼的頸部，現在她抓住這條繩索，把另一端綁在腰上。這條繩索的長度與韌度皆足，棲息於她身旁的四座石像鬼能提供足夠的助跑空間。「敢碰這條繩索，我就挖出你的內臟。」她警告傭兵，也同時讓自己做好準備。

聽到諾克斯朝古雷夫咆哮，她逼自己一瞥年輕盜賊懸盪的位置。繩索斷裂時傳出銳利的啪一聲，伴隨諾克斯因恐懼和憤怒的呼喊。瑟蕾娜拔腿狂奔，踏過四座石像鬼的背脊，縱身躍進空中。

第二十二章

強風試圖將她撕裂，但她把注意力集中在諾克斯身上。他掉得太快，距離也太遠，遠離她伸出的雙手。

底下的群眾驚呼連連，玻璃城堡所折射的陽光也令她盲目。但他就在那，離她的指尖只有一隻手的距離；他瞪大灰眼，狂甩兩臂，彷彿這麼做就能讓雙手化為翅膀。

在一秒內，她用雙臂勾住他的腰間，彼此的身軀互撞，力道強勁得令她肺臟裡的空氣悉數消失。兩人如石頭般急速墜落，不斷逼近突起的地面。

諾克斯抓住繩索，但就算如此，也無法減輕繩索拉緊時在她的上半身造成的恐怖勁道。她使盡渾身力氣抓住他，逼自己的雙臂別放開他。繩索將他們倆甩向牆壁，瑟蕾娜差點來不及扭頭避開迎面而來的石磚，撞擊力穿透她的側身和一邊肩膀。她依然緊抓他不放，把注意力集中於自己的雙臂和急促的呼吸。氣喘吁吁的兩人吊在三十呎的高處，平貼於牆面，看著下方的地面。繩索沒斷。

「莉莉安，」諾克斯開口，呼吸困難，把臉貼在她的頭髮上。「諸神在上。」但這幾個字被底下爆出的歡呼聲掩蓋。瑟蕾娜的四肢劇烈顫抖，胃袋不斷翻攪，她必須專心抓緊諾克斯。

但這場測驗還沒結束——這兩人還是得完成任務，瑟蕾娜向上看，所有鬥士都停下來觀看她搭救掉落的年輕盜賊。只有一人例外，他高於所有人之上。

瑟蕾娜只能眼巴巴看著凱因扯下旗幟、發出勝利的歡呼。凱因搖晃旗幟、向大家炫耀，換來更多歡呼。她不禁怒火中燒。

如果原本也選簡單路線，她老早獲勝——她只需要凱因所花的一半時間就能抵達終點。不過，反正鎧奧還是要她表現平庸，而且她的路線更能讓她展示精湛技巧。凱因只需要跳個幾步、擺盪幾下，那只是業餘攀登的水準。更何況，如果她獲勝、如果選擇簡單路線，她就無法救諾克斯一命。

她繃緊下顎。她來得及爬回上頭嗎？或許諾克斯可以利用繩索，而她只需再次空手攀爬。沒什麼事情比贏得第二名更令她難受。就在她考慮的同時，弗林、古雷夫、裴洛和雷諾爬過最後幾呎，抵達目的地，用手拍一下旗點，然後開始返回地面。

「莉莉安、諾克斯，動作快。」布羅呼喊。她低頭一瞥下方的武器大師。

瑟蕾娜板起臭臉，開始把腳塞進石間縫隙、尋找立足點。她發現一個能讓腳趾塞進的裂縫，因擦傷而流血的肌膚因此感到刺痛。她小心翼翼的把自己往上拉。

「對不起。」諾克斯的兩腿撞上她的腿，連忙低聲道歉，他也在尋找立足點。

「沒關係。」她回答。渾身顫抖又麻木，瑟蕾娜爬回牆面，留諾克斯自己想辦法。愚蠢，救他一命實在愚蠢。她到底在想什麼？

「振作點，」鎧奧把水杯湊到嘴邊。「第十八名還不錯，至少諾克斯排在妳後頭。」

瑟蕾娜不發一語，只是推動盤裡的胡蘿蔔。她洗了兩次澡、用掉一整塊肥皂才洗掉手腳上的瘀青，然後菲莉琶花了半小時為她四肢上的傷口清理包紮。雖然瑟蕾娜不再打顫，但還是能聽到奈德·克萊蒙發出的尖嘯和落地的撞擊聲。她完成測驗之前，他的屍體已被移走。諾克斯之所以沒遭到淘汰，完全是因為喪命的奈德墊底。古雷夫甚至沒被責備，測驗中並沒有規定不能用下三濫的手段。

「妳完全按照原定計畫進行，」鎧奧繼續說道：「雖然我實在不認為妳的英勇救援算是非常謹慎的決定。」

她怒目相視。「總之呢，我還是輸了。」雖然鐸里昂恭喜她成功拯救諾克斯，雖然年輕盜賊不斷擁抱她、感謝她的救命之恩，但在測驗結束時，只有鎧奧皺眉。很顯然的，大膽救援不該是珠寶大盜的本領之一。

正午陽光下，鎧奧的棕眼閃耀金光。「大方接受失敗，這不也是妳之前受過的訓練之一？」

「不，」她以酸楚的口氣說：「艾洛賓告訴過我，『第二贏家』只是『第一輸家』的婉轉說法。」

「艾洛賓·漢默爾？」鎧奧放下杯子。「刺客之王？」

她看向窗外，裂際城的閃耀城邊隱約可見。很難想像艾洛賓其實就在同一座城中——他其實非常接近她。「你不是知道他是我師父？」

「我忘了。」鎧奧說。如果艾洛賓知道她拯救諾克斯，會賞她一頓鞭子，因為她讓自己的安全以及在競賽中的排名受到威脅。「他親自監督妳的訓練？」

「他親自訓練了我，然後從艾瑞利亞各地請來私人教師，包括來自南方大陸稻田的戰鬥大師、帛丹諾叢林的使毒高手……有一次他還送我去赤紅沙漠的靜默刺客那裡受訓。他為了自己，或是為了我，都很捨得花錢。」她補充道，撫摸浴袍的精美針線。「等我十四歲的時候，他才說明我必須向他償還所有學費。」

「他訓練了妳，然後要妳付錢？」

她聳個肩，但無法隱藏臉上閃過的怒火。「青樓女子也是類似程序，她們很小的時候就被帶走，被軟禁在所屬妓院，直到她們還清自己的訓練、保養和衣裝所花的每一分錢。」

「真卑鄙。」他咒罵。聽到他語氣中的怒火，她眨眨眼——這還是第一次他的憤怒不是針對她。「妳有還錢給他？」

她綻放冷笑。「噢，還得一個銅板都不差。然後他出去花光光，超過五十萬金幣，三小時內全部花完。」坐在椅子上的鎧奧嚇一跳。她把那個回憶壓進內心深處，痛楚因此停止。「你還沒道歉。」她說，在鎧奧來不及多問前改變話題。

「道歉？為了什麼？」

「為了你昨天下午看到我和娜希米雅對練時對我的殘酷批評。」

他瞇起眼睛，中了她的計。「我不會為了說實話而道歉。」

「實話？你把我當成喪心病狂的罪犯！」

「而**妳**說妳最討厭我。」

「我那是字字吐實。」但她的嘴角開始勾起——她也立刻發現對方回以微笑。他把一小塊麵包丟給她，她單手接住，回丟給他，他也輕鬆接住。「傻瓜。」她咧嘴笑。

「喪心病狂。」他回以顏色，也露齒而笑。

「我真的很討厭你。」

「至少我沒得第十八名。」他說。瑟蕾娜感覺自己的鼻翼顫動，朝鎧奧的腦袋丟一顆蘋果，對方連忙低頭閃避。

過了一段時間後，菲莉琶才送來消息。沒出席參加測驗的那名鬥士被發現死在僕人專用的樓梯間，遺體被殘忍的破壞及肢解。

接下來的兩星期以及其中兩項測驗都被第二起命案籠罩一層陰影。瑟蕾娜通過這兩項測驗——潛行與追蹤——沒引來太多注目，也沒捨身拯救他人。還好沒其他鬥士再遭謀殺，但瑟蕾娜還是發現自己常常查看身後，就算鎧奧認為那兩起凶殺案只是很不幸的個案。

隨著日子一天天經過，她的跑步能力不斷改善，耐久力和速度持續增強，她也成功克制自己在訓練時受到凱因挑釁而想宰了他的衝動。王儲沒再出現於她的房間，她只有在測驗時看到他，他通常只是咧嘴笑、朝她眨眼，讓她感到可笑的頭皮發麻和透心暖意。

她有更重要的事要擔心。九星期後就是最終決鬥，而某些對手，包括諾克斯，表現得確實不錯，前四名的地位開始顯得彌足珍貴。凱因一定會是其中之一，但另外三人會是誰？她原本確信自己必定會晉級。

但現在，如果她對自己誠實，答案是：她已經不再那麼確定。

第二十三章

瑟蕾娜目瞪口呆的看著地面。她熟悉這些銳利灰石——這些石頭在她腳下發出何種嘎吱聲、在雨後散發什麼樣的氣味，以及她被摔倒在地時如何被它們輕易割裂肌膚。這些碎石延展數哩，化為凹凸不平、形如獠牙的群山，穿入多雲的天空。她的單薄衣物無法抵禦迎面而來的刺骨寒風。她觸摸身上的骯髒破衣，腸胃翻到咽喉。到底怎麼回事？

枷鎖隨著她轉身而喀啷作響，她看到荒涼陰鬱的安多維爾。

她在競試中敗北，所以被送回這裡，沒有逃脫的機會。她曾淺嘗自由、接近自由，但現在——

背脊被一道伴隨鞭笞聲的強烈痛楚貫穿，她尖叫倒地，膝蓋被碎石割裂。

「給我起來。」某人咆哮。

她的眼睛被淚水刺痛。鞭子被往上舉時戛然作響；這一次，她會被殺，她會死於痛楚。

鞭子往下甩，切肉斷骨，令她渾身震顫，一切都在痛苦中分崩離析，她的身軀化為墳墓，死亡——

瑟蕾娜猛然睜眼，呼吸困難。

「妳……」旁邊的某人開口，她身子一震。

這是哪？

「妳作了惡夢。」鎧奧說。

她瞪著他，然後掃視房間，再伸手摸摸頭髮。裂際城，她在裂際城，在玻璃城堡——不，是在玻璃城堡下方的石城堡。

她滿身大汗，背上的汗水感覺彷彿血水，令她難受。她頭暈目眩，軟弱無力；雖然房中窗戶全數緊閉，一道陰風卻不知從何處吹來，甚至散發玫瑰芬芳、輕吻她的臉。

「瑟蕾娜，那只是一場夢，」侍衛隊長重複：「剛剛聽到妳在尖叫，」他給她一個緊張的微笑。「我還以為有人想對妳不利。」

瑟蕾娜伸手向後、觸摸被睡衣覆蓋的背脊，能感覺到那三條凸起的疤痕——還有幾條比較小的痕跡，但是除此之外什麼都沒有——

「我剛剛被鞭打。」她搖搖頭，甩掉那個回憶。「你怎麼在這？天還沒亮。」她交叉雙臂，臉頰微微泛紅。

「今天是薩溫節，我會取消我們今天的訓練，但我想知道妳是否打算參加祭典。」

「今天——呃？薩溫節就是今天？怎麼沒聽人提起？今晚有餐宴嗎？」她是因為太投入這場競賽而忘了時間？

他皺眉。「當然，不過妳沒被邀請。」

「可以了解。在受詛的今夜，你打算召喚亡靈？還是跟你那群戰友燃起篝火？」

「我不遵循那種迷信的狗屁。」

「說話小心點，憤世嫉俗的吾友！」她警告，伸手一指。「諸神與亡靈今天最接近人界——他們能聽見你所有的惡意批評！」

他翻個白眼。「這個蠢節日是為了慶祝冬季將至，點燃篝火只是為了製造用來撒滿田園的灰燼。」

「是為了求平安而獻給諸神的祭品！」

「是為了施肥。」

瑟蕾娜推開被單。「聽你在放屁。」她邊說邊站起身，調整溼透的睡袍，渾身散發汗臭。

他嗤笑一聲，跟在她身後。「我沒想到妳會這麼迷信，**這點**跟妳的職業生涯不會格格不入？」

她轉頭瞪他一眼，然後大步進入浴室，他依然緊跟在後。她在入口停步。「你想一起洗？」聽她這麼說，鎧奧僵住，意識到自己的大意。做為回應，他把浴室門在她身後砸上。

頭髮溼淋淋的瑟蕾娜走出浴室時，發現他在她的私人用餐間。「幹麼每次都跑來吃我的早飯？」

「妳還沒給我答案。」

「什麼答案？」她在對面的位子坐下，把大鍋裡的燕麥粥舀進面前的小碗。現在她只需要一大勺——不，三大勺——砂糖，再來一點溫熱的鮮奶油——

「妳會去神殿嗎？」

「他們允許我去神殿，卻不讓我參加餐宴？」她挖起一大匙燕麥粥。

「任何人都不該被禁止參加宗教活動。」

「餐宴則是……？」

「酒池肉林的象徵。」

「啊，原來如此。」她又把湯匙送進嘴裡。噢，她**超愛**燕麥粥！但或許還需要再來一匙砂糖。

「所以呢？妳要參加嗎？如果妳要去，我們就得早點出門。」

「不去。」她邊嚼邊說。

「妳這麼迷信，如果不參加祭典，小心引來諸神震怒。我還以為刺客會對亡靈之日稍微感興趣。」

她扮個鬼臉，嘴巴沒閒下來。「我有自己的敬拜方式。或許我會靠自己的力量獻上一、兩個祭品。」

他站起身，拍拍身上的佩劍。「我不在的時候，妳要乖一點，也別穿得太花枝招展——布羅跟我說過，妳今天下午還有訓練課程，而且明天也有測驗。」

「怎麼又來了？上一場測驗不是三天前才舉行？」她呻吟抱怨。上一場測驗是騎馬擲槍，她手腕的某處還在痠痛。

但他轉身離去，沒再說什麼，她的房間因此安靜下來。雖然她試圖遺忘，但鞭笞聲還在她耳中不停迴響。

終於撐到祭典儀式結束，鐸里昂・赫威亞德獨自一人大步走過城堡空地。他不相信宗教，也不被其感動；在長椅呆坐幾小時、咕噥一個又一個祈禱文，他亟需一些新鮮空氣——而且獨處。

他咬牙嘆口氣，揉揉太陽穴，然後邁步穿越花園。他經過一群仕女身旁，她們每一位都向他屈膝行禮、躲在扇子後面咯咯笑。鐸里昂朝她們簡短點個頭，隨即大步從旁走過。利用祭典儀式這個機會，母后向他指出在場所有適合的媳婦人選，他只能逼自己別放聲尖叫。

鐸里昂拐過一片樹籬，差點撞上一名身穿藍綠天鵝絨服裝的身影。這個顏色宛如高山湖——那種寶石般的色澤似乎就是無法以言語形容，不過這件衣服款式似乎早在一百年前就已退流行。看到她的臉，他露出微笑。

「妳好，莉莉安女士，」他彎腰行禮，然後轉身面對她的兩名同伴。「娜希米雅公主，韋斯弗隊長。」鐸里昂又一瞥刺客的裙裝，布料的褶痕宛如川流不息的河水，其實相當引人注目。「妳看起來可真有節慶氣息啊。」聽到這話，瑟蕾娜瞇起雙眼。

「莉莉安女士換衣服的時候，她的僕人都去參加祭典儀式，」鎧奧解釋：「她沒有其他東西可穿。」原來如此；穿戴束腹需要別人幫忙——而且禮服實在是一座以祕密環扣和綁帶組成的迷宮。

「真不好意思，王子殿下，」瑟蕾娜的明眸透出怒火，臉頰泛紅。「這身衣服不合您的喜好，小女子**實在**惶恐。」

「不不，沒這回事。」他連忙開口，一瞥她的雙腳，以紅鞋覆蓋——紅得彷彿在冬天開始出現於樹叢的紅莓。「妳看起來非常漂亮，只是有點——不合時宜。」其實不適合這個世紀。她回以惱火的一眼，他轉身面對娜希米雅。「失禮了，」他盡可能把伊爾維語說得流暢，但聽來依然殘破不堪。「妳好嗎？」

聽到他這麼糟的伊爾維語，她的眼睛透出笑意，但還是點頭回應。「我很好，殿下。」她以母語回答。鐸里昂的注意力移向她的兩名保鑣，他們潛伏於一旁的陰影處——等候與觀察。鐸里昂體內血流轟隆作響。

這幾星期來，帕林頓公爵不斷提議派更多軍隊進入伊爾維，以一舉殲滅反抗分子、讓他們在亞達蘭大權前不敢繼續造次。就在昨天，公爵提出另一項計畫：派出更多軍團，把娜希米雅留在這裡當作人質、讓反抗軍不敢回手。鐸里昂實在不願把「劫持人質」納入自己的本領之一，因此跟公爵爭辯數小時。雖然一些議會成員也表示反對，但大多數似乎認為公爵的策略十分可行。儘管如此，鐸里昂還是成功說服他們等國王回來再說，這能讓他爭取時間、試圖讓公爵的一些支持者改變心意。

此刻，站在她面前，鐸里昂立刻避開公主的目光。如果他不是王儲，必定會讓她知道這件事。但如果娜希米雅提早離開，公爵就會知道是誰向她通風報信、轉而通知他的父王。鐸里昂跟父王之間的關係已經夠糟，實在不想再被貼上「叛軍同情者」的標籤。

「妳會出席今晚的餐宴嗎？」鐸里昂問公主，逼自己以正常的表情看著她。

娜希米雅轉頭看瑟蕾娜。「**妳**要去嗎？」

瑟蕾娜露出的微笑只會帶來更多麻煩。「很不幸的，我有其他計畫。不是嗎，殿下？」她懶得隱藏口氣中的惱怒。

鎧奧乾咳幾聲，突然對樹籬中的野莓頗感興趣。鐸里昂這下得靠自己。「別怪我，」鐸里昂以平穩的口吻說：「是**妳**幾星期前就接受前往裂際城那場宴會的邀請。」她的眼神閃爍，但是鐸里昂不打算退讓。他不能帶她出席餐宴，那會引來太多目光、太多疑問。況且那裡人太多，要掌握她的行蹤將會十分困難。

娜希米雅朝瑟蕾娜皺眉。「所以妳不去？」

「嗯，不過我相信您在那一定會玩得很愉快。」瑟蕾娜回答，然後改用伊爾維語說些什麼。鐸里昂的伊爾維語程度勉強能聽懂她大概的意思：「殿下很懂得如何讓女人體驗美好時光。」

娜希米雅哈哈大笑，鐸里昂不禁臉紅。諸神在上，她們倆實在是令人畏懼的組合。

「好啦，因為我們倆是大忙人，」瑟蕾娜對他說，挽起公主的手肘；或許允許她們成為朋友是個恐怖又危險的決定。「所以我們得走了，祝您有個美好的一天，殿下。」她屈膝行禮，腰帶的紅藍寶石在陽光下閃爍。帶公主深入花園時，她回頭一瞥，朝鐸里昂冷笑。

鐸里昂怒瞪鎧奧。「真感謝你的鼎力相助。」

隊長拍拍他的肩。「你以為這樣算慘烈？你該領教她們倆鬥志高昂時的戰力。」說完，他大步跟上她們倆。

鐸里昂想吶喊、想扯下頭髮。在聆聽她彈琴的那晚，他很喜歡看到瑟蕾娜——他很享受那一刻，但過去幾星期中，他常常忙著參加議會和上朝，沒辦法去探望她。要不是為了出席餐宴，他一定會再去找她。他無意因為討論她的衣服而令她惱怒——雖然那件衣服**實在**過時——他也不知道她會因為沒被邀請參加餐宴而**那麼**火大，可是……

鐸里昂板起臭臉，走向狗舍。

瑟蕾娜不禁微笑，指尖撫過一排修剪整齊的樹籬。她認為身上這件衣服美極了，確實充滿節慶氣息！

「不，不，公主殿下，」鎧奧放慢速度，讓娜希米雅聽懂。「我不是士兵，而是衛兵。」

「兩者沒有分別。」公主反駁，通用語的口音濃厚，也不夠靈光。儘管如此，鎧奧還是因為聽懂大概的內容而發怒，瑟蕾娜實在很難隱藏笑意。

過去兩星期中，她還滿常跟娜希米雅見面——大多只是稍微散個步或是共進晚餐，討論娜希米雅在伊爾維長大是什麼感覺、對裂際城有何看法、宮中哪個人今天最讓公主火大。令瑟蕾娜竊喜的是，最後那個話題的答案通常是「每個人」。

「我沒受過上戰場的訓練。」鎧奧咬牙回答。

「你奉**你的**國王之命殺人。」你的國王。娜希米雅或許不完全熟悉他們的語言，但她聰明得知道「你的國王」這幾個字的力量。**你的**國王，不是她的國王。雖然瑟蕾娜很喜歡聽娜希米雅痛罵亞達蘭國王，但這裡是花園——談話內容很可能被旁人聽見。瑟蕾娜打個顫，趕在娜希米雅繼續說下去前插嘴。

「我覺得跟她吵下去也沒意義，鎧奧。」瑟蕾娜說，用手肘輕頂侍衛隊長。「或許你不該把領主頭銜給你弟弟泰瑞。你能再拿回那個地位嗎？如此一來能避免很多混淆。」

「妳怎麼記得我弟弟的名字？」

她聳個肩，不太明白他眼中的光芒。「你跟我說過啊，我為什麼不記得？」今天的他看起來真帥——頭髮遮過眉頭，髮絲之間的縫隙透出肌膚的金色光澤。

「你大概會很享受今晚的餐宴——因為沒有我在場。」她陰沉的說。

他嗤笑一聲。「不能參加宴會，妳就這麼滿懷怨念？」

「不，」她把放下的頭髮撥到一邊肩後。「可是——嗯，畢竟那是個宴會，大家都喜歡宴會。」

「我是不是應該幫妳帶個紀念品回來？」

「如果那個紀念品是個特大號烤羊排。」

現場氣氛明亮清澈。「晚上那場餐宴其實沒那麼有趣，」他提議：「也不過就是吃晚飯。我能向妳保證，那裡的羊排一定又乾又硬。」

「身為我的朋友，你應該帶我一起去，不然就是留下來陪我。」

「朋友？」他問。

她臉頰泛紅。「好吧，更貼切的描述是『臉臭臭的護花使者』，或是『被迫認識的聯絡人』，如果你比較喜歡後者。」令她意外的是，他露出笑臉。

公主抓住瑟蕾娜的手。「妳來教我！」她用伊爾維語說：「讓我更熟悉你們的語言——讓我在聽說讀寫各方面更進步，讓我不用再忍受那些稱為『私人教師』的無趣老頭。」

「我——」瑟蕾娜以通用語開口，微微皺眉。她因為把娜希米雅冷落在一旁這麼久而內疚，讓公主成為雙語人士也一**定**會帶來不少樂趣。但要說服鎧奧讓她去見娜希米雅，這一向很麻煩——因為他堅持在場監視，他也絕不會同意坐在旁邊看她們倆一對一教學。「我不知道該如何以正確的方式讓您學習我的語言。」瑟蕾娜說謊。

「胡說，」娜希米雅說：「妳必須教我。等妳……每天忙完跟**這傢伙**要做的事後，咱們利用晚餐前的一小時上課。」

娜希米雅抬起下巴，表示不准對方拒絕。瑟蕾娜噘噘口水，盡可能以和善的表情轉身面對鎧奧，他揚眉看著她們倆。「她希望我每天晚餐前給她上課。」

「那恐怕是不可能的。」他說。她翻譯。

娜希米雅惡狠狠瞪他一眼，換做一般人大概已經嚇得冒汗。「為什麼不行？」她改回伊爾維語。「她比這座城堡裡大多數人都聰明。」

還好鎧奧大概明白她的意思。「我不認為這麼做——」

「我不是伊爾維公主嗎？」娜希米雅以通用語插嘴。

「公主殿下——」鎧奧開口，但瑟蕾娜揮手要他閉嘴。三人接近跟平常一樣漆黑陰森的鐘樓，凱因跪在鐘樓前，低頭專心看著地面某個東西。

聽到他們的腳步聲，凱因立刻抬頭，隨即露齒而笑，站起身，雙手沾滿塵土。瑟蕾娜還來不及仔細觀察他的模樣或怪異舉止，他就朝鎧奧點個頭，然後走向鐘樓後方。

「討人厭的莽夫。」瑟蕾娜低聲道，瞪著他消失的方向。

「他是誰？」娜希米雅以伊爾維語問。

「王國軍隊裡的士兵，」瑟蕾娜說：「雖然現在是帕林頓公爵的手下。」

娜希米雅也瞇起深邃眼眸，往相同方向看去。「他有種讓我想朝他臉上揮拳的氣質。」

瑟蕾娜哈哈大笑。「很高興您也有相同看法。」

鎧奧繼續往前走，沒說什麼。她和娜希米雅跟上，大夥穿過鐘樓所處的小型露臺時，瑟蕾娜看著凱因剛剛跪下的位置，他挖掉原本堆積於石板之中詭異凹痕的泥土，使痕跡清晰可見。

「您覺得這是什麼？」她問公主，指向石板中的刻痕。凱因為什麼要清理刻痕？

「命運之痕。」公主回答，用瑟蕾娜的語言給這種東西取一個名稱。

瑟蕾娜揚眉，這個痕跡只不過是一個圈圈裡面有個三角。「妳看得懂這種符號嗎？」她問。命運之痕……超怪的東西！

「看不懂，」娜希米雅很快回答：「這種符號屬於一個消失已久的古老宗教。」

「什麼宗教？」瑟蕾娜問道：「妳看，這裡還有一個。」她指向幾呎外的另一個痕跡，是條垂直線，還有個倒弧線從中向上延伸。

「妳最好別碰它，」娜希米雅口氣尖銳，瑟蕾娜眨眨眼。「這種東西會被遺忘，不是沒有原因。」

「妳們在討論什麼？」鎧奧問。她解釋剛剛的對話內容。她說完時，他嘛嘛嘴，但不發一語。

三人繼續前進時，瑟蕾娜又看到一個痕跡，這是個奇怪的線條：一個小型的菱形，倒轉的箭頭從上下兩端突出，而且這兩端各自延伸出一條直線，看來似乎完美對稱。國王在建造這座鐘樓時差人刻下這些痕跡？還是這些符號老早存在於此？

看到娜希米雅盯著自己的額頭，瑟蕾娜問道：「我臉上有髒東西？」

「不，」娜希米雅的口氣有些冷淡，皺眉打量瑟蕾娜的額頭，又突然瞪著她的雙眸，眼中凶光令刺客微微退縮。「妳對命痕這種東西真的一無所知？」

鐘樓傳來敲擊聲。「嗯，」瑟蕾娜說：「一無所知。」

「妳在隱瞞些什麼，」公主以伊爾維語輕柔說道，口氣並不帶指控。「妳這人深藏不露，莉莉安。」

「我——呃，我的確希望我不只是一個傻不愣登的朝臣。」她盡量鼓起勇氣回答，露出燦笑，希望娜希米雅別再這麼古怪、別再盯著她的額頭。「您能不能教我更高級的伊爾維語？」

「除非妳教我學習你們這個可笑語言。」公主回答，雖然目光仍殘留一絲警戒。娜希米雅到底看到什麼？為什麼出現這種反應？

「成交，」瑟蕾娜無力的微笑。「只是別告訴**他**。韋斯弗隊長午後不會來找我，晚飯前的一小時剛好適合。」

「那我明天下午五點去找妳。」娜希米雅綻放微笑，繼續往前走，黑眸綻放光芒，瑟蕾娜只能跟上。

第二十四章

瑟蕾娜躺在床上，凝視地板的一灘月光。月光滲入地磚之間沾染塵土的隙縫，將一切轉化為一片藍銀，讓她感覺自己彷彿被冰封於永恆的瞬間。

夜晚並不令她害怕，但也不令她感到安心。夜晚只是她睡覺的時刻，她潛行刺殺的時刻；燦爛繁星現身、令她感覺自己卑微渺小卻又美好的時刻。

瑟蕾娜皺眉。現在只是午夜時分，雖然明天又有一場測驗，她卻無法成眠。她疲倦得無法看書，也不想彈琴——她擔心如果琴聲引來王子，就又要來一場尷尬會面，而且她絕不讓自己幻想餐宴是什麼模樣。她身上還是同一件藍綠長袍，純粹因為懶得換下。

她的視線追蹤月光，移向覆以掛毯的牆壁。這面掛毯古怪老舊，而且沒被妥善保養，其巨大幅面展示枯樹之間的森林動物，一名女子——掛毯上唯一的人類——所站位置較低、靠近地板。

女子的尺寸是真實比例，而且美得令人驚豔。雖然她一頭白髮，但臉蛋顯得年輕，一身飄逸白袍似乎在月光下移動，看起來——

瑟蕾娜在床上坐起身。掛毯好像稍微晃了一下？她一瞥窗戶——依然緊閉，而且掛毯是稍微飄離牆面，而不是左右橫擺。

難道……？

感到肌膚發麻，她點燃一支蠟燭，然後走向牆壁，掛毯已經停止飄動。她的手伸向布料邊緣，然後掀開，其後方只見石牆，可是……

瑟蕾娜把這面厚重的藝術品往後掀，撥到一口箱子後方固定。牆面某一條淺溝垂直而下，跟其他隙縫看起來不太一樣。她又發現一條，距離不到三呎。這些線條從地板出現，差不多在瑟蕾娜頭上的位置交會——

這是一扇門！

瑟蕾娜用一邊肩膀推動這塊石板。石板微微後退，令她的心跳加速。她再次推動，手中燭光閃爍搖曳。暗門稍微移動，發出呻吟。她吆喝著繼續推，直到暗門終於轉動開啟。

眼前是一條黑暗通道。

一道微風吹進暗道，也勾起她臉上的髮絲。一陣顫意爬過她的脊椎——風為什麼是吹**進**通道？掛毯剛剛明明往外飄！

她回頭一瞥床鋪，上面堆滿今晚不打算看的書。她往通道踏進一步。

燭光揭露通道內部是以石塊堆砌，而且蓋上厚厚一層塵土。她退回至臥室；如果真打算深入探索，她就需要適當裝備，只可惜弄不到長劍或匕首。瑟蕾娜放下蠟燭，她也需要火炬——或至少多帶幾支蠟燭。她雖然習慣黑暗，但也沒笨到信任黑暗。

懷著興奮心情在房間裡到處搜尋，瑟蕾娜從菲莉琶的針線籃取走兩顆毛線球，連同三支粉筆和她的一支自製小刀。她把三支蠟燭塞進披風口袋，再用披風緊緊裹身。

然後，她再次站在漆黑的通道入口，裡頭**實在**黑得恐怖，而且似乎正在向她呼喚。又一道微風吹進通道。

瑟蕾娜用一張椅子擋在入口處——她可不想因為石門突然砸上而被永遠困在裡頭。她在椅背綁上毛線，反覆打五個結，然後一手拿毛線球，另一手拿蠟燭。如果迷路，她就能循毛線而歸。她小心翼翼再用掛毯蓋住入口，以防有人進入她的臥室、發現這道暗門。

她邁步進入通道，發現裡頭雖然冰涼但乾燥，到處都結滿蜘蛛網，而且沒有窗戶，手上的小小燭光只映出眼前這條不斷向下的長長階梯。她往下踏的同時，身子緊繃，等候任何會讓她逃回房間的聲響，但這裡一片寂靜——徹底死寂，彷彿被遺忘。

瑟蕾娜高舉蠟燭，拖曳在後的披風掃過覆以塵土的階梯、留下抹痕。幾分鐘後，她掃視牆壁、查看是否有任何雕刻或痕跡，但沒有任何發現。這只是一條被遺忘的僕人通道？她發現自己居然有些失望。

不久後，階梯的盡頭出現，她在三道同樣漆黑而宏偉的拱門入口前停步。這是哪？她很難想像這種空間會在這麼熱鬧的城堡中被遺忘，但是——

地面被塵土徹底覆蓋，看不到一絲足跡。

知道這類故事總是以何種結局收場，瑟蕾娜把蠟燭舉向入口上方的圓弧，查看是否有任何刻字描述她即將面臨的死亡——如果她走進某一道特定拱門。

她查看手中的毛線球，現在只剩一小坨細線，因此放下蠟燭，掏出另一顆毛線球接上。或許她應該多帶一顆來，不過也沒關係，反正她還有粉筆。

她選擇中間的拱門，其實只是因為離她最近。拱門後方是另一條階梯，持續往下，又深又長，令她懷疑自己可能深入城堡地底。通道變得極為潮溼而冰冷，瑟蕾娜的蠟燭差點因為溼氣而熄滅。

她面前出現更多拱門，但她選擇走中線、跟隨持續加重的溼氣。水沿牆面流下，石頭因為過去幾世紀中滋生的菌類植物而溼滑。被溼氣包圍，她的天鵝絨紅鞋感覺單薄。要不是因為某個聲響傳來，她原本打算轉身回去。

那是流水聲——非常緩慢。隨著她前進的每一步，通道開始持續放明；不是因為燭光，而是因為從外頭照來的皎潔銀光——來自明月。

毛線球用盡，她因此把繩線放在地上，眼前也不再有任何需要做記號的轉角。她知道前方是什麼——應該說，她不敢相信眼前景象確實如她所想。她加快腳步，差點滑倒兩次，心跳發出的巨響讓她以為耳膜即將破裂。一道拱門出現，然後在拱門之後的遠處……

瑟蕾娜凝視這條通向城堡外的下水道，味道實在令人不悅。

她站在水溝旁查看：下水道出口通往一條寬敞小河，想必是通往大海或是艾弗利河；這裡沒有衛兵、沒有鎖頭，大約三分之二的出口被一面鐵柵欄覆蓋，底部則毫無攔阻，想必是為了讓水中垃圾順利流出。

下水道的兩岸各綁四條小船。另外還有幾扇以木材或鐵板製成的門通往這條出口，這大概是給國王用的逃脫路線，但幾條小船腐爛得十分嚴重，她猜國王恐怕不知道這條密道的存在。

她走向鐵柵欄，手伸進一道隙縫，外頭的夜風涼爽但不寒冷，群樹隱約聳立於小河後方：她想必來到城堡後方——向海的那一面……

外頭有沒有任何衛兵站崗？她發現地上有顆石頭，是一小塊掉落的天花板，因此將它丟到鐵柵欄外頭，沒聽見盔甲挪移，沒人竊竊私語或咒罵。她觀察另一側牆壁，那裡有一支拉桿，想必是用來升起鐵柵欄讓小船通過。瑟蕾娜放下蠟燭，脫下披風，清空口袋，然後用雙手抓緊柵欄，先把一腳踩在柵欄上，然後換另一腳。

升起柵欄一定很簡單。她感覺自己魯莽——魯莽而狂野。她待在宮中做什麼？身為鼎鼎有名的亞達蘭刺客，她何必參加一場可笑競賽只為了證明自己是天下第一？她**本來就是**天下第一！

他們那夥人這會兒一定喝得爛醉如泥，沒一個例外。她可以從現場挑一條狀況比較好的小船、消失於黑夜。瑟蕾娜轉身準備走上樓梯，她需要拿回披風。哼，那幫蠢蛋以為自己能馴服**她**！

她的腳在一面潮溼的橫階打滑，她連忙用雙手抓住柵欄，因為膝蓋撞上鐵框而咒罵。抓住柵欄的同時，她閉上眼。冷靜點，這只是水。

她讓心跳放緩，讓雙腳再次找到立足點。月光耀眼得幾乎令人盲目，也使周遭繁星相形黯淡。

她知道自己可以輕鬆逃跑，也知道這麼做會很愚蠢。國王遲早會逮到她，鎧奧會因此蒙羞而且被免職，娜希米雅公主將只剩宮中呆子相伴，還有，嗯……

瑟蕾娜挺直身子，抬頭挺胸。她拒絕像個二流罪犯般逃之夭夭。她會面對他們——面對國王——以正大光明的方式贏得自由。而且何不多享受幾天免費伙食和訓練？更別提她需要為逃亡準備大量物資，這得花上幾星期。何必這麼急？

瑟蕾娜循路而回，拾起披風。她會獲勝，而在她獲勝後，如果她哪天決定逃離與國王約定的勞役……反正她已經發現逃脫路線。

就算如此，瑟蕾娜想離開私人寢室其實也沒那麼容易。她往上走，雙腿因為走不完的階梯而痠痛，還好通道一片寂靜。回房去，這是正確決定。

瑟蕾娜很快回到三道拱門的入口處。她會在另外兩條通道裡發現什麼令人失望的景象？她已經不感興趣，但這時又一道微風經過、使勁吹向最右邊那道拱門，瑟蕾娜因此上前。手臂寒毛豎起，她看著手中燭火向前彎曲、指向一處比其他地方都漆黑的陰暗處。微風夾雜呢喃聲，以被遺忘的語言向她說話。她打冷顫，決定往反方向走——進入最左邊的拱門；在薩溫節這天跟著神祕低語亂走，簡直是自找麻煩。

雖然微風吹過，但通道十分溫暖。隨著在這條向上的旋轉階梯的每一步，低語聲持續消散。她不斷往上走，只聽見自己的沉重呼吸和腳步聲。來到階梯頂端，她沒再看到彎曲通道，眼前只有一條似乎無止盡的筆直走廊。她沿走廊前進，雙腳早已疲憊不堪。過了一會兒，她居然聽見音樂聲。

那是從盛大筵席傳來的聲音；前方透出金光，或許是從門或窗戶滲出。

她拐過轉角，走上一道小階梯，通往一條非常狹小的走廊；天花板十分低矮，她被迫彎下腰、搖搖擺擺的走向光源。金光不是來自門縫或窗戶，而是一道青銅大門。

瑟蕾娜朝光芒眨眨眼，從上頭俯視在主廳舉行的餐宴。

這些祕密通道是為了方便暗中監視？看到這幅景象，她皺眉；一百多人正在大快朵頤、唱歌跳舞……鎧奧也在場，坐在一位老先生旁邊，正在說話和——

歡笑？

看到他快樂的模樣，她放下蠟燭，臉頰漲紅。她一瞥這間寬敞主廳的對側，那一側的天花板靠牆的位置裝有幾面華麗的金屬格柵，但她沒從中發現其他偷窺者。瑟蕾娜的視線移向舞池中的群眾，幾名鬥士混雜其中，身上的華服不足以遮掩蹩腳的舞技。諾克斯——最近成了她的對打和訓練搭檔——也在跳舞，或許動作比其他人稍微優雅些，但她還是為跟他跳舞的女士們感到尷尬。不過——

其他鬥士都可以參加，就她不行？她抓住格柵，為了看得更清楚而把臉貼上去。沒錯，更多鬥士坐在桌邊——就連滿臉青春痘的裴洛也坐在鎧奧附近！那二流的刺客小鬼！她咬牙切齒。他們**居然**不允許她參加筵席？沒在狂歡者中看到凱因的臉，她的緊繃胸腔稍微放鬆，至少他們也把他關在籠裡。

她看到王儲，他正在跟某個金髮蠢妞跳舞說笑。她很想因為自己沒被他邀請而討厭他，她不是**他的**鬥士嗎！可是……她很難不盯著他看。她並不想跟他說話，只是想看著他，欣賞他不凡的優雅、他眼中的親切和藹——就是那種溫柔令她願意說出山姆的事。雖然他是個赫威亞德，但他……總之，她還是很想吻他。

舞蹈結束，看到王儲一吻金髮女子的手，瑟蕾娜繃起臭臉，轉身背對格柵。但這條狹窄走廊到此已經結束，因此她又轉頭一瞥餐宴，只看到鎧奧從桌邊站起，開始從人群之間蜿蜒而過、離開大廳。如果他來到她的房間發現她不知去向？他不是保證會從餐宴帶些東西給她？

想到這下要爬一堆樓梯，她呻吟抱怨，連忙拿起蠟燭和毛線，迅速返回較為寬敞的走廊，邊走邊捲起毛線。她不斷飛奔，一步跨兩階。

她衝過拱門，跑上通往臥室的階梯，臥室光芒隨著她持續接近而增強。如果鎧奧發現她在某個祕密通道裡——而且是通往城堡外頭，一定會把她丟進地牢！

回到房間時，她汗流浹背。她一腳踢開椅子，轉動關閉石門，掛好掛毯，然後撲向床鋪。

在餐宴享受幾小時後，鐸里昂來到瑟蕾娜的房間，不太確定自己為什麼凌晨兩點跑來刺客的房間。他因為喝了不少葡萄酒而暈眩，也因為跳太多舞而疲累，他相當確定自己一坐下就會睡著。她的房間寂靜昏暗，他稍稍推開她的臥室門，一窺內部。

雖然她在床上睡覺，卻還穿著那件怪袍。不知道為什麼，現在看到她伸展四肢躺在紅毛毯上，那身衣服倒顯得頗為合適。她的金髮散落於周身，雙頰綻放粉紅。

一本書在她身旁攤開，還在等她翻到下一頁。他在門口逗留，擔心如果再走一步就會吵醒她。這算什麼刺客？她連動都沒動一下。但她臉上完全沒有刺客的神情，她的五官沒有一絲攻擊性或嗜血欲。

就某方面來說，他知道她是什麼樣的人，他也知道她不會傷害他，這實在沒什麼道理可言。他們倆談話的時候，雖然她通常表現得尖酸刻薄，他卻感到自在，彷彿可以暢所欲言。她一定也有同感——在她說出山姆的事後，不管那人是誰——所以他大半夜來到這。她曾經跟他調情，但那是認真的嗎？某個腳步聲傳來，他發現鎧奧站在玄關。

隊長悄悄走向鐸里昂、揪住他的胳臂。被老友拖過玄關、在通往走廊的門前停步時，明智的鐸里昂知道別掙扎。「你在這做什麼？」鎧奧低聲嘶吼。

「**你**在這做什麼？」鐸里昂反問，試著壓低嗓門。他的疑問確實更合理。既然鎧奧曾多次警告跟瑟蕾娜有所牽扯會遭遇何種危險，他為什麼自己半夜跑來這？

「看在命運之神的份上，鐸里昂！她是個**刺客**。拜託，**拜託**告訴我，你以前沒來過這裡。」鐸里昂藏不住沾沾自喜的神情。「我甚至不想聽你解釋。趕快出去，你這魯莽的傻子，快離開。」鎧奧揪住王子的外衣領口。要不是因為這個朋友的動作快如閃電，鐸里昂實在很想朝他揮拳。鐸里昂還沒意識到怎麼回事，已經被粗魯的丟進走廊，門在他身後關閉上鎖。

不知道為什麼，鐸里昂這晚輾轉難眠。

鎧奧・韋斯弗深呼吸。他來這做什麼？他自己失去理智，還有什麼資格如此對待亞達蘭王儲？看到鐸里昂站在她的臥室門口，他不明白自己心中湧出的怒火，也**不想**明白那種憤怒。那不是嫉妒，而是超越嫉妒的某種情緒，那種情緒使老友在他眼中成為別人、他不認識的陌生人。他滿確定她還是處女之身，但鐸里昂是否也知道這點？或許鎧奧自己就是因為這個原因對她更感興趣。他嘆口氣，輕輕推開門，門發出的刺耳吱嘎聲令他皺眉。

她身上還是同一件衣服，雖然她外表甜美，內裡的殺戮潛能卻完全無法被遮掩，她的堅毅下巴，眉毛的斜面，以及完全靜止的身形都洩漏這個祕密。她是刺客之王為了滿足自身利益而鍛造出的利刃，她是沉睡的野獸，強如山貓或飛龍，而且身上到處都是力量的象徵。他搖搖頭，走進臥室。

聽到他的腳步聲，她睜開一眼。「還沒天亮啦。」她咕噥，翻轉身子。

「我帶了禮物給妳。」他覺得自己蠢得要命，甚至考慮逃離此處。

「禮物？」她的口齒較為清晰，轉身朝向他，眨眨眼。

「不是什麼大不了的東西，出席的人都有收到。把手伸過來。」這是個謊話——算是。這東西是為了拉攏人心而送給貴族女子；裝著這東西的籃子到處傳遞時，他從中摸走一個。大多數的貴族女子永遠不會戴上這個禮物，而是直接把它丟到一邊或送給最受喜愛的僕人。

「讓我看看。」她慵懶的伸出一手。

他摸索口袋，掏出禮物。「拿去。」他把東西放在她掌上。

她查看這東西，露出昏昏欲睡的微笑。「是戒指耶。」她戴上。「好漂亮哦。」戒指的款式十分簡單：以銀質打造，唯一的裝飾是鑲在中央、指甲大小的紫水晶，寶石表面光滑圓弧，如紫眸般朝刺客閃爍。「謝謝你。」她說，眼皮下垂。

「妳還在穿同一件長袍，瑟蕾娜。」他臉上的紅潮拒絕消散。

「我等下就換。」他知道她不會換。「我只是需要……休息一下。」然後她又昏昏睡去，一手擱於胸口，戒指停在心臟上方。隊長失望的嘆口氣，從一旁的沙發抓起一條毛毯，丟在她身上。他有點想摘下她手上的戒指，不過……她似乎被一種平靜氣氛籠罩。他揉揉脖子，臉龐依然灼熱，轉身走出她的房間，思索明天到底該如何向鐸里昂解釋這一切。

第二十五章

瑟蕾娜陷入夢境：她又進入狹長的祕密通道，手上沒有蠟燭，也沒有引路的毛線。這一次，她選擇最右邊那道拱門，因為另外兩道潮溼又恐怖，這一道卻顯得溫暖又宜人。還有味道——這道拱門散發的不是霉味，而是玫瑰的芬芳。通道扭曲，瑟蕾娜發現自己正沿著一條狹窄階梯不斷往下走。出於她無法明言的原因，她避免接觸兩旁的石牆。梯道陡峭而持續蜿蜒，每出現一道新的門板或拱道，她就選擇散發玫瑰芬芳的入口。就在她開始因為走太多路而感到厭煩時，她來到階梯的底部，停下腳步，面前是一扇老舊木門。

門板中間吊著一個骷髏頭造型的青銅門環，顱骨似乎正微笑以對。她等候陰風出現，或聽見某人啜泣，或現場氣氛變得冰冷潮溼，但這裡依然溫暖而芬芳，因此瑟蕾娜稍微鼓起勇氣，轉動門把，木門靜靜開啟。

她原以為裡面會是一個棄置多年的漆黑房間，事實卻跟她想得非常不一樣。一道銀月光束從天花板的一個小洞穿過，落在一尊躺在石板上的美麗大理石雕像的臉龐。不——那不是雕像，而是座石棺。這裡是個墓穴。

石質天花板的樹林浮雕從這位正在安息的女性形體上方延展而過；第二座石棺緊鄰，雕像是個男性形體。為什麼女子的臉龐沐浴於月光下，男子的臉龐卻被黑影籠罩？

他很英俊，短鬍鬚修剪整齊，額頭寬大平滑，鼻梁直挺剛毅。他的雙手合於胸前、握有一把石劍，劍柄枕在胸口上。看到他頭上的王冠，瑟蕾娜屏息。

女子也頭戴王冠。這種王冠並不是一般那種俗不可耐的龐然大物，而是個細緻的突起物，中間嵌有一顆藍寶石——整尊雕像唯一的寶石。雕像的長鬈髮散落於臉龐周遭、垂於棺蓋，栩栩如生的模樣幾乎令瑟蕾娜以為那是真髮。月光映在女子臉上，瑟蕾娜顫抖的伸手撫摸那光滑而年輕的臉頰。

臉頰冰冷堅硬，正如雕像該有的觸感。「妳是哪個王后？」瑟蕾娜說出口，聲音在寂靜的房間中反彈。撫過雕像的嘴唇以及額頭時，她瞇起眼睛，發現額頭刻有一道幾乎看不見的淺痕。她用指尖來回撫摸，判斷這塊位置的大理石一定是因為長期被月光照射而褪色。為了看清楚刻痕的輪廓，她用手遮蔽月光；刻痕是個菱形，上下兩端各被一支箭頭夾擊，菱形中央則被一條垂直線貫穿……

這是她之前見過的命運之痕。她向後退，突然感到冰冷。這裡是禁地。

被某個東西絆到而差點跌倒的同時，她注意到地板，不禁目瞪口呆。地板被點點星光覆蓋——凸起的刻痕反映星空，天花板則映出大地的景色。天地為何倒轉？她掃視四周的牆壁，一手貼於心口。

牆面刻滿無數命痕，這些符號以漩渦、螺紋、直線和矩形組成，小型符號組成大型符號，大型符號再組成更巨幅的痕跡，直到整個房間似乎在傳達她不可能理解的訊息。

瑟蕾娜凝視石棺。看到王后的腳上似乎寫了些什麼，瑟蕾娜慢慢走上前，看到那串石刻文字寫道：

哀哉！光陰如裂痕！

這話什麼意思？這兩人想必曾是重要領袖，而且屬於很久遠的年代，不過……

她又走向石像的頭部。王后的臉龐給人一種平靜又熟悉的感覺，讓瑟蕾娜想到那股玫瑰芬芳，但看起來還是有點不一樣——說不出來的怪。

看到雕像臉側的弧形尖耳，瑟蕾娜差點失聲尖叫。那是永生精靈的耳朵，不老不死的永生精靈。但近一千年來沒有第二位永生精靈嫁進赫威亞德的血系，歷史上只有一位，而且那還是個混血兒。但如果這尊雕像表達事實，如果她是個永生精靈或半永生精靈，那麼她就是……就是……

瑟蕾娜從女子身旁蹣跚退後，撞上牆壁，一團塵埃落下。

看來，這名男子就是蓋文——亞達蘭的第一任國王。女子就是伊琳娜——特拉森的第一位公主，布蘭農之女，蓋文的妻子與王后。

瑟蕾娜心跳劇烈得難受，但雙腳就是動彈不得。她不該進入這間墓穴，她這滿身罪孽之人不該擅闖逝者之聖地。她騷擾了入棺安息的逝者，一定會因此被亡靈糾纏折磨。

但這兩人的墓穴為何無人照料？今天是紀念亡者之日，為什麼無人祭祀？王后頭上為何沒覆以鮮花？伊琳娜．加勒席尼斯．赫威亞德為何被遺忘？

墓穴最深處的牆邊堆滿珠寶和武器。一柄長劍展示於一套黃金鎧甲前，她知道那柄劍的來歷。她走向珍寶，那是傳說中的蓋文之劍，他在幾乎將大陸撕裂的那些激戰中所持的長劍，闇黑領主埃拉魍也死於此劍下。就算千年已過，蓋文之劍仍不見一絲鏽蝕。魔法或許已經消失，但用來打造這柄神兵的那股魔力似乎長存。「達瑪利斯。」她輕聲說出劍的名諱。

「看來妳很熟悉歷史。」一個輕盈的女性嗓音傳來，瑟蕾娜嚇一跳，被一支長矛絆倒而摔進一口裝滿黃金的寶箱時尖叫一聲。看到這一幕，女性嗓音因此發笑。瑟蕾娜摸索四處，想找支匕首或蠟燭，什麼東西都好；聞其聲也終於見其人的時候，瑟蕾娜不禁僵住。

這名女子美得無法言喻，一頭銀髮如月光之河般在年輕的臉龐周遭旋轉，藍眸燦如水晶，肌膚白如雪花石膏，兩耳微微尖翹。

「妳是誰？」刺客吸口氣，雖然知道答案，但還是想聽到對方親口說出。

「妳知道我是誰。」伊琳娜・赫威亞德開口。

伊琳娜的模樣被石棺雕像完美複製。瑟蕾娜卡在寶箱裡不動，雖然脊椎和兩腿感到刺痛。

「妳是鬼魂？」

「不完全是，」伊琳娜王后說，扶瑟蕾娜從寶箱站起身。她的手十分冰涼，但堅實可觸。

「我並不算活著，但我的魂魄也不在此糾纏。」她的目光移向天花板，臉龐變得嚴肅。「今晚來此，我冒了很多險。」

瑟蕾娜不禁後退一步。「冒險？」

「我不能在此逗留——妳也不行。」王后說。這是什麼亂七八糟的夢？「雖然牠們現在被轉移注意力，不過……」伊琳娜・赫威亞德一瞥丈夫的石棺。

瑟蕾娜感覺頭疼。蓋文・赫威亞德正在上頭忙著應付誰？「轉移誰的注意力？」

「那八名守護者。妳知道我是指誰。」

瑟蕾娜茫然看著她，然後明白。「鐘樓上的石像鬼？」

王后點個頭。「牠們看守兩個世界之間的傳送門。我們勉強爭取到一些時間，讓我能偷溜過來……」她揪住瑟蕾娜的雙臂，瑟蕾娜驚訝的發現自己感到疼痛。「妳必須仔細聽好我要跟妳說的事情。萬事互相效力、無一湊巧，妳是註定要來到這座城堡，正如妳註定會成為刺客、學習生存所需的技能。」

她又感覺作嘔。為什麼伊琳娜就是要提起她拒絕想起的過往？為什麼提起她花了那麼多時間試圖遺忘的事情？

「某種魔物深藏於這座城堡，其邪穢令星辰震顫，其惡意滲透各個世界。」王后繼續說道：「妳必須加以阻止。妳那些友誼、債務和誓言相形之下都不重要，最重要的是**消滅**牠。在大勢已去、傳送門被撕裂得無法及時關閉之前，摧毀那個魔物。」她迅速轉頭，彷彿聽見什麼。「啊，時間所剩無幾。」她邊說邊觀察左右。「妳**必須**贏得這場競賽、成為御前鬥士。妳明白人民的苦難，艾瑞利亞需要妳以御前鬥士的身分出手相救。」

「可是為什麼——」

王后把手伸進口袋。「千萬別讓他們發現妳在這。如果他們抓到妳——萬事休矣。戴上這個。」她把某個冰涼金屬塞進瑟蕾娜手中。「它會守護妳。」她把瑟蕾娜拉到門口。「妳今晚是被指引前來，但並不是由我引來，我自己也是被帶來此地。對方希望妳能學習，希望妳能親眼目睹……」聽到一聲低吼劃過空中，她連忙轉頭向旁。「牠們來了。」她低語。

「可是我不懂！我不是——我不是妳想的那種人！」

伊琳娜王后把雙手放在瑟蕾娜肩上，一吻她的額頭。「勇氣彌足珍貴，」她突然顯得鎮定。「讓勇氣引導妳。」

一道清晰嗥叫撼動四壁，令瑟蕾娜的血液凍結。「**趕快離開**，」王后把瑟蕾娜推進走廊。「**快逃！**」

無需更多鼓勵，瑟蕾娜已經蹣跚爬上階梯，腳步快得幾乎失去方向感。聽到下方傳來一聲尖叫，然後是咆哮，瑟蕾娜腸胃翻到咽喉，只能拚命往上跑。她臥室的光芒終於出現，持續接近的同時，她聽到身後傳來模糊的吶喊，彷彿出自憤怒。

瑟蕾娜衝進房間，只來得及一瞥床鋪，眼前隨即一片黑。

瑟蕾娜睜眼。她在呼吸——非常急促，身上還是同一件長袍，但她很安全——就在自己房間。她為什麼老是夢見一些詭異又難受的畫面？而且她為什麼喘氣？找出潛伏於城堡中的魔物，予以消滅！

瑟蕾娜翻到側身，原想舒服的繼續睡覺，但手掌被某個金屬物體扎到。拜託是鎧奥的戒指。

但她知道不是。看到自己手中是一個項鍊，墜飾是個錢幣大小的黃金護符，她強忍尖叫的衝動。鍊條是以一顆顆細緻金屬圈串成，圓形護符中間是兩個上下堆疊的圓圈，圓圈之間鑲有一顆小型藍寶石，看起來像顆藍眼，一條直線從中貫穿。這東西美麗詭異而且——

瑟蕾娜面向掛毯，發現暗門微開。

她從床上跳起，用力撞上牆，肩膀因此發出可怕的喀啷聲。雖然疼痛難耐，她還是衝上前，把暗門拉緊。她可不希望下面的什麼鬼東西跑進她房間，或是伊琳娜再次出現。

瑟蕾娜氣喘吁吁的向後退，查看掛毯……掛毯上的女子。她整個人一愣，意識到那名女子就是伊琳娜、就站在暗門前。真巧妙的圖示。

瑟蕾娜把更多木柴丟進壁爐，迅速換上睡袍，然後躺上床，抓緊自製小刀。護符就在她剛剛鬆手丟下的位置。它會守護妳……

瑟蕾娜又瞥暗門一眼，沒聽見尖嘯嗥叫——沒有任何跡象顯示剛剛發生過什麼事。儘管如此……

瑟蕾娜咒罵自己，但還是匆忙把項鍊套在脖子上，護符輕盈而溫暖。她把毛毯拉到下巴，緊閉雙眼，等著入眠，或是一隻手爪朝她伸來、取她首級。如果剛剛那不是夢——不是某種幻覺……

瑟蕾娜抓緊項鍊。成為御前鬥士——她做得到，反正她**本來**就打算這麼做。可是伊琳娜的動機是什麼？艾瑞利亞需要一位能對民眾的痛苦感同身受的御前鬥士，這看來似乎再單純不過。但為什麼是**伊琳娜**向她說明這一點？而且這跟伊琳娜下達的第一項命令——找出潛伏於城堡中的魔物，予以消滅——有何關聯？

瑟蕾娜沉穩的吸口氣，讓自己更陷進枕頭堆。她這個笨蛋，居然在祭祀亡靈的薩溫節亂開門！這算不算活該？她睜眼，凝視掛毯。

魔物潛伏於城堡中……消滅牠……

她要煩惱的事情還不夠多？她會完成伊琳娜的第二項命令——但第一項命令……恐怕會讓她惹上麻煩。說得那麼容易，好像她能隨心所欲在城堡到處參觀摸索！

不過——如果真有那麼嚴重的威脅，那麼有生命危險的就不只她一人。雖然她很樂意看到凱因、帕林頓、國王和嘉爾黛·朗皮耶死於某種暗黑勢力，可是如果娜希米雅甚至鎧奧和鐸里昂受到傷害……

瑟蕾娜顫抖的吸口氣。她至少該去墓穴尋找一些線索，或許能查清楚伊琳娜的用意。如果什麼都查不到……好歹試試也無妨。

陰風吹過臥室，散發玫瑰芬芳。許久之後，瑟蕾娜才勉強入眠。

第二十六章

看到臥室門被猛然推開，瑟蕾娜連忙站起身，手拿蠟燭。

但一臉嚴肅的鎧奧衝進時完全沒注意她。她呻吟一聲，又躺回床上。「你**都不用**睡覺？」她咕噥，用毛毯蓋住身子。「你們不是狂歡到凌晨？」

他一手放在佩劍上，另一手扯掉她身上的毛毯，然後揪住她的手肘把她拖下床。「妳昨晚在哪？」

她吞下讓咽喉感覺緊繃的恐懼，他不可能知道那些祕密通道。她朝他微笑。「當然在這呀。你不是為了給我這個東西而來找我？」她從他的鐵腕扯回手肘，在他面前揮舞手指，展示紫水晶戒指。

「那也只有幾分鐘。之後的時間呢？」

被他依序打量臉龐、雙手然後全身上下時，她拒絕後退，也觀察他整個人：他的黑外袍有些皺痕，最上面的鈕扣解開，一頭短髮也需要梳理。不管他是為何事而來，顯然是急事。

「到底什麼事情需要這樣大驚小怪？我們今早不是還有場測驗？」她摳摳指甲，等候答案。

「取消了。今早又發現一名鬥士的遺體，薩維爾——來自梅勒桑德的盜賊。」

她瞥他一眼，然後繼續低頭看指甲。「我猜你認為是**我**下的手？」

「我希望不是妳下的手，因為屍體被吃剩一半。」

「被吃！」她皺起鼻子，回到床上盤坐，用雙手撐起上半身。「真血腥。或許是凱因下的手，因為他夠野蠻。」她感覺腸胃糾結——又一名鬥士遇害，難道跟伊琳娜提及的魔物有關？之前的調查顯示，噬眼者和另外兩名鬥士的命案絕非巧合或是單純的醉酒鬧事。不，三個案子之間有關聯。

鎧奧從鼻孔嘆氣。「我很高興凶殺案令妳感覺趣味十足。」

她咧嘴笑。「凱因**確實**最具嫌疑。你來自安尼爾，應該比誰都清楚白牙山脈那些人是何等狠角色。」

他伸手抓抓短髮。「妳做出指控的時候，最好注意一下對象。凱因雖然是個莽夫，但他可是帕林頓公爵的鬥士。」

「我可是王儲的鬥士！」她把頭髮撥到一邊肩後。「我還以為這種身分表示我想指控誰都可以。」

「給我說清楚：妳昨晚在哪？」

她繃緊身子，凝視他的金棕眼眸。「正如我的衛兵可證，我昨晚一直都在**這**。不過，如果國王打算派人審問我，我也一定會向國王表示『鎧奧大人可以為我作證』。」

鎧奧一瞥她的戒指。看到他臉頰微紅，她強忍笑意。

鎧奧開口：「我相信接下來這個消息會更令妳開心：咱們倆今天不用訓練。」

聽到這個消息，她燦爛一笑，然後誇張的嘆口氣，鑽回毛毯下，貼上枕頭堆。「非常開心。」她把毛毯拉到下巴，然後朝他眨眨眼。「你快出去吧。我要再睡五個鐘頭以茲慶祝。」這是個謊話，但他上鉤。

在被他怒瞪前，她閉上眼。聽到他慢慢朝門口走去，她露出竊笑；再聽到他關上臥室門，她才坐起身。

鬥士被**吃**？

昨晚在她夢中——不，那不是夢，而是真實經歷。還有那些尖嘯的怪物……薩維爾是被那些怪物殺害？但牠們不是待在墓穴裡？如果闖進城堡內廳，一定會被發現。屍體八成是在被人發現前被老鼠啃食……餓昏頭的老鼠。

她又打個冷顫，然後掀開毛毯、跳下床。她需要再準備一些自製武器，也得想辦法強化門窗的鎖頭。

建立防禦工事的同時，她不斷向自己保證：其實這一切都沒什麼好擔心。但因為接下來有幾小時的自由時間，她帶上一堆武器，然後鎖上臥室門，進入墓穴。

瑟蕾娜搜遍墓穴，沮喪得咬牙咆哮。這裡沒有**任何東西**能解釋伊琳娜的動機，或是所謂的神祕魔物來自何方。毫無線索。

外頭是白天，一束陽光射進墓穴，使她揚起的飛塵如飄雪般旋轉。墓穴深入城堡底部，怎可能還有光明？瑟蕾娜在天花板格柵底下停步，抬頭觀察從中滲進的光芒。

果然，格柵內部的通風井閃閃發光——內部是鍍金，**大量**黃金，看來是為了讓外頭陽光一路反射至此。

瑟蕾娜走在兩座石棺之間。雖然攜帶三支自製武器，但她沒發現昨晚發出低吼尖嘯的怪物蹤跡，也沒有伊琳娜的蹤跡。

瑟蕾娜在伊琳娜的石棺旁停步，嵌於石冠中的藍寶石在微弱陽光下閃爍。

「妳到底為什麼要**我**做那些事？」她說出心中想法，聲音在精心雕飾的牆面反彈。「妳已經死了一千年，又何必繼續插手艾瑞利亞的閒事？」

為何不叫鐸里昂、鎧奧、娜希米雅或**其他人**去處理？

瑟蕾娜敲敲王后的直挺鼻梁。「我還以為妳死後可以去做些更有趣的事。」雖然她試圖咧嘴笑，聲音卻比所想的更輕。

她應該離開這裡。雖然臥室門上鎖，但遲早會有人去查看她。如果向其他人說明第一任亞達蘭王后給了她一個**史詩級**重責大任，她也很懷疑有誰會相信。意識到自己不會被扣上「叛國」和「使用魔法」的罪名，她已經很走運。想到這點，她的臉龐不禁抽動；那種罪名絕對會讓她被送回安多維爾。

最後檢查一次墓穴後，瑟蕾娜離開此地，沒發現任何有用線索。更何況，如果伊琳娜這麼希望她成為御前鬥士，她就不該把所有時間精神浪費在尋找所謂的魔物上，否則她的獲勝機率恐怕會**降低**。瑟蕾娜快步走上階梯，手中火炬在牆面映上陰森鬼影。如果所謂的魔物真如伊琳娜描述的那麼厲害，又怎麼可能被**她**打敗？

雖然「魔物暗藏城堡內」的這個畫面完全沒有**嚇到**她。

不，當然不是那回事。瑟蕾娜悶哼一聲，她會把精神集中在成為御前鬥士這件事上，然後，如果獲勝，她會開始搜出那隻魔物。

或許吧。

一小時後，在衛兵們包圍下，瑟蕾娜抬頭挺胸，一行人大步穿越走廊，朝圖書館前進。她朝幾名從旁經過的年輕騎士微笑；看到宮中女子偷瞄她的粉紅與純白雙色長袍，她沾沾自喜。也不能怪她們，畢竟這身衣服實在引人注目，她穿起來令人捨不得移開視線，就連負責在她門外站崗、在衛兵們之中堪稱帥氣的瑞斯也做出相同評論。很自然的，她輕易說服他護送她去圖書館。

一名貴族男子經過，看到她時不禁瞪大眼睛；她得意洋洋的微笑，朝對方點個頭。男子開口說些什麼，瑟蕾娜這時注意到他面無血色，但她還是繼續前進。一行人接近一道轉角時，她聽到幾名男子低沉的爭吵聲，因此加快腳步。

拐過轉角後，瑟蕾娜沒理會瑞斯的咂舌聲。她太熟悉那種氣味：刺鼻血腥味，以及屍體開始腐爛的惡臭。

但她沒想到是這種畫面。「吃剩一半」只是婉轉描述薩維爾留下的瘦骨殘骸。

她的另一名護衛低聲咒罵，瑞斯則走向她，一手輕輕放在她背上、鼓勵她繼續前進。聚集在命案現場的男子們沒看她一眼。她繞過邊緣前進時，趁機看清楚屍體。

薩維爾的胸腔被撕開，內臟不見蹤影。除非有人在發現遺體後將腔內挖空，否則就是凶手移除所有內臟。他被剝下皮肉的長臉仍因無聲尖叫而扭曲。

這不是意外殺害。薩維爾的頭頂有個洞，她看得出顱內腦子也不翼而飛。屍體旁邊的牆面血汙彷彿有人在上頭寫字再加以抹去；有些字跡依然留存，她試著別讓自己露出目瞪口呆的表情。牆上是命運之痕，一共三道痕跡，形成一道原本應該是個圓圈的弧線。

「諸神在上……」她的一名衛兵咕噥，一行人離開犯罪現場。

難怪鎧奧今早顯得那麼慌張！她挺直身子。他以為這是**她**下的手？他是白痴嗎？如果她想把對手一一殺盡，下手必定迅速俐落——割喉、刺心或在酒中下毒；食屍這種手法實在低級下流。而且奇怪的是，命運之痕讓這起命案看起來不只是殘暴虐殺，倒像某種儀式。

某人從對面走來，是凶惡刺客古雷夫。他從一段距離外凝視屍骸，接著向她瞟來，深邃眼眸如森林池水般靜止。她無視他的一口爛牙，而是把下巴朝薩維爾的屍首一撇。「真慘。」她開口，故意讓口氣聽來一點也不感到遺憾。

古雷夫輕笑幾聲，粗糙的雙手伸進破舊骯髒的長褲口袋。他的贊助人懶得給他換上一些像樣的衣服？*顯然如此，畢竟只有噁心傻子才會選這種人當鬥士。*

「真可惜。」古雷夫回應。她從他身旁經過時，他聳聳肩。

她簡短點個頭，繼續往前走時逼自己閉嘴。現在只剩十六人——十六名鬥士，其中四人將走上決鬥場。這場競賽越演越烈，她應該感謝某一位決定終結薩維爾小命的無情天神；但不知道為什麼，她做不到。

鐸里昂揮劍吆喝，這次進擊被鎧奧輕鬆撥擋招架。鐸里昂的肌肉因為幾星期缺乏鍛鍊而痠痛，呼吸也不順暢，但還是不斷刺擊。

「這就是懶散的下場。」鎧奧輕笑，閃到一旁，撲空的鐸里昂蹣跚向前。鐸里昂還記得兩人以前勢均力敵的時候，雖然那已是當年勇。鐸里昂雖然依然喜愛擊劍，但後來更喜愛書籍。

「我有會議要開，還有重要的書要看。」鐸里昂氣喘吁吁，又一個箭步上前。

鎧奧撥擋，虛晃一招，然後猛力直刺，逼得鐸里昂退後、火氣持續攀升。「那些會議只是你去找帕林頓公爵吵架的藉口。」鐸里昂的劍大幅度橫掃，鎧奧舉劍防禦。「又或許你半夜都忙著跑去薩達錫恩的房間。」鎧奧額頭滴汗。「**你那種活動**已經持續多久了？」

鐸里昂低吼，因為鎧奧轉守為攻而節節敗退，兩條大腿痠疼不已。「不是你想的那樣。」他咬牙道：「我晚上沒去找她。除了昨晚之外，我只探望過她一次，她那時態度也很冰冷，別擔心。」

「至少你們倆其中一人還有些常識。」鎧奧招招精準，令鐸里昂不得不佩服。「因為你顯然已經失去理智。」

「那你呢？」鐸里昂質問：「你希望我對『**你**昨晚在她房間出現』那件事做出評論嗎？又一名鬥士被殺的同一晚？」鐸里昂做出佯攻，但鎧奧沒上當，反而以足夠的勁道揮擊，鐸里昂因此蹣跚後退一步、拚命試圖保持平衡。看到鎧奧眼中閃過的怒火，鐸里昂皺眉。「好吧，我承認剛剛那種說法很不公平，」他坦承，舉劍撥擋又一道攻擊。「但我還是想知道答案。」

「或許我沒有答案。借用你的說法：事情不是你想的那樣。」鎧奧的棕眼發光，但鐸里昂還來不及辯論，老友已經以恐怖的精準度改變話題。「上朝問政的感覺如何？」鎧奧大口喘氣。鐸里昂的臉龐抽動，這就是他為何來此；再在母后主持的宮廷多待一秒，他一定會發瘋。「那麼糟？」

「閉嘴。」鐸里昂咆哮，細劍砸上鎧奧的長劍。

「今天的你想必格外悽慘。我打賭那些仕女都在求你保護她們、讓她們別被城內殺手加害。」鎧奧皮笑肉不笑。城堡裡又多出一具屍體，鎧奧卻還願意跟他對打，鐸里昂很驚訝老友願意做出這種犧牲，他知道鎧奧多麼看重自己的職位。

鐸里昂突然停下，站直身子，這時該讓鎧奧去忙更重要的事。「夠了。」他開口，將細劍收回劍鞘。鎧奧也以俐落的動作收場。

兩人不發一語走出練習場。「你父王有傳來任何消息嗎？」鎧奧的口氣表示他知道有事情不對勁。「不知道他到底去了哪。」

鐸里昂慢慢吐一口氣，讓呼吸放緩。「不，我毫無頭緒。我還記得他在你我小時候就常常這樣消失一段時間，但他已經好幾年沒這麼做。我打賭他一定正在進行某種特別下流的勾當。」

「別出言不遜，鐸里昂。」

「否則怎樣？你要把我丟進地牢？」他不是有意發火，但他昨晚幾乎徹底失眠，鬥士命案也令他心情更沉重。看鎧奧沒反駁，鐸里昂問：「你認為有人想殺掉所有鬥士？」

「或許。我能明白暗殺對手的這種心態，但手段如此殘暴……希望這種案子不會繼續下去。」

鐸里昂的血液稍微變得冰涼。「你認為凶手會對瑟蕾娜出手？」

「我已經在她房間外頭加派衛兵。」

「為了保護她？還是確保她待在房裡？」

兩人在走廊岔道停步，他們通常都在此道別、返回各自的房間。「兩者有何區別？」鎧奧輕聲回應：「你似乎怎樣都無所謂。不管我說什麼，你都會去探望她，衛兵也因為你貴為王子而不會加以阻止。」

隊長這番話帶有某種強烈挫敗而苦悶的情緒，令鐸里昂有那麼一刻感到難過。他**是應該**跟瑟蕾娜保持距離——鎧奧要煩惱的事情已經夠多。想到母后的那份名單，他意識到自己的煩惱也不少。

「我得再查看一次薩維爾的遺體。我們今晚在用餐間見。」說完，鎧奧返回房間。目送老友離去後，鐸里昂走向自己的塔樓，短短路程感覺比平常都遙遠。他打開房間的木門，走向浴室的同時脫下衣服。整座塔樓都屬於他，雖然他的房間只占據上層空間。這個避風港讓他能遠離其他人，但今天感覺特別空蕩。

第二十七章

當天下午，瑟蕾娜凝視烏黑鐘樓，鐘樓的色澤持續轉暗，彷彿不斷吸收夕陽餘暉。頂端那些石像鬼文風不動，連根手指頭都沒動一下。伊琳娜稱呼它們為「守護者」，但它們到底負責守護什麼？還嚇得伊琳娜不敢在此地逗留。如果石像鬼就是所謂的魔物，伊琳娜一定會直接說清楚，雖然瑟蕾娜並沒有考慮現在就去找出魔物——這麼做很可能讓她惹上麻煩，甚至讓她在成為御前鬥士之前就喪命。

儘管如此，伊琳娜又何必這麼拐彎抹角？

「妳為什麼對那些醜八怪這麼著迷？」娜希米雅從身旁問道。

瑟蕾娜轉身看公主。「妳覺得它們有動嗎？」

「它們是石頭做的，莉莉安。」公主以通用語開口，伊爾維腔調稍微減輕。

「哇！」瑟蕾娜驚呼微笑。「妳這句話說得真好！才一節課，妳已經讓我相形慚愧！」很不幸的，瑟蕾娜的伊爾維語沒有同樣的進步。

娜希米雅眉開眼笑。「它們看起來實在很邪惡。」她改用伊爾維語。

「而且這些命痕恐怕也沒辦法對付它們。」瑟蕾娜說。一道命痕在她腳邊，她一瞥其他符號，這裡一共有十二道命痕，在孤獨的鐘樓圍成一大圈。她完全不明白這些符號的意義，現場十二道命痕跟她在薩維爾的命案現場發現的那三道完全不相符，但兩者之間必定有什麼關聯。

「所以，妳真的看不懂這些符號？」她詢問公主。

「看不懂，」娜希米雅簡短回答，開始走向中庭邊緣的樹籬。「妳也不應該試圖看懂，」她回頭補充道：「這麼做不會有好結果。」

跟上公主的腳步時，瑟蕾娜用披風把身子裹得更緊。幾天後就會開始下雪，沒多久之後就是冬至節——然後就是最終決鬥，距現在還有兩個月。她陶醉於披風帶來的暖意中，清楚想起在安多維爾度過的寒冬，被西面的勒恩山脈陰影籠罩的冬日格外嚴酷。她當時沒遭到凍傷，已算是奇蹟。如果被送回那裡，她恐怕熬不過第二個冬天。

「妳好像有心事。」娜希米雅開口，一隻手放在瑟蕾娜的胳臂上。

「我沒事，」瑟蕾娜用伊爾維語回答，為了讓娜希米雅安心而綻放微笑。「我只是不喜歡冬天。」

「我從沒見過雪，」娜希米雅抬頭看天。「不知道這種新鮮感會持續多久？」

「希望能久一點，讓您不會介意冷颼颼的走廊、冰冷的早晨，還有見不到太陽的白晝。」

娜希米雅哈哈大笑。「等我回伊爾維的時候，妳應該跟我一起走——而且妳一定要在那裡待久一點，體驗當地讓人晒出水泡的毒辣夏季，**到時候**妳就會珍惜這裡的冰冷早晨和見不到太陽的白晝。」

瑟蕾娜曾在高溫的赤紅沙漠待過一個酷暑，但讓娜希米雅知道這點只會招來很難回答的疑問，因此她只是回答：「我會很想拜訪伊爾維。」

娜希米雅的視線在瑟蕾娜的額頭逗留片刻，然後露齒而笑。「就這麼說定了。」

瑟蕾娜的兩眼綻放光彩，仰頭好將一旁的高聳城堡盡收眼底。「不知道鎧奧調查完那場凶殺案沒有？」

「我的保鑣告訴我，那名男子……被殘忍殺害。」

「這個說法十分保守。」瑟蕾娜輕聲道，看著暮光的變幻色彩讓城堡染上金紅藍三色。雖然玻璃城堡的風格奢華鋪張，但她也承認，城堡有時**確實**絕美。

「妳看到屍體了？我的保鑣被擋在一段距離外。」

她緩緩點個頭。「但我很確定妳不會想知道細節。」

「說給我聽聽嘛。」娜希米雅追問，露出緊繃的微笑。

瑟蕾娜揚起一眉。「總之呢……血汙抹得到處都是，包括牆面和地板。」

「抹上去？」娜希米雅驚訝得幾乎說不出話。「不是濺上去？」

「應該是抹上去，看起來像被誰塗抹在四處，還畫下幾道命痕，但大部分的符號都被抹去。」想到那幅畫面，她搖搖頭。「而且屍體內的重要器官不翼而飛——彷彿被人從脖子一路割到肚臍，然後——抱歉，妳看起來好像很難受，我不應該說的。」

「不不，繼續說下去。屍體還少了什麼東西？」

瑟蕾娜停頓片刻，然後開口：「腦子。他的頭頂被挖個洞，腦子不見蹤影，臉上的皮膚也被剝掉。」

娜希米雅點個頭，凝視前方的一團乾枯樹叢，同時咬咬下唇，瑟蕾娜注意到她垂於白袍兩側的十指不斷彎曲又鬆開。一道冰冷微風吹過，娜希米雅的一條條細緻髮辮隨之擺動，編進髮辮裡的金飾發出輕柔撞擊聲。

「對不起，」瑟蕾娜說：「我不應該——」

一道腳步聲從兩人身後傳來，瑟蕾娜還來不及轉身，一個男性嗓音開口：「瞧瞧是誰在這兒呀。」

她繃緊身子。凱因走來，半藏身於她們身後的鐘樓陰影下，他身旁是一頭鬈髮又滿嘴廢話的盜賊弗林。「你想怎樣？」她開口。

凱因的古銅臉龐因嘲笑而扭曲。不知道為什麼，他看起來比以前更魁梧——不然就是她產生錯覺。「扮演淑女可不表示妳真的是淑女。」他說。瑟蕾娜瞥娜希米雅一眼，但是公主瞇眼瞪凱因，嘴唇卻沒繃緊。

但是凱因還沒打算離開，他把注意力移向娜希米雅，嘴唇上揚，露出閃亮白牙。「戴頂王冠也不會讓妳成為真正的公主——不再是。」

瑟蕾娜上前一步。「閉上你的臭嘴，否則我會把你的牙齒打落咽喉，然後再幫你閉上嘴巴。」

凱因發出刺耳大笑，弗林也在一旁笑鬧起鬨。這名鬈髮盜賊繞到她們身後，瑟蕾娜繃緊身子，判斷對方是否真想在此開打。「王子的小狗狗很喜歡亂吠一通嘛，」凱因說：「也不知道那張嘴裡到底有沒有長出獠牙？」

她感覺娜希米雅把手放在她肩上，但她聳肩甩掉，又上前一步，近得臉龐能感覺到他的鼻息。城堡內的衛兵們在打混閒聊，沒上前阻止。「等我的獠牙陷進你的脖子，你就會知道答案。」她說。

「擇日不如撞日，」凱因低聲道：「來吧——快出手。妳逼自己的箭矢偏離靶心，逼自己在爬牆時爬得比我慢，想必累積不少怒氣，來好好揍我一頓吧。快出手啊，**莉莉安**，」他放輕嗓門，只讓她聽見，「讓咱們看看妳在安多維爾的那一年到底學了什麼本領。」

瑟蕾娜的心臟全速狂奔。他知道！他知道她是誰、她有何目的。她不敢看娜希米雅，也只能希望公主的通用語程度仍聽不懂這番對話。弗林仍從她們身後觀察。

「妳以為只有妳的贊助人為求勝利不擇手段？妳以為只有妳的王子和隊長知道妳的真實身分？」

瑟蕾娜一手握拳。只要兩拳，他就會倒地不起、呼吸困難。第三拳就能讓弗林躺在他身旁陪伴。

「莉莉安，」娜希米雅以通用語開口，牽起她的手。「我們還有事要忙，走吧。」

「沒錯，」凱因說：「小狗狗就該乖乖跟在人家屁股後面。」

瑟蕾娜的鐵拳顫抖。如果她出手……如果她出手，如果她在這裡打架、被衛兵拉開，鎧奧或許不會再讓她見娜希米雅，更不可能讓她在訓練之後離開寢室，或是在練習場跟諾克斯進行額外訓練。因此瑟蕾娜只是微笑，轉轉肩膀，以燦爛的口吻說：「把你的屁話塞回你的屁眼吧，凱因。」

凱因和弗林哈哈大笑，但她們倆轉身離去。公主緊抓她的手，並非出自恐懼或憤怒，只是讓瑟蕾娜知道她明白……而且有她在。瑟蕾娜也回捏公主的手。已經很久沒人如此支持她，瑟蕾娜知道自己一點也不討厭這種感覺。

鎧奧和鐸里昂站在樓中樓的陰影處，低頭看著刺客朝架於場地中央的訓練假人不斷揮拳。她派人通知鎧奧她會在晚餐後再訓練幾小時，而他邀請鐸里昂前來旁觀，或許鐸里昂現在終於能明白她**為什麼**對他這位王子以及每個人來說都是個嚴重威脅。

瑟蕾娜低聲咕噥，左右開弓，左拳右拳左拳左拳右拳，未曾停歇，彷彿體內有一團無法宣洩的烈火。

「她看起來比以前強壯，」王子輕聲說：「你做得很好，讓她恢復到以前的體能水準。」瑟蕾娜對假人拳打腳踢，閃避對方的隱形反攻，門口的衛兵們只是面無表情的看著這一幕。「你認為她在凱因面前有勝算嗎？」

瑟蕾娜的一腿橫掃空中，假人的頭部被擊中，劇烈向後搖晃，這道踢擊能讓成年男子倒地。「如果她在決鬥時能讓自己保持冷靜、避免心煩氣躁，或許能贏。但她很……狂野，而且難以捉摸。她需要學會控制自己的情緒——尤其她心中那種強烈憤怒。」

這點是事實。鎧奧不知道瑟蕾娜是因為待過安多維爾，或只是身為刺客的本質，無論她心中那團怒火出自何方，她似乎就是無法完全控制自己。

「那是誰？」看到諾克斯進入場地、走向瑟蕾娜，鐸里昂以銳利的口氣問道。她放下拳頭，揉揉纏繞繃帶的指關節，擦掉眼旁的汗水，朝他揮手。

「諾克斯，」鎧奧說：「來自波朗斯的盜賊，喬弗大臣的鬥士。」

諾克斯對瑟蕾娜說些什麼，令她笑呵呵，諾克斯也哈哈大笑。「看來她交了不少朋友？」鐸里昂說，揚眉看著瑟蕾娜向諾克斯示範招式。「她**幫助**他？」

「每天。其他人結束訓練離開後，他們倆通常會再待久一點。」

「你允許？」

聽到鐸里昂的口氣，鎧奧藏起眼中怒火。「如果你要我禁止他們這麼做，我會遵命。」

鐸里昂再觀察他們片刻。「不，讓他們倆一起訓練吧。其他鬥士都是莽夫粗人——她需要盟友。」

「她確實需要。」

鐸里昂轉身離開看臺，大步走進後方的昏暗走廊。鎧奧看著王子拖著紅披風消失，然後嘆口氣。他知道嫉妒的情緒是什麼感受，雖然鐸里昂很聰明，但在隱藏情緒這方面跟瑟蕾娜一樣蹩腳。或許帶王子來這裡其實造成反效果。

鎧奧以沉重的步伐跟上王子，希望鐸里昂沒打算把大家扯進一場大麻煩。

幾天後，瑟蕾娜在座位上扭動身子，翻閱一本厚重書籍的發黃書頁。正如她試過的其他書籍一樣，這本也只是一頁又一頁廢話。但既然薩維爾的命案現場和鐘樓都有命痕，就值得她花時間研究。如果越清楚凶手的目的——**目的**及**手段**——就越有幫助。**這**才是她必須處理的威脅，不是伊琳娜提過的什麼神祕又難以理解的魔物。當然，手上這本書也讓她一無所獲。兩眼酸痛的刺客抬頭嘆口氣，圖書館十分昏暗，要不是因為鎧奧翻書時的沙沙作響，將顯得一片死寂。

「好了沒？」他問，闔上剛剛在看的小說。她還沒告訴他其實凱因知道她的真實身分，或是命案可能跟命痕有關——還沒。在圖書館中，她不需要想到競賽和那幫粗魯的傢伙；這裡，她可以享受安寧祥和。

「還沒。」她咕噥，指尖在桌面打鼓。

「妳**真的**就是這樣消磨自由時間？」他的嘴唇浮現一抹微笑。「妳最好祈禱沒其他人知道這個祕密——否則這會毀了妳的形象。諾克斯會拋棄妳、加入凱因的陣營。」他咯咯發笑，又打開書，癱靠在椅背上。她瞪他片刻，猜想他如果知道她正在尋找什麼線索，大概會笑不出來，還有這種線索對他的命案調查可能有什麼幫助。

瑟蕾娜挺直身子，揉揉腿上一道可怕的瘀傷，這當然是由鎧奧的木杖刻意造成。她朝他怒目相視，但他繼續閱讀。

他在訓練中一向不留情。他要她做過各種鍛鍊：倒立行走、拋接利刃……受傷並不是什麼新鮮事，但依然令人不悅。不過他的脾氣似乎有所改善，他確實因為弄傷她的腿而**顯得**有些抱歉，瑟蕾娜認為自己應該算是喜歡這傢伙。

刺客闔上厚書，塵埃飛揚，這麼做根本是徒勞無功。

「怎麼？」他坐直身子。

「沒什麼。」她咕噥。

命痕到底是什麼東西？從何而來？而且更重要的是，為什麼她以前從沒聽說過？伊琳娜的墓穴也布滿這種符號。屬於久遠年代的古老宗教——為什麼會出現在**這**？還出現在犯罪現場！兩者之間一定有關聯。

目前為止，她所知不多。根據某一本書的描述，命痕是一套字母系統，但**同一本書**也指出，命痕之中沒有文法，一切都是符號，必須被使用者串在一起，而且隨著周遭符號的改變，某個符號本身的涵義也隨之改變。命痕畫起來麻煩得要命，長度和角度務求準確，否則就變成完全不同的符號。

「別再繃著臭臉瞪我。」鎧奧責備，一瞥書名。他們倆都沒提起薩維爾命案，她也沒再獲得更多相關情報。「再提醒我一下，妳在看哪本書？」

「沒什麼。」她重複這幾個字，用雙臂蓋住書。但他的棕眼瞇得更深，她嘆口氣。「只是——只是關於命痕——鐘樓旁邊那些像日晷的痕跡。我很感興趣，所以我想多查些資料。」

至少這不算完全說謊。

她等著聽對方冷嘲熱諷，對方卻沒這麼做，只是問道：「然後？為什麼這麼沮喪？」

她盯著天花板，噘起嘴脣。「我能找到的只有……一堆古怪又偏激的理論。我以前**完全沒聽說過**命痕這種東西！**為什麼**？有些書宣稱命運之神是鞏固與管理艾瑞利亞的力量——還不只艾瑞利亞！也掌管其他無數世界。」

「我聽說過。」他拿起手中的書，但目光鎖定她的臉龐。「我一直以為命運之神『WYRD』這個字只是『天命』或『宿命』的古字。」（註6）

「我原本也這麼以為，但命運之神並不是個宗教，至少在這片大陸的北半部不是，也不在我們對『至高女神』或其他諸神的膜拜中。」

他把書擱在大腿上。「除了妳對花園那些符號的著迷之外，這番話還有其他重點嗎？妳就**這麼**閒？」

我是因為擔心我自己的生命安全！

「沒有……不，有。很有意思的是，一些理論認為，孕育大地萬物的至高女神其實只是來自其他世界的某個靈體，祂擅闖被稱作『命運之門』的通道，然後在亟需形體及生命時發現了艾瑞利亞。」

註6 Wyrd源自日耳曼語，意為「命運」，是指超自然、凌駕諸神之上的「fate」，連天神都難逃命運支配。本書中的「命運之門」及「命運之痕」原文則分別是Wyrdgate與Wyrdmark。Wyrd的衍生字為現代英語的weird，發音也相同，但作者於本書中將發音制定為word，因為weird的原意雖為「超自然」、「神祕」，但在今日的主流用法則是口語中的「古怪」甚至「有病」，為了避免混淆，作者在其官網中明訂發音。

「這聽起來有點褻瀆神明。」他警告。他的年紀足以讓他清楚想起十年前那一連串的焚書和處決。在下令燒殺毀滅的那位國王的陰影下長大，到底是什麼感覺？當那些皇室家族被連根剷除，法師和先知被活活燒死，世界陷於黑暗和悲傷時，在此生活是什麼感覺？

但她繼續說下去，她需要卸下腦子裡這些內容，說不定這些線索會因為她大聲說出口而組合在一起。「有人認為，在至高女神來到這裡之前，這裡**其實**已經有生命——某個古文明，但後來不知為何消失，或許是因為穿越了所謂的命運之門。有許多遺跡被發現——那些遺跡太過古老，不可能出自永生精靈之手。」但她實在不懂這跟鬥士命案有何關聯，做這種研究絕對是浪費時間。

他把腳放下，把書放在桌上。「我能不能跟妳說句實話？」鎧奧俯身向前，瑟蕾娜也往前傾時，他輕聲說：「妳聽起來像個胡言亂語的瘋子。」

瑟蕾娜發出表示厭惡的呻吟，然後向後靠，氣得冒煙。「我居然對我們的世界**稍微感些興趣**，真是對不起你啊！」

「如妳所說的，那些理論聽起來確實古怪又偏激。」他又開始看書，眼睛盯著書本時開口：「所以我再問一次：妳為什麼這麼沮喪？」

她揉揉眼睛。「因為，」她的口氣聽來幾乎像在抱怨。「因為我只是想弄清楚命痕**到底是什麼**，而且為什麼偏偏在**這裡的**花園出現。」魔法因為國王一聲令下而消失，那為什麼命痕這種東西還被允許存在？這種符號出現在謀殺現場，一定有些原因。

「妳應該找其他方法消磨時間。」他繼續閱讀。一般來說，衛兵們每天都會在圖書館監視她數小時。他來這裡做什麼？她微笑——心跳漏一拍——然後凝視桌上的書本。

她再次整理目前蒐集到的情報，還有所謂的「命運之門」，這個名詞常常跟命痕同時出現，但她之前卻未曾耳聞。幾天前，她在無意中發現命門這個概念時，當時覺得很有意思，因此深入研究，在厚厚一疊陳舊羊皮紙中不斷挖掘，只發現更多令人費解的理論。

那些命門是真實卻又無形的存在。人類無法眼見，卻能利用命痕來開啟命門而且從中通過。命門通往其他世界，有些世界很美好，有些很可怕。物體能從命門的另一端進入艾瑞利亞，也就是因為命門這種通道，許多奇怪而恐怖的生物存在於艾瑞利亞。

瑟蕾娜把另一本書拉向自己，然後咧嘴笑，彷彿某人知道她在想什麼。這是一本厚重的黑書，銀色字體的書名《行屍走肉》有些黯淡無光。還好，她在攤開書之前，隊長沒看到書名。不過……

她不記得自己從書架選擇這本。這本書散發臭味，幾乎像泥土，瑟蕾娜翻閱時皺起鼻子。她迅速尋找關於命痕或命門的內容，卻很快發現更有趣的東西。

這是一幅插畫，一張扭曲半腐、皮肉剝落的臉龐朝她咧嘴笑。周遭空氣變得冰涼，瑟蕾娜揉搓雙臂。她是從哪裡找到這本書？它如何逃過焚燒？這些書到底如何避開十年前那場浩劫？

她又打個冷顫，渾身幾乎抽搐。這個怪物空洞瘋狂的眼睛充滿惡意，似乎在盯著她。她把書闔上、推到桌角。如果國王知道這種書仍存在於他的圖書館，一定會加以銷毀。不同於歐林斯城的大圖書館，這裡可沒有大學士試圖保護這些寶典。鎧奧還在看書，這時某種東西發出呻吟，瑟蕾娜立刻轉頭看圖書館後方，那種低沉喉音彷彿動物般的聲響——

「你有沒有聽見什麼聲音？」她問。

「妳打算什麼時候離開這裡？」他只有如此回應。

「等我看書看膩。」她把黑書拉回面前，跳過那張恐怖的行屍肖像，為了閱讀各種怪物的描述而把蠟燭拉近。

她腳下某處傳來一種刮擦聲——很接近，彷彿樓下有誰用指甲刮過天花板。瑟蕾娜用力把書闔上，起身離開桌邊，差點蹣跚撞上另一張桌子。她胳臂的寒毛豎起，她等候——等某隻手爪、翅膀或是獠牙大嘴朝她撲來。

「你有沒有感覺到？」她問鎧奧。對方緩緩咧嘴賊笑，拿起匕首刮過大理石地板，製造出完全一樣的聲響和氣氛。

「你這天殺的白痴。」她咆哮，從桌上抓起兩本厚書，昂首闊步走出圖書館，確保《行屍走肉》靜靜躺在原地。

第二十八章

瑟蕾娜瞇起眼睛，把撞球桿對準白色母球，一手固定於撞球桌的毛氈表面，桿子從指間輕鬆滑過，另一手笨拙的向前一甩，桿子往前戳，完全沒擊中母球。

瑟蕾娜咒罵幾聲，然後再試一次，桿子勉強擊中目標，母球以可憐的姿態緩緩滾向一旁，輕敲一顆彩球時發出微弱的喀一聲。好吧，至少這次沒落空，跟她的命痕研究相比算是成果豐碩。

現在已過晚上十點，因為幾小時的訓練、研究而且煩惱凱因和伊琳娜的事，她需要休息一下，所以來到娛樂室。她累得不想彈琴，一個人也沒辦法打牌，而且——總之，撞球似乎是唯一適合的活動。她信心十足的拿起撞球桿，相信這種遊戲不會太難學。

刺客在桌邊轉身，再次瞄準，依然戳中空氣。她咬緊牙根，考慮用膝蓋把撞球桿折成兩半，但目前算來只練了一小時，等練到午夜十二點，她一定會技術高超！她一定要精通這個蠢遊戲，否則就要把撞球桌劈來當柴燒——生團熊熊烈火把凱因活活燒死。

瑟蕾娜的撞球桿往前一伸，以強勁力道擊中目標，母球衝向桌邊圍欄，擊退三顆擋路的彩球，然後正面擊中三號球，三號球直直滾向某個洞口。

卻在接近球袋邊緣時停止滾動。

瑟蕾娜從咽喉釋放狂怒尖嘯，衝向球袋，先是朝三號球大吼大叫，然後抓起手中的撞球桿，往桿身用力一咬，鬆開下顎之前仍不斷咆哮。最後，刺客收起怒吼，一巴掌把三號球拍進球袋。

「就天下第一的刺客來說，這一幕實在可悲。」鐸里昂開口，從門邊走來。

她叫了一聲，迅速轉身面向他。她現在的模樣是一身外袍和長褲，頭髮散落下垂。他斜靠在桌邊，一臉微笑，看著她面色漲紅。「如果你想侮辱我，你可以拿這支——」她把撞球桿舉到半空中，然後做個不雅手勢表達她的意思。

他挽起袖子，然後從牆面桿架拿起一支撞球桿。「妳打算再咬一次撞球桿？因為如果妳有此打算，我會請宮廷畫師過來，讓那幅畫面流傳千古。」

「你膽敢取笑我！」

「別這麼嚴肅嘛。」他把桿子對準母球，讓母球以優雅姿態把一顆綠球打進球袋。「妳氣得東蹦西跳的時候，實在極富娛樂效果。」

令他驚訝又開心的是，她的反應是哈哈大笑。「對你來說很好笑，」她說：「對我來說很火大。」她走向桌邊，再次拉桿擊球，又一次落空。

「我來教妳。」他大步走向她所站的位置，把自己的桿子放下，拿起她的桿子，輕輕用手肘頂她、要她讓開，他的心跳稍微加速，站在她原本占據的位置。「有沒有看到我總是用拇指和食指架起球桿的前端？妳唯一要做的是——」

她扭腰用屁股把他撞到一旁，從他手中奪回球桿。「我知道怎麼架桿子啦，你這蠢蛋。」

她再次試圖擊球，還是失敗。

「妳的抽打動作不正確。桿子給我，我示範給妳看。」

雖然這是求愛兵法中最老套又無恥的伎倆，他還是從後方貼上她的身子，把手放在她架桿的手上，然後調整她另一隻手的握姿，再輕輕抓住她的手腕。令鐸里昂不悅的是，他發現自己的臉龐開始發熱。

他朝她一瞥，還好她的臉紅程度絕不輸給他。

「如果你繼續吃我豆腐而不開始指導，我就把你的眼珠挖出來當撞球打。」

「聽好，妳唯一要做的是……」他解釋每一個步驟，然後她順利擊中目標，一顆彩球滾向角落，反彈之後落袋。他稍微向後退，顯得沾沾自喜。「看到沒？只要妳動作正確，就能打中。再試一次。」他拿起自己的撞球桿。她悶哼一聲，但還是站好位置，瞄準目標，拉桿抽打。母球在桌面到處反彈，造成一片混亂，但至少這次出擊有打到東西。

他舉起三角框。「來比一場？」

兩人收手前，鐘聲敲了兩下。比賽進行到一半時，他差人送來各式點心；雖然她抗議，但還是吞下一大塊巧克力蛋糕，還把他那份吃掉一半。

他贏得每一場比賽，但她幾乎沒放在心上。她每次擊中母球，就上演一串厚臉皮的自吹自擂；但如果擊球落空——這麼說吧，就連地獄烈焰也無法跟她嘴裡噴出的怒火相比。他不記得自己以前有哪次笑得這麼開心。

她沒在忙著咒罵吐口水時，兩人討論看過的書籍；聽她滔滔不絕，他感覺彷彿她以前有好幾年沒開口說話，也擔心她會不會突然沉默。她的靈敏聰慧簡直駭人，他談起歷史或政治的時候，她都能明白——雖然她宣稱痛恨這種話題——甚至對「戲劇」這個話題發表不少言論。不知道為什麼，他後來向她保證會在競賽結束後帶她去欣賞話劇。這個話題結束後是一陣尷尬沉默，但也很快消失。

鐸里昂癱坐在扶手椅上，一手撐腦袋。她在他對面的扶手椅慵懶坐著，兩腿垂掛於扶手搖晃，兩眼凝視火焰，眼皮半閉。「妳在想什麼？」他問。

「不知道。」她把頭貼在扶手上。「你認為薩維爾和其他鬥士命案的凶手有某種目的嗎？」

「或許吧。有分別嗎？」

「沒有。」她慵懶的揮揮手。「當我沒說。」

他還來不及問下去，她已經睡著。

他想更了解她的過去。他只聽鎧奧說過她來自特拉森、她的家人已死。他完全不知道她以前有過什麼樣的人生、她如何成為刺客、她如何學會彈鋼琴……那全是一團謎。

他想知道她的一切，真希望她能親口說清楚。鐸里昂站起身，伸個懶腰，把兩人的撞球桿放回架上，把球放進三角框，然後回到沉睡的刺客身旁。他輕輕搖晃她，她呻吟抗議。「如果繼續在這睡，早上醒來會全身痠痛哦。」

她微微睜眼，站起身，拖著沉重步伐走向門口。看到她差點撞上門框，他決定在她撞壞任何東西之前伸出援手。他試著別回想她手背肌膚的溫度，引導她進入臥室，看著她蹣跚倒在床鋪的層層毛毯上。

「你的書在那。」她咕噥，指向床頭的一疊書，他慢慢走進臥室。她一動不動，雙眼閉上。三支蠟燭在室內各處綻放光明，他嘆口氣，上前一一吹熄，然後來到她床邊。她已經睡著了？

「晚安，瑟蕾娜。」他說。這是他第一次用她的名字稱呼她，這個名諱流暢的從他的舌尖滑出。她咕噥一聲，聽起來像「晚安」，然後毫無動靜。她咽喉凹陷處的一條奇特項鍊閃閃發光，他感覺這東西似乎有點熟悉，彷彿以前見過。他再瞥她最後一眼，然後拿起那堆書，走出房間。

如果她成為父王的鬥士、日後贏得自由，到時會不會有所改變？還是這一切都是她為了達成某種目的而演出的好戲？但他無法想像她在演戲，他**不願**想像她在演戲。

他走回房間的路上，城堡顯得死寂漆黑。

第二十九章

隔天下午的測驗中，瑟蕾娜交叉雙臂站在訓練場，看著凱因和古雷夫對打。凱因知道她是誰，她的裝傻低調和表現平庸完全是白費力氣，還讓他**看了一場好戲**。

她繃緊下顎，看著凱因和古雷夫在擂臺中你來我往、刀劍互擊。測驗規則很簡單：兩兩分組對戰，勝者就不用擔心被淘汰，但輸家就得面對布羅的評量，表現最差的就得收拾行李走人。

沒想到古雷夫表現得還不錯，雖然她能看到他因為拚命對抗凱因而膝蓋顫抖。看到凱因用身軀撞擊古雷夫、讓對方蹣跚退後，她身旁的諾克斯發出嘶聲幫忙喊痛。

整個過程中，凱因面帶微笑、大氣不喘，瑟蕾娜則是雙手握拳、用力抵在肋骨上。劍光一閃，凱因手中利刃抵住古雷夫的咽喉，滿臉瘡疤的刺客不甘心的朝勝者亮出一口爛牙。「非常好，凱因。」布羅鼓掌喝采。瑟蕾娜勉強保持呼吸平穩。

「小心點啊，凱因。」鬈髮盜賊弗林從她身後開口，還朝她咧嘴笑。聽到對手是弗林的時候，她並不感到愉快，但至少不用跟諾克斯對打。「這位小小仕女想給你好看。」

「說話小心點，弗林。」諾克斯警告，灰眸透出怒火。

「不然怎樣？」弗林回嗆。其他鬥士——以及在場所有人——都轉身看他們。在一旁逗留的裴洛向後退幾步，此舉確實明智。「你在保護她啊？」弗林挑釁：「你們是這樣達成交易嗎？她為你兩腿開開，你就在練習時對她格外關愛？」

「閉上你的臭嘴，你這蠢豬。」瑟蕾娜發火。原本斜靠在牆邊的鎧奧和鐸里昂也朝擂臺走來。

「否則怎樣？」弗林走向她。諾克斯僵直身子，一手迅速移往腰間劍柄。

但瑟蕾娜拒絕退後。「否則我會扯掉你的舌頭。」

「夠了！」布羅厲聲斥責：「想打架就進擂臺打。弗林，莉莉安，快上場。」

弗林給她一個蛇蠍笑容。凱因拍拍他的背，他隨即踏進以粉筆畫出的圓形擂臺，抽出腰間長劍。

諾克斯一手放在她肩上。她從眼角瞥見鎧奧和鐸里昂正在仔細觀察即將對戰的兩人，但她沒理他們倆。

她受夠了。她受夠隱藏實力裝孫子，更受夠凱因。

弗林舉劍，甩開眼前一縷金鬈髮。「咱們來看看妳有啥本領。」

她慢慢接近他，長劍依然收於劍鞘。弗林舉高手中利刃，笑得更開心。

他揮劍劈砍，但瑟蕾娜瞬間出手，一拳重擊他的手臂，他的長劍立刻脫手飛出。她沒換氣，而是緊接著以手掌痛擊他的左臂、將其撥到一旁。他蹣跚退後的同時，她迅速抬腿追擊，腳掌狠踹他的胸口，他痛得瞪大眼睛。這道踢擊將他踹飛，他的身子啪一聲摔倒在地、滑出擂臺，當場被淘汰。全場一片沉默。

「再嘲弄我，」她朝弗林吐口水，「下次我就用劍代替拳腳。」她轉身背對他，看到布羅目瞪口呆，「我對你也有個忠告，武器大師，」她昂首從他身旁走過。「給我**真正的**男人當對手，我或許就會認真點。」

她邁步離去，經過滿臉笑意的諾克斯，在凱因面前停步。她打量他的臉龐——要不是因為他是個混球，這張臉或許算得上英俊——給他一個散發甜美毒液的微笑。「我就在這兒呢，」她挺起雙肩。「只是條小狗狗，是吧。」

凱因的黑眸發光。「我只聽見狗吠。」

她實在很想拔劍，但克制自己。「等我贏得這場競賽，咱們再看看你是不是還聽見狗吠。」他還來不及回應，她已經走向擺放飲水的桌子。

接下來只有諾克斯敢跟她說話。很意外的，鎧奧也沒有責備她。

測驗結束、安然回到房間後，瑟蕾娜看著白雪從裂際城遠方山谷飄來。雪花朝她飛來，通報即將來臨的暴風雪。被困於深灰天幕的午後陽光使雲朵沾染一層發黃灰濛，令天空亮得反常。這幅畫面顯得十分超現實，彷彿群山之後的地平線不復存在，她受困於一個玻璃世界。

瑟蕾娜離開窗邊，但在描繪伊琳娜王后的掛毯前停步。她以前常希望能踏上一場大冒險，尋找上古魔咒，挑戰壞心腸的國王，但她沒料到會迎來這種冒險——為自身的自由而戰。她以前也總是幻想會有貴人出手相助——忠心摯友、獨臂士兵之類的角色，沒料到自己會這麼……孤單。

她希望山姆能陪她。他一向知道該怎麼做、一向支持她，不管她是否希望對方提供協助。如果能讓他出現在她身邊，她願意付出任何代價——任何。

感到雙眼灼熱，瑟蕾娜一手按在護符上。指尖下的這塊金屬散發暖意——不知道為什麼，甚至令人安心。她後退一步，仔細觀察整張掛毯。

掛毯中央佇立一頭雄鹿，宏偉剛強，從旁注視伊琳娜。雄鹿是伊琳娜的父親布蘭農所建立的特拉森王國的皇室標誌，象徵著雖然伊琳娜成為亞達蘭王后，但她依然屬於特拉森，正如瑟蕾娜。不管伊琳娜身在何方、離家多遠，特拉森**永遠**會是她的一部分。

瑟蕾娜傾聽風聲呼嘯，嘆口氣、搖搖頭，轉身離開。

找出潛伏於城堡中的魔物……但全世界唯一確實存在的魔物，就是統治全世界的那名男子。

在城堡的另一端，雜技團表演完空翻特技，嘉爾黛·朗皮耶輕輕拍手。這場表演終於結束，她沒興趣看彩衣農夫蹦跳幾小時，但是喬治娜王后很喜歡，今天還邀請她坐在王座旁邊。這是個榮幸，也是經過帕林頓的安排。

帕林頓很想得到她，她知道這點。如果她順水推舟，能輕易讓對方提議讓她成為他的公爵夫人。但公爵夫人這個地位還不夠——因為鐸里昂還沒成婚。她的頭已經痛了一星期，今天似乎邊發作邊向她重複幾個字：還不夠，還不夠，還不夠。痛楚甚至滲透她的睡眠，將夢境化為逼真夢魘，鮮明得讓她在醒來時忘了自己身在何方。

「多麼精采的表演啊，王后殿下。」雜技演員們收拾東西時，嘉爾黛開口。

「是啊，他們的演出可真刺激，不是嗎？」王后的綠眸散發光彩，朝嘉爾黛微笑。就在這時，嘉爾黛的腦袋傳來強烈劇痛，令她握起雙拳，她連忙把拳頭藏在橙色長袍的褶痕間。

「真希望鐸里昂王子也能在場欣賞。」嘉爾黛勉強開口：「王子殿下昨天才跟我說過他多麼喜歡來這兒。」撒這個謊確實容易，也似乎讓頭疼因此減輕。

「鐸里昂說過這種話？」喬治娜王后揚起一邊的赤褐眉毛。「這令王后殿下感到訝異？」

王后把一手撫在胸前。「我還以為吾兒一向討厭宮中事物。」

「王后殿下，」她低語：「您能不能發誓保密？」

「保什麼密？」王后也壓低嗓門。

「是這樣的，鐸里昂王子跟我說了些事情。」

「他說了什麼？」王后撫摸嘉爾黛的手臂，鼓勵她說下去。

「他說他之所以很少出席宮廷朝會，是因為他其實有些害羞。」

王后收回手，眼中光芒消失。「噢，他這話已經跟我說過上百遍了。我原本很希望妳會跟我說些有意思的事，嘉爾黛女士，像是他已經找到心儀的年輕女子之類。」

嘉爾黛的臉龐發熱，頭痛欲裂。她真想把菸斗塞進嘴裡，但這場朝會還剩下幾小時。如果比喬治娜王后先一步離開這裡，這將是極不恰當的舉動。

「我聽說，」王后低聲道：「宮中有個年輕仕女，但沒人知道她是誰！或至少當他們聽見她的名字時，一點也不覺得**耳熟**。妳認識她嗎？」

「不，王后殿下。」嘉爾黛強忍挫敗感。

「真可惜，我原以為妳一定知道，畢竟妳實在是個聰明女孩，嘉爾黛。」

「謝謝您，王后殿下，您實在親切。」

「不是這回事。我很會看人，妳初次踏進宮中時，我就知道妳有多麼特別，只有妳才配得上英勇的帕林頓，真可惜妳沒先認識我的鐸里昂！」

還不夠，還不夠，痛楚高唱，她的時刻到來。「就算我先認識王子殿下，」嘉爾黛咯咯發笑，「王后殿下一定不會答應的——我的身分卑賤得不值得王子殿下一顧。」

「妳的美貌和財富足以彌補。」

「謝謝您，王后殿下。」嘉爾黛的心跳加速。

如果王后願意接受她……嘉爾黛還來不及思考，王后已經坐直身子，然後拍兩下手。悠揚樂聲開始響起，但嘉爾黛聽不見。

帕林頓提供了舞鞋，現在是她翩翩起舞的時候。

第三十章

「妳的**注意力不夠集中**。」

「才怪！」瑟蕾娜咬牙道，把弓弦拉得更緊。

「那就出手吧，」鎧奧指向被棄置的走廊盡頭，一座箭靶架於此處，這種距離對任何人來說都遠得誇張——除了她。「讓咱們看看妳能不能擊中。」

她翻個白眼，稍微打直背脊，指間弓弦震顫，她把箭頭的方向稍微往上移。

「妳會射中左邊牆壁。」他交叉雙臂。

「你再不閉嘴，我就會射中你的腦袋。」她轉頭瞪他，他揚起眉毛。她眼睛盯著他的同時，綻放一抹邪笑，沒看箭靶就鬆開弓弦。

箭羽破空的颼聲劃過石牆走廊，隨之而來是一道微弱而低沉的撞擊聲。他們倆還在凝視彼此。他的兩眼仍稍微帶有黑圈——他在薩維爾死後的這三星期都沒睡覺？

她自己也睡得不好。她很容易被任何聲響驚醒，鎧奧還沒查出誰有可能試圖一一殺害所有鬥士。對她來說，凶手的**手法**比**身分**更重要——殺手是如何選擇下一個獵物？目前還看不出其中規律。到現在為止已經死了五人，他們之間除了競爭對手的關係外沒有其他關聯。她也沒能目睹其他命案現場，無法得知那些地方是否也出現血繪命痕。瑟蕾娜嘆口氣，轉轉肩膀。「凱因知道我是誰。」她輕聲說，放下弓。

他依然面無表情。「怎麼會？」

「帕林頓告訴他，然後他向我轉達。」

「什麼時候？」她從沒見過他這麼嚴肅的模樣，這令她有些緊繃。

「幾天前，」她說謊，那次對峙已經是幾星期前的事。「我那時候和娜希米雅在花園——我的衛兵們也在場，別擔心——然後他走來，說他知道我的一切——也知道我在其他鬥士面前隱藏實力。」

「他有沒有表現得好像其他鬥士也知道妳的身分？」

「沒有，」她說：「他們應該不知道，諾克斯看起來一無所知。」

鎧奧把手擱於腰間劍柄。「不會有事的，我們只是少了出其不意的要素，如此而已。妳還是會在決鬥時擊敗凱因。」

她勉強一笑。「你知道嗎？你聽起來好像真的開始對我產生信心，最好謹慎點唷。」

他開口正要說些什麼，這時腳步聲從轉角後傳來。兩名衛兵狂奔而來，急忙停步，向他們倆敬禮。鎧奧讓他們稍微喘口氣，然後問道：「怎麼了？」

頭髮稀疏的年長衛兵又行個禮，然後開口：「隊長——有事情需要您處理。」

鎧奧雖然表情依然平靜，但雙肩僵硬，下巴稍微抬得更高。「什麼事？」他回答得有點太快，給人一種漠不關心的感覺。

「又一具屍體，」衛兵回答：「在僕人通道。」

身材瘦弱的年輕衛兵則是一臉蒼白。「你看到屍體？」瑟蕾娜問他，對方點個頭。「腐壞程度？」

鎧奧銳利的瞪她一眼。衛兵回答：「其他人認為死者應該是昨晚遇害——從血跡半乾的狀態判斷。」

鎧奧的視線茫然，正在考慮該怎麼做。片刻後，他挺直身子。「妳想證明妳很強？」他問她。

她雙手扠腰。「我還需要證明？」

他做個手勢要衛兵帶路。「跟我來。」他回頭朝她說。雖然又聽聞命案，但她還是微微一笑，跟上他。

離去時，瑟蕾娜回頭看箭靶。

鎧奧說得沒錯，箭頭離靶心六吋——偏左。

他們倆抵達前，還好現場已經建立起一些秩序。儘管如此，鎧奧還是必須從聚集在此的衛兵和僕人之中推擠而過，瑟蕾娜緊跟在後。來到群眾邊緣、目睹屍體時，她的雙手無力下垂。鎧奧咒罵連連，臺詞倒是意外的粗俗有力。

她不知道該從何開始看起：屍體、敞開的胸腔、不見蹤影的腦子和臉龐、鑿進地面的爪痕。看到兩道以粉筆畫在屍體兩側的命痕，她的血液失溫，這下能確定關聯性。

群眾還在竊竊私語的同時，隊長走向屍體，然後面向一名正在看著他的衛兵。「這是誰？」

「弗林・伊斯萊。」瑟蕾娜比衛兵早一步開口，她清楚認得弗林的招牌鬈髮。打從這場競賽開始，弗林的名次就一直排在前幾名。不管是什麼東西殺了他……

「哪種動物會留下這種爪痕？」她問鎧奧，但無需聽到答案也知道對方同樣毫無頭緒。爪痕的深度至少有四分之一吋，她在一道爪痕旁蹲下，指尖沿痕跡內部撫摸。爪痕呈鋸齒狀，卻輕易深入石地板。她皺眉觀察其他痕跡。

「這些爪痕之中沒有血跡。」她回頭看鎧奧。他來到她身旁屈膝，她指向爪痕。「這些痕跡很乾淨。」

「這表示？」

她皺眉，強忍沿雙臂流過的寒意。「這東西是先把爪子磨利了再把他挖乾淨。」

「**這點**為什麼很重要？」

她站起身，觀察走廊兩頭，然後又蹲下。「這表示這東西在出手之前有時間磨爪子。」

「牠很可能是善加利用埋伏於此的時間。」

她搖搖頭。「牆上那些火炬已經燒得只剩短短一截，沒有跡象顯示火炬是在凶手出手前被澆熄——這裡沒有沾染煙灰的水痕。如果弗林是昨晚遇害，那麼在他喪命時，這些火炬還在燃燒。」

「然後？」

「看看這條走廊，最近一個出入口在十五呎外，最近一個轉角在稍微更遠的位置。如果那些火炬當時還在燃燒——」

「弗林會從大老遠看到某人在這。」

「那他為什麼還要接近對方？」她問道，更像在喃喃自語。「如果他看到的不是動物，而是人類？如果那人先癱瘓了弗林，再召喚某種怪物？」她指向弗林的兩腿。「他腳踝上的割傷相當俐落。為了不讓他逃跑，他的腳筋被刀子挑斷。」她移向屍體旁邊，小心避開畫在地上的命痕，抬起弗林僵硬冰冷的手。「看看他的指甲。」她用力嚥嚥口水。「前端斷裂破碎。」她用自己的指甲刮下他指甲縫的汙垢，再抹在自己的手掌上。「看到沒？」她伸手讓鎧奧查看。「塵土和碎石。」她把弗林的手臂撥到一旁，露出下方石地板的淡淡痕跡。「這是指甲痕，他迫切想逃命——就算必須用指尖把自己拖離這裡。那怪物在石地板上磨指甲、其主人在一旁觀看時，弗林活著目睹一切。」

「所以這表示什麼？」

她朝他冷冷一笑。「這表示你麻煩大了。」

就在鎧奧臉上失去血色時，瑟蕾娜渾身一震，突然意識到或許殺害鬥士的凶手就是伊琳娜所謂的神祕魔物。

坐在餐桌旁，瑟蕾娜翻閱書本。

什麼都沒有，什麼都沒有，什麼都沒有。她查看一頁又一頁，尋找弗林屍首旁的兩道命痕，一定有某種關聯。

看到一張艾瑞利亞地圖，她停手，地圖一向令她感興趣；能得知自己在這個世界上與其他人之間的確切相對位置，這點總是令她著迷。她的指尖輕輕撫過東岸，從南方開始——伊爾維主城班加利，然後向上蜿蜒扭轉，一路來到裂際城，再穿越梅亞城，然後向北轉入內陸的歐林斯城，接著一路退向大海，來到索里安海岸，最後終於來到大陸的邊緣及北海。

她凝視歐林斯城——光明與啟蒙之城，艾瑞利亞明珠，特拉森首都，她的出生地。瑟蕾娜用力闔上書。

刺客掃視房間四周，長嘆一聲。勉強闔眼時，她陷入混沌夢境，目睹上古之戰、浮現眼眸的劍刃，以及在她腦袋周圍打轉、以鮮明色彩令她盲目的命痕。她看見永生精靈和凡人戰士的閃耀盔甲，聽見盾牌互擊和凶獸咆哮，聞到瀰漫四處的血腥腐屍。走過之處，只見屍橫遍野，亞達蘭刺客打冷顫。

「噢，太好了，我原本就希望妳還醒著。」聽到王儲的聲音，瑟蕾娜在椅子上被驚醒。她發現鐸里昂走來，顯得疲倦而且有些衣冠不整。

她張嘴，但搖搖頭。「你來這做什麼？現在快半夜了，我明天還有測驗。」她不能否認，他的出現令她稍微安心——殺人凶手似乎只對落單鬥士出手。

「妳的興趣從文學轉向歷史？」他查看桌上的書籍。「《艾瑞利亞近代簡史》、」他朗讀，「《符號與力量》、《伊爾維的文化與習俗》。」他揚起一眉。

「我喜歡看啥就看啥。」

他在她旁邊的椅子坐下，腿擦過她的腿。「這些書之間有什麼關聯嗎？」

「沒有。」這不完全算謊話——雖然她原本希望這些書對命痕**有某種**描述、能解釋畫在屍體旁的命痕有何意義。「我猜你已經聽聞弗林的死訊。」

「當然。」他的英俊臉孔露出陰暗的表情。她非常清楚他的腿有多近，卻就是無法讓自己挪開。

「這麼多鬥士被某人的怪獸殺害，你完全不在意？」

鐸里昂靠向她，凝視她的眼睛。「那些凶殺案都發生在漆黑無人的走廊。妳一向都在衛兵看守下——而且妳房間也受到監視。」

「我不是擔心自己。」她以尖銳的口氣說道，身子稍微退後，這話並非全然事實。「我只是認為，發生這些可怕命案，令尊的面子會掛不住。」

「妳什麼時候開始在乎我爹的面子？」

「自從我成為他兒子的鬥士。所以或許你應該多分配一些資源來協助破案，別讓我因為成為唯一存活的參賽者而贏得這場蠢競賽。」

「還有其他要求嗎？」他問道，還是近得隨時可以跟她四脣交接，就看她敢不敢。

「想到再告訴你。」兩人四目交會。她慢慢綻放微笑。王儲到底是什麼樣的男人？雖然她不願承認，但有人作伴確實不錯，就算對方是個赫威亞德。

她把爪痕和無腦屍體從思緒拋開。「你為什麼看起來亂糟糟的？嘉爾黛對你出手？」

「嘉爾黛？感謝諸神，我已經好一陣子沒碰到她。不過今天實在令人難受！我那些小犬是雜種，然後——」他把頭埋在雙手中。

「小犬？」

「我的一個狗娘生下一堆雜種。一開始呢，那些雜種還太小，看不出來到底會是什麼模樣。但現在……總之呢，我原本希望是純種。」

「我們到底在討論狗還是女人？」

「妳喜歡哪個話題？」他朝她調皮的咧嘴笑。

「哎呀，閉嘴。」她嘶吼，他咯咯發笑。

「能否換我問妳，為什麼**妳**看起來這麼亂糟糟？」他收起微笑。「聽鎧奧說他帶妳去看了屍體，希望那個體驗不會太令人毛骨悚然。」

「一點也不會，我只是最近一直睡不好。」

「我也是。」他坦承，挺直身子。「能不能彈鋼琴給我聽？」瑟蕾娜的腳在地板敲節拍，心想他改變話題也轉得太硬。

「當然不要。」

「可是妳的琴聲真美。」

「如果我當時知道有人在偷窺，根本就不會去碰鋼琴。」

「為什麼彈琴對妳來說是這麼私人的事情？」他癱靠在椅背上。

「我沒辦法聽見或彈奏音樂，除非——當我沒說。」

「不，有話就該直說。」

「不值一提。」她把書堆疊在一起。

「會喚起某些回憶？」

她瞥他一眼，查看對方是否有嘲弄的跡象。「偶爾。」

「關於妳的雙親？」他伸手幫她堆起剩下的書。

瑟蕾娜突然站起身。「別問這種蠢問題。」

「如果我問了不該問的事，我向妳道歉。」

她沒反應。心中上鎖多年的那扇門被這個疑問撬開，她現在拚命試著把門關上。看著他的臉龐，看著他這麼靠近自己……門終於關上，她轉動鑰匙上鎖。

「只是因為，」他無視這個小小糾紛，「只是因為我對妳一無所知。」

「我是個刺客。」她的心跳恢復平緩。「就這麼簡單。」

「嗯，」他嘆口氣。「可是為什麼我就不能多知道一些？像是妳如何成為刺客——還有妳在那之前過著什麼樣的生活。」

「很枯燥。」

「我不會覺得枯燥。」他試圖說服，她不發一語。「拜託？我只問一個問題——而且我保證不會是太敏感的問題。」

她的嘴扭向一旁，眼睛瞟向桌子。問個問題應該也無妨？反正她可以選擇拒絕回答。「好吧。」

他咧嘴笑。「給我一點點時間，我得想個妙問。」她翻個白眼，但還是坐下。幾秒後，他問道：「妳為什麼這麼喜歡音樂？」

她扮個鬼臉。「你說了不會太敏感！」

「這也算太敏感？這種問題跟問妳喜歡看什麼書有啥分別？」

「好吧，這個問題我可以接受。」她從鼻孔長長噴口氣，凝視桌面。「我喜歡音樂，」她緩緩說道：「因為當我聽見音樂的時候，我……我能讓自己沉浸於自身，雖然這聽起來很怪。我同時變得虛空又充實，我能感覺到整個世界在我周遭旋轉。當我彈琴時，我不是……我終於不是出手毀滅，而是創造。」她咬咬下唇。「我以前其實很想成為醫者。當我還是……我還沒走上這條職業生涯前、我年幼時的模糊記憶中，我想成為醫者。」她聳個肩。「音樂讓我想起那種感覺。」她輕聲發笑。「我從沒跟任何人說過這些，」她坦承，然後看到他微笑。「別取笑我。」

他搖搖頭，收起嘴角的微笑。「我不是取笑妳——我只是……」

「不習慣聽人打從心底說真話？」

「嗯，就是這回事。」

她微微一笑。「輪到我。有什麼事情不能問嗎？」

「百無禁忌。」他把雙手交叉於腦後。「我才不像妳那麼注重隱私。」

她思索該問什麼問題時，扮個鬼臉。「你為什麼還沒結婚？」

「結婚？本人年方十九耶！」

「是沒錯，但你是王儲。」

他交叉雙臂。她試著不去注意他襯衫下的肌肉挪動。「換個問題。」

「我想聽你的答案——既然你這麼頑強抗拒，答案一定很有意思。」

他一瞥窗外飛雪。「我還沒結婚，」他輕聲說：「因為我無法忍受娶個智力和心靈都遜於我的女人，那等於把我的靈魂送進墳墓。」

「婚姻是具有法律效力的契約——不是什麼神聖誓約。身為王儲，你應該早早丟棄那些幻想。如果你為了讓你的國家跟他國建立盟約而被迫聯姻呢？難道你要因為那些浪漫理念而鬧家族革命？」

「不是那回事。」

「噢？令尊不會為了鞏固帝國而命令你娶個公主？」

「他有支軍隊負責鞏固帝國。」

「反正你可以結婚之後再愛上其他女人，結婚不表示你不能愛上別人。」

他的藍寶石眼眸一閃。「娶我所愛——其餘免談。」他說，她哈哈笑。「妳在笑我！妳居然公然嘲笑我！」

「你居然有這麼傻的念頭，活該被笑！我是打從靈魂深處告訴你：你那番話都是出於自私。」

「妳可真喜歡妄下定論。」

「擁有腦袋卻不做出定論，有腦袋何用？」

「擁有心腸卻不讓他人免於被妳下定論，有心腸何用？」

「哎唷，說得真好，王子殿下！」看到他不高興的回瞪，她開口：「幹麼這樣？我又沒深深傷害你。」

「妳試圖摧毀我的夢想和理念。我在我母后那邊已經受夠了，妳這麼做只能用殘酷來形容。」

「我是很實際，兩者之間有所不同。而且你是亞達蘭王儲，你的權力地位讓你有能力改善艾瑞利亞，你能幫忙創造一個不需要透過**真愛**也能獲得圓滿結局的美好世界。」

「為了達成那種目標，我需要創造出什麼樣的世界？」

「讓人民自治的世界。」

「妳是指無政府狀態和叛亂。」

「我**不是**指無政府狀態。你也可以盡量指控我是叛國者——反正我已經是被定罪的刺客。」

他挪向她，指尖擦過她長繭、溫暖又骨感的手指。「妳就是忍不住想回嗆我說的每句話，是吧？」她感到蠢蠢欲動——同時卻又無比沉穩。在他的視線下，某種情緒被喚醒然後又睡去。「妳的眼睛非常奇特，」他說：「我從沒見過這種帶有閃耀金環的瞳孔。」

「如果你打算靠甜言蜜語來追求我，很抱歉，我免疫。」

「我只不過是在觀察，別無目的。」他低頭看自己的手，仍在接觸她的手。「妳那個戒指哪來的？」

她抽回手，握成拳頭，戒指的紫水晶在火光中閃爍。「是個禮物。」

「誰送的？」

「關你屁事。」

他聳個肩，雖然她知道最好別讓他發現到底是誰送的——應該說，她知道**鎧奧**不會希望鐸里昂發現。「我會想知道是誰送**戒指**給我的鬥士。」

他的黑外衣領口貼於脖子的方式令她坐立難安。她想觸碰他，想撫摸他古銅肌膚和布料金邊的交會處。

「來打撞球？」她問道，站起身。「我用得著更多指導。」瑟蕾娜沒等他回答，已經大步走向娛樂室。她很想站在他身旁、讓肌膚被他的鼻息溫暖。她喜歡那樣。更糟糕的是，她意識到自己喜歡**他**。

在用餐間，鎧奧看著同桌的帕林頓。他走向公爵、想討論弗林命案時，對方似乎不感興趣。鎧奧掃視如洞穴般的飯廳，大多數的鬥士贊助人都表現得跟平常一樣。這幫蠢蛋。如果瑟蕾娜的判斷其實正確，那麼殺害鬥士的凶手很可能就在他們之中。但是國王議會之中哪名成員會為了獲勝而不擇手段？鎧奧伸展桌下的雙腿，把注意力移回帕林頓。

他見過公爵如何利用自身的魁梧體型和頭銜在國王議會中贏得盟友、讓敵手不敢向他提出挑戰。但今晚抓住侍衛隊長注意力的並非公爵的政治手腕，而是公爵的臉龐在談笑之間閃過的一絲陰影。那並不是憤怒或厭惡的表情，而是遮蔽眼睛的一抹陰影。那一幕實在詭異，鎧奧初次目睹後決定拖延用餐時間，就為了再次觀察。

沒多久後，那種現象確實重演，帕林頓的眼眸發黑，臉龐顯得清澈，彷彿他看破塵世、對其不感一絲喜悅或興趣。鎧奧癱靠椅背，啜飲清水。

他對公爵所知不多，也從未完全相信過對方。鐸里昂也是，尤其因為公爵放話要挾公主以令叛軍。但公爵是最受國王信賴的參謀——這傢伙除了堅信亞達蘭有權一統天下之外，並沒有做出什麼令鎧奧起疑的舉動。

嘉爾黛．朗皮耶坐在隔幾張椅子的位置。鎧奧的眉頭緩緩揚起，看到她的目光也鎖定帕林頓——眼神之中不是濃情蜜意，而是冰冷盤算。鎧奧又伸展身子，把雙臂舉過頭。鐸里昂在哪？王子沒出席晚餐，也沒在狗舍照顧那隻母狗和一窩幼犬。他的視線移向公爵，又看到那種變化，雖然短暫但實在詭異！

帕林頓垂頭看左手的黑戒指，目光又變得黯淡，彷彿瞳孔擴張到吞噬眼白，但旋即恢復正常。鎧奧一瞥嘉爾黛，她有沒有注意到那一幕怪現象？

不——她的表情沒有變化，沒有困惑、沒有驚訝，反而開始顯得膚淺，彷彿在思索他的外衣如何襯托她的裙裝。鎧奧再伸展個身子，然後站起身，走離用餐間的同時吃完手中的蘋果。雖然那一幕非常詭異，但他已經有很多事情要煩惱。公爵充滿野心，但對城堡及其中居民來說絕不是個威脅。然而，走回房間的路上，侍衛隊長就是無法甩開「自己剛剛也遭到帕林頓公爵窺視」的想法。

第三十一章

床角有動靜。

瑟蕾娜在睜眼之前老早知道這點，她慢慢把手伸進枕頭下，抽出以縫衣針、繩線和肥皂製成的小刀。

「無需如此，」一名女子開口。聽到伊琳娜的嗓音，瑟蕾娜坐起身。「而且也無效。」

看到第一任亞達蘭王后的耀眼靈體，瑟蕾娜的血液失溫。雖然伊琳娜看來完整，身軀邊緣卻不斷閃爍，彷彿以星光組成。飄逸銀髮在美麗臉龐周圍飄動，她微笑看著瑟蕾娜放下可悲的劣質小刀。「妳好啊，孩子。」王后說。

「妳想怎樣？」瑟蕾娜質問，但壓低嗓門。她在作夢？還是衛兵能聽到她說話？她渾身緊繃，兩腿準備跳離床鋪——或許逃向露臺，既然伊琳娜擋在她和臥室門口之間。

「只是想提醒妳，妳非贏得這場競賽不可。」

「我本來就有此打算。」她被吵醒就為了聽**這個**？「而且也不是為了妳，」她冷冷補充道：「是為了我的自由。妳有沒有什麼重要的事情要說？還是只是來騷擾我？或許妳可以**清楚描述**殺害鬥士的那個魔物？」

伊琳娜嘆口氣，視線移向天花板。「我跟妳一樣所知不多。」看到瑟蕾娜沒放鬆緊蹙的眉頭，伊琳娜繼續說道：「妳還不信任我，我明白，但不管妳相不相信我說的，我們倆確實是同一陣線。」她的視線移向刺客，以強烈目光讓對方動彈不得。「我來這裡，是為了警告妳：注意妳的右邊。」

「妳剛說什麼？」瑟蕾娜歪起頭。「這話什麼意思？」

「看看妳的右邊，妳會在那裡找到答案。」

瑟蕾娜往右邊看，只看到遮蔽墓穴的掛毯。她開口想發火，回頭看伊琳娜，對方早已消失。

翌日測驗中，瑟蕾娜打量面前擺滿高腳杯的小桌。雖然薩溫節在兩個多星期前結束，雖然她也通過上一場測驗——還好比賽項目是投擲飛刀——但兩天前又發現一名鬥士的屍體。以「睡眠品質低落」這話來形容她最近的慘況，實在稍嫌保守。晚上大部分的時間，如果她沒在研究繪於屍體旁的命痕有何意義，就是瞪大眼睛盯著門窗、豎起耳朵偵查利爪刮石的聲音。在房門外站崗的皇家衛兵們也沒有任何幫助；如果那隻凶獸能挖鑿大理石，對付血肉之軀絕非難事。

布羅站在練習場前方，雙手交叉背後，看著剩下的十三名參賽者站在十三張小桌旁。他一瞥時鐘。瑟蕾娜也查看時間，還剩五分鐘——在這五分鐘內，她不但要辨識七支高腳杯中的毒藥，還必須將它們以「最無害到最致命」的順序排列。

但真正的測驗是在五分鐘結束後：他們必須喝下判定最無害的杯中物。如果判斷錯誤……就算現場備有解藥，那也將是令人極為不悅的體驗。瑟蕾娜轉轉脖子，把一支高腳杯湊到鼻前嗅查，味道很甜——太甜。她旋轉杯中用來遮掩那種甜味的餐後甜酒，但是青銅製的高腳杯令她難以判斷色澤。她把指尖往杯中沾了沾，觀察從指甲流下的紫色液體，絕對是莨菪。

她查看其他已辨識的高腳杯：毒芹、血根草、附子花、夾竹桃。她排列高腳杯，把莨菪那杯排在含有致命劑量的夾竹桃毒酒之前。剩三分鐘。

瑟蕾娜拿起倒數第二支高腳杯聞了聞，然後又嗅一次，判斷不出是什麼東西。

她把臉龐從桌前撇開，吸嗅一旁的空氣，希望這麼做能清理鼻孔。試用香水的時候，顧客有時會因為聞過太多香水而暫時嗅覺麻痺，這就是為什麼香水商通常會準備一些東西幫顧客清理鼻孔。她再嗅查一次高腳杯，然後伸手進去，味如水、色如水……

或許這**真的**只是水。她放下杯子，拿起最後一支高腳杯嗅查，裡頭的葡萄酒並沒有混雜不尋常的氣味，似乎沒問題。她咬咬下脣，一瞥時鐘，剩兩分鐘。

有些鬥士在低聲咒罵，順序錯得最離譜的參賽者將遭淘汰。

瑟蕾娜再聞一次裝水的高腳杯，在腦海中迅速查詢無色無味的各種毒藥，但那些毒藥一旦跟水混合就會產生顏色。她拿起裝酒的高腳杯，搖晃杯中液體，紅酒可以掩蓋許多種類的高級毒藥——但到底是哪一種？

在她左手邊的一張小桌旁，諾克斯用手抓抓一頭黑髮。他面前有三支高腳杯，另外四支杯子排於其後。剩下九十秒。

毒藥、毒藥、毒藥，她感覺口乾舌燥。如果輸掉這次測驗，伊琳娜會不會出於刁難而夜夜騷擾她？

瑟蕾娜瞥向右手邊，看到瘦弱的年輕刺客裴洛正在回視她。他面前也同樣是她無法判定的兩支高腳杯，她看著他把裝水的杯子排在最後頭——表示這是最毒的一杯——然後把裝酒的杯子排在最前面。

他的目光瞟向她，下巴幾乎難以察覺的微微一點，然後把兩手插進口袋，表示已經完成。趁布羅還沒發現，瑟蕾娜連忙轉頭面對自己的高腳杯。

毒藥。在第一場測驗的時候，裴洛曾說過他最擅長使毒。

她斜眼朝他一瞥，他就站在她的右方。

「看看妳的右邊，妳會在那裡找到答案。」

一陣寒意爬過脊椎。伊琳娜說的是事實。

裴洛凝視時鐘，看著它倒數，直到測驗結束。但為何幫助她？

她把水杯放在尾端，把酒杯放在前頭。

因為除了她之外，凱因最喜歡欺負的鬥士就是裴洛。而且她在安多維爾的時候，她在當地結交的朋友也絕非最受監工寵愛的囚犯，而是最被痛恨的人。遭排擠的人會互相扶持。其他鬥士——甚至布羅——似乎都懶得把裴洛的話當一回事，也因此不記得裴洛那天說過什麼。如果布羅記得，一定不會讓參賽者齊聚一堂接受測驗。

「時間結束，確認排列順序。」布羅說。瑟蕾娜的視線在自己這排高腳杯逗留片刻。在會場的另一端，雙臂交叉於胸的鐸里昂和鎧奧正看著這一幕。他們有沒有注意到裴洛的暗中協助？

諾克斯以生動臺詞咒罵連連，把剩下的杯子隨意推成一排，許多參賽者也是同樣下場。布羅開始在桌子之間穿梭，命令參賽者喝下自己判定最無害的飲料，也因此常常必須提供解藥。大多數的人都以為盛有普通紅酒的那杯是個陷阱，因此把它放在最後頭。就連諾克斯也得大口灌下一小瓶解藥，因為他把附子花那杯放在最前面。

看到凱因喝下莨菪毒酒而臉色發紫，她暗爽在心。凱因慌忙吞藥時，她真希望布羅的解藥存貨不足。目前為止，無人贏得測驗。某一名鬥士喝下裝水的那一杯，還來不及從布羅手中接過解藥就已倒地不起；這種毒藥名為「血禍」，不但效果恐怖而且會造成劇烈痛楚，就算只是淺嘗也足以產生鮮明幻覺、讓人失去方向感。還好武器大師立刻逼對方吞下解藥，雖然這名鬥士還是必須被立刻送去城堡中的醫務室。

最後，布羅來到她的桌前，打量杯子排列，然後面無表情的說道：「那就開始吧。」瑟蕾娜一瞥裴洛，對方的淡褐眼眸一閃，看著她把裝酒的杯子湊到唇前、啜飲一口。沒反應，沒怪味，沒出現什麼立即感覺，雖然有些毒藥發作得比較慢，不過……布羅的拳頭伸來，她感到腸胃一揪。他拳裡握有解藥？

但他攤開手掌，只是拍拍她的背。「正確答案——這杯只是紅酒。」他說，其他鬥士在他身後竊竊私語。

他走向最後一位鬥士裴洛。看著年輕人喝下杯中紅酒，布羅咧嘴笑，揪住他的肩膀。「這裡還有一個贏家。」

掌聲在贊助人和訓練師之間響起，瑟蕾娜朝年輕刺客一閃感激的燦爛笑容，他也回以開心笑容，從脖子到銅色髮根泛起一片紅潮。

她是稍微作弊，但她贏了，也樂意跟盟友分享勝利。而且，沒錯，伊琳娜確實在守護她——但這完全沒有改變目前情況，就算她的人生和伊琳娜的要求已經緊緊相連，她也不會只為了滿足某個鬼魂的企圖而成為御前鬥士——伊琳娜已經連續兩次沒清楚說明自己到底有何目的。

就算伊琳娜確實指引她該如何贏得這次測驗。

第三十二章

因為想去散步而提前結束課程後，瑟蕾娜和娜希米雅穿過城堡的寬敞走廊，衛兵們跟在後頭。無論娜希米雅對瑟蕾娜身旁那些形影不離的衛兵有何感想，目前為止都沒做出評論。雖然冬至節就在一個月後——節日之後再過五天就是最終決鬥——但是每天晚餐前的一小時，瑟蕾娜和公主把時間均分於伊爾維語和通用語兩者之間的練習。瑟蕾娜提供圖書館書籍、要娜希米雅閱讀，然後逼她臨摹每一個字，直到寫得完美。

開始上課以來，公主的通用語流暢度大幅進步，雖然這兩位女孩還是喜歡用伊爾維語。或許是因為說起來輕鬆自在，或許是喜歡看到旁觀者目瞪口呆的模樣，又或許是為了避免讓旁人知道她們的談話內容——無論出於什麼原因，刺客都偏好這個語言，至少她在安多維爾確實學到一**些東西**。

「妳今天真安靜，」娜希米雅說：「有事情不順心？」

瑟蕾娜無力的笑笑，確實有事情不順心，她昨晚幾乎徹夜失眠，只希望黎明早點到來。又一名鬥士遭害，更別提伊琳娜那些要求。「我看書看到很晚，只是這樣。」

兩人進入城堡的一處，瑟蕾娜從沒見過這裡。「我看得出妳有很多心事，」娜希米雅突然說：「我也感覺得出來妳有很多不想說的事。妳雖然嘴上不說，但妳的眼睛已經透露。」她有這麼透明？「我們是朋友，」娜希米雅輕聲道：「妳需要我的時候，我一定會支持妳。」

瑟蕾娜感覺咽喉一緊，伸手按在娜希米雅肩上。「已經很久沒人稱我是朋友。」刺客開口：「我——」一抹黑影鑽進她的回憶一角，她拚命抵抗。「我其實有些……」又聽見常在夢中騷擾她的雷霆鐵蹄，瑟蕾娜搖搖頭，那個聲響隨即停止。「謝謝妳，娜希米雅，」她誠摯的說：「妳是真正的朋友。」

她脆弱的心顫抖，那抹黑影消散。

娜希米雅突然呻吟一聲：「王后邀請我今晚去觀賞某個劇團演出她最喜歡的一齣戲。跟我一起去吧？我用得著妳幫忙翻譯。」

瑟蕾娜皺眉。「我恐怕——」

「恐怕不能去。」娜希米雅的嗓音顯得不太高興，瑟蕾娜以眼神向這位朋友道歉。

「有些事情是——」瑟蕾娜開口，但是公主搖搖頭。

「每個人都有祕密——雖然我很好奇妳為什麼被那位隊長嚴密監視、每晚都被鎖在房間裡。如果讓我亂猜，我猜他們很怕妳。」

刺客微笑。「男人總是擔心女人的安危嘛。」她思索公主說過的話，開始感到擔心。「所以妳跟亞達蘭王后相處得還不錯？妳一開始……沒打算那麼做。」

公主點個頭，抬起下巴。「妳知道我們兩國的關係不算好。我一開始或許對喬治娜有些冷漠，但我後來意識到，為了伊爾維的未來，我或許該付出更多努力。所以，我這幾個星期有跟她談話，希望能讓她注意到或許我們能用什麼方法改善彼此的邦交。我認為她今晚邀請我，或許表示我的努力有所成果。」而且，瑟蕾娜意識到，透過喬治娜，娜希米雅也能把話傳到亞達蘭國王耳中。

瑟蕾娜咬咬嘴脣，但旋即一笑。「我相信妳的父王和母后會很高興。」兩人拐進一條走廊，聽到狗叫。「這**到底**是哪？」

「狗舍。」娜希米雅眉開眼笑。「王子昨天給我看過那窩幼犬——雖然我認為他只是找理由逃離他母后的朝會。」

沒鎧奧在身旁，她們倆這樣亂跑已經很任性，但是來到狗舍……「我們能來這裡？」

娜希米雅挺直身子。「我是伊爾維公主，」她說：「想去哪就去哪。」

瑟蕾娜跟著公主穿過一扇大型木門。聞到突如其來的氣味，刺客皺鼻，走過各種犬類所住的鐵籠和獸欄。

有些大型犬的身高到她的腰部；有些是腿部跟她的手掌一樣長，軀幹則長如她的胳臂。這些品種都令人著迷而且十分美麗，但身形流線的獵犬尤其令她讚嘆，弧形腰線和細長四腿散發優雅和速度感，而且不像其他犬類那樣吠叫，而是文風不動的坐著，以睿智的黑眸看她。

「這些都是狩獵用的狗？」瑟蕾娜問，但不見娜希米雅的蹤影。她能聽見公主的聲音，然後是另一人的聲音，接著看到一隻手從一間寬敞獸欄伸出、要瑟蕾娜進去。刺客連忙跑向獸欄，從門板外往內俯視。

鐸里昂．赫威亞德朝她微笑的同時，娜希米雅找個地方坐下。「唷，妳好啊，莉莉安女士，」他溫柔說道，把一隻金棕色的小狗放到一旁。「真沒想到會在這看到妳。不過呢，娜希米雅熱愛狩獵，她把妳帶來這裡，我其實也不意外。」

瑟蕾娜凝視這四隻小狗。「這些是混種？」

鐸里昂抓起一隻，撫摸牠的小腦袋。「真可惜，不是嗎？但我還是無法抵擋牠們的魅力。」

兩隻小狗跳到娜希米雅身上，用舌頭和搖晃的尾巴包圍她，逗得她哈哈大笑。看到這一幕，刺客打開圍欄，側身進入。

娜希米雅指向角落。「那隻狗生病了？」現場還有第五隻小狗，體型比其他夥伴都大一些，毛皮是絲綢般的銀金雙色，在陰影處微微閃爍。牠睜開黑眼睛，彷彿知道自己被討論，也回視人類。牠真是隻漂亮的小動物，要不是瑟蕾娜知道真相，否則一定以為牠是純種。

「牠沒生病，」鐸里昂說：「只是脾氣不好。牠不願意接近其他生物——不管是人類或犬類。」

「牠也有充分理由，」瑟蕾娜開口，跨過王儲的兩腿，靠近第五隻小狗。「牠怎麼會想碰你這種人？」

「如果牠對人類沒反應，就必須被殺掉。」鐸里昂衝口說出，一道火花貫穿瑟蕾娜。

「殺掉牠？**殺掉**牠？為什麼？牠哪裡得罪你？」

「牠不適合被馴化，但這些狗都必須成為寵物。」

「所以你只是因為牠脾氣不好就要殺牠？牠哪能決定自己是啥脾氣！」她查看四周。「牠母親呢？或許牠只是想跟媽媽在一起。」

「母狗只會在餵奶和幾小時的社會化訓練中跟牠們接觸。我養這些狗通常是為了賽狗和打獵——不是為了摸摸抱抱。」

「不讓牠跟母親團聚，這太殘忍！」刺客把手伸進陰暗處，把小狗抱起、貼在胸前。「我不會讓你傷害牠。」

「如果牠天性怪異，」娜希米雅提議：「以後會是個負擔。」

「對誰造成負擔？」

「這不是什麼大不了的事，」鐸里昂說：「每天都有很多狗被安樂死，我看不出為什麼**妳**會反對這點。」

「總之，別殺這隻！」她說：「讓我養牠——如果這麼做你就不會殺了牠。」

鐸里昂觀察她的表情。「如果這件事讓妳這麼不高興，我不會殺了牠。我會給牠找一戶人家，我甚至會在決定哪一戶之前先徵求妳同意。」

「你願意這麼做？」

「這隻狗的命對我有何特殊價值？妳怎麼開心，咱們就怎麼辦。」

她的臉龐灼熱；他站起身，靠向她。「你——你保證？」

他把一隻手按在心口。「吾以王權發誓，不殺此犬。」

她突然意識到兩人近得即將擦身。「謝謝你。」

坐在地板上的娜希米雅揚眉看著他們倆，直到她的一名貼身保鑣來到門前。「時候差不多了，公主，」他以伊爾維語開口：「您必須為今晚與王后的會面更衣準備。」公主站起身，從活蹦亂跳的小狗之間推擠而過。

「要不要跟我走？」娜希米雅以通用語詢問瑟蕾娜。

瑟蕾娜點個頭，推開圍欄；關上門時，她回頭看王儲。「你呢？不跟我們一起走？」

他攤坐回地上，小狗們立刻跳到他身上。「或許咱們今晚晚點見。」

「如果你夠幸運。」瑟蕾娜溫柔說完後走離。跟公主大步穿過城堡時，她對自己微笑。

娜希米雅終於轉身看她。「妳喜歡他嗎？」

瑟蕾娜扮個厭惡的表情。「當然不。怎麼可能啊？」

「你們倆說起話來像老朋友，看起來彷彿有……某種默契。」

「默契？」瑟蕾娜被這個字眼嗆到。「我只是喜歡逗他。」

「如果你覺得他很帥，這又不犯法。我承認我看錯他了，我原以為他是個傲慢又自私的蠢蛋，但他其實不壞。」

「他是個赫威亞德。」

「我外公原本是個一天到晚想推翻我爺爺政權的酋長。」

「我跟王子只是喜歡鬥嘴，這沒什麼。」

「他似乎對妳很感興趣。」

瑟蕾娜的頭立刻撇向一旁，兩眼噴出被遺忘多時又令腸胃糾結的怒火。「我寧可挖出自己的心臟也不會愛上赫威亞德。」她咆哮。

兩人默默走完剩下的路，分手時，瑟蕾娜簡短祝娜希米雅有個愉快的夜晚，隨即快步返回自己的區域。

跟在瑟蕾娜附近的幾名衛兵禮貌的保持一些距離——這個距離一天天拉遠，是因為鎧奧的命令？夜幕在不久前降臨，天空仍是一團深藍，映染於窗面積雪。她確實可以直接走出城堡，從裂際城中搜括物資，明早就搭船駛向南方。

瑟蕾娜站在窗邊，臉靠向窗面。衛兵們也停步，默默等候。外頭的寒風滲入，輕吻她的臉龐。他們會不會猜到她逃往南方？或許北方才是更令人出乎意料的選擇，只有想自殺的傢伙才會在冬天跑去北方。

窗中倒影一閃，看到站在她身後的男子，她迅速轉身。

但凱因沒對她微笑，不是平常那種嘲弄的笑容；相反的，他氣喘吁吁，嘴巴彷彿被捕上岸的魚般不斷開合。他的黑眸瞪大，一手掐住自己巨大的喉嚨。真希望他即將窒息而死。

「有事嗎？」她以甜美的口吻問道，身子斜靠於牆。他來回瞥視左右、衛兵和窗戶，然後凝視她的眼睛。他鬆開咽喉邊的手，彷彿為了吞下試圖鑽出的話語，手上的黑戒指發出黯淡光芒。雖然這應該是不可能的事，但他似乎在過去幾天內又長出十磅肌肉。事實上，她每次看到他的時候，他似乎越來越龐大。

她皺起眉頭，鬆開交叉的雙臂。「凱因，」她開口，但他像隻野兔般拔腿衝向走廊另一端，驚人速度與魁梧體型完全不符。他回頭窺視幾次，不是為了偷瞄她或是竊竊私語的納悶衛兵，而是更遠處的某物。

等他逃跑的腳步聲淡去，瑟蕾娜迅速回房，隨即派人送信息給諾克斯和裴洛，她沒解釋為什麼，只是要他們晚上待在房裡、別為任何人開門。

第三十三章

嘉爾黛走出更衣室，捏捏臉頰。僕人已灑些香水，她也在開門之前先灌下糖水。聽到帕林頓公爵駕到時，她正忙著抽大煙，因此連忙衝進更衣室換衣服，希望煙味不會揮之不去。如果他發現她抽鴉片，她可以把原因推給最近犯的嚴重頭疼。嘉爾黛穿過臥室，拐過玄關，進入起居室。

他看起來跟平常一樣隨時可以上戰場。「大人。」她屈膝行禮，周遭顯得有些朦朧，身子也感覺沉重。他一吻她伸出的手，他的嘴唇潮溼。他的視線從她的手往上移，跟她四目交會，周遭顯得更模糊。為了鞏固自己在鐸里昂身邊的地位，她願意付出何種代價？

「希望我沒打擾妳。」他放開她的手。她的視線恢復正常，目光移向房中四壁，然後是地板和天花板，她強烈覺得自己被困在一座擺滿掛毯和坐墊的精美牢籠。

「我剛剛只是在稍作小憩，大人。」她坐下。他嗅聞幾下，要不是因為鴉片的藥效還在腦中打轉，嘉爾黛一定會緊張難耐。「什麼風把大人給吹來了？」

「我原本想問妳一些事情，但妳——我在晚餐後沒見到妳。」帕林頓交叉雙臂——看起來能壓碎她腦袋的雙臂。

「我那時候身體不太舒服。」她克制自己，沒把沉重得要命的腦袋貼在沙發上。

他對她說些什麼，但她發現自己的兩耳停止收音。他的皮膚似乎變硬而且反光，兩眼化為嚴肅的大理石球體，就連他稀疏的頭髮也被石化。她目瞪口呆的看著他那張白色大理石嘴不斷開合，露出滿嘴大理石雕。「真抱歉，」她說：「我現在不太舒服。」

「我幫妳倒些水來？」公爵站起身。「或許我該先行告退？」

「不！」她的口氣幾乎化為吶喊，心臟抽搐。「我的意思是——我的狀況還可以，很開心有大人陪伴，但請務必原諒我精神恍惚的模樣。」

「我不認為妳精神恍惚，嘉爾黛女士，」他回座。「妳是我見過最聰明的女子之一，王子殿下昨天才這麼說過。」

嘉爾黛的脊椎抽動打直，她看到鐸里昂的臉龐，還有他頭上那頂王冠。「王子說的？殿下那樣形容我？」

公爵把一隻手放在她的膝上，以拇指來回撫摸。「當然，結果莉莉安女士那時插嘴，害殿下沒法繼續說下去。」

她撇頭。「她為什麼跟他共處？」

「不曉得，我也不喜歡看到他們倆黏在一起。」

她必須採取行動、加以阻止。那姑娘動作可真快——快得讓嘉爾黛來不及反應。莉莉安已經讓王儲陷入圈套，嘉爾黛必須割斷他身上的羅網。帕林頓這人可以利用，他可以讓莉莉安永遠消失。不——莉莉安是宮廷仕女，帕林頓這種有尊嚴的男子漢絕不會傷害貴族……又或許未必？幾隻骷髏在她腦中圍成一圈跳舞。如果他以為莉莉安不是仕女呢……？她的頭疼又突然爆發，痛得她肺臟洩氣。

「我也是同樣看法，」她揉揉太陽穴。「很難令人相信，莉莉安女士這種名聲不佳的女人居然贏得王子的青睞。」等她站在鐸里昂身旁，或許頭疼就會消失。「如果有人勸勸王子殿下，或許會有些幫助。」

「名聲不佳？」

「有人告訴我，她的背景……其實沒那麼單純。」

「妳還聽說了什麼？」帕林頓追問。

嘉爾黛把玩垂於手鐲的一顆珠寶。「我沒聽說詳細情況，但有些貴族認為她配不上這個王宮裡的任何成員。我想對莉莉安女士有更多了解，您不也是？身為君主的忠誠臣民，我們有責任避免王子被那種人利用。」

「確實如此。」公爵低聲道。

某種狂野而外來的力量在她體內咆哮，擊碎她腦袋裡的疼痛，關於鴉片和牢籠的思緒也漸漸淡去。

她必須盡一切手段來挽救王子——和她自己的未來。

聽到門板開啟、鉸鍊的吱嘎聲足以吵醒死人，瑟蕾娜從一本關於命痕理論的古書抬起頭，感覺心跳漏了一拍，但她盡量顯得一派輕鬆。進來的卻不是鐸里昂·赫威亞德，也不是什麼凶惡野獸。

門徹底開啟，一身金飾的娜希米雅出現在瑟蕾娜面前。她沒看瑟蕾娜，也沒走離門口，而是垂頭看地，沾染黑眼線的淚痕流過臉頰。

「娜希米雅？」瑟蕾娜問道，站起身。「妳不是去看話劇？」

娜希米雅聳個肩，緩緩抬頭，揭露出泛紅雙眼。「我——我不知道還能去哪。」她用伊爾維語開口。

瑟蕾娜發現自己有點呼吸困難，問道：「發生什麼事？」

瑟蕾娜這時才注意到娜希米雅手中的紙條，被用力緊捏而顫抖。

「他們被屠殺殆盡。」娜希米雅低語，瞪大眼睛，搖搖頭，彷彿不相信自己在說什麼。

瑟蕾娜渾身僵住。「誰？」

娜希米雅吐出強忍的啜泣，聽到這聲音，瑟蕾娜有些心碎。

「一支亞達蘭軍團逮捕了藏身於歐克沃森林和石岩沼澤交界處的五百名伊爾維反抗軍。」淚水沿娜希米雅的臉頰一路滑至白袍，她揉爛手中的紙條。「我父王說他們會以戰俘的身分被送往卡拉酷拉。但有些反抗軍在途中試圖逃跑，然後……」娜希米雅用力吸口氣，逼自己說出口。「做為懲罰，亞達蘭士兵把他們全殺了，甚至連小孩都不放過。」

瑟蕾娜胃裡的晚飯殘渣翻到咽喉。五百人——全數滅絕。

瑟蕾娜注意到娜希米雅的私人保鑣站在門口、眼睛溼潤。反抗軍之中有多少人是他們認識的？娜希米雅曾經予以幫助和保護？

「如果不能保護人民，身為伊爾維公主又有何用？」娜希米雅說：「發生這種事，我有什麼資格當他們的公主？」

「我實在深感遺憾。」瑟蕾娜低語。這幾個字彷彿打破讓公主免於崩潰的魔咒，娜希米雅投入瑟蕾娜的懷抱，一身黃金首飾深深陷入瑟蕾娜的肌膚。娜希米雅痛哭失聲，刺客無言以對，只能抱著公主，直到對方的悲痛能獲得減緩。

第三十四章

瑟蕾娜坐在臥室窗邊，凝視飛舞於夜風的雪花。娜希米雅早已回房，肩膀再次挺起，不再落淚。時鐘敲擊十一下，瑟蕾娜伸展身子，但因腹部發疼而停止動作。她彎下腰，專注於呼吸，等痙攣停止。這種狀況已經發作超過一小時，她把裹身的毛毯拉得更緊，壁爐熊熊烈火的熱氣無法有效傳至她在窗邊的椅子。還好這時菲莉琶進來，遞給她一杯熱茶。

「來吧，孩子，」她說：「這會有幫助。」她把茶杯放在刺客身旁的小桌上，一手放在扶手椅的椅背上。「那些伊爾維反抗軍的下場真是可憐。」她壓低嗓門，消除被竊聽的可能。「我完全無法想像公主會有多難過。」瑟蕾娜感到怒火在胃中痛楚旁浮現。「但她很幸運，有妳這麼好的朋友。」

瑟蕾娜觸摸菲莉琶的手。「謝謝妳。」她一把抓起茶杯，因為手被高溫陶瓷燙到而嘶吼一聲，差點把整杯茶打翻在大腿上。

「小心點。」菲莉琶咯咯發笑。「原來刺客也有笨手笨腳的時候。如果妳需要什麼東西，派人通知我，我知道女人每月一痛是何滋味。」菲莉琶摸摸瑟蕾娜的頭，然後轉身離去。瑟蕾娜原想再道謝一次，但又一波痙攣襲來，她痛得彎下腰的時候，門已關上。

在安多維爾時因為嚴重營養不良而停經，但最近三個半月增加不少體重，她的月事再次恢復。瑟蕾娜呻吟，這樣哪能訓練？四週後就是決鬥。

玻璃窗外的雪花閃閃發光，以旋轉交織的姿態飛向地面，跳著人類無法明白的圓舞曲。外頭有更多惡人，伊琳娜又為何要她擊敗城堡中的某個魔物？跟其他王國面臨的悲劇相比，城中事務算個屁？更不能跟安多維爾和卡拉酷拉那種人間煉獄相比！她的臥室門開啟，某人走來。

「我聽說了娜希米雅的事。」是鎧奧。

「你怎麼——這麼晚了，你還來我這兒？」她問道，拉緊毛毯。

「我——妳生病了？」

「我不太舒服。」

「因為那些反抗軍的下場？」

他不懂她的意思？瑟蕾娜眉頭一皺。「不，我是**真的**不舒服。」

「那個消息也令我作嘔，」鎧奧喃喃自語，凝視地板。「那一切。自從親眼目睹安多維爾……」他揉揉臉，彷彿這麼做就能消除那些回憶。「五百人。」他低語。她沒想到他會坦承這些，只能默默看著他。

「聽著，」他開口，開始來回踱步。「我知道我有時候對妳很冷漠，我也知道妳向鐸里昂抱怨這點，但是——」他轉身看她。「妳和公主成為朋友，這是好事，我也很欣賞妳的坦白以及妳跟她之間的堅定友誼。我知道有謠言指稱娜希米雅跟伊爾維反抗軍有所關聯，但是……但是我寧可相信，如果我自己的國家被征服，我也會盡一切力量為我的同胞贏回自由。」

她實在很想回話，但腰椎被劇痛緊握，胃袋突然翻攪。

「我可能——」他開口，凝視窗外。「我以前可能錯了。」感到天旋地轉，瑟蕾娜閉上眼。以前每次月事來到，她都會出現嚴重痙攣，通常伴隨頭暈目眩。但她拒絕嘔吐，現在不行。

「鎧奧。」她開口，因為暈眩感爆發而一手摀嘴。

「我只是深深以我的職責為榮。」他還沒說完。

「鎧奧。」她重複。完了，這下真的忍不住。

「而妳是亞達蘭刺客。但我在想如果——不知道妳願不願意——」

「**鎧奧**。」她警告。他轉身的同時，瑟蕾娜已經吐滿地。

他發出厭惡的驚呼，連忙向後跳。她嘴裡滿是又苦又酸的味道，眼眶也灌滿淚水。她上半身貼在膝上，把口水和膽汁吐在地上。

「難道妳——看在命運之神的份上，妳是真的病了？」他叫喚僕人，然後扶她離開椅子。瑟蕾娜的視線漸漸恢復清晰，他剛剛問啥？「來吧，我扶妳上床躺著。」

「我不是**那種**生病啦。」她呻吟。他扶她坐在床上，鬆開她的毛毯。一名僕人進來，看到地上的穢物而皺眉，喊人來幫忙。

「所以是哪種生病？」

「我，呃……」她的臉龐灼熱得彷彿會融化滲進地板。*唉，你這天然呆！*「我的月事終於恢復正常。」

他的臉龐突然跟她一樣紅，他連忙退後，抓抓一頭棕色短髮。「我——如果這樣……那我先行告退。」他結結巴巴，鞠個躬。瑟蕾娜揚起一眉，不禁莞爾，看著他快步卻又不敢奔跑的迅速走離，蹣跚走出臥室時差點摔倒在門口。

瑟蕾娜看著僕人們清理現場。「真的很抱歉。」她開口，但她們只是揮手要她別放在心上。尷尬又難受的刺客爬到床鋪中央，窩在層層毛毯底下，希望睡意盡快來襲。

但事與願違，而且過了一會兒，房門又開啟，傳來某人的哈哈笑。「我剛剛碰到鎧奧，他向我說明了妳的『狀況』。很難想像他那種職位的男子漢居然這麼敏感啊，更何況他最近才看過那麼多噁心屍體。」

瑟蕾娜睜開一眼，看到鐸里昂坐在床邊，不禁皺眉。「本人身陷極大痛楚，不願受擾。」

「不可能那麼糟吧，」他從外衣口袋掏出一疊紙牌。「想不想玩？」

「我已經說了我不舒服。」

「我覺得妳氣色還不錯啊。」他以純熟的技巧洗牌。「只玩一場。」

「樂子是要花錢買的，你知道吧？」

他怒目相視，打散手中的牌。「妳應該因為我大駕光臨而深感榮幸。」

「我會因為你**早點滾蛋**而深感榮幸。」

「妳是透過本人賜予的特權才能待在這，說話居然這麼不客氣。」

「不客氣？我還沒開始認真對付你咧。」她翻到側身，雙膝抱於胸前。

他哈哈大笑，把紙牌塞回口袋。「妳最近結識的那位犬伴狀況很好，如果妳想知道。」

她朝枕頭呻吟。「走開啦，我感覺快死了。」

「紅顏豈可獨自面對死亡？」他把手按在她手上。「在妳臨終之時，是否讓我為妳說個故事？妳喜歡哪個故事呀？」

她抽回手。「『變態王子與不笑刺客』那個故事如何？」

「噢！我**超愛**那個故事！而且那個故事有個歡喜大結局哦——妳知道嗎？那個刺客拚命裝病就是為了引起王子的注意！誰猜得到啊？那姑娘真是聰明。而且臥室那一幕**真是可愛**——他們倆你來我往鬥嘴連連的劇情實在精采！」

「出去！出去！出去！離我遠一點，去泡別的女人啦！」她抓起一本書往他身上扔。他在鼻梁被砸斷之前立刻接住，她瞪大眼睛。「我不是故意——我不是想攻擊你！那是開玩笑的——我不是有意想傷害你，殿下。」她慌忙解釋。

「我還以為亞達蘭刺客會用**更有尊嚴**的招式對付我，至少用劍或匕首，雖然我不太喜歡被背刺就是了。」

她抓緊小腹，彎成兩截。有時她實在痛恨身為女人。

「順道一提，叫我『鐸里昂』，別叫『殿下』。」

「好吧。」

「快說。」

「說啥？」

「說我的名字，說『好吧，鐸里昂。』」

她翻個白眼。「如果這麼做能取悅寬宏大量的神聖殿下，我就直呼你的名諱。」

「『寬宏大量的神聖殿下』？噢，這個我喜歡。」她臉上浮現淺淺笑容，鐸里昂低頭一瞥書本。「這根本不是**我**給妳的書嘛！我根本**沒有**這種書！」

她無力的哈哈笑，從進來的僕人手中接過茶杯。「你當然沒有這種東西，**鐸里昂**。我是今天請僕人幫我弄來的。」

「《夕陽激情》，」他念出書名，隨意翻至一頁，大聲朗讀：「『他以雙手輕柔愛撫她白如象牙、柔如絲綢的乳——』」他瞪大眼睛。「看在命運之神的份上！妳真的在**讀**這種垃圾？《符號與力量》和《伊爾維的文化與習俗》跑哪去了？」

她喝完飲料，薑茶令腸胃獲得舒緩。「你可以等我看完之後再借去看。等你看完，你的文學體驗就會更完整。而且，」她以忸怩作態的微笑補充道：「你在跟你那些女性友人相處的時候能想出更具創意的活動。」

他咬牙嘶吼：「我**拒看**這玩意兒。」

她從他手中拿回書，向後仰。「看來你跟鎧奧沒兩樣。」

「鎧奧？」他問道，掉進陷阱。「妳叫**鎧奧**讀這東西？」

「他拒絕了，當然，」她說謊：「他說如果是我提供這種書，他就更不應該看。」

鐸里昂從她手中搶過書。「把書給我，妳這魔女，我才不讓**妳**在我跟他之間挑撥。」他又一瞥這本小說，然後將其翻轉、隱藏書名。她微笑，又轉頭看窗外飄雪，此刻實在寒冷難耐，就連壁爐也無法化解從露臺門縫滲入的強風。她感受到鐸里昂的視線——不是鎧奧有時朝她投來的警戒目光；相反的，鐸里昂似乎只是因為**喜歡**看她而看她。

她也喜歡看他。

直到她坐直身子質問：「你在看什麼？」鐸里昂才意識到自己看她看得入迷。

「妳真美。」鐸里昂還來不及考慮，此話已脫口而出。

「別說蠢話。」

「妳生氣了？」他體內的血液以反常的節奏流動。

「沒有。」她說，立刻轉頭面向窗戶。鐸里昂看著她的臉愈發緋紅。他從沒認識哪個美女這麼久卻不向對方展開追求——另一個例外是嘉爾黛。而且他不能否認，他渴望知道瑟蕾娜的嘴唇是什麼觸感，她裸露的肌膚散發何種芬芳，她被他撫遍全身時會有何反應。

冬至節那一週是放鬆的時日，為了慶祝讓人類在冬夜保持溫暖的肉體歡愉。女子放下頭髮，有些甚至拒絕穿上束腹。在那個節慶中，人們享受秋收的果實……以及肉體接觸的果實。很自然的，他每年都很期待那個節日，但現在……

現在他感覺腸胃糾結。他才剛聽聞父王的軍隊對那些伊爾維反抗軍的殘酷手段，哪有心情歡度佳節？他們連一條命都沒放過，五百人——死得一個不剩。他哪有臉再面對娜希米雅？他日後又如何能統領這種士兵被訓練成鐵石心腸的國家？

鐸里昂感覺口乾舌燥。瑟蕾娜的家鄉是特拉森——另一個被納入的版圖，也是他父王第一個征服的國家。瑟蕾娜沒對他冷眼相待，這已堪稱奇蹟——或許她在亞達蘭待太久，已不在乎陳年的國仇家恨。不知道為什麼，鐸里昂不認為是這個原因——畢竟她背上有三條巨痕永遠讓她記得他父王的殘酷無情。

「有什麼事情不對勁？」她問道，口氣謹慎又好奇，彷彿她在乎。他深吸一口氣，走向窗戶，慚愧得不敢看她。他伸手觸摸冰冷的窗戶玻璃，看著雪花墜向大地。

「妳一定很恨我，」他喃喃自語：「恨我和我的宮廷如此奢侈又麻木不仁，無視城外那麼多悲悽。我聽說了那些慘遭屠殺的反抗軍，我——我深感羞愧。」他把頭貼在窗上，聽到她站起身後又癱坐在椅子上。一旦開口，他的話語如河流般綿延不絕。「我明白妳為何對我國人民下手時從不心軟，我也不怪妳。」

「鐸里昂。」她溫柔說道。

城堡外頭的世界一片黑暗。「我知道妳永遠不會告訴我，」他繼續吐出隱瞞一段時日的內心話。「但我知道妳小時候有過慘痛遭遇，或許跟我父王的行為有關。妳有權因為亞達蘭掌控特拉森而痛恨這個國家——它併吞天下，包括妳摯友的國家。」

他嘸嘸口水，兩眼刺痛。「妳不會相信我這番話，但是……我不想成為幫凶。我允許我父王繼續這種令人髮指的惡行，我已不配自稱男子漢。然而，就算我代表已被征服的那些王國懇求他賜予仁慈，他也充耳不聞，起碼在這個世道不可能。就因為我們身處這個世道，所以我選妳成為我的鬥士，因為我知道這會令我父王非常不悅。」她搖搖頭，但他繼續說下去。「但如果我拒絕贊助鬥士參賽，我父王會將我這個舉動視為大逆不道，而我還沒成為足以跟他抗爭的男人。所以我選擇亞達蘭刺客成為我的鬥士，因為我只有這個選擇。」

確實，事情終於解釋清楚了。「生活不該像這樣，」他指向這個房間時，兩人對望。「而且……這個**世界**不該像這樣。」

刺客沉默不語，聆聽自己的心臟悸動，然後開口。「我不恨你。」她的聲音幾乎是低語。他在她對面的椅子癱坐，以手扶額，顯得格外孤單。「而且我不認為你跟他們一樣。我很——如果我傷害了你，我很抱歉，我大多數的時候都是在開玩笑。」

「傷害我？」他說：「**妳**沒有傷害我！妳只是……讓事情變得稍微有趣些。」

她頭一歪。「只是稍微？」

「或許比稍微多一點點。」他伸展雙腿。「啊，可惜妳不能跟我一起參加冬至節舞會，不過那種場合不去也罷，妳反而該感到慶幸。」

「我為什麼不能參加？而且冬至節舞會是啥？」

他呻吟。「沒什麼特別，只是湊巧在冬至節舉行的化裝舞會，而且我認為妳清楚知道妳為何不能參加。」

「你和鎧奧真的很喜歡讓我的日子沉悶無趣，是吧？我**喜歡**參加宴會。」

「等妳成為我父王的鬥士，妳想參加什麼舞會都行。」

她扮個鬼臉。他想讓她知道：如果可以，他會邀請她與他同行，他想多跟她相處，他不在她身旁時也常常想她，但他知道這些話只會換來她的哈哈大笑。

鐘聲傳來，午夜已至。「看來我該回去了。」他伸展雙臂。「明天要開一整天的會，帕林頓公爵應該不想看到我睡掉一半的議程。」

瑟蕾娜竊笑。「請務必向公爵轉達我最誠摯的敬意。」她永遠不會忘記在安多維爾那天公爵是如何招呼她。鐸里昂也沒忘；想到公爵那樣對待她，他體內又湧現冰冷怒火。

不加思索，他俯身吻她的臉頰。肌膚被他的嘴唇接觸時，她僵直身子；雖然這個吻很短暫，他還是吸進她的香氣，他抽身後退時意外的感到困難。「好好休息，瑟蕾娜。」他說。

「晚安，鐸里昂。」

離去的同時，他心想她為何突然看起來這麼難過，而且她為什麼說出他名字時的口氣不帶溫柔，而是有些無可奈何。

瑟蕾娜凝視掃過天花板的月光。冬至節的化裝舞會！雖然這裡是全艾瑞利亞最腐敗又奢華的宮廷，但那個活動聽起來實在浪漫。當然了，她不許參加。她從鼻孔長嘆一聲，兩手交疊於頭底。她嘔吐之前，鎧奧說的就是那件事？他真的想邀請她參加舞會？

她搖搖頭。不，他最不可能做的事就是邀請她參加皇家舞會。更何況，他們倆都有更重要的事情要擔心，例如誰殺害那些鬥士，或許她應該派人讓鎧奧知道凱因那天下午的怪異舉止。

瑟蕾娜閉眼微笑，她想不出比冬至節當天「傳出凱因死訊」更美好的冬至節禮物。儘管如此，壁爐架上的時鐘顯示流逝的分秒時，瑟蕾娜維持警戒——觀察等候，猜想到底是什麼東西潛伏於城堡，她無法不去想像那五百名遇害的伊爾維反抗軍被草草掩埋於某個亂葬坑的畫面。

第三十五章

翌日晚上，鎧奧·韋斯弗站在城堡二樓，俯視中庭，下方兩個人影緩緩穿過一排排樹籬，瑟蕾娜的白披風令她十分顯眼；鐸里昂也很容易辨識——他周圍總是有一圈沒人敢接近的空間。

鎧奧知道自己應該跟在他們後頭近距離監視，確保她不會挾持鐸里昂做為人質、試圖逃脫。邏輯以及多年經驗催促他盡快加入那兩人的行列，就算他們倆後頭跟著六名衛兵。她滿口謊言，狡猾凶惡。

但他就是無法挪動自己的雙腳。

隨著日子一天天經過，他感覺隔閡持續化解。他**允許**隔閡化解，因為她真誠的歡笑，因為他某天下午發現她趴在攤開的書本中打瞌睡，因為他知道她會獲勝。

沒錯，她是個罪犯——天才殺手、黑道女王——但是……但她終究只是個女孩，十七歲時被送去安多維爾。

每次想到這點，他就感覺作嘔。他十七歲的時候和其他衛兵一起受訓，但他當時就住在這，頭上有屋簷，桌上有美食，身邊有朋友。

鐸里昂十七歲時忙著追求蘿莎蒙，其他事情一概不關心。

但她——**十七歲**——就被送去死亡集中營，而且活了下來。

他不確定**自己**能不能在安多維爾生存，尤其是當地的嚴酷冬季。他從沒挨過鞭子，從沒目睹誰在自己眼前斷氣，也從沒嘗過飢寒交迫的滋味。

鐸里昂說了些什麼，瑟蕾娜因此哈哈大笑。她熬過安多維爾，卻還笑得出來。

看著她在下方、距離鐸里昂裸露的咽喉不過半呎，他因此感到驚悚，但更令他害怕的是：他信任她，而且他不知道這個發現對他自身有何意義。

瑟蕾娜走在兩排樹籬之間，臉上不禁綻放微笑。他們倆並肩行走，但沒近得足以接觸彼此。吃完晚餐沒多久，鐸里昂跑來找她，邀請她一同散步。其實，僕人們才剛收走碗盤，他旋即出現，她懷疑他可能在外面等了一陣子。

她與他挽臂而行、吸收他的體溫，當然只是因為天氣寒冷。白色的毛皮披風實在無法抵禦令她渾身發抖的冷空氣，她無法想像娜希米雅對這種低溫會如何反應。但在得知那些反抗分子的下場後，公主大部分的時間都把自己關在房裡，也再三拒絕瑟蕾娜的散步邀約。

雖然最近又完成三項測驗，瑟蕾娜已經三個多星期沒再耳聞或目睹伊琳娜。最刺激的一項是障礙越野賽，她通過測驗時，身上只有幾道輕微擦傷和瘀傷。很不幸的，裴洛表現不佳，到頭來還是得打道回府，但他已算幸運，畢竟有三名參賽者慘遭謀殺，都死在偏僻的走廊，遺體面目全非，害得瑟蕾娜在聽到任何詭異聲響時不禁膽顫心驚。

包括她在內，現在只剩六名參賽者：凱因、古雷夫、諾克斯、一名士兵，以及取代弗林、成為凱因心腹的凶惡傭兵雷諾。不意外的，雷諾現在最喜歡的活動就是挑釁瑟蕾娜。

和鐸里昂走過噴水池時，她把那些命案推出腦海，看到鐸里昂從眼角向她傳情。當然，她今晚選擇一襲精緻的淡紫長袍，確認頭髮整齊、白手套乾淨無瑕的時候，並沒想著鐸里昂。

「現在我們要做啥？」鐸里昂說：「我們已經繞花園走了兩圈。」

「你沒有王子事務要忙？」一道強勁冰風吹落她的兜帽、凍僵她的兩耳，她不禁皺眉。她戴好兜帽時，發現鐸里昂正盯著她的喉嚨。「怎麼？」她問道，拉緊裹身的披風。

「妳總是戴著那串項鍊，」他說：「又一個禮物？」雖然她戴手套，但他還是一瞥她的手——紫水晶戒指一向所在的位置——他眼中的火花消失。

「才不是。」她用手遮住護符。「我在我房裡的珠寶盒發現的，我只是喜歡這東西的模樣，你這小心眼的傢伙。」

「這東西看起來很古老。妳最近忙著入侵皇室寶庫，是吧？」他眨個眼，但她感覺不到任何暖意。

「才不是。」她重複這幾個字。雖然單憑一條項鍊根本無法嚇阻殺手，雖然伊琳娜有些不願透露的企圖，但瑟蕾娜還是不願摘下項鍊。項鍊的存在似乎讓她在漫漫長夜失眠、緊盯房門時，有個寄託。

他繼續凝視她的手，直到她的手從喉嚨放下。他觀察項鍊。「我小時候常常閱讀關於亞達蘭黎明的故事，我那時非常崇拜蓋文，我一定看過每一個關於對抗埃拉魍的傳奇故事。」

他居然這麼聰明？不可能這麼快就猜到吧。她盡量露出無辜的好奇眼神。「然後？」

「伊琳娜，第一任亞達蘭王后，有個魔法護符。和闇黑領主交戰時，蓋文和伊琳娜發現自己完全無法抵禦對方的攻擊。公主即將被殺害的時候，一名精靈現身，給了她那條項鍊。她戴上項鍊後，埃拉魍就無法傷害她。她看到闇黑領主的實體，說出他的真名，趁他大為驚訝而分神之際，蓋文揮劍將他擊殺。」鐸里昂凝視地面。「她的項鍊被稱為『伊琳娜之眼』，數世紀來一直下落不明。」

聽到鐸里昂——其父下令禁止所有形式的魔法——描述強大的護符，這實在令人感到格格不入。儘管如此，她還是盡可能哈哈笑。「而你認為這個飾品就是那個眼睛？那麼久遠的東西應該已經化成灰了吧。」

「我猜不是，」他為了取暖而用力揉搓雙臂。「但我看過幾幅伊琳娜之眼的圖示，妳的項鍊看起來很相似，或許是個複製品。」

「或許。」她立刻改變話題。「你弟弟什麼時候到？」

他仰頭看天。「我很幸運。我們今早收到一封信，說明因為山中大雪，霍林沒辦法回家，他在春季學期結束前都必須待在學校，他氣得要命。」

「令堂真可憐。」瑟蕾娜皮笑肉不笑。

「不管有沒有暴風雪，她大概都會派僕人把冬至節禮物送去給他。」

瑟蕾娜沒聽見他說什麼，雖然兩人在穿過其他地方時聊了一小時，她就是無法讓自己的心靜下來。伊琳娜一定知道會有人認出這個護符——如果這東西是真品……如果被國王發現這東西，她很可能被當場處死，因為這東西不只是皇室傳家寶，更是具有魔法之物。

還是一樣，她只能猜想伊琳娜到底有何動機。

瑟蕾娜的視線從書本移向牆面掛毯，被她推放在祕密通道入口前的五斗櫃依然在同一位置。她搖搖頭，繼續看書，雖然眼睛掃過一行行文字，卻看不進任何一個字。

伊琳娜到底對她有何目的？歷史上的作古王后鮮少回來向活人下令。瑟蕾娜闔起書本，她也不是沒滿足伊琳娜的要求——她努力這麼久，本來就是想成為御前鬥士。至於獵殺潛伏於城堡的魔物……嗯，既然目前看來那個魔物似乎跟鬥士命案有關，她**怎麼可能不會**試圖查明魔物的下落？

聽到房間某處的門關起，瑟蕾娜嚇一跳，書本從雙手中飛落。她抓起桌邊的黃銅蠟燭臺，準備從床墊跳下，但隨即放下蠟燭臺，因為她聽見菲莉琶哼唱的小曲飄過門縫、進入臥室。她呻吟一聲，爬出溫暖的被窩，想拿回書本。

書本掉到床底下，瑟蕾娜跪在冰涼的地板上，拚命朝書本伸手，但摸不到東西，她順手抓起蠟燭。在燭光的照映下，她立刻看到書就貼在靠後的牆邊，但就在她的指頭抓住封面時，微弱燭光揭露出床下地板的一道白色線條。

瑟蕾娜抽回書，連忙站起身，以顫抖的雙手推開床鋪，雙腳在半結凍的地板打滑。床鋪緩緩移動，但她終究挪開足夠的距離，能看見畫在床下地板的痕跡。

她的五臟六腑瞬間結凍。

命運之痕。

幾十道命痕以粉筆畫在地板上，形成一串巨大螺旋，其中央是一道大型符號。瑟蕾娜踉蹌退後，撞上梳妝檯。

這怎麼回事？她以顫抖的手抓抓頭髮，凝視中間那道符號。

她見過那個符號，就畫在弗林屍體的一側。

胃液翻到咽喉，她衝向床頭櫃，抓起上頭的水瓶。不假思索，她把水潑到那串符號上，然後衝進浴室汲取更多水。水使粉筆稍微化開後，她抓起毛巾擦地板，直到背脊痠痛、四肢凍僵。

然後她才換上長褲和外袍，衝到門外。

還好衛兵們沒拒絕半夜護送她前往圖書館。他們在圖書館主廳等候時，她在書堆中搜索，走向發霉古老的藏書室——命痕相關書籍大多收藏於此。她腳步匆忙，而且不斷回頭看。她是下一個目標？那串符號到底有何涵義？她用力揉搓雙手，拐過一個轉角，在距離藏書室不到十排書的距離，突然停步。

娜希米雅，坐在一個小桌旁，瞪大眼睛看著她。

瑟蕾娜一手按在狂奔的心上。「啊，」她驚呼：「妳嚇死我了！」

娜希米雅微笑，但有些僵硬。瑟蕾娜歪起頭，走上前。「妳來這做什麼？」娜希米雅以伊爾維語質問。

「我睡不著。」她的視線移向公主的書，這並不是她們倆上課時用的書。不，這是本厚重的古書，裡面塞滿密密麻麻的文字。「妳在看什麼書？」

娜希米雅用力把書闔上，站起身。「沒什麼。」

瑟蕾娜觀察她的臉龐，對方抿嘴然後抬起下巴。「我還以為妳的閱讀能力不到這個程度。」

娜希米雅把書夾在腋下。「那妳就跟城堡裡其他傻子一樣無知，莉莉安。」她以發音完美的通用語開口，沒給瑟蕾娜回應的機會便大步離去。

瑟蕾娜目送她消失。這不合理，娜希米雅**確實**看不懂那麼艱澀的書籍，她連看完一個句子都有問題。而且娜希米雅的通用語腔調未曾如此完美，還有——

在桌子後方的陰影中，一張紙夾在木桌邊緣和石牆之間。瑟蕾娜輕輕抽出，攤開這張皺摺的紙。

她感到窒息，立刻轉身，朝向娜希米雅消失的方向，再把紙塞進口袋，快步返回主廳，繪於紙上的命痕似乎在她口袋燒出一個洞。

瑟蕾娜衝下樓梯，沿擺滿書籍的走廊邁步而行。

不，娜希米雅不可能像這樣耍了她——娜希米雅不可能每天都在隱瞞自己的語言能力。就是娜希米雅讓她知道花園那些痕跡是命痕，娜希米雅知道那些是什麼東西——也**多次警告她**別碰命痕。因為娜希米雅是她的摯友——因為娜希米雅在聽聞人民被殺時掉淚、前來向她尋求慰藉。

但是娜希米雅來自被征服的王國，她父王的王冠及頭銜被亞達蘭國王摘除剝奪，伊爾維族人半夜被綁架、販賣為奴——連同傳聞中受到娜希米雅大力協助的那些反抗分子，以及最近慘遭屠殺的五百名伊爾維百姓。

感到眼睛刺痛，瑟蕾娜注意到衛兵們坐在主廳的扶手椅上閒混。

娜希米雅有充分理由欺騙他們、暗中對付他們，破壞這場蠢競賽，把一切搞得天翻地覆。還有比住在這裡的罪犯們更好的目標嗎？不會有人因他們遇害而難過，但這種命案能在城堡中引發大規模恐懼。

難道娜希米雅想暗中對付**她**？

第三十六章

這幾天都沒見到娜希米雅，瑟蕾娜也沒讓鎧奧、鐸里昂或任何前來探望她的人知道那件事。她無法揭發娜希米雅——因為她沒有確鑿證據，而且如此一來就會破壞一切。所以她把空閒時間用來研究命痕，迫切想查出解讀的方式，想找出所有符號，想知道它們到底有何涵義，而且跟凶手及那隻野獸有何關聯。在一堆煩惱中，她順利通過另一場測驗——那名士兵遭到淘汰——她也在和鎧奧以及其他鬥士的訓練中維持水準。現在剩下五名參賽者，三天後就是最終測驗，之後再過兩天就是最終決鬥。

瑟蕾娜在冬至節早上醒來，享受寧靜。

這個節日擁有某種獨特的祥和氣氛，儘管她跟娜希米雅之間產生陰影。在這一刻，整座城堡都靜下來傾聽飄雪。每一面玻璃窗都被冰霜覆蓋，一團火已經在壁爐中劈啪作響，雪花的陰影掃過地板。這個冬日清晨平靜而美麗，如她想像；她不會因為想到娜希米雅、決鬥或是今晚不能參加的舞會而破壞這個早晨。不，這是冬至節清晨，她應該感到開心。

慶祝孕育出春季光明的冬季黑暗，也慶祝至高女神的長子誕生，這天感覺不像節日，只是人們更謙恭有禮的日子，他們在街上不會對乞丐不屑一顧，他們會想起人間確實有愛。瑟蕾娜微笑，翻轉身子，但某個東西擋路、接觸她的臉龐，這東西布滿皺摺而且堅硬，還散發出獨特的氣味——

「糖果！」一個大紙袋放在枕頭上，她發現裡面裝滿各式甜食。沒有紙條，袋子上也沒寫名字。瑟蕾娜聳個肩，兩眼發光，掏出一把甜食。噢，她實在**愛死**糖果！

瑟蕾娜發出開心的歡笑，把幾顆塞進嘴裡。一個接一個，她咀嚼各式糖果，閉著眼，深呼吸，品嘗各種口味和口感。

終於停止咀嚼時，她感到下顎痠痛。她把袋子裡剩下的東西倒在床上，無視一併撒出的細緻糖粉，打量眼前這片美地。

她最喜歡的種類一應俱全：巧克力脆皮軟糖、巧克力杏仁、莓果軟糖、寶石硬糖、花生糖、薄片脆糖、蕾絲糖、糖霜甘草軟糖，還有最重要的巧克力！她把一顆榛果松露丟進嘴裡。

「有人，」她邊嚼邊說：「對我**非常好**。」

她停頓，又檢查一次袋子。誰送來的？或許是鐸里昂，反正絕對不是娜希米雅或鎧奧，也不是負責送禮物給乖孩子的冰霜精靈。在她第一次讓另一個人類流血之後，冰霜精靈就沒再探望過她。或許是諾克斯送的，那傢伙還滿喜歡她。

「**瑟蕾娜小姐**！」菲莉琶在門口驚呼，目瞪口呆。

「冬至節快樂呀，菲莉琶！」她說：「想不想吃糖？」

菲莉琶氣沖沖走向瑟蕾娜。「還真是冬至節快樂！看看這張床！看看這團亂！」瑟蕾娜皺眉。

「妳**滿口紅牙**！」菲莉琶吶喊，拿起瑟蕾娜放在床邊的小鏡子，舉在刺客面前。

沒錯，她的牙齒染上一片緋紅。她用舌頭舔牙，然後試著用指甲刮掉染痕，徒勞無功。

「棒棒糖真可惡！」瑟蕾娜開口。

「可不是嗎，」菲莉琶斥責：「而且妳嘴上沾滿**巧克力**。就連我孫子吃糖都不會吃成這樣！」

瑟蕾娜哈哈大笑。「妳有個孫子？」

「沒錯，而且他吃東西不會搞得滿床滿嘴**滿臉**都是！」

瑟蕾娜把毛毯推向一旁，糖粉因此揚起。「來吃顆糖吧，菲莉琶。」

「現在才早上七點。」菲莉琶把床上的糖粉掃進掌心。「妳會吃壞肚子。」

「吃壞肚子？哪有人吃糖會吃壞肚子？」瑟蕾娜扮個鬼臉，亮出紅牙。

「妳看起來像個小惡魔，」菲莉琶說：「把嘴巴閉上，就不會有人注意到妳的牙齒。」

「妳我都知道我不可能閉嘴。」

令她意外的是，菲莉琶哈哈大笑。「冬至節快樂，瑟蕾娜。」她說。聽到菲莉琶直呼自己名諱，瑟蕾娜心中爆發一團喜悅。「來吧，」僕人咯咯笑：「我來幫妳換衣服——儀式九點開始。」菲莉琶匆忙走向更衣室。瑟蕾娜目送她離去，感覺自己的心情跟牙齒一樣紅潤燦爛。人性終究本善——在內心深處總有一絲良善，一**定有**。

過了一會兒，瑟蕾娜現身，一襲正式的綠裙裝，因為菲莉琶認為只有這件長袍適合參加神殿儀式，至於牙齒……當然還是一片紅。凝視那袋糖果時，她感到反胃，但她立刻忘掉不適，因為她看到鐸里昂·赫威亞德蹺個二郎腿坐在她臥室裡的桌邊，身穿一件漂亮的白金雙色外衣。

「你就是我的禮物？還是你腳邊那個籃子裡有些東西？」她問道。

「那麼，歡迎妳來脫掉本人的包裝，」他把大藤籃移到桌上，「反正神殿儀式一小時後才開始。」

她呵呵笑。「冬至節快樂，鐸里昂。」

「妳也是。我看得出來我——妳的牙齒怎麼紅通通？」

她連忙緊閉嘴巴，搖頭拚命抗議。

他伸手揑住她的鼻頭，她雖然試圖掙扎，但就是無法鬆開他的指頭，等她終究張嘴呼吸時，他爆出笑聲。「妳剛剛忙著吃糖吧？」

「是你送來的？」她盡量別張嘴。

「當然。」他從桌上拿起棕色糖果袋。「妳最喜歡什麼糖……」他在手中掂掂袋子的重量，不禁啞然。「我不是給了妳三磅糖果？」

她賊賊一笑。

「妳居然吃掉半包！」

「我應該要省著點吃嗎？」

「我也想吃啊！」

「你又沒說。」

「因為我沒料到妳在早餐前就把糖果吃光光！」

她從他手中搶過袋子，放在桌上。「嗯哼，這只是表示你判斷力不佳，不是嗎？」

鐸里昂開口想回嘴，但是糖果袋傾倒，裡面的東西撒出。瑟蕾娜轉身，及時看到金黃色的口鼻從藤籃的蓋子探出，慢慢伸向糖果。「那是啥？」她以平淡的語氣問道。

鐸里昂咧嘴笑。「給妳的冬至節禮物。」

刺客掀開籃蓋，那隻鼻子立刻縮回。瑟蕾娜發現一隻脖子打個紅蝴蝶結的怪異金毛小狗，正縮在角落顫抖。

「噢，**小狗**！」她溫柔輕呼，然後伸手撫摸這隻小母狗。牠打顫，回頭凝視鐸里昂。「你這蠢蛋對牠做了什麼好事？」瑟蕾娜嘶吼。

鐸里昂舉起雙手投降。「這是**禮物**！我試著綁蝴蝶結的時候差點被牠咬斷手臂——和更重要的部位，把牠帶來這裡的一路上牠拚命叫個不停！」

瑟蕾娜以慈愛的眼神凝視小狗，牠正忙著舔舐腳掌沾到的糖粉。「我要拿牠怎麼辦？你找不到其他人收留，所以決定丟給我？」

「才不是！」他說：「好吧，確實如此。但是——妳在場的時候，牠似乎沒那麼害怕，而且我記得我們從安多維爾來這裡的路上，我那些獵犬很喜歡跟在妳屁股後面，或許這小傢伙會因為信賴妳而能適應跟人類相處，有些人就是有這種馴獸天賦。」他來回踱步的同時，她揚起一眉。「這個禮物實在不怎樣，我知道，我應該給妳更好的東西。」

小狗抬頭看瑟蕾娜，牠的兩眼呈金棕色，宛如融化的麥芽糖，無辜眼神彷彿以為自己隨時會被毆打。這真是個美麗的小東西，大大的腳掌表示牠以後或許會長成大型動物——而且迅速敏捷。瑟蕾娜的嘴角微微勾起一抹笑容，小狗搖一下尾巴，然後又一下。

「牠是妳的，」鐸里昂說：「如果妳想要。」

「如果我被送回安多維爾，牠該怎麼辦？」

「到時候我來處理。」瑟蕾娜輕搔牠如天鵝絨般的柔軟摺耳，然後把手放低、輕刮牠的下巴，牠開心的搖尾巴。沒錯，牠其實生氣蓬勃。

「所以妳不要牠？」他咕噥。

「我當然想要，」瑟蕾娜說，然後意識到這麼做可能會有什麼後果。「但我希望牠接受訓練，我不想看到牠到處亂撒尿，咬爛家具、鞋子和書本。我要牠坐下的時候牠就得坐下，而且像個小狗一樣會聽話躺下翻滾啥的。而且我要牠天天跑步——跟其他小狗受訓時一起奔跑，我要牠好好運用牠的長腿。」

鐸里昂交叉雙臂，看著瑟蕾娜抱起小狗。「這串要求還真囉嗦，或許我還是應該乾脆送妳珠寶。」

「我忙著訓練的時候，」她一吻小狗柔軟的腦袋，牠把冰涼的鼻尖貼在她頸窩，「我要牠也在狗舍接受訓練。等我下午回房的時候，牠就可以被帶回這裡，我會留牠在這裡過夜。」瑟蕾娜把小狗舉到眼前，牠在半空中踢腿。「如果妳敢毀掉我任何一隻鞋，」她對小狗說：「我就把妳剝皮做成拖鞋，聽懂沒？」

小狗凝視她，揚起帶有皺紋的額頭，瑟蕾娜微笑，把牠放在地上，牠開始嗅查四處，倒是遠離鐸里昂，隨即消失於床底。刺客掀起床墊裙罩，往裡窺視，還好她老早洗淨所有命痕。小狗繼續探險，聞四處的氣味。「我得幫妳起個名字。」她對牠說，然後站起身。「謝謝你，」她對鐸里昂說：「這是個很可愛的禮物。」

他心地善良——以他這種家世的人來說善良得反常，充滿愛心與良知。刺客膽怯又笨拙的大步走向王儲，輕吻他的臉頰。他的肌膚意外火熱，她後退時看到他瞪大燦爛的藍眼，不禁懷疑自己吻他的方式是否恰當。她的吻會不會太草率？太溼潤？她是不是因為吃太多糖而嘴唇黏答答？她真擔心他會伸手擦臉。

「抱歉，我沒準備禮物給你。」她說。

「我——呃，我沒期望妳準備什麼東西。」他瞥向時鐘，臉頰漲紅火燙。「我得走了。我們在儀式見——或許今晚舞會後也能見面？我會盡量早點離開會場。雖然我敢打賭因為妳不參加，娜希米雅大概也會提早離開——所以就算我提早退席也無所謂。」

她從沒見過他這麼**結結巴巴**的模樣。「玩得愉快，」她說，他向後退一步，差點撞上桌子。

「那我們今晚見，」他說：「舞會後。」

她摀嘴而笑。她的吻把他弄得這麼慌張？

「晚點見，瑟蕾娜。」他走到門口時回頭看她。她朝他微笑，亮出紅牙，他哈哈笑，然後鞠躬離去。獨自一人在房裡，正打算看看新夥伴在做什麼的時候，瑟蕾娜突然意識到一點——娜希米雅也將出席舞會。

這一開始只是個簡單的念頭，但隨之而來的是更糟糕的思緒，瑟蕾娜開始來回踱步。如果娜希米雅真的跟鬥士命案有關——更糟糕的是，如果她確實召喚某種凶獸來奪取他們的性命——而且最近聽聞自己的同胞被殺……許多皇室成員將齊聚於舞會、降低戒備，還有比那裡更適合痛懲亞達蘭的機會嗎？

瑟蕾娜知道這個想法並不合理，但凡事就怕有個萬一……萬一娜希米雅真打算在舞會釋放凶獸？的確，她不介意看到嘉爾黛和帕林頓不得好死，但是鐸里昂會在場，還有鎧奧。

瑟蕾娜快步返回臥室，扭搓雙手。她不能警告鎧奧——如果她判斷錯誤，這不但會毀了她和娜希米雅之間的友誼，也會破壞公主在外交方面的努力。但她也不能**什麼都不做**。

唉，她根本不該這麼想，但她曾多次目睹自己的好友做出恐怖的舉動，「做好最壞打算」成了最安全的做法，她清楚知道復仇之心能讓一個人跨越何種界線。或許娜希米雅不會採取任何行動——瑟蕾娜只是在庸人自擾、疑神疑鬼。但如果今晚真的出事……

瑟蕾娜打開更衣室的門，打量掛在牆上的一件件閃耀長袍。如果發現她潛入舞會，鎧奧一定會火冒三丈，但她能應付。如果他因此決定把她扔進地牢一段日子，她也能承受。

因為不知道為什麼，想到他可能受傷——或更嚴重的下場——她願意豁出一切。

「你在冬至節都不笑？」她問鎧奧，兩人走出城堡，走向東花園中央的玻璃神殿。

「如果我的牙齒一片血紅，我絕對不會笑。」他說：「妳能看到我偶爾皺眉就該滿意了。」

她朝他亮牙齒，然後立刻閉上嘴，因為幾名朝臣連同僕人從旁經過。「我很意外，妳居然沒怎麼抱怨。」

「抱怨什麼事情？」為什麼鎧奧從不像鐸里昂那般跟她開玩笑？或許他真的不被她吸引，這個可能性意外的令她難受。

「因為妳今晚不能參加舞會。」他斜眼瞥她。他不可能知道她有何打算，菲莉琶保證會幫忙保密——瑟蕾娜請她提供適合的長袍和面具時，菲莉琶保證不多問。

「好吧，你顯然還是不夠相信我。」她想讓自己的語氣顯得潑辣，卻藏不住其中的怒火。她不能把時間浪費在這個除了荒謬競賽外對她顯然毫無興趣之人身上。

鎧奧悶哼一聲，雖然嘴唇浮現一抹微笑。至少王儲從沒讓她覺得自己愚蠢或令人討厭。鎧奧卻總是挑起她的……雖然他也有不錯的一面，而且她實在不知道自己從什麼時候開始已經不再那麼討厭他。

儘管如此，她知道他一定會因為看到她在今晚舞會現身而惱怒。不管戴不戴面具，鎧奧都會知道那是她，她只希望這麼做不會換來太嚴厲的懲罰。

第三十七章

坐在寬敞神殿靠近後方的一張長椅上，瑟蕾娜的嘴巴因為緊閉而痠疼。牙齒還是一片血紅，她不想引來不必要的注意。

這座神殿實在壯麗，完全以玻璃打造；亞達蘭國王決定以玻璃建築取代原本的石砌神殿時，便下令拆除原本的結構，僅剩石灰地板沿用至今。一百張花梨木長椅排成兩列，天花板是圓頂玻璃，在白晝時引進充足日照，因此無需點燃蠟燭。白雪堆積於透明屋頂上，點點陽光從中穿過。因為牆壁也是玻璃材質，祭壇上方的彩色玻璃窗彷彿懸浮於空。

她站起身，讓視線越過前方群眾的腦袋。鐸里昂和王后坐在第一排，第二排就是衛兵。公爵和嘉爾黛坐在另一列，其身後是娜希米雅以及瑟蕾娜不認識的幾人。她沒發現諾克斯或是其他鬥士——包括凱因。她被允許參加**這個活動**，卻不能參加舞會？

「**坐下**。」鎧奧低吼，拉扯她的綠袍。她扮個鬼臉，屁股回到覆以軟墊的長椅。旁邊的幾人瞪她，他們身穿極為奢華考究的長袍或外衣，她不禁懷疑舞會是否提前到午餐時舉行。

高階女祭司走上石砌平臺，高舉雙手；黑藍薄紗長袍的褶痕垂於周身，一頭飄逸白髮散落。她額上有個八角星刺青，其深藍色澤與長袍對應，銳利輪廓伸向髮際。「歡迎各位到來，也願女神及其諸神之恩澤常於你們眾人同在。」她的嗓音反彈迴響，飄向最後頭的群眾。

瑟蕾娜強忍呵欠。雖然她尊敬天上諸神——如果祂們確實存在，而且在她必須向祂們求助的時候——但宗教儀式實在……**令人難受**。

她已經十年沒參加這類活動。高階女祭司放下兩臂、凝視群眾時，刺客挪挪屁股。接下來是平常那套祈禱文，再來是冬至節祈禱文，接著是證道，然後是詩歌，最後是諸神遊行。

「別扭來扭去。」鎧奧低聲警告。

「現在幾點了？」她輕聲問，手臂被他一掐做為懲罰。

「今日，」女祭司說：「是我們慶祝偉大循環的結束與開始之日。今日，是至高女神之長子——諸神之王魯瑪斯誕生之日，是祂讓愛傳至艾瑞利亞，也是祂排除了穿越命運之門的混沌勢力。」

眼皮實在沉重，她今天太早起床——而且跟娜希米雅那次見面後就常常失眠……瑟蕾娜無法克制自己，慢慢陷入睡夢之境。

「快給我醒來，」鎧奧在她耳邊咆哮：「快。」

她連忙坐直，周遭世界明亮又模糊，同一張長椅的幾位次級貴族輕聲竊笑。她朝鎧奧瞥以道歉的一眼，然後把視線移向祭壇。高階女祭司的證道已經結束，冬至節詩歌也剛剛唱完。只要挨過諸神遊行，她就能重獲自由。

「我睡了多久？」她低語，他沒答話。「我睡了多久？」她又問一次，注意到他雙頰有些泛紅。「你也睡著了？」

「直到妳的口水滴到我肩上。」

「你這偽善的小子啊。」她輕聲道，腿被他一戳。

「專心點。」

女祭司詩班成員走下平臺。瑟蕾娜打呵欠，但在詩班向大家賜下祝福時也跟著點頭稱是。風琴聲響起，在座人士傾斜身子、凝視走道盡頭，準備迎接諸神遊行。

輕快腳步聲在神殿中迴響，會眾群體起立。每一名被蒙上眼睛的孩童都不超過十歲，雖然他們因為打扮成諸神而顯得有些莞爾，卻也令人著迷。每一年，九名孩童會被選上，蒙眼來到哪一名信徒面前駐足，那人就會領受孩童所扮之神的祝福，也會獲得孩童手中的小禮物、做為象徵。

戰神法爾諾在最前排靠近鐸里昂的位置停步，但隨即移向右方，來到另一列座位，將迷你銀劍贈予帕林頓公爵。不令人意外。

披以閃耀羽翼的愛神魯瑪斯從她身旁大步經過，她交叉雙臂。

真蠢的傳統。

女神黛安娜向她走近。瑟蕾娜挪動站姿，很後悔當初強烈要求鎧奧讓出靠走道的座位。令她害怕又不悅的一幕果然來臨，小女孩在她面前停步，摘下眼罩。

她真是個漂亮的小東西，一頭金鬈髮下垂，棕眸閃爍亮綠。她朝瑟蕾娜微笑，然後伸手觸摸刺客的前額。感覺到幾百隻眼睛盯著自己，瑟蕾娜的背脊開始冒汗。「願黛安娜，狩獵女神與少女之守護者，在這一年賜妳平安與祝福。我賜予妳此黃金箭矢，做為女神之力與青睞之象徵。」小女孩鞠躬，遞出一支細長箭矢。鎧奧推推瑟蕾娜的背脊，她只好伸手接過。「我也賜予妳冬至節之祝福。」小女孩說。瑟蕾娜點頭致謝，緊抓箭矢，目送小女孩以輕快步伐離去。這東西當然沒辦法當武器用，但好歹是以純金打造。

可以賣個好價錢。

瑟蕾娜聳個肩，把箭矢交給鎧奧。「我猜我不能留著這玩意兒。」她跟其他人一起坐下。他把金箭放回她腿上。「我可不想惹毛一票天神。」她瞪他片刻。他看起來好像不太一樣？臉龐似乎有些變化？瑟蕾娜用手肘輕頂他一下，露齒而笑。

第三十八章

幾碼長的絲綢、雲朵般的脂粉、化妝刷、梳子、珍珠和鑽石在瑟蕾娜眼前閃爍。菲莉琶把她最後一縷頭髮整齊盤起，把一副面具固定於她眼睛和鼻梁前，然後在她頭上放一頂小水晶寶冠，瑟蕾娜雖然實在不願這麼想，但不禁覺得自己還真像個公主。

菲莉琶屈膝跪下，擦拭瑟蕾娜腳上銀色高跟鞋的水晶弧面。「我簡直就像是神仙教母，把妳改造得這麼漂亮，我的技術宛如魔——」菲莉琶及時阻止自己，沒吐出被亞達蘭國王禁止的字眼，改口道：「我幾乎認不出妳！」

「那就好。」瑟蕾娜說。這將是她第一次並非為了暗殺某目標而出席的舞會；沒錯，她此行目的主要是為了確認娜希米雅不會傷害自己或宮廷人士，不過……舞會畢竟是舞會。如果她夠幸運，或許還能跳支舞。

「妳確定這是好主意？」菲莉琶低聲問，站起身。「韋斯弗隊長會相當不高興。」

瑟蕾娜瞪僕人一眼。「我跟妳說過，別多問。」

菲莉琶悶哼一聲。「等妳被拖回這裡，別跟他們說是**我**幫了妳。」

瑟蕾娜克制惱火的情緒，大步走向全身鏡，菲莉琶連忙跟上。站在鏡中倒影前，瑟蕾娜懷疑自己是否看錯。「這是我見過最美的禮服。」她坦承，兩眼放光。

這不是純白色，而像某種灰色，寬裙和胸衣鑲滿上千顆小水晶，宛如波光粼粼的海洋。胸衣的旋型絲綢呈現玫瑰花紋，栩栩如生，彷彿出自大師級畫家之手。頸項周圍是一圈貂皮滾邊，纖細的兩袖只遮到肩頭。細小鑽石墜飾垂於兩耳，髮絲鬈曲盤於頭頂，幾串珍珠交織其中。灰色的絲質面具緊貼於臉上，雖然沒有什麼獨特造型，但細緻水晶與珍珠排成的螺紋顯然出自高明工匠之巧手。

「妳這副模樣，說不定能擄獲哪個國王的心，」菲莉琶說：「能釣個王儲也不錯。」

「妳是從艾瑞利亞哪個角落找來這麼棒的禮服？」瑟蕾娜喃喃自語。

「別多問。」菲莉琶咯咯笑。

瑟蕾娜賊笑。「很公平。」她感覺自己開心得似乎隨時都會離地飛起。她必須提醒自己此行目的——她必須提高警覺。

時鐘敲擊九次，菲莉琶朝門口一瞥，瑟蕾娜趁這機會把自製小刀藏進胸衣。「妳到底打算怎麼去舞會？我不認為妳的衛兵會就這麼讓妳走出去。」

瑟蕾娜使個狡猾的眼神。「妳我必須演場戲：我收到王儲邀請，而現在**妳**要大發雷霆、痛罵我已經遲到，讓衛兵不敢懷疑。」

菲莉琶用手搧搧臉，臉持續漲紅。瑟蕾娜緊握她的手。「我保證，」她說：「如果我惹上任何麻煩，我到死之前都會發誓是我騙妳合作、妳一無所知。」

「但妳**到底**有沒有打算惹麻煩？」

瑟蕾娜露出最迷人的微笑。「沒。我只是受夠了被冷落一旁、眼巴巴看著他們狂歡。」這不完全是謊話。

「願諸神保佑我。」菲莉琶喃喃自語，然後深吸一口氣。「還拖拖拉拉做什麼！」她突然叫嚷，把瑟蕾娜推向通往走廊的門。「快點，妳快遲到了！」她的咆哮程度有點過於誇張，不過……菲莉琶用力拉開門。「如果妳遲到，王儲會非常不高興！」瑟蕾娜在門口停頓，朝站崗的五名衛兵點個頭，然後回頭看菲莉琶。

「謝謝妳。」瑟蕾娜說。

「別再拖拖拉拉！」女僕喊道，把瑟蕾娜用力推出門，不顧她差點摔趴，旋即砸上門。

瑟蕾娜轉身面向衛兵。瑞斯害羞道：「妳看起來很漂亮。」另一人咧嘴笑：「去參加舞會？」第三人起鬨：「晚點也陪我跳支舞吧？」沒人質疑她。

瑟蕾娜微笑，接過瑞斯伸來的手臂。看他得意的抬頭挺胸，她強忍笑意。但他們倆接近主廳、聽到一首華爾滋時，她感覺彷彿一團蜜蜂在胃袋打轉。她不可以忘記自己為何走這一趟。她以前扮演過這種角色，但結局是暗殺一名陌生人——不是為了阻止友人可能的企圖。

紅金雙色玻璃大門出現在眼前，她能看到寬敞主廳之中裝飾於各處的花環與燭光。更隱密的做法是找個側門悄悄溜進去，但她沒時間探索那些祕密通道、尋找溜出房間的第二條路線，現在也來不及想出其他辦法讓她低調進入會場。瑞斯停步，鞠個躬。「我就護送到這。」他盡可能讓口氣嚴肅，雖然不斷瞟向階梯底端的舞會。「祝妳有個美好夜晚，薩達錫恩小姐。」

「謝謝你，瑞斯。」她緊張得想衝回房間嘔吐，但還是優雅的點頭道別。她只需要走下樓、想個辦法說服鎧奧讓她留下，如此一來，她就能整晚監視娜希米雅。

感覺銀鞋變得脆弱，瑟蕾娜向後退幾步，無視門口的衛兵，高高抬腿，然後往下用力踩踏，測試鞋子的韌性。確認就算凌空飛躍重重落地也無法折斷鞋跟後，她走向階梯入口處。

藏於胸衣內的自製小刀戳刺肌膚。她向女神祈禱，向她所知的每一位天神祈禱，向命運之神祈禱，希望用不上這支武器。

瑟蕾娜挺起雙肩，走上前。

她怎麼在這？

看到瑟蕾娜·薩達錫恩出現在階梯頂端，鐸里昂手中的酒杯差點掉落。就算她戴上面具，他還是一眼認出。她或許有不少缺點，但做事絕不馬虎；穿上那身禮服，她把這項優點推上新境界。但她為何在**這**？

他不知道這是在作夢或是真實發生，直到幾顆腦袋——然後更多腦袋轉向那一處。雖然華爾滋正在演奏，但沒忙著跳舞的在場人士漸漸噤聲，看著這位神祕假面少女拉起裙角、緩緩踏出一步又一步。她的禮服彷彿是以摘自夜空的星光織成，灰面具的水晶螺紋璀璨耀眼。

「**她**是誰？」鐸里昂身旁一名年輕朝臣讚嘆。

她走下階梯，沒瞟向任何人，就連亞達蘭王后也站起身、打量這位姍姍來遲的賓客，一旁的娜希米雅也從座位站立。瑟蕾娜發瘋了？

走向她，牽她的手。但鐸里昂感覺兩腿如鉛，除了凝視她之外完全無法動彈，小型黑面具之下的皮膚泛紅。他不知道原因，但看著她，讓他覺得自己像個男人。她彷彿來自夢境——在那個夢境中，他不是被寵壞的年輕王子，而是個國王。她來到階梯盡頭，鐸里昂上前一步。

但某人搶先。看到她微笑、朝鎧奧行禮，鐸里昂的牙根咬緊得發疼。連面具都沒戴的侍衛隊長伸出手，瑟蕾娜星光般的眼眸只盯著鎧奧，修長白皙的五指飄過半空中、接觸對方的手。鎧奧帶她離開階梯，消失於竊竊私語的人群中。不管他們倆即將開始什麼樣的對話，內容想必並不愉快，他最好別插手。

「拜託，」另一名朝臣開口：「別跟我說鎧奧突然有了個老婆。」

「韋斯弗隊長？」剛剛發出讚嘆的朝臣回應：「那麼漂亮的姑娘怎麼可能嫁給衛兵？」想起誰站在自己身邊，他一瞥還在瞪著階梯的鐸里昂。「她是誰，王子殿下？您認識她嗎？」

「不，不認識。」鐸里昂低語，轉身走離。

被鎧奧拉到一處陰暗的凹室時，華爾滋樂曲激昂得令她聽不見自己的思緒。不意外的，他沒戴面具——他無法忍受那種蠢東西。也因此，他臉上的怒火清晰可見。

「所以，」他咆哮，緊握她的手腕，「妳打不打算告訴我，妳怎麼會認為這是個好主意？」

她試圖甩開，但他就是不放手。主廳另一端，娜希米雅坐在亞達蘭王后身旁，三不五時朝瑟蕾娜的方向一瞥。因為她很緊張？還是純粹因為看到她而驚訝？

「放輕鬆啦，」她朝侍衛隊長嘶吼：「我只是想找些樂子。」

「樂子？妳把『混進皇家舞會』當成**樂子**？」

再吵下去也只會讓氣氛更緊繃，而且她看得出來，他是因為她居然成功溜出房間而惱羞成怒，所以她故作可憐的嘟嘴。「人家很寂寞嘛。」

他差點被口水嗆到。「妳每天晚上都要有節目？」

她用力抽回手腕。「諾克斯在這——他是個盜賊耶！這裡一堆令人昏頭的閃亮珠寶，你居然讓那個盜賊參加？我卻不能來？如果你**不信任我**，我要怎麼擔任御前鬥士？」其實，她自己也很想知道這個答案。

鎧奧掩面長嘆一聲。她強忍笑意，知道自己獲勝。「只要妳敢稍微越界——」

她發自內心的咧嘴笑：「你就把這當作送我的冬至節禮物吧。」

鎧奧朝她投以沉重一眼，但鬆下雙肩。「拜託別讓我後悔答應妳。」

她拍拍他的臉頰，繞過他身旁。「我就知道我喜歡你是有原因的。」

他不發一語，但跟她返回人群。雖然以前參加過化裝舞會，但看不到周遭人群的臉龐，總是有點令她緊張不安。包括鐸里昂在內，現場大部分的人士都戴著各種尺寸、設計和色彩的面具——有些簡單，有些華麗而且是動物造型。娜希米雅仍坐在王后身旁，臉上是黃金與青綠雙色的蓮花面具。她們倆似乎正在禮貌交談，娜希米雅的貼身保鑣站在王座高臺的一旁，已經顯得不耐煩。

鎧奧依然緊跟在一旁，她在人群中發現一個空位，因此停步。這是個絕佳觀察點，她能看到一切——高臺、主階梯、舞池……

鐸里昂正和一名童顏巨乳的黑髮女孩共舞，還多次大刺刺盯著人家胸部看。他沒注意到瑟蕾娜的到來？剛剛被鎧奧拉進角落時，就連帕林頓也看到她，還好當時被隊長以微妙手法拉走，讓她不用跟公爵互動。

諾克斯的目光從會場另一端傳來，跟她對上。他原本忙著跟一名戴白鴿面具的年輕女子調情，舉杯向瑟蕾娜致意後又繼續跟對方說話。他選戴一副只遮住眼睛的藍色面具。

「好吧，盡量別玩得太忘我。」鎧奧在她身旁提醒，交叉雙臂。

瑟蕾娜收起臭臉，也交叉雙臂，開始偵查。

一小時後，瑟蕾娜開始咒罵自己是白痴。娜希米雅還坐在王后身旁，沒再往瑟蕾娜的方向瞟來。她怎麼會以為娜希米雅有可能襲擊誰？那麼多人不選，居然選擇懷疑娜希米雅！

瑟蕾娜在面具下的臉龐因羞愧而灼熱，她不配當對方的朋友。那些遇害鬥士、神祕魔物和這場荒謬競賽把她逼得腦袋不正常。

瑟蕾娜撫平禮服的貂毛，微微皺眉，鎧奧仍在身旁沉默不語。雖然他允許她留下，但她猜他恐怕不會這麼容易放過她，她的衛兵們稍後恐怕也會被罵得狗血淋頭。

瑟蕾娜繃緊身子，看到娜希米雅突然站起身，貼身保鑣瞬間立正站好。公主朝王后彎腰鞠躬，臉上面具因一座座吊燈的光芒而閃爍，然後大步走離高臺。

瑟蕾娜感到心跳劇烈震盪，看著娜希米雅穿過群眾，護衛緊跟在後——然後在瑟蕾娜和鎧奧面前停步。

「妳看起來真美，莉莉安。」娜希米雅以通用語開口，外國腔比以往更濃厚。這彷彿一記耳光；她那晚在圖書館明明說得完美流暢，現在是警告瑟蕾娜別說出去？

「妳也是。」瑟蕾娜口氣緊繃。「妳在這場舞會玩得愉快嗎？」

娜希米雅玩弄禮服的一道褶痕，從這個藍色布料的精美質感判斷，大概是來自亞達蘭王后的禮物。「嗯，不過我不太舒服，」公主說：「我要回房了。」

瑟蕾娜僵硬的點個頭。「祝妳早點康復。」她只想到這個回應。娜希米雅凝視她許久，眼中光芒似乎表達痛苦，然後離去。瑟蕾娜目送她走上階梯，沒移開視線，直到對方消失。

鎧奧清清喉嚨。「妳想不想告訴我這到底是怎麼回事？」

「與你無關。」她回答。狀況還是有可能發生——就算娜希米雅不在場，還是有可能出事。但是，不，娜希米雅沒打算以牙還牙，她品格高尚，不會那麼做。瑟蕾娜用力嚥嚥口水，胸衣裡的自製小刀感覺像個累贅。

就算娜希米雅今晚沒打算傷害誰，這不能證明她確實無辜。

「怎麼了？」鎧奧追問。

瑟蕾娜逼自己把慚愧和擔心推到一旁，抬起下巴。雖然娜希米雅已經離開，但她還是必須監視，不過或許可以試著稍微享受。「你對每個人繃著臭臉，誰還敢邀我跳舞？」

鎧奧揚起濃眉。「我哪有繃著臭臉？」這時她注意到：他朝一名凝視瑟蕾娜許久的路過朝臣皺眉。

「夠了！」她嘶聲道：「你再這樣下去，絕對不會有人邀請我！」

他朝她投以惱火一瞥，然後大步往前走，她跟著他來到舞池邊緣。「這裡，」他站在以旋轉長袍組成的海洋岸邊。「如果有誰想請妳跳舞，妳就在觸手可及之處。」

從這個位置，她也能確保沒有什麼野獸來襲，但他不需要知道這點。她瞥他一眼。「想不想跟我跳舞？」

他哈哈大笑。「跟妳？才不要。」

她垂頭凝視大理石地板，胸腔緊繃。「你也不用這麼殘酷吧。」

「殘酷？瑟蕾娜，帕林頓就在附近，我很確定他看到妳在場已經非常不悅，我不打算更引起他的注意。」

「膽小鬼。」

鎧奧的眼神變得柔和。「如果他不在場，我會答應跟妳跳舞。」

「我可以輕易讓他消失，你知道。」

他搖搖頭，調整黑外袍的翻領。就在這時，鐸里昂連同黑髮女孩從旁舞過，居然沒瞥她一眼。

「總之，」鎧奧補充道，下巴朝鐸里昂一撇，「我認為妳有更具吸引力的追求者正在試圖贏得妳的注意。我這個人很悶。」

「我不介意跟你一起待在這。」

「我相信妳不介意。」鎧奧口氣冷淡，雖然回應她的視線。

「我是說真的。**你**為什麼沒跟別人跳舞？這裡沒有你喜歡的女士？」

「區區一個侍衛隊長，對她們來說實在不算什麼理想獵物。」他眼中有些哀傷，雖然隱藏得不錯。

「你瘋了？你比在場任何人都優先，而且你——你非常帥，」她牽起他的手。鎧奧的臉龐俊美——而且散發力量、榮耀和忠誠。他凝視她，她感到口乾舌燥，不再聽見群眾的聲響。她怎麼之前都沒注意到？

「妳這麼認為？」過了一會兒，他開口，看著彼此緊握的手。

她加強手勁。「當然，如果我不——」

「你們倆怎麼沒在跳舞？」

鎧奧放下她的手，她很難轉身離開他。「而我應該與誰共舞，殿下？」

身穿白鑞色的外袍，鐸里昂帥得驚人，這身服裝甚至可說是配合她的禮服。「妳看起來實在閃耀動人，」他說：「你看起來也很閃耀動人，鎧奧。」他朝老友眨眨眼，然後視線對上她，她的血液如流星般高速湧過。「所以？我得罵妳怎麼會蠢到溜進舞會？還是我可以省下責備、邀妳共舞？」

「我不認為這是個好主意。」鎧奧說。

「為什麼？」他們倆異口同聲。鐸里昂稍微更靠近她。雖然她因為誤會娜希米雅而感到羞愧，但能確認鐸里昂和鎧奧平安，這也值得。

「因為這會引來太多注意。」聽到這話，瑟蕾娜翻白眼，鎧奧瞪她。「我必須提醒妳是什麼身分？」

「免了，你每天都提醒我。」她回嘴，他的棕眼變得黯淡。每次對她好言好語之後卻立刻惡言相向，他這麼做到底有何意義？

鐸里昂一手放在她肩上，給鎧奧一個迷人微笑。「別緊張嘛，鎧奧，」他的手滑至她的背脊，停留在此，指尖擦過裸露肌膚。「你今晚休假。」鐸里昂把她拉離隊長身邊。「你需要好好放鬆。」他回頭道，雖然語調中的歡樂口氣消失。

「我要去喝一杯。」鎧奧咕噥，轉身離去。她凝視隊長片刻。如果他把她當朋友，那將是個奇蹟。鐸里昂撫摸她的背，她看著王子，感到心臟狂奔，鎧奧從她思緒中消失，彷彿晨露被日出陽光蒸發。她因為忘掉他而感到內疚——可是……但是……唉，她想要鐸里昂，她無法否認，她**想要**他。

「妳看起來真美。」鐸里昂打量她，眼神令她兩耳灼熱。「我沒辦法不盯著妳看。」

「噢？我還以為你根本沒注意到我。」

「妳來到這裡的時候，鎧奧搶先我一步，而且我得先盡量鼓起勇氣才敢接近妳。」他咧嘴笑：「妳向來令人生畏，尤其戴上這副面具。」

「況且你原本有一排女士等著與你共舞呢。」

「我現在不是在這嗎？」她感到心臟緊繃，意識到這不是她期待的答案。她**到底**希望他怎麼做？

他伸手，低下頭。「與我共舞吧？」

舞曲是否正在演奏？她不記得。周遭世界縮小消失，融化於燦金燭光，但她清楚感覺到自己的雙腳、手臂、頸項和嘴脣。她微笑，牽起他的手，但仍在暗中注意周圍的人群。

第三十九章

迷失在這夢寐以求的世界，他以指尖感受她的溫暖軀體，她以指尖輕柔回握。他轉動她的身子，盡可能以流暢舞姿帶她滑過舞池。她未曾蹣跚一步，也似乎不在乎一旁期待與王子共舞卻苦無機會的眾多憤怒女士。

的確，王子只和一名女子共舞，這有失禮節，但他的注意力完全無法從眼前這位舞伴以及驅使兩人前進的圓舞曲上移開。

「你可真是耐力充足。」她開口。兩人上一次說話是多久之前？可能是十分鐘，也可能是一小時，周圍的面具臉龐模糊一片。

「大部分家長是用棍子懲罰孩子，我家是用舞蹈課。」

「那你以前一定很不乖。」她一瞥四周，彷彿在尋找某物——或某人。

「妳今晚還真是對我大加讚美啊。」他轉動她的身子。在吊燈照映下，她的裙襬熠熠生光。

「冬至節嘛，」她說：「大家在這一天都會比較親切。」某種光芒在她眼中一閃而逝；他敢發誓那是痛苦的情緒，但因為消失得太快而無法確定。

他攔住她的腰際，腳步跟隨華爾滋的節奏。「妳的禮物還好嗎？」

「噢，牠躲到我床底下，後來又跑進用餐間，我就把牠留在那。」

「妳把狗鎖在用餐間？」

「難道我該讓牠進臥室，讓牠毀掉地毯？還是娛樂室，讓牠吞棋子噎死？」

「或許妳原本該把牠送回狗舍，狗本來就該待在那。」

「在冬至節這天？我無法想像把牠送回那種鬼地方！」

他突然想吻她——火熱的嘴對嘴，但他這種「感覺」永遠不可能成真。一待舞會結束，她將恢復刺客的身分，而他仍然是個王子。他感到咽喉一緊，但是，起碼今晚……

他把她抱得更緊。周遭人群淡化為牆面陰影。

鎧奧皺眉看著老友和刺客跳舞。反正他本來就不可能跟她跳舞，加上看到帕林頓公爵因為發現她的到來而氣得滿臉通紅，他慶幸自己不用鼓起勇氣邀請她。

名為歐索的朝臣來到鎧奧身旁。「我還以為她是跟你一起來的。」

「誰？莉莉安女士？」

「原來她叫莉莉安啊！我以前從沒見過她。她是最近才來到宮中？」

「是的。」鎧奧回答。他明天會跟她那些衛兵追究今晚放瑟蕾娜出門這件事，希望他到時比較不會這麼想把那幾個傢伙的頭殼撞在一起。

「你最近如何啊，韋斯弗隊長？」歐索拍拍他的背，勁道有點過重，鼻息還散發酒臭。「你都不跟咱們一起吃晚飯囉。」

「我三年前就沒再跟你們同桌吃飯了，歐索。」

「你應該回來——我們很想念跟你聊天。」謊話——歐索只想弄到更多關於那位年輕外國女子的情報。他玩女人的名聲早已傳遍宮中，他只好籠絡初來乍到的新朝臣，或是進裂際城找另一種女人。

鎧奧看著瑟蕾娜的身子在鐸里昂的扶持下向後倒，她的嘴唇因微笑而上揚，兩眼因為王儲的話語而綻放光彩。就算她戴上面具，鎧奧還是看得出她臉上的喜悅。「她是跟**他**在一起？」歐索問道。

「莉莉安女士是單身，沒跟任何人在一起。」

「所以他們倆沒在交往？」

「沒有。」

歐索聳個肩。「那還真怪。」

「怪什麼？」鎧奧突然很想掐死他。

「因為他似乎愛上她了。」語畢，他轉身走離。

鎧奧的視線模糊片刻。瑟蕾娜哈哈大笑，鐸里昂還在凝視她，視線未曾從她身上移開。鐸里昂的表情充滿──某種情緒，是喜悅？還是好奇？他的雙肩挺拔，背脊筆直，看起來像個男子漢，像個國王。

居然發生這種事？而且是何時發生的？歐索是個酒鬼兼色鬼，哪懂得愛情？

鐸里昂敏捷而靈巧的轉動瑟蕾娜的身子，她甩進他的懷抱，雙肩因興奮而挺起。但**她**沒愛上**他**──歐索沒說出口的是這句，他看不出這位女士被對方吸引。而且瑟蕾娜永遠不會那麼傻；傻的是鐸里昂──如果他真的動情，只會換來心碎。

侍衛隊長無法再看著老友，轉身離開舞會。

嘉爾黛氣憤又痛苦的看著莉莉安・葛戴納和亞達蘭王儲不停跳舞。就算莉莉安戴上更隱密的面具，她也認得出這隻飛上枝頭變鳳凰的賤貨。而且哪有人穿灰色禮服參加舞會？嘉爾黛低頭看自己的禮服，綻放微笑——耀眼的藍色、綠色以及柔和的棕色，這身長袍連同搭配的孔雀面具的價格跟一棟小房子差不多。當然，這都是帕林頓贈送的禮物，連同脖子和雙臂上的各式珠寶，豈是那個妓女身上的黯淡水晶所能相比！

感覺手臂被帕林頓撫摸，嘉爾黛轉身看他，睫毛輕顫。「您今晚看起來真英俊瀟灑，親愛的。」她開口，調整掛於他紅外袍上的一條金鍊，他的臉龐立刻漲得跟外袍一樣紅。她懷疑自己到底能不能在吻他的時候強忍吐意？她確實可以像過去一個月那樣不斷拒絕他，但他今晚喝得這麼醉……

她必須盡快想出辦法。但跟初秋時相比，她跟鐸里昂之間的距離仍然沒有拉近，有莉莉安擋路就更不可能改善。

她已經來到斷崖絕壁，腦袋傳來短暫而微弱的悸痛。

別無選擇，莉莉安非死不可。

時鐘敲擊三次，既然包括王后和鎧奧的大多數來賓已經離席，瑟蕾娜認為自己也終於可以離開。當鐸里昂去弄杯酒的時候，她溜出舞會，發現瑞斯就在外面等著護送她回房。為了避開任何對她感興趣的朝臣，兩人沿空蕩的僕人通道穿過寂靜城堡、走回房間。就算她出席舞會是另有目的，但也**確實**因為跟鐸里昂跳舞而玩得還算愉快……其實相當愉快。她朝自己微笑，摳摳指甲，進入通往她房間的走廊。鐸里昂只看著她、只跟她說話、把她當成同等地位，這種刺激還沒消退，或許她的計畫不算完全失敗。

瑞斯清清喉嚨，瑟蕾娜抬頭看到鐸里昂站在她房門外，正在跟衛兵們閒聊。既然他搶先一步來到這，顯然沒在會場待多久。她的心跳加速，但勉強露出靦腆笑容，鐸里昂朝她鞠躬，然後開門和她進房，讓瑞斯和衛兵慢慢去幻想房中有何動靜。

她摘下面具，丟到玄關中間的桌上，因為冰涼空氣擦過泛紅肌膚而嘆口氣。「所以？」她問道，斜靠在臥室門旁的牆邊。

鐸里昂慢慢走向她，在巴掌寬的距離外停步。「妳沒說再見就離開會場。」他伸出一手撐在她頭旁邊的牆上。她抬起眼睛，觀察他袖子布料的黑色細節。

「沒想到你這麼快就能跑來這裡——而且沒有一票宮廷仕女追著你跑。或許你該試試轉職成為刺客。」

他甩開遮住臉龐的頭髮。「我對宮廷仕女沒興趣。」他低頭吻她。

他的嘴唇溫暖平滑，瑟蕾娜慢慢回吻，忘記自己身在何時何地。他後退片刻，凝視她緩緩睜開的眼睛，然後又吻她，這次不一樣——更深沉，更充滿欲望。

她的雙臂感覺既沉重又輕盈，周遭不斷旋轉。她無法停止，她喜歡這樣——喜歡被他吻，喜歡他的氣息、味道和觸感。

他一手包圍她的腰際，把她緊緊抱住，四唇緊貼。她一手按在他肩上，指尖陷進他的肌肉。在安多維爾和他初遇以來，彼此的關係變化還真大！

她突然睜眼。安多維爾。她為什麼在吻亞達蘭王儲？她鬆開手指，手臂下垂。

他稍微退後，綻放充滿感染力的微笑，然後再次俯身向前，但她優雅的把兩根手指貼在他脣上。

「我應該去睡了。」她說，他揚起眉毛。「自己一個人。」她補充道。他移開她的手指，又試圖吻她，但她從他手臂下方靈巧閃過，手伸向臥室門把。他還來不及阻止，她已經開門側身進入。她一瞥玄關，看著他，他還在微笑。「晚安。」

鐸里昂斜靠在門上，臉龐靠近她。「晚安。」他低語，又吻她一次，她沒阻止。她還沒準備好分離，他卻已經後退，他的體重離開門板時，她差點因此跌倒，他輕聲發笑。

「晚安。」她又說一次，臉龐持續加溫。他轉身離去。

瑟蕾娜大步來到露臺前，開門迎接寒風，抬頭凝視繁星，手移向嘴脣，感覺心情持續高漲。

鐸里昂緩緩走回房間，心臟狂奔。他還能感覺到她的嘴脣，聞到她髮絲的香氣，看到她的眼眸在燭光下閃爍金光。

管他有什麼後果，他會想辦法跟她在一起。他非這麼做不可。

他已經跳離懸崖。現在只能等候安全網的到來。

花園中，侍衛隊長抬頭凝視露臺上的年輕女子，看著她獨自跳起華爾滋、沉醉於美夢中，他知道她不是在想著他自己。

她停步，抬頭凝視天空。就算從一段距離外，他還是能看到她臉頰的紅潮。她顯得年輕——不，應該是煥然一新。這令他的胸腔發疼。

儘管如此，他還是不斷看著她，直到她嘆口氣、走回房間。她完全沒往樓下瞥一眼。

第四十章

瑟蕾娜呻吟，因為某種冰涼而潮溼的東西擦過她的臉頰，又舔舔她的臉龐。她睜開一眼，發現小狗正在搖尾巴低頭看她。她調整姿勢，朝陽光皺眉。她不是有意睡這麼晚；兩天後又有一場測驗，她需要訓練。那將是最終決鬥之前的最後一次測驗——將決定誰是最後四名入選者。

瑟蕾娜揉揉一眼，然後抓抓小狗的耳後。「妳是不是在哪裡偷尿尿，現在跑來懺悔啊？」

「才不是，」臥室門開啟的同時，某人的聲音傳來——鐸里昂。「我在天亮的時候把牠和其他狗放出來。」

他走上前，她無力的微笑。「現在來看我？會不會太早了點？」

「太早？」他哈哈大笑，在床邊坐下。她微微向後挪。「現在已經快下午一點了！聽菲莉琵說，妳一整個早上都睡得像個死人。」

一點！她居然睡了這麼久？跟鎧奧的訓練怎麼辦？她抓抓鼻子，然後把小狗放在大腿上。至少昨晚一切平安；如果又發生什麼命案，她現在一定會聽到消息。她差點因為安心而嘆口氣，雖然她對自己居然懷疑娜希米雅而依然感到愧疚和難過。

「妳給牠取名字了嗎？」他問道，口氣一派輕鬆而平穩。他是故意表現成這樣？還是昨晚的吻對他來說沒那麼重要？

「沒，」她維持表情平靜，雖然氣氛令她尷尬得想尖叫。「我想不到任何適合的。」

「金……」他敲敲下巴，「毛……？這個名字如何？」

「這是我聽過最蠢的名字。」

「妳有更好的想法？」

她抓起小狗的一條腿，查看柔軟的腳掌，再用拇指壓壓肉墊。「飛毛腿。」完美的名字；事實上，這個名字彷彿一直存在，只是她現在才察覺。「沒錯，就叫飛毛腿。」

「有什麼特別涵義嗎？」他問道，小狗抬頭看他。

「等牠以後跑贏你那些**純種狗**，你就知道這個名字是多麼名副其實。」

瑟蕾娜把小狗擁進懷抱，一吻牠的小腦袋，再把牠不斷舉高又放下，飛毛腿皺眉回視。牠真是柔軟得令人愛不釋手。

鐸里昂咯咯發笑。「我們等著瞧。」瑟蕾娜把飛毛腿放回床上，牠迅速鑽進毛毯下。

「妳睡得好嗎？」他問道。

「嗯。雖然你看起來沒睡好，你這麼早起。」

「聽著，」他開口，瑟蕾娜害羞得想從露臺往下跳。「昨晚……如果我對妳太直接，我道歉。」他停頓。「瑟蕾娜，妳的表情扭曲。」

她在扮鬼臉？「呃——抱歉。」

「所以昨晚那件事**的確**讓妳心煩意亂！」

「哪件事？」

「接吻！」

喉嚨卡痰的刺客咳嗽。「噢，那沒什麼啦，」她拍拍胸口，清清喉嚨。「我不介意。但我並不討厭昨晚那件事，如果你想問的是這個！」話一出口，她立刻後悔。

「所以，妳**喜歡**？」他懶洋洋的咧嘴笑。

「才不是！唉呀，走開啦！」她倒回枕頭堆，用毛毯蓋住頭，即將死於羞恥。

她躲在毛毯底下的黑暗世界，飛毛腿舔舔她的臉。「別這樣嘛，」他說：「從妳的反應來看，妳好像從沒被吻過。」

她掀開毛毯，飛毛腿更往深處鑽。「我當然有被吻過，」她發火，試著別想起山姆。「但對方不是某個愛擺架子又傲慢自大的小王子！」

他低頭看自己的胸口。「我確實是完美的衣架子身材。」

「唉呀，閉嘴啦你。」她拿枕頭砸他，然後從另一側下床，走向露臺。

她感覺到他的視線，他在凝視她的背脊——以及低腰睡袍完全遮不住的三條疤。「你打算待在這看我換衣服？」

她轉身看他。他的眼神跟昨晚不同，顯得謹慎——而且難以言喻的哀傷。她的血流加速。「所以？」

「妳的疤痕好悽慘。」他幾乎是喃喃自語。

她一手扠腰，走向更衣室的門。「我們每個人都有傷痕，鐸里昂，只是我的傷痕湊巧比大多數人的更清晰可見。你想坐在那，就繼續坐吧，我要去換衣服了。」她離開臥室。

嘉爾黛走在帕林頓公爵身旁，從宮廷溫室的一張張陳列桌之間穿過。這棟玻璃建築充滿光與影，她用手搧搧臉，蒸氣般的高溫朝臉龐襲擊。這傢伙怎麼選這麼怪的地方散步？看在她眼裡，花草樹木跟路邊泥濘沒什麼分別。

他摘下一朵雪白百合，遞給她的時候點頭鞠躬。「送給妳。」看到他坑坑疤疤的噁心皮膚和橘紅鬍鬚，她強忍顫意。想到跟**他**過一輩子，她只想把所有植物連根拔起、扔進雪地。

「謝謝您。」她嘎聲道。

但是帕林頓仔細觀察她。「妳今天好像精神不佳，嘉爾黛女士。」

「是嗎？」她歪起頭，扮出最靦腆的表情。「或許因為我昨晚在舞會玩得太開心，今天感覺有些失落。」

但是公爵以黑眸凝視她，皺起眉，一手放在她的手肘上引導她前進。「妳無需在我面前隱瞞，我昨晚注意到妳一直盯著王儲。」

嘉爾黛維持表情不變，揚起整齊的眉毛，斜眼瞥他。「我有嗎？」

帕林頓用粗壯的指頭撫摸一株樹蕨，手上的黑戒指發出光芒；做為回應，她的腦袋悸痛。

「我也注意到他。嚴格來說，我注意的是那個女孩。她是個麻煩，不是嗎？」

「莉莉安女士？」嘉爾黛眨眨眼，不太確定自己是否可以喘口氣。他沒注意到她**想要**王子，卻注意到她也觀察到莉莉安和鐸里昂整晚抱著彼此。

「那只是她的自稱。」帕林頓低聲道。

「那不是她的真名？」嘉爾黛衝口問道。

公爵轉身面對她，眼眸跟戒指一樣烏黑。「妳該不會真以為她是個大家閨秀？」

嘉爾黛的心跳停止。「她不是？」帕林頓微笑，終於說明一切。

帕林頓說完後，嘉爾黛只能盯著他看。刺客──莉莉安·葛戴納其實是瑟蕾娜·薩達錫恩，全天下最惡名昭彰的刺客，其魔爪已深入鐸里昂心中。如果嘉爾黛想成為鐸里昂的妻子，就得比現在更為狡黠。「揭露莉莉安的真實身分」，這麼做或許足夠——但也可能不夠，嘉爾黛不能冒險。溫室一片寂靜，彷彿屏息。

「我們豈能讓他們倆繼續下去？豈能坐視王子讓自己身陷危險？」帕林頓的臉龐出現短暫變化，顯得有些痛苦而醜陋——但立刻消失，她因為頭疼而差點沒注意到。她真想抽口煙——她必須在頭痛嚴重發作之前鎮靜下來。

「我們不能那麼做。」帕林頓說。

「但我們要如何介入？向國王稟報？」

帕林頓搖搖頭，沉思片刻，手枕在腰間闊劍。她打量一旁的玫瑰花叢，以長指甲刮過彎刺。「她即將在一場決鬥中面對剩下的鬥士，」他緩緩開口：「在決鬥中，她會向至高女神及其諸神敬酒。」公爵解釋的同時，令嘉爾黛感到呼吸困難的並不只是過緊的束腹，她的指尖離開花刺。「我原本打算讓妳主持那場向女神敬酒的儀式，或許妳能趁機在她的酒杯裡下藥。」

「由我親手殺她？」借刀殺人是一回事，但要她親自下手……

公爵舉起雙手。「不，不，但是國王已經同意必須採取極端手段、讓鐸里昂相信事情是……一場意外。如果我們只是給她少量的血禍毒藥，那不足以致命，但足以讓她身體不聽使喚，這就能讓凱因在戰鬥中占上風。」

「凱因不能靠自己的力量解決她？決鬥本來就容易發生意外。」她的頭殼傳來強烈刺痛，撼動全身。下毒這個方法或許不錯……

「凱因認為他辦得到，但我不想冒險。」帕林頓抓住她的雙手，冰涼戒指擦過她的肌膚，她克制用力抽手的衝動。「妳不想救鐸里昂？一待他脫離她的掌握……」

他就會是我的人。他將屬於我，他本來就應該屬於我。

但為此殺人……他將屬於我。

「然後我們就能讓他走回正路，不是嗎？」帕林頓說。看到他露齒而笑，她只想頭也不回的拚命逃跑。

但她滿腦子只看到一頂王冠、一張王座、即將坐在她身旁的王子。「說吧，我該怎麼做？」她答覆。

第四十一章

時鐘敲響十下，坐在臥室小桌旁的瑟蕾娜從書中抬頭。她這時應該上床睡覺，或至少嘗試入眠。在她大腿上打瞌睡的飛毛腿這時打個大呵欠，她抓抓牠的耳後，用另一手翻頁。一道道命痕瞪著她，複雜的曲線和銳角訴說一種她依然無法理解的語言。娜希米雅花了多少時間才學會看懂這種東西？而且，瑟蕾娜懷疑，既然魔法早已消失，命痕又為何仍然擁有力量？

昨晚舞會後，她就沒再見到娜希米雅，也不敢去找她，也不敢向鎧奧說明情況。娜希米雅確實隱瞞自己的語言能力以及對命痕的了解，但她這麼做很可能出於許多原因。瑟蕾娜昨晚其實不該參加舞會、不該認定娜希米雅有能耐做出那種惡事；娜希米雅是個好人，她不會對付瑟蕾娜，尤其因為她們倆是朋友，**真正的**朋友。瑟蕾娜感覺咽喉一緊，翻到下一頁時，心跳停止。

她看到屍體旁的那些符號，幾世紀前的古人在邊緣的空白處寫下註解。向滅絕獸做出獻祭：以受害者之血在周遭畫下符號，一待召喚完成，這些符號將引導交換：收到祭品的血肉，滅絕獸便將受害者的力量賜予召喚者。

瑟蕾娜以顫抖的手繼續翻閱，尋找關於床下符號的線索，但沒發現任何答案，因此繼續研究召喚魔法。滅絕獸——那是召喚獸的名字？到底是什麼樣的生物？牠是從哪裡被召喚過來？如果牠不是——

命運之門。她用手掌壓住疲憊的雙眼。有人利用這些命痕來開啟傳送門、召喚這種野獸。這不可能，因為魔法早已消失，可是書中文字說明命痕存在於魔法**之外**、彼此獨立。如果命痕的力量依然存在？可是……娜希米雅？她怎麼可能做這種事？她為何需要鬥士的力量？她怎麼會偽裝得如此天衣無縫？

娜希米雅很可能就是個狡猾的演員。因為瑟蕾娜確實**想要**朋友——想要一個跟她自己一樣獨特的局外人，因此反而看不見真相。瑟蕾娜吸口氣，讓自己鎮靜下來。娜希米雅熱愛自己的國家伊爾維，這點無庸置疑，瑟蕾娜知道她為了保護自己的國家將不惜一切代價。說不定……

瑟蕾娜的血液結冰。說不定娜希米雅來到這裡就是為了一項更大的計畫——她其實不是為了確保國王放過伊爾維，而是想進行一件沒幾個人敢暗自討論的事：**反叛**。而且不是現在那種「反抗軍在野外東躲西藏」的小規模對抗，而是眾國同心協力、群起反擊亞達蘭——打從一開始就該採取的策略。

可是為什麼要殺害鬥士？為什麼不對付皇室成員？舞會原本是下手的絕佳機會。為什麼使用命痕？她參觀過娜希米雅的房間，裡頭完全沒有魔獸潛伏的跡象，城堡裡也沒有任何地方能讓她——

瑟蕾娜的視線從書中抬起。被巨大五斗櫃遮住的掛毯依然被陰風微微吹動。城堡裡沒有任何地方能讓娜希米雅召喚或隱藏那種生物——除了城堡底下無止盡的古老通道和密室。

「不。」她迅速站起身，椅子因此翻倒，飛毛腿連忙跳離。不，這**不可能**。因為娜希米雅不是那種人。因為……因為……

瑟蕾娜微微悶哼，推開五斗櫃，掀開掛毯。跟兩個月前一樣，一陣溼冷陰風從門縫滲出，但這次不帶任何玫瑰芬芳。每一起命案都是發生在某一場測驗的前一、兩天，這表示今晚或明晚可能會出事。不管所謂的滅絕獸到底為何物，牠即將再次出手。加上在床底發現的符號……她絕不能只是坐在這裡等牠現身。

把哀哀叫的飛毛腿關到臥室外頭後，瑟蕾娜進入祕密通道，用掛毯遮蔽暗門入口，用一本書擋在門口以防門關上，心中稍微希望自己的武器不只是手上的蠟燭和口袋裡的自製小刀。

因為如果娜希米雅真的說了謊，如果真的是她殺害那些鬥士，那麼瑟蕾娜就必須親眼目睹真相——這麼做才能讓她下定決心、親手殺了娜希米雅。

她不斷往下走，空氣冰涼而沉重，滴水聲從某處傳來。來到三道岔口前，瑟蕾娜以渴望的眼神凝視中央那道拱門。她現在沒打算逃跑——距離贏得競賽已經不遠，還逃跑做什麼？就算敗北，到時再從這裡逃走也不遲，反正不可能讓他們有機會把她送回安多維爾。

瑟蕾娜打量左邊和右邊的通道，左邊那條只通往一個死胡同，但右邊那個……通往伊琳娜的墓穴，她在那條通道中看到無數通往未知地點的分岔。

靠近拱門時，她渾身僵住，因為她看到伸入深淵的腳印。千年古塵受擾，足跡從中進出。

想必娜希米雅及其魔獸曾多次潛伏於此，就在宮廷的腳底下。弗林不就是在娜希米雅面前向瑟蕾娜挑釁不久後遇害？瑟蕾娜握緊蠟燭，從口袋掏出自製小刀。

一步接一步，她開始下樓。沒多久，她再也看不到一開始的階梯平臺，而最底階一直沒有出現。過了一會兒，低語聲在通道迴響、滑過牆面。她放輕腳步，靠近聲源時遮住燭光。那不是僕人之間的閒聊，而是某人在快速說話，幾乎像在誦經。

不是娜希米雅，而是名男子。

下方的階梯轉折處浮現，通往左手邊的一個房間。綠光從中滲出，映在樓梯井的石磚上，消失於轉折處後方的黑影。那個吟誦聲變得更清晰時，她手臂的寒毛豎起。她完全不認得那種語言：喉音低沉刺耳，似乎從她的骨頭吸取體溫。男子吟誦的同時呼吸困難，彷彿咽喉被口中文字灼燒，然後他終於停下來喘口氣。

一片寂靜。她放下蠟燭，悄悄走向階梯平臺，朝房內窺視。橡木門敞開，生鏽的鎖孔插有一把大型鑰匙。在這個小房間裡，跪在一團漆黑得彷彿準備吞噬全世界的暗影前，是凱因。

第四十二章

凱因。

隨著淘汰賽持續進行，他的體型更為魁梧。她原以為那是他的訓練成果，但是……真相是，他利用命痕來召喚魔獸，殺害鬥士，奪取他們的力量。

他伸出一隻不斷滴血的手，劃過黑影前方的地面。綠光從中滲出，隨即如乘風幽靈般被吸進虛空。

某種物體在暗影中翻轉，她不敢呼吸。她聽見利爪接觸石面的喀喀作響，還有宛如火焰熄滅的嘶聲。然後，那物體走向凱因，膝蓋角度不尋常──後腿造型如陸地動物──滅絕獸現身。

牠看起來彷彿來自上古時代的夢魘。覆蓋畸形頭顱的灰皮膚光禿無髮、緊繃得彷彿遭到拉扯；嘴巴大張，布滿黑色獠牙。

就是那些獠牙撕裂吞噬弗林和薩維爾的內臟、享用他們的腦漿。牠的軀體與人類身體稍微相似，背脊拱起，長長的前臂滑過石地板。在利爪蹂躪下，石頭發出哀呼。凱因抬頭，緩緩站起身；怪物在他面前跪下，垂下黑眼，表示臣服。

瑟蕾娜向後退、打算盡快逃離此處時，這才意識到自己在發抖。伊琳娜說得沒錯：這就是魔物，毫無疑問。脖子上的護符發出強光，彷彿催促她趕快逃命。她口乾舌燥，心跳沉重，身子向後退。

凱因轉身看她，滅絕獸的腦袋抬起，如小縫般的鼻孔嗅聞兩下。她渾身僵住，就在這時，一道強風從她身後襲來，把她蹣跚推進房間。

「今晚的目標原本不是妳，」凱因開口，但是瑟蕾娜的目光在怪物身上，牠開始喘氣。「但是良機不容錯失。」

「凱因。」她只勉強吐出這個字眼。滅絕獸的眼眸……她從沒見過這種東西。牠的眼中空無一物，只有飢餓——永遠無法滿足的飢餓。這隻怪物不屬於這個世界，命痕發揮作用，命門確實存在。她握緊自製小刀，這武器真是小得可悲，髮簪怎麼可能刺穿這隻怪物的毛皮？

她還來不及眨眼，凱因已經閃到她身後，小刀已落入他手。沒有任何人——人類——能夠這麼敏捷，他彷彿只是一道飛影。

「真可惜，」凱因從門口低語，把她的小刀塞進口袋。瑟蕾娜來回瞥向怪物和凱因。「我永遠都不會知道妳是怎麼跑來這兒。」他的手指抓住門把。「雖然我也不在乎。再見了，瑟蕾娜。」他把門在身後砸上。

綠光依然從地面血痕滲出——凱因用自己的血畫下的符號——照映怪物，牠以飢餓而蠢蠢欲動的眼神瞪她。

「凱因。」她低語，退向門板，慌忙尋找門把，拚命扭轉，但已被上鎖，這個房間裡只有石頭和灰塵。她怎會如此輕易被他繳械？「**凱因**。」門完全不動。「**凱因**！」她咆哮，用拳頭拚命捶門，因用力過度而發疼。

滅絕獸以蜘蛛般的四條長腿前後挪動，朝她嗅聞，她暫停動作。牠為什麼還不動手？牠又朝她嗅聞幾下，然後一隻手爪擦過地板，一大塊石頭因此被掘起。

牠想生吃她。凱因是先癱瘓弗林再召喚怪物，因為牠喜歡熱騰騰的鮮血。所以牠會想個最簡單的辦法來癱瘓她，然後……

她無法呼吸。不，她拒絕這種死法，拒絕死在這裡，連屍體都不會被發現。鎧奧將永遠不知道她為何消失，也會為此永遠詛咒她，她也永遠沒機會向娜希米雅道歉。還有伊琳娜——伊琳娜說過有人希望她進墓穴，為了看到……看到什麼？

然後她知道答案。

答案就在她的右邊——右邊那道拱門，通往底下幾層的墓穴。

怪物壓低身子，準備彈跳，在這一刻，瑟蕾娜想出這輩子最魯莽也大膽的辦法。她把披風丟在地上。

滅絕獸發出撼動城堡的咆哮，向她衝鋒。

瑟蕾娜待在門前，看著牠疾奔而來，利爪劃過石面而擦出火花。牠從十呎外起跳，目標是她的兩腿。

但瑟蕾娜在這瞬間縱身一躍、衝向牠那一口黑腐獠牙。齜牙咧嘴的滅絕獸跳向她，但她從牠背上飛越而過。滅絕獸撞碎木門，發出如雷巨響，她無法想像自己的兩腿如果被擊中將受到多大損傷，現在也沒時間思考。她落地旋轉，衝向被怪物撞開的門，牠正試圖從碎木板中抽身。

她的身子穿過門口，向左轉，朝樓梯井飛奔而下。她永遠不可能來得及活著返回房間，但如果速度夠快，或許能及時進入墓穴。

滅絕獸再次咆哮，樓梯井隨之震顫。她不敢回頭看，而是把注意力集中於雙腳，把身子打直，奔下階梯，衝向下方的轉折處，那一塊被墓穴滲出的月光照映。

來到最底階的轉折處，瑟蕾娜奔向墓穴門，向那些眾神祈禱——她雖然不記得祂們的名字，但希望自己沒被祂們遺忘。

有人希望我在薩溫節那天來找她，有人知道這種事會發生。伊琳娜希望我能親眼目睹墓穴——為了讓我日後能活命。

怪物也追到最底階，近得讓她能聞到牠的惡臭鼻息。墓穴門敞開，彷彿有誰正在等候。

拜託——拜託……

她伸手勾住門邊，用慣性把身子甩進裡頭。滅絕獸衝過頭，連忙滑步停下，這讓她獲得珍貴先機。牠只花幾秒便掉頭衝來，進入墓穴時以利爪擊碎門的一部分。

沉重腳步聲在墓穴反彈，她從兩座石棺之間穿過，衝向上古王者之劍達瑪利斯。

達瑪利斯豎立於高臺，劍刃於月光下閃爍。千年已過，金屬劍身卻依然輝煌。

怪物怒吼，她聽到牠深吸一口氣，爪子離開石地、向她衝來。她衝向古劍，左手抓住冰涼劍柄，扭轉揮動。

牠的兩眼和皮膚在她眼前模糊一閃，她已經將達瑪利斯劈進滅絕獸的臉龐。

她的右手感到刺痛，她整個人和滅絕獸一起撞牆倒地，打散堆於牆邊的寶藏，散發惡臭的黑血灑在她身上。

她靜止不動，只是凝視距離自己眼睛只有幾吋的那雙黑眸，看到自己的右手就在牠的黑牙之間，右手滲出的血沿牠的下顎流下。她喘氣顫抖，左手沒放開劍柄，就算那雙飢餓眼眸開始失去光澤，屍身無力的癱趴在她身上。

護符再次脈動光芒時，她才眨眨眼。接下來的一切化為一系列步驟、她必須完美跳出的舞步，否則她將在這座墓穴崩潰、再也站不起來。

首先，她從牠的牙間抽回右手。右手感到灼熱，拇指有一圈滲血的穿刺傷口。她用雙腳推動自身，掙脫身上的滅絕獸。牠的體重意外的輕盈，彷彿骨頭空心，或是體內空無一物。雖然周遭世界變得模糊，她還是從牠的顱骨中抽出達瑪利斯。

她用上衣把蓋文之劍擦拭乾淨，然後放回原處。這就是為什麼她在薩溫節那天被帶來這間墓穴？為了讓她看到達瑪利斯、知道有這柄神兵可以救自己一命？

她讓怪物留在原地、趴在一團珠寶上。不管當初是誰想救她，這具獸屍可以留給對方清理。她受夠了。

儘管如此，瑟蕾娜還是在伊琳娜的石棺旁停步，凝視以大理石雕刻而成的美麗臉龐。「謝謝妳。」她聲音沙啞。感到視線模糊，她離開墓穴，蹣跚走上階梯，流血的手緊貼於胸。

終於安然回到房間後，瑟蕾娜來到臥室門邊，貼在牆上喘氣的同時解開門鎖。傷口尚未凝血，血還在沿手腕流下。聽到血滴在地上的聲響，她應該進浴室清洗傷口。手心感覺冰冷，她應該——

兩腿癱軟，她終於倒地。眼皮感覺沉重，所以她閉上。為什麼心跳變得這麼慢？

她睜眼查看右手，因為視線模糊，所以她只能看到一團粉紅和鮮紅。掌中寒意向手臂蔓延，往下延至兩腿。

她聽到如雷巨響，一道咚咚咚，然後是哀鳴。透過眼皮，她能感覺到房中變暗。

她聽到驚呼——是女性——然後一雙溫暖的手抓住她的臉龐。她的肌膚過於冰涼，她因此感覺彷彿被那雙手灼傷。是因為有人忘記關上窗戶才這麼冷？

「莉莉安！」是娜希米雅，她搖晃瑟蕾娜的雙肩。「莉莉安！妳怎麼會這樣？」

瑟蕾娜幾乎完全不記得接下來的畫面。一雙強壯手臂抱起她，迅速帶她進浴室；娜希米雅繃緊身子，把瑟蕾娜抱進浴缸、脫去衣物。接觸熱水時，瑟蕾娜的手感覺灼痛，因此拚命扭動身子，但公主緊緊抓住她，用她聽不懂的語言念念有詞。房中光芒脈動，瑟蕾娜感覺肌膚發麻，發現自己的雙臂被綻放青綠光芒的痕跡覆蓋——命痕。娜希米雅把她扶進水中，來回搖擺。

她的視線終於一片黑。

第四十三章

瑟蕾娜睜眼。

她感到暖意，一旁的蠟燭釋放金光，空中夾雜蓮花和肉豆蔻的氣味。她微微呻吟一聲，眨眨眼，試著把自己從床上撐起。怎麼回事？她只記得爬樓梯，然後用掛毯遮住暗門——

瑟蕾娜心一驚，手伸向身上，發現外袍不知何時被換成睡袍，注意到右手時更是大感訝異。傷口已經復原——完全痊癒，僅存的痕跡只有拇指和食指之間的一道半月形疤痕，以及滅絕獸的下排牙齒造成的小咬痕。她以左手撫摸每一道白如粉筆的弧形疤痕，然後轉動右手五指、確認沒有神經被咬斷。

這怎麼可能？這是魔法——有人治好她。她坐直身子，發現還有別人在場。

娜希米雅坐在旁邊的一張椅子上，飛毛腿趴在她腳邊。她正在盯著瑟蕾娜，臉上不帶任何笑意，而且目光透出懷疑，這令瑟蕾娜不安的挪挪身子。

「發生了什麼事？」瑟蕾娜問道。

「我正想問妳同樣問題，」公主以伊爾維語開口，指向瑟蕾娜的身體。「要不是我發現妳，妳早在幾分鐘內死於那個咬傷。」

就連地上的血跡也被清理乾淨。「謝謝妳，」她說，看到窗外一片黑，不禁一愣。「今天星期幾？」如果已經過了兩天、她錯過測驗——

「只過了三小時。」

瑟蕾娜安心的垂下雙肩。還好，她還有明天可以訓練，後天才是測驗。「我不明白，為什麼——」

「那不重要，」娜希米雅打斷她，「我想知道妳到底在哪裡被咬？只有妳的臥室出現血跡——走廊和其他地方完全沒看見。」

瑟蕾娜握緊又鬆開右手，看著疤痕拉扯又收縮，這個傷口差點害她沒命。她瞟向公主，又瞥向右手；不管娜希米雅暗藏什麼祕密，都跟凱因無關。

「我的身分是假的，」瑟蕾娜輕聲道，沒臉回應朋友的視線。「莉莉安．葛戴納並不存在。」娜希米雅不發一語。瑟蕾娜逼自己看著對方的眼睛，是娜希米雅救了她，她居然懷疑娜希米雅就是召喚獸的主人？向朋友說明真相，這是她起碼該做的。「我的名字是瑟蕾娜．薩達錫恩。」

娜希米雅目瞪口呆，過了一會兒才緩緩搖頭。「但我聽說妳被送去安多維爾？妳應該是被關在那裡，跟那些——」娜希米雅瞪大眼睛。「難怪妳的伊爾維語是農民語調——在安多維爾奴役的那些民眾，妳是跟他們學的。」瑟蕾娜的呼吸變得有些困難，娜希米雅的嘴脣顫抖。「妳……妳去了**安多維爾**？安多維爾是個死亡集中營。可是……妳為什麼現在才告訴我？妳不信任我？」

「我當然相信妳。」她說，尤其現在已經清楚證明娜希米雅跟那些命案無關。「國王命令我不准說出去。」

「不准把什麼說出去？」娜希米雅口氣尖銳，眨眼強忍淚水。「**國王**知道妳是誰？他還向妳下令？」

「我會來到這裡，只是為了迎合他的消遣。」瑟蕾娜在床上坐得更直。「他舉行一場選出御前門士的淘汰賽，等我獲勝——**如果**我獲勝，我就要為國王賣命四年、擔任他的走狗及殺手，然後我就能洗刷罪名、重獲自由。」

娜希米雅只是以茫然凝視來控訴她。

「妳以為我想來這裡？」瑟蕾娜咆哮，雖然這麼做令她頭痛欲裂。「不是來這裡就是待在安多維爾！我別無選擇。」她雙手貼於胸前。「在妳開始批評我的道德觀之前、在妳躲到保鑣身後之前，讓我告訴妳，我無時無刻都在猜想『為他殺人』會是什麼感覺——就是他把我愛過的一**切**趕盡殺絕！」

她感覺呼吸困難，心裡那扇門開啟又關閉，她逼自己遺忘的那些畫面在眼前閃過。她閉上眼，祈求黑暗。娜希米雅依然沉默，飛毛腿嗚咽。在這片寂靜中，人事物在她心中打轉。

然後，腳步聲傳來，把她帶回當下。娜希米雅在床邊坐下，床墊吱嘎作響。一秒後，一個比較輕的重量也來湊熱鬧——飛毛腿。

娜希米雅以溫暖乾燥的手牽起瑟蕾娜的手。瑟蕾娜睜開眼睛，但凝視遠端的牆壁。

娜希米雅捏捏她的手。「妳是我最親愛的朋友，瑟蕾娜。我們的關係變得這麼冷淡，這讓我很難過，比我預料的更難過。我不想再看到妳以充滿懷疑的眼神盯著我，所以我要給妳一個東西，我以前僅賜予少數幾人。」她的黑眸閃閃發光。「妳叫什麼名字並不重要，重要的是妳的內心。我知道妳在安多維爾經歷過什麼苦難，我知道我的人民在那裡日復一日過著什麼樣的生活，但妳沒因為那些礦坑而變得冷漠，妳的靈魂沒有因此變得殘酷。」

公主撫摸她手上的傷痕，指尖陷進瑟蕾娜的肌膚。「妳有許多名字，所以我也要為妳命名。」她的手移向瑟蕾娜的前額，畫出一道隱形符號。「我將妳命名為『艾蘭提雅』。」她一吻刺客的眉頭。「當妳的其他名諱感覺太沉重時，妳能光榮的以此名自稱，艾蘭提雅的意思是

「堅不可摧的靈魂」。」

瑟蕾娜動彈不得，感覺這個名字宛如一面閃閃發亮的薄紗降臨在身上。這是無條件的愛，這樣的朋友根本不存在，她為什麼這麼幸運能找到一位？

「來吧，」娜希米雅以開朗的口氣說道：「告訴我，妳到底如何成為亞達蘭刺客，妳怎麼會來到這座城堡——還有這場荒謬競賽的細節。」看到飛毛腿搖尾巴、舔舔娜希米雅的手臂，瑟蕾娜微微一笑。

娜希米雅救了她的命——不知道用什麼方法，那件事可以晚點再討論。瑟蕾娜開始訴說一切。

隔天早上，瑟蕾娜走在鎧奧身旁，眼睛看著大理石地板。花園積雪反射陽光，讓走廊的光芒刺眼得幾乎奪目。她已經幾乎向娜希米雅說明一切，但有些事情絕不會跟任何人分享，她也沒提起凱因或是那隻怪物，娜希米雅沒再問她是被什麼東西咬，只是一直陪伴她，兩人蜷縮在床上談至深夜。知道凱因有什麼本領後，瑟蕾娜實在有點不敢獨自入眠，因此很感激有人陪伴。她把裹身的披風拉得更緊，這個早上冷得反常。

「妳今天可真安靜。」鎧奧依然凝視前方。「妳和鐸里昂吵架了？」

鐸里昂昨晚來過，但還沒進臥室就被娜希米雅趕出去。「沒有，我昨天早上之後就沒再見到他。」經過昨晚的事件，昨天早上彷彿是一星期前的事。

「妳喜歡那晚跟他跳的舞嗎？」

他講話好像有些帶刺？兩人拐過一個轉角，走向一間私人訓練室，她轉頭看他。「你那時候似乎很早就離席了？我還以為你原本想整晚守在我的門外。」

「妳不再需要我守著妳。」

「我從一開始就不需要你守著我。」

他聳個肩。「因為現在我知道妳不會試圖逃跑。」

一陣狂風呼嘯而過，吹起走廊外的一團雪花，將一團閃亮波浪送進空中。「我可能會回去安多維爾。」

「不會的。」

「你怎麼知道？」

「我就是知道。」

「這可真讓我信心大增。」

他輕笑幾聲，繼續走向對練室。「我很意外，妳的狗剛剛哭得那麼慘，現在居然沒追著妳跑。」

「如果你有寵物，就不會這樣取笑我。」她嚴肅的說。

「我從沒養過寵物，也從不想要。」

「這對原本可能成為你的伴侶的某隻狗來說大概是個祝福。」

他用手肘戳她，她咧嘴笑，也回以肘擊。她想向他說明凱因的事，今早他來接她的時候，她就想向他說明一切。

但他不能知道。因為她昨晚意識到，如果讓他知道凱因與召喚獸的事，他一定會要求查看那隻怪物的屍骸，這表示要帶他進入祕密通道。雖然他或許因為信任她而讓她跟鐸里昂獨處，但如果讓他知道她發現一條無人看守的逃脫路線，天知道他會如何反應。

更何況，我已經宰了牠，事情已經結束，伊琳娜所說的神祕魔物已被消滅。接下來，我只需要在決鬥中擊敗凱因，不需要讓其他人知道另外發生過什麼事。

鎧奧在沒做標示的練習室門前停步，轉身面對她。「我只問妳一次，以後不會再問，」他盯著她，視線強烈，她不禁挪挪身子。「妳知道妳和鐸里昂即將發展出什麼狀況？」

她發出尖銳粗啞的笑聲。「你要提供戀愛建議？這是為了我還是為了鐸里昂？」

「皆是。」

「我沒想到你這麼在乎我啊？或甚至注意到我。」

想不到他沒上鉤，只是解開房間的鎖。「反正放聰明一點，行吧？」他回頭說，進入房間。

一小時後，因為練劍而流汗喘氣，瑟蕾娜用袖子擦擦額頭，跟鎧奧返回她的房間。

「幾天前，我看到妳在看《艾瑞克與艾蜜德》，」他開口：「我還以為妳不喜歡詩學。」（註7）

「那本書不一樣。」她甩甩兩臂。「史詩並不無聊——也不矯情。」

「噢？」他臉上露出壞壞的微笑。「關於連天烽火和無盡之愛的史詩還不夠矯情？」她嬉

註7 原文的《艾瑞克與艾蜜德》（Elric and Emide）其實是作者借用《艾雷克與艾妮德》（Érec et Énide）——法國中世紀以宮廷愛情與騎士精神為主題的著名韻文小說。

鬧的用拳頭捶他的肩膀，他哈哈大笑，這個笑聲令她意外的感到開心，她也咯咯笑。他們倆拐過一個轉角，這裡的走廊站滿衛兵，她看到他。

亞達蘭國王。

第四十四章

國王。瑟蕾娜的心臟發出尖叫、躲到脊椎後面，手上每一道小疤痕感到悸痛。國王大步走向兩人，和他們倆對望，令人毛骨悚然的身影占據突然顯得狹窄的走廊，令她感覺既冷又熱。鎧奧停步，深深一鞠躬。

不希望自己現在就被吊在絞刑臺，瑟蕾娜也慢慢彎腰行禮。國王以鋼鐵般的眼神凝視她，她手臂的寒毛豎起，她能感覺到他想看穿她、尋找什麼祕密。國王知道有事不對勁、他的城堡裡發生一些變化——跟她有關。瑟蕾娜和鎧奧站直身子，站到一旁。

國王從旁走過時，轉頭打量她。他能看到她骨子裡？他知不知道凱因能夠開啟傳送門——真正的傳送門、能通往其他世界？他知不知道就算已經下令禁止魔法，命痕的力量並不受影響？如果他學會如何召喚滅絕獸那種惡魔，也能掌握那種力量……

國王眼中有種令人感覺冰冷而陌生的黑影，彷彿繁星之間的空隙。單憑一人是否足以毀滅世界？他的野心是否如此強烈？她彷彿能聽見戰場殺聲震天。國王轉頭，面向前方的走廊。

某種危險的能量潛伏於他周身，那是一種毀滅的氛圍，她站在凱因召喚的那團暗黑虛空時有同樣感受。那是來自另一個世界的腐臭、瀰漫死亡氣息。伊琳娜為什麼要求她接近國王？

瑟蕾娜勉強挪動腳步，一步步離開國王。她的眼神茫然，雖然沒看鎧奧，但感覺到他正在打量她的臉，還好他沒說什麼，這種默契令人安心。

剩下的路上，她緊挨在他身旁，他也沒對此作出評論。

鎧奧在自己的房間來回踱步，要等到瑟蕾娜結束下午和其他鬥士的集訓後才能再見到她。吃過午餐，他就回房閱讀關於國王旅程的詳細報告。在過去十分鐘內，他反覆看了三次，然後握在手中揉成一團。為什麼國王獨自回來？而且，更重要的是，為什麼鎧奧那些手下死得一個不剩？沒人知道國王到底去了哪。他提過白牙山脈，可是……為什麼衛兵全數犧牲？

國王支吾其詞，似乎暗指是反抗分子在隊伍的糧食中下毒，但說詞實在模糊不清，看來另有隱情。或許國王這麼做是不想讓臣民們過度緊張，但鎧奧是國王的侍衛隊長，如果國王不信任他……

鐘聲傳來，鎧奧的肩膀下垂。可憐的瑟蕾娜；她知不知道當國王出現的時候，她看起來像隻受驚的小動物？讓他幾乎想拍拍她的背。國王對她造成的影響遲遲未退，她在吃午餐時態度冷漠。

她現在的本領實在不可思議，敏捷得令他很難跟上。她能輕鬆攀爬牆面，甚至示範用空手爬上她房間的露臺，那一幕令他緊張不安，尤其想到她才十八歲。他猜想，她被送去安多維爾之前是否就是這種能耐？跟她對打時，她的動作未曾猶豫，但她似乎深陷於心中某處——既平靜又清涼，卻也燃燒怒火。她能在幾秒內殺掉任何人，包括凱因。

但如果她成為鬥士，他們真的願意再次把她放回艾瑞利亞？他很欣賞她，但如果知道是他幫助天下第一刺客恢復本領又縱虎歸山，他實在不知道自己在晚上是否還能安然入眠。但換個角度想，如果她獲勝，起碼會在這待四年。

看到他和她並肩歡笑而行的時候，國王不知作何感想？當然，國王並不是因為看到那一幕而發怒、不願說明那些衛兵為何喪命。不——國王根本不會在乎那種小事，況且瑟蕾娜很可能即將成為御前鬥士。

鎧奧揉揉肩膀。看到國王的瞬間，她怕得要命，整個人顯得渺小脆弱。

從旅程回來後，國王並沒有出現任何變化，對鎧奧的態度還是跟以前一樣粗暴。但他那樣突然出城、回城時身邊人馬沒一個活著回來……恐怕有某種事情正在醞釀，國王花了不少心思暗中進行。瑟蕾娜似乎也察覺到這點。

侍衛隊長斜靠在牆邊，凝視天花板。他不該追問國王的事務；現在，他的注意力集中在調查鬥士命案，以及確保瑟蕾娜能獲勝。她勝出與否已經不再跟鐸里昂的尊嚴有關，因為如果她被送回安多維爾，絕不可能再熬過一年。

鎧奧微微一笑。她在城堡的這幾個月已經惹出不少麻煩，他無法想像接下來四年會有多精采。

第四十五章

武器大師朝五名鬥士咆哮、叫他們休息喝水。瑟蕾娜喘著氣，和諾克斯放下劍，明天就是決鬥前的最後一場測驗。凱因走向遠側牆邊、擺放水瓶的桌子，她保持距離，觀察他的一舉一動，他的肌肉、身高、腰身——全是從那些遇害鬥士身上奪取的力量。她打量他手上的黑戒指，那東西跟他的恐怖本領有關？看到她進入訓練場的時候，凱因一點也不顯得驚訝，只是給她一個挑釁的微笑、拿起木劍。

「怎麼了？」諾克斯呼吸凌亂，來到她身旁。凱因、古雷夫和雷諾正在談話。「妳剛剛有點不穩。」

凱因如何學會召喚那隻怪物？而且讓牠從中現身的那團暗影到底是什麼？凱因這麼做真的只是為了贏得競賽？

「還是，」諾克斯繼續問道：「妳有其他心事？」

她把凱因踢出腦海。「什麼？」

他咧嘴笑。「妳在舞會那晚似乎很享受王儲對妳的關愛啊。」

「管好你自己的事。」她發火。

諾克斯舉起雙手。「我無意窺探隱私。」她走向水瓶，沒對諾克斯說一個字，只是給自己倒了一杯水，沒幫他倒。她放下水瓶時，他俯身靠來。「妳手上這些傷疤是新的。」

她把手塞進口袋，眼神閃爍。「管好你自己的事。」她重複，轉身想走離，但手臂被諾克斯揪住。

「那晚，妳派人通知我待在房裡別亂跑，而且妳這些傷疤看起來像咬痕。再加上弗林和薩維爾似乎是死於獸類襲擊。」他瞇起灰眸。「妳有所隱瞞。」

她一瞥身後的凱因，他正在和古雷夫說笑，彷彿自己並不是召喚惡魔的病態殺人狂。「我們現在只剩五個人，其中四人將進入決賽，加上明天還有一場測驗。弗林和薩維爾的遭遇並非意外，他們倆都是在測驗前一天被殺。」她甩開他的手。「**務必小心**。」她嘶聲警告。

「把妳知道的事情告訴我。」

她辦不到，說出來只會被當成瘋子。「如果你夠聰明，就會趁早離開這座城堡。」

「為什麼？」他瞥凱因一眼。「妳到底在隱瞞什麼？」

布羅喝完水，轉身拿起劍，即將叫大家繼續練習，她沒剩多少時間。「我的意思是，如果我別無選擇、只能留在這——要不是因為不參賽就只能等死，我老早逃到艾瑞利亞的半天邊外，永遠不回頭。」

諾克斯揉揉脖子。「我完全聽不懂妳在說什麼。妳怎麼會別無選擇？我知道妳和妳父親處得不好，但他當然不——」她以銳利的視線要他閉嘴。「妳其實不是珠寶大盜？」她搖頭承認，諾克斯又朝凱因一瞥。「凱因也知道妳的祕密，這就是為什麼他總是找妳麻煩——試圖讓妳露出真面目。」

她點個頭。讓他知道又有何妨？她現在有更重要的事要擔心，像是如何活到決鬥那天，或是如何阻止凱因。

「但妳到底是誰？」諾克斯問，她咬脣。「妳說妳父親把妳送去安多維爾，這點應該是真的。王子去那裡把妳接過來——那場旅程有留下一些證據。」他邊說邊打量她的背脊，她幾乎能看見在他腦中揭示的真相。「而且——妳不是待在安多維爾周圍的小鎮，而是**就在**安多維爾……鹽礦。這就能解釋為什麼我第一次見到妳時，妳瘦成皮包骨。」

布羅拍個手。「快點，你們這些傢伙！開始操練！」

諾克斯和瑟蕾娜待在桌邊，他瞪大眼睛。「妳原本是安多維爾的奴隸？」她無法開口承認，諾克斯總有一天會被自己的聰明才智害死。「但妳根本還沒成年——妳是犯下什麼罪才會被送去……」他的視線移向鎧奧及其身旁的衛兵們。「我以前是不是聽說過妳的名聲？還有妳被送去安多維爾的消息？」

「嗯，那個消息傳遍天下。」她吸口氣，看著他在腦中搜尋所有跟安多維爾有關的名諱、拼湊線索。他向後退。

「妳居然是個**小女生**？」

「很意外吧？我知道。大家都以為我年紀應該不小。」

諾克斯抓抓黑髮。「妳如果無法成為御前鬥士，就會被送回安多維爾？」

「這就是為什麼我不能走，」這時布羅的咆哮催促傳來。「而且我要你趁早逃離此地。」她的右手從口袋縮回，向他展示。「這是被某種怪物咬的，我根本無法描述牠的模樣，就算說了你也不會信。但現在只剩五名參賽者，加上明天就是測驗，這表示今晚很可能出事。」

「我**完全**聽不懂。」諾克斯仍然保持距離。

「你不需要聽懂，但既然你失敗也不會被送回監獄，而就算進入決賽也不會成為御前鬥士，所以你應該**離開**。」

「我會不會想知道那些鬥士到底是被什麼東西殺害？」

想到那隻怪物的獠牙和惡臭，她強忍顫意。「不，」她無法克制口氣中的恐懼。「你不會想知道。你必須相信我——也相信我這麼做並不是為了減少對手數量而欺騙你。」

在她臉上看到某種情緒，他不禁垂下肩膀。「這些日子以來，我以為妳只是個來自貝爾海文的美少女、為了引起父親的注意而盜取珠寶。我完全沒想到眼前這位金髮女孩就是黑道女王。」他露出苦笑。「謝謝妳的警告，妳原本可以什麼都不說。」

「這裡也只有你把我當一回事，」她打從心底綻放溫暖微笑。「你相信我說的，這已經讓我很意外。」

布羅的怒吼傳來，兩人只好加入團體。鎧奧嚴肅盯著他們倆，她知道他稍後一定會問她剛剛的談話內容。

「幫我一個忙，瑟蕾娜。」諾克斯開口。聽到自己的真名，她嚇一跳。他把嘴湊在她的耳畔。「扯掉凱因的腦袋。」他輕聲道，露出賊笑。瑟蕾娜只回以微笑，點個頭。

當晚，諾克斯很早便悄悄離開城堡。

時鐘敲擊五下，鴉片的藥效滲透渾身上下所有毛細孔，嘉爾黛逼自己別揉眼睛。在夕陽餘暉下，城堡一條條走廊沾染紅橘金三色，彼此交疊滲透。帕林頓邀請她前往主廳共進晚餐，她通常不敢在出席公眾場合之前抽大煙，但騷擾她一下午的頭疼完全沒有好轉。

走廊似乎永無止境，她無視路過的朝臣和僕人，注意力集中於持續褪色的白晝。一名男子從走廊另一頭迎面走來，在金橘夕照的逆光襯托下，整個人化為一團黑影，條條暗流似乎從中滲漏，如潑墨般灑向石磚、窗戶和牆壁。

靠近他時，她試著嚥口水，但發現自己的舌頭沉重如鉛、乾燥如紙。

隨著每一步，他更加接近——更魁梧高大——她的心跳聲化為耳中雷鳴。或許那些鴉片變質——又或許是這次抽太多。在耳中與腦中沉重的心跳聲之間，她聽見微弱的振翅聲在四周迴響。

在眨眼之間的空隙中，她幾乎確定自己看見一些東西在他周遭飛快的打轉懸浮、耐心等候……

「夫人。」凱因從旁走過時低頭鞠躬。

嘉爾黛不發一語，只是握緊冒汗的掌心，繼續走向主廳。振翅聲過了一會兒才消失，但來到公爵的餐桌時，她已經把那件事忘得一乾二淨。

晚餐後，瑟蕾娜隔著棋盤坐在鐸里昂對面。兩天前那場舞會之後那個吻還不賴——其實相當不錯，如果她老實承認。當然，他今晚又跑來找她，而且目前為止沒提到她手上的新傷疤……或是那個吻。她也永遠不可能讓他知道滅絕獸的事。她或許對他有些感覺，但如果他讓他父王知道命痕和命門的力量……想到這點，她的血液失溫。

但是看著他、他被火光照映的臉龐，她完全看不出他和他父王有任何相似之處。不，她只看到他的善良和智慧，他或許有些自大，不過……

瑟蕾娜用腳趾刮刮飛毛腿的耳後。她原本以為他會保持距離、嘗過她的嘴唇就去找別的女人。

他原本真的對妳感興趣？

他移動棋盤上的高階女祭司，瑟蕾娜哈哈大笑。「你**真的**想走這一步？」她問道。他的臉龐因困惑而扭曲，她拿起卒子，斜向移動，輕鬆吃掉祭司。

「可惡！」他大驚失色，她咯咯笑。

「拿去，」她把棋子遞給他。「再走一次。」

「不，起手無回大丈夫！」

兩人笑成一團，不久又沉默無語。她的嘴唇仍帶有笑意，他以布滿繭皮但穩健有力的手伸向她的手，她想抽手卻意志不堅，被他牽於棋盤上方，他老練的讓彼此的手掌平貼再十指交扣，放於桌邊。

「下棋需要兩隻手。」她說，不知道自己的心臟有沒有可能爆炸。飛毛腿悶哼一聲，起身走離，大概打算鑽到床底下。

「我認為只需要一隻。」他用另一手拿起一顆棋子，游移於棋盤各處。「看到沒？」

她咬咬下唇，但還是沒抽手。「你又想吻我？」

「很想。」他俯身靠向她，持續逼近，桌子被他的手壓得吱嘎作響，直到他停止移動，與她嘴唇之間的距離窄如髮絲，她動彈不得。

「我今天在走廊碰到你父親。」她衝口說出。

鐸里昂慢慢坐回椅子。「結果？」

「結果還好。」她說謊，他瞇起眼睛。

他用食指輕抬她的下巴。「妳提起那件事，該不是為了逃避無可避免的某一刻吧？」不，她只是為了延長話題、讓他盡量在這待久一點，讓她不用整晚獨自面對凱因可能帶來的威脅。除了君王之子，還有誰更適合陪她度過漫漫長夜？凱因不可能膽敢傷害王子。

可是這一切……滅絕獸的存在表示她看過的那些書所言不假。如果凱因能召喚**任何東西**？例如亡靈？魔法消失時，許多依賴魔法為生的人因此傾家蕩產。國王自己也很可能被這種強大力量吸引。

「妳在顫抖。」鐸里昂開口。的確，她像個傻子一樣抖個不停。「妳還好嗎？」他起身繞過桌子，在她身旁坐下。

她不能告訴他，不行，絕不能讓他知道，正如他不能知道她在晚餐前檢查床底時又發現必須清理的新粉筆痕。凱因知道她會發現他是如何將對手一一殺害，或許他今晚就會來收拾她，又或許不會——她毫無頭緒。但她今晚鐵定難以成眠——或至少在凱因被她的劍尖刺穿之前。

「我沒事。」她說，雖然聲音有氣無力。但如果他不斷追問，她遲早會坦承。

「妳確定——」他開口，但她撲上前吻他，差點把他撞倒在地。他連忙用一手撐住椅背、穩住身子，用另一手攔住她的腰。她讓自己的思緒被他的觸感和氣味塞滿，狂吻他時希望能從他身上竊取一些氧氣。她的指尖在他髮絲中糾纏，他熱情回吻，讓她忘掉一切。

時鐘敲三下，瑟蕾娜坐在床上，雙手抱膝。在她床上接吻、說話再接吻的幾小時後，鐸里昂幾分鐘前才離開。她原本很想叫他留下——這會是聰明的做法——但想到凱因或滅絕獸可能前來、鐸里昂恐遭牽連，她還是決定讓他離開。

她疲倦得無法看書，卻也清醒得無法入眠，她只是凝視劈啪作響的爐火。任何碰撞聲或腳步聲都令她膽顫心驚，雖然成功趁菲莉琶不注意時從她的針線籃偷走幾根縫衣針，但光靠一把自製小刀、一本厚書再加一支蠟燭臺，實在無法抵擋凱因所能召喚的威脅。

妳不該把達瑪利斯留在墓穴。現在也來不及進地道取劍——只要凱因還活著就不行。她抱緊雙膝，想到怪物從中現身的那團暗影，不禁渾身顫抖。

凱因一定是在白牙山脈學過如何操作命痕。白牙山脈——亞達蘭和西部荒野交界的那塊詛咒之地，傳聞魔物依然潛伏於女巫王國的廢墟中——那些滿嘴鐵牙的老太婆仍漫步於無人的山中小徑。

手臂寒毛豎起，她從床上抓起一條獸皮毛毯裹住身子。如果能活到決鬥日，她將擊敗凱因，這一切就能有個了結，她就能再次睡個好覺——除非伊琳娜又要宣布什麼重大計畫。

瑟蕾娜把臉頰貼在膝上，聽著時鐘滴答滴答……

雷霆鐵蹄踏過冰封大地，一名騎士鞭打駿馬，持續加速。地上厚厚一層雪與泥，雪花在夜空中凌亂飛舞。

瑟蕾娜不斷奔跑——速度遠超過雙腿所能負荷。她渾身痛楚，衣服和髮絲被樹枝拉扯，雙腳遭碎石割裂。她慌忙穿越樹林，呼吸困難得無法吶喊求救。她必須抵達那座橋，因為牠無法過橋。

在她身後，一把長劍脫鞘而出、嘶聲尖嘯。

她踉蹌跌倒，摔進泥濘和石塊之間。試圖起身時，不斷逼近的惡魔之聲在四處迴響。泥濘黏滯，令她無法奔跑。

她以流血的小手伸向一團樹叢，那匹馬就在後方，她——

瑟蕾娜驚呼醒來，手貼於心口，胸腔不斷起伏。是夢。

火焰只剩餘燼，一道冰冷灰光從窗簾滲入。只是惡夢，她想必是不小心睡著。她緊抓護符，拇指撫摸中央的寶石。

那怪物襲擊我的時候，你這玩意兒還真管用啊。

她皺著眉，輕輕拉好飛毛腿身上的毛毯，摸摸牠的小腦袋。黎明將至，她又成功熬過一晚。

瑟蕾娜嘆口氣，躺下閉眼。

幾小時後，諾克斯不告而別的消息傳開，她收到通知：最後一場測驗被取消。明天，她將與古雷夫、雷諾和凱因決鬥。

明天將決定她是否能重獲自由。

第四十六章

周遭森林寂靜冰冷，樹上積雪在他經過時崩塌掉落，鐸里昂來回觀察樹枝和灌木叢之間。他今天需要出來打獵，就算只是為了感受冰涼空氣。

每次閉上眼，他就看到她的臉龐。她在他的思緒中揮之不去，讓他想以她的名義做些偉大而美好的壯舉，讓他想成為值得戴上王冠的男子漢。

但他不知道瑟蕾娜對他到底有何感覺。她是吻過他——熱情貪婪——但他以前愛過的那些女人也一樣態度。她們以愛慕的眼神看他，但她看他的眼神就像貓盯著老鼠。鐸里昂挺直身子，偵查周遭動靜。一頭雄鹿站在十碼外，正在啃食樹皮。他勒馬停下，從箭袋取出一支箭矢搭起，但鬆下弓弦。

她明天就要進行決鬥。

如果她受到傷害……不，她能照顧自己，她強悍聰慧又敏捷。他做得太過火，當初根本不應該吻她，因為無論他對自己的未來有過什麼想像、與誰度過餘生，此刻的他都無法想像跟別的女人在一起——或是想要別人。

雪花開始飄落。鐸里昂一瞥灰色天空，繼續策馬越過無聲的狩獵場。

瑟蕾娜站在露臺門前，低頭凝視裂際城。一片片屋頂依然覆以白雪，家家戶戶透出火光。這幅畫面或許美麗，但她知道這座城中多麼腐敗骯髒、被何等殘暴勢力統治。她希望諾克斯已經逃得老遠。她向門外衛兵下過指示：她今晚絕不見客，就算是鎧奧或鐸里昂前來也不例外。某人敲門，只敲一下，但她沒有應門，那人隨即離去，沒再打擾。她把手貼上一面玻璃窗，感受冰寒。時鐘敲了十二下。

明天——還是已經算今天——她將面對凱因。她之前未曾跟他對練過，因為其他鬥士都爭先恐後的想跟他較量一番。凱因雖然強壯，但速度不如她，不過耐力絕對十足，她得先閃避他的攻擊一段時間。她只能祈禱跟鎧奧那些晨跑訓練能讓她在凱因面前不露倦態。如果她敗北——

千萬別給自己那種可能性。

她的額頭貼上玻璃。死於決鬥會不會比被送回安多維爾更具尊嚴？比成為御前鬥士更光榮？國王日後會要她殺哪些人？

在身為亞達蘭刺客的那些日子裡，她有選擇權。就算艾洛賓·漢默爾控制她的人生，她依然能堅守自己的原則：不殺孩童，不殺來自特拉森的同胞。但是亞達蘭國王沒有這種顧忌。難道伊琳娜期望她在成為御前鬥士之後拒絕國王的暗殺令？感覺腸胃翻到咽喉，現在不能想這些，她必須把注意力集中在凱因身上，想辦法消耗他的體力。

但就算嘗試集中精神，她只想到一名飢餓無助的刺客，在某個秋日被一名凶狠的侍衛隊長拖出安多維爾。如果早知道日後將面對這種兩難，她當初是否還會接受王子的提議？如果早知道其他事情——其他人——日後會變得跟她自己的自由一樣重要，她會不會無奈的哈哈大笑？

瑟蕾娜吞下緊繃的情緒。或許明天有其他理由讓她想奮戰到底，或許在城堡的這幾個月訓練並不足夠，或許……或許她想待在這的原因不只是為了終究會獲得的自由。**這一點**是當初離開安多維爾的那名可憐刺客始料未及。

但這是事實，她確實想留下。

這個認知將讓明天更難熬。

第四十七章

嘉爾黛拉緊身上的紅披風，享受布料賜予的暖意。決鬥為何在戶外舉行？刺客還沒到來，她就會先凍死！她輕撫口袋裡的藥瓶，再一瞥木桌上的兩支高腳杯，右邊那杯是留給薩達錫恩，千萬不能搞錯。

她的視線移向站在國王附近的帕林頓，這位公爵完全不知道一待薩達錫恩倒下——鐸里昂脫離那女人的魔爪後，她將有何打算。想到這裡，她的血液溫暖閃耀。

公爵走來，嘉爾黛依然凝視這片鋪瓷磚的寬廣陽臺，決鬥就是在此舉行。他在她面前停步，故意跟她保持距離，讓其他議員看不出這兩人之間的特殊關係。

「對戶外決鬥來說，這種天氣確實有點冷。」他開口，彎腰吻她的手。她微笑，讓披風下襬垂於桌上，利用布料遮住另一隻手，撥開瓶蓋，把瓶中物倒進酒杯。他站直的同時，藥瓶已經回到她的口袋。劑量只會弱化薩達錫恩——讓她頭暈目眩。

一名衛兵出現在門口，然後又一名。一個女性身影走在他們中間，但身穿男性服裝，雖然嘉爾黛必須承認她那身黑金雙色外衣十分高級。嘉爾黛原本很難想像她是刺客，但現在看到她，就能明白她這人為何古怪反常。嘉爾黛以指尖撫摸高腳杯的底座，露齒而笑。

帕林頓公爵的鬥士從鐘樓後方現身。嘉爾黛不禁揚眉：她和公爵真以為沒被下藥的薩達錫恩能擊敗這名魁梧男子？

另外兩名參賽者到來，嘉爾黛離開桌子一步，帕林頓轉身去坐在國王身旁。那兩名鬥士露出渴望鮮血的表情。

瑟蕾娜站在包圍黑曜石鐘樓的寬敞陽臺，強忍顫意。她看不出在戶外決鬥有何意義——只會讓鬥士們更不自在。她以渴望的眼神瞥向城堡牆面一排排玻璃窗，然後看向結霜的花園。她把冷得發麻的雙手塞進滾毛口袋，走向鎧奧，他站在繪於石地板的巨大粉筆圈旁。

「這裡冷得要死。」她開口。黑外衣的領口和長袖都以兔毛做內襯，但這樣並不夠。「你怎麼不早點讓我知道是在戶外舉行？」

鎧奧搖搖頭，看向古雷夫，然後是來自骷髏海灣的傭兵雷諾；看到雷諾在寒天中顯得相當難受，她暗爽在心。「我們原本也不知道，是國王臨時宣布。」鎧奧回答：「至少決鬥應該很快就會結束。」他微微一笑，雖然她沒回以笑容。

天空一片蔚藍，一道強風向她襲來，她凍得咬牙。長桌的十三張座位漸漸坐滿，國王和帕林頓坐在中間位置；嘉爾黛站在帕林頓身後，身披一條襯以潔白獸毛的精美紅披風。和嘉爾黛四目相會的同時，瑟蕾娜不明白那名女子為何微笑以對。嘉爾黛隨即撇開頭——面向鐘樓，瑟蕾娜的視線跟著轉移，旋即明白原因。

凱因斜靠在鐘樓牆邊，身上的外袍幾乎遮不住賁張肌肉。那些被奪取的力量……如果她當時也被滅絕獸殺害，現在會是何種結局？今天的他會多麼強大？更糟糕的是，他身穿紅金相間的皇家侍衛裝束——雙足翼龍金紋貼於厚實胸膛。腰間長劍確實精美，想必是來自帕林頓的禮物。公爵是否知道自己的鬥士擁有何種本領？就算她試圖揭露凱因的祕密，也不會有人相信她的說詞。

她感覺作嘔，但鎧奧抓住她的手肘，護送她去陽臺的另一端。她注意到桌邊兩名年長男子正緊張的看著她，她朝他們倆點個頭。

爾萊澤爵士和賈奈爾爵士，看來你們倆確實得到不惜殺人也想擁有的東西，而且似乎有人讓你們知道我的真實身分。

兩年前，那兩人分別雇用她刺殺同一名男子，她當然沒讓他們知道其中巧合，也因此取走雙份酬勞。她朝賈奈爾爵士眨個眼，他臉色蒼白，打翻手上的高腳杯，熱可可灑在面前的文件上。呵，她當然會保守他們的祕密，這可是她的職業道德。但如果她的自由將由他們投票決定……她朝爾萊澤爵士微笑，對方把頭撇向一邊。她的目光移向另一名男子，發現對方正在盯著她。

國王。雖然內心深處震顫不已，但她還是低頭鞠躬。

「準備好了嗎？」鎧奧問道。瑟蕾娜眨眨眼，想起他就在身邊。

「準備好了。」她回答，雖然言不由衷。強風從她的髮絲鞭笞而過，以冰冷手爪將金絲打結。鐸里昂出現在桌邊，跟平常一樣英俊得令人窒息，對她嚴肅一笑，兩手插進口袋，視線移向父王。

國王的最後一位議員在桌邊就座。瑟蕾娜歪起頭，看到娜希米雅出現，站在大白圈的邊緣。公主回應她的視線，下巴一揚，表示鼓勵。她的衣服實在引人注目：緊身長褲、覆以鐵質螺紋飾釘的多層次外袍、高筒靴，手持與身高等長的木杖。瑟蕾娜意識到公主這副模樣是以戰士的身分向另一名戰士表示敬意，因此感動得微微泛淚。

國王站起身，在場的所有人不發一語。她感覺內臟被石化，渾身笨拙又沉重，卻又如新生兒般輕盈而虛弱。

鎧奧用手肘輕推她，要她去站在桌前。她走上前，注意力集中於雙腳，沒看國王的臉龐。還好，雷諾和古雷夫站在她兩側。如果凱因站在她身旁，她或許會當場扭斷他的脖子、一了百了。這麼多人正在盯著她……

她與亞達蘭國王相距不到十呎。這張桌子將決定自由或死亡，她的過去與未來高坐於玻璃王座。

她的視線移向娜希米雅，公主勇猛又優雅的眼神令她的骨髓感到溫暖、雙臂穩健。

亞達蘭國王開口說話，她知道看到他的臉龐只會減弱她從娜希米雅的眼中獲得的力量，因此她沒看他，而是看他背後的王座。她懷疑，嘉爾黛既然在場，或許這表示帕林頓公爵已經向嘉爾黛說明瑟蕾娜的真實身分。

「你們被帶離原本的可悲人生，好讓你們有機會證明自己是否有資格成為侍奉皇室的神聖武士。經過這幾個月的訓練，決定誰將成為本王鬥士的一刻終於到來，你們將在決鬥中面對彼此。獲勝只有一種方式：制住對手的致命要害、令對方不得不投降，**點到為止**。」他以銳利的眼神朝她的方向補充道。「凱因與賈奈爾議員的鬥士將先進行決鬥，然後是吾兒的鬥士對抗摩里遜議員的鬥士。」

當然，國王聽說過凱因的名聲，何不直接宣布讓那個莽夫成為御前鬥士？「晉級的兩人將進入總決賽，勝者將獲封為御前鬥士，明白嗎？」

大家點個頭。有那麼一刻，她清楚看透國王：他只是個凡人——擁有太多權力的凡人。在那一刻，她不怕他。我絕不畏懼，她在心中重複熟悉的誓言。「待本王一聲令下，決鬥即將開始。」國王說。

聽到這話，瑟蕾娜心想這應該表示自己可以離開擂臺邊緣，因此走到鎧奧身旁。

凱因和雷諾向國王鞠躬，然後向彼此行禮，接著拔劍。雷諾擺出架式時，她觀察他的狀態；她見過他和凱因對打，他雖然未曾占上風，卻能堅持相當長的一段時間，或許這次會獲勝。

但是凱因舉起劍，他的武器更精良，而且身高比雷諾高半呎。

「開始。」國王宣布。劍光閃過，兵器互擊之後，兩人的身子旋即向後閃退。雷諾拒絕做出守勢，而是又向前揮砍，幾道強勁的斬擊落在凱因的劍刃上。她逼自己肩膀放鬆，吸進冰涼空氣。

「我是第二輪，比完之後就要緊接著再上場，」她朝鎧奧咕噥：「你認為我只是單純的倒楣嗎？」

他把注意力集中於決鬥。「我相信他們會給妳足夠時間休息。」他的下巴朝決鬥的兩名男子一撇。「凱因有時候會疏於防禦右側，妳看。」瑟蕾娜觀察，凱因揮擊時扭轉身體，右側因此門戶大開。「雷諾根本沒注意到這點。」凱因吆喝，以劍重壓雷諾的兵器，逼傭兵後退一步。「他錯失良機。」

狂風在周圍呼嘯而過。「保持警覺。」鎧奧提醒她，仍在觀察決鬥。雷諾節節敗退，被凱因的每一道揮砍逼得持續退向粉筆線的邊緣，只要踏出擂臺就會失去資格。「他到時會試圖挑釁妳。別動怒，把所有注意力集中在他的劍上，還有他露出的破綻。」

「我知道。」她回應，把視線移回決鬥。剛好看到雷諾哀叫一聲，踉蹌後退，鼻梁噴血，整個人重重倒地。凱因的拳頭沾染雷諾的血，面帶微笑，把劍尖抵住雷諾的心口。傭兵染血的臉龐一片蒼白，咬牙切齒的抬頭怒瞪征服者。

她一瞥鐘樓，雷諾沒撐過三分鐘。

禮貌的掌聲響起，瑟蕾娜注意到賈奈爾爵士一臉怒氣，只能想像他這下輸了多少錢。

「精采表現。」國王開口。凱因一鞠躬，沒伸手扶雷諾起身，而是直接走向陽臺的一側。雷諾表現出的尊嚴超過瑟蕾娜的預料，他站起身，朝國王鞠躬，低聲道謝，然後摀著鼻子安靜離開。既然落敗，他會失去什麼？而且被送回哪？

擂臺對側的古雷夫朝她微笑，一手抓住劍柄。看到他的一口爛牙，她強忍吐意。還真巧，她得跟最噁心的傢伙決鬥，至少雷諾看起來還算乾淨整齊。

「決鬥一會兒開始，」國王說：「準備武器。」他接著轉頭朝帕林頓說些什麼，但旁人因為強勁風聲而無法聽見。

瑟蕾娜轉身面向鎧奧，他沒把平常練習用的普通劍遞給她，而是抽出自己的佩劍。正午陽光下，鷹隼劍首閃閃發光。「拿去。」他說。

她朝這柄劍眨眨眼，然後慢慢抬頭看他，在他眼中看到北方大地的起伏土丘，那是他對自己國度的忠誠心，超過對國王的程度。在內心深處，她看到一條把兩人綁在一起的金鎖鍊。

「拿去。」他重複。

心跳在耳中如雷作響，她伸手準備接過，但某人碰觸她的手肘。

「如果可以，」娜希米雅以伊爾維語開口：「我想把這東西呈獻給妳。」公主舉起她美麗的木杖。瑟蕾娜來回瞥鎧奧的劍和朋友的武器，長劍顯然是更明智的選擇——而且鎧奧提供自己的佩劍，這更是令她感動莫名——可是木杖……

娜希米雅俯身在瑟蕾娜耳畔低語。「用伊爾維武器解決他們。」她的聲音顫抖：「用伊爾維的林木擊敗亞達蘭的鋼鐵，讓能夠體會無辜百姓之痛苦的人成為御前鬥士。」

伊琳娜幾個月前不也說過同樣的話？瑟蕾娜用力嚥嚥口水，鎧奧放下劍，後退一步。娜希米雅沒移開視線。

她知道公主提出什麼要求。成為御前鬥士，她或許能找出辦法拯救無數生命——破壞國王的大權。

瑟蕾娜意識到，這或許就是伊琳娜——國王的先祖——想達成的願望。

雖然她因此感到恐懼，雖然她以為自己永遠不敢站在國王面前，但她無法忘記背上的三條疤、留在安多維爾的那些奴隸，或是五百名被屠殺的伊爾維反抗分子。

瑟蕾娜從娜希米雅的雙手中接過木杖，公主給她一個強悍的咧嘴笑容。

鎧奧倒是意外的沒表示反對，只是將劍收鞘，朝娜希米雅低頭行禮。娜希米雅拍拍瑟蕾娜的肩膀，然後走離。

瑟蕾娜試揮幾下木杖：手感平衡、堅固強韌，兩端的圓形鐵套能把成年男子瞬間擊昏。

在刻有雕飾的木身，她能感覺到娜希米雅的雙手殘留的潤膚油，聞到蓮花芬芳。沒錯，木杖足矣；她曾空手制伏弗林，也能用這武器擊敗古雷夫和凱因。

她瞥國王一眼，國王還在跟帕林頓說話，這時她發現鐸里昂正在看她。他的藍寶石眼眸反映耀眼藍天，雖然瞥向娜希米雅時稍微黯淡。鐸里昂或許有缺點，但愚蠢絕非其中之一，他意識到娜希米雅這麼做有何涵義？她立刻轉頭避開他的視線。

那個問題可以晚點再擔心。擂臺另一側，古雷夫開始來回踱步，等候國王把注意力移回決鬥、下令開始比賽。

她顫抖的吐口氣，決鬥的一刻終於到來。她以左手握緊木杖，吸收林木之力、友人之力。

幾分鐘內可能發生很多事情——很多變化。

她面向鎧奧，強風從髮辮扯下幾縷髮絲，她將其撥到耳後。

「無論以何種結局收場，」她輕聲說：「我都想向你道謝。」

鎧奧歪起頭。「謝我什麼？」

她的眼睛刺痛，但她把原因歸咎於強風，眨掉溼意。「讓我的自由有些意義。」

他不發一語，只是牽起她的右手，用拇指擦過那顆戒指。

「第二場決鬥開始。」國王隆隆發聲，手朝陽臺一揮。

鎧奧捏捏她的手，溫熱的肌膚在刺骨寒風中為她帶來暖意。「給他好看。」他鼓勵。

古雷夫踏進擂臺，拔出長劍。

瑟蕾娜從鎧奧手中抽回右手，挺直脊椎，走入擂臺。她很快朝國王一鞠躬，然後朝對手行禮。

她回應古雷夫的視線，面露微笑，彎曲雙膝，以雙手持杖。

你不知道你大難臨頭了，小子。

第四十八章

如她所料，古雷夫衝鋒而來，瞄準木杖中央、試圖將其劈成兩段。

但是瑟蕾娜迅速轉身閃避，古雷夫揮劍落空，被她以木杖底端擊中脊椎。他搖搖欲墜，但穩住腳步，以單腳為支點旋轉身子，再次向她衝去。

這次她斜架武器，讓對方擊中木杖的下半段。趁劍刃陷於木身之際，她向前一躍，用木杖的上半段狠狠捶上他的面門。他腳步踉蹌，她等候多時的拳頭旋即正中他的鼻梁，她享受拳頭發疼以及他的鼻梁被她的指關節打斷的感覺。他還沒來得及反擊，她已經向後跳離，微微反光的鮮血從鼻部涔涔流下。「賤貨！」他嘶吼，手臂一揮。

她以雙手持杖迎擊、壓制他的劍刃，就算木材發出碎裂聲。

她吆喝一聲、用力一推，轉身以木杖頂端重擊他的後腦，他蹣跚搖晃，但又穩住腳步。他擦擦鼻血，兩眼閃爍，不斷喘氣；坑疤臉龐面露猙獰的瞬間，他衝上前，劍鋒瞄準她的心臟，但這個刺擊太快，動作也太大。

她迅速蹲下，一待劍刃從頭上劃過，便朝他的兩腿猛擊。他還來不及呼喊，就被掃倒在地，正想舉劍，已被她跨蹲於胸前，咽喉被木杖的鐵套抵住。

她把嘴巴移向他耳邊。「我的名字是瑟蕾娜・薩達錫恩，」她低語：「但不管我叫瑟蕾娜、莉莉安或賤貨，那都無所謂，因為我照樣會擊敗你。」她朝他微笑，站起身。他只是瞪她，鼻血沿臉頰流下。她從口袋掏出手帕，丟在他的胸口上。「留著吧。」說完，她走出擂臺。

跨越粉筆線後，她立刻來到鎧奧面前。「剛剛花了多少時間？」她問道。看到娜希米雅興高采烈地看著她，她微微舉起木杖致意。

「兩分鐘。」

她朝隊長咧嘴笑，幾乎連大氣都沒喘一下。「比凱因更快。」

「而且絕對更戲劇化，」鎧奧說：「手帕那一幕真有必要？」

她咬唇正想回應時，國王站起身，群眾安靜下來。「賜酒給勝者。」他下令，原本站在旁邊的凱因來到桌前。瑟蕾娜仍待在鎧奧身旁。

國王朝嘉爾黛做個手勢，她順服的端起一面放有兩支高腳杯的銀托盤，把一個杯子遞給凱因，接著走向瑟蕾娜，遞出另一支，然後在國王桌前停步。

「為了向至高女神表示忠誠與榮耀，」嘉爾黛以誇張的口吻說道，聽在瑟蕾娜耳裡只覺得欠揍。「以此酒獻給孕育一切之母。喝下吧，願女神祝福你們、恢復你們的力量。」**這種**臺詞到底是誰寫的？嘉爾黛朝兩人鞠躬，瑟蕾娜把高腳杯湊到唇邊。看到國王投來的微笑，她喝酒時強忍顫意。喝完後，嘉爾黛接過她的高腳杯，然後向凱因屈膝行禮，取走他的杯子，隨即安靜離開。

獲勝，獲勝，獲勝，迅速解決他。

「做好準備，」國王開口：「待我一聲令下，便進行決賽。」

瑟蕾娜一瞥鎧奧。她不是應該有些時間休息？就連鐸里昂也朝父王揚眉，但國王拒絕回應王子的無聲質疑。

凱因拔劍，露出歪斜的咧嘴笑容，在擂臺中間壓低身子、做出守勢。

要不是鎧奧拍拍她的肩膀，她原本打算出言侮辱對方。鎧奧的栗色眼眸充滿一種她尚未能明白的情緒。他的臉上帶有某種力量，令她覺得美得無法形容。

「別輸，」他壓低嗓門，只有她能聽見。「我可不想浪費時間再把妳一路送回安多維爾。」他抬頭挺胸走離，無視國王的熾熱怒視。這時，她的視線開始變得有些模糊。

凱因慢慢靠近，闊劍閃閃發光。瑟蕾娜深呼吸，進入擂臺。

艾瑞利亞全地的征服者高舉雙手。「開始！」他喊道。瑟蕾娜甩甩頭，試圖讓視線恢復清晰。凱因開始繞圈子時，她穩住身子，以持劍的方式揮舞木杖。他繃緊肌肉的同時，她感到頭暈目眩。不知道為什麼，眼前景象依然模糊。她咬牙，眨眨眼，她會利用他的蠻力來還治其人之身。

凱因衝鋒的速度超過她的預料。她以木杖攔截他的劍脊，避開銳利的劍刃；聽到木材吱嘎呻吟，她立刻後退。

但他追擊的速度之快，令她不得不直接以木杖招架劍刃。銳鋒深陷木身，她的雙臂因兵器交接的強勁衝擊而疼痛，還來不及恢復姿態，凱因已將劍抽回，再次衝向她。她只來得及向後跳，以木杖的鐵端撥擋對方的進擊。感覺體內的血液緩慢黏滯，她甩甩頭。她病了？暈眩感依然沒消退。

瑟蕾娜吆喝，以技巧和力量勉強後退。如果真的生病，她就必須速戰速決。現在不是炫耀自己有何本領的時候，尤其如果那本書所述無誤、凱因確實獲得那些遇害鬥士的所有力量。

她轉守為攻，敏捷的向他揮擊，但他的劍輕輕一揮便將其化解。她將木杖由上而下揮向他的劍，一片片碎木飛起。

心跳聲在耳中化作雷鳴，木材敲擊鋼鐵的聲響幾乎令人難耐。為什麼一切都感覺如此緩慢？

她不斷發動攻擊，持續加速，也愈加凶狠。凱因發笑，這令她差點因為憤怒而尖叫。每一次她伸腳想絆倒他、每一次貼身近戰，她不是動作變得笨拙，就是被他閃過，彷彿他從一開始就知道她有何打算。她感覺自己受到耍弄、在大家眼中出洋相，因此更為光火。

瑟蕾娜以木杖橫掃，希望能擊中他沒保護的頸部，但被他撥擋。她轉個身，試圖攻擊他的腹部，但又被擋下。

「感覺不舒服？」他亮出大白牙。「或許妳不該隱藏實力那麼——」

砰！

她咧嘴笑，木杖的橫掃擊中他的側身。他彎下腰，她伸出一腿，將他重重掃倒在地。她舉起木杖，但是那種暈眩感嚴重發作，她渾身肌肉鬆弛、氣力消失。

他把她的木杖敲到一旁，彷彿這東西毫無威脅。他站起身的同時，她向後退，這時她聽見笑聲——輕柔的女性嗓音、笑裡藏刀，是嘉爾黛。瑟蕾娜腳步有些蹣跚，但依然挺直站立，怒視嘉爾黛以及她面前桌上的兩支高腳杯。這時她明白杯中物不是葡萄酒，而是血禍——她在測驗中沒認出的毒藥。血禍最起碼的效果是讓人產生幻覺和失去方向感，但最嚴重的後果……

木杖感覺無比沉重。凱因再次衝來，她別無選擇，只能正面迎擊，但每一次舉杖都感覺軟弱無力。她喝下多少血禍？木杖持續出現縱向與橫向裂痕，吱嘎作響。如果被下了致命劑量，她老早喪命，想必是剛好能讓她頭暈目眩卻又不容易被查出的分量。她無法集中精神，身體忽冷忽熱。凱因顯得無比魁梧、彷彿高山，而且他的強力攻擊……讓鎧奧相比之下像個孩童……

「已經累啦？」他問道：「真可惜，看來光會狂吠的小狗確實不會咬人。」

他知道真相，他知道她被下藥。她咆哮，衝上前，但他閃向一旁；她瞪大眼睛，看著自己的攻擊只劃過空氣，直到——

他以砂鍋大的拳頭重擊她的脊椎，她只看見模糊的地面石板，隨即摔趴在地。

「可悲。」他開口，身子投射的陰影籠罩她，她翻轉身子，在他接近前連忙拉開距離。她能嘗到嘴裡的血，這不可能——她居然被如此陷害。「如果我是古雷夫，我會因為敗在妳手底下而感到羞愧。」

呼吸急促而沉重，雙膝痠痛，她蹣跚起身，朝他衝去，但他敏捷得令她來不及反應，她被一把揪住領口往後甩，腳步蹣跚但沒倒下，在距離他幾呎外停下。

凱因在她周遭打轉，漫不經心的揮劍，兩眼透出黑影——黑得就像通往其他世界的那道傳送門。他正在迎接必定到來的一幕，像個掠食者耍弄獵物之後再一口吃下。他想要好好享受每一刻。

她必須在幻覺發作前速速結束這場戰鬥。她知道那種幻覺將會非常強烈，以前的先知曾利用血禍的藥效來觀察異世界的靈體。瑟蕾娜將木杖向前一甩，木身敲擊鋼鐵。

木杖斷成兩截。

覆以鐵套的一端飛向陽臺另一側，瑟蕾娜只剩一段廢木。凱因的黑眸凝視她片刻，隨即迅速伸出另一隻手，擊中她的肩膀。

先聽到碎裂聲才感覺到痛楚，她因為肩膀脫臼而痛得尖叫，雙膝癱軟、跪倒在地。他的腳底接觸她的肩膀，把她向後踹飛、重重倒地，脫臼的肩膀被壓回原位的瞬間發出令人頭皮發麻的喀嚓聲。痛楚令她無法視物，眼前景象時而清晰時而模糊，一切緩慢得彷彿靜止……

凱因揪住她的衣領，把她拉起身。她蹣跚向後、試圖掙脫，地面迅速迎來，她被重摔在地。

她以左手舉起斷木。喘著氣、咧嘴笑的凱因走向她。

鐸里昂咬牙，明白情況非常不妙。打從決鬥一開始，他就發現情況不對勁，看到她居然在應該揮出致勝一擊的時候卻沒出手，更是開始冒冷汗。但現在……

他無法忍受看到凱因踹她的肩膀，目睹她被莽夫舉起然後摔在地上，他感覺自己即將嘔吐。她不斷揉眼睛，而且額頭大汗閃閃發光。到底怎麼回事？

他應該阻止——現在就該中止決鬥，等她明天恢復正常狀態後再比一次，而且到時候一定要讓她拿劍。鎧奧咬牙嘶吼；看到瑟蕾娜試圖站起身但又倒下，鐸里昂差點驚呼。凱因嘲諷她——不只破壞她的肉身，也要摧毀她的意志力……他必須阻止。

凱因朝瑟蕾娜揮劍，她連忙後退——但不夠快，大腿被劍刃劃過，布料和皮肉綻裂，長褲染上血色，她發出哀號。儘管如此，她還是再次站起身，表情充滿反抗和怒氣。

鐸里昂必須幫助她，但如果介入，凱因很可能就此被宣布獲勝。所以他只能在一旁觀看，心中恐懼和絕望持續攀升，目睹凱因一拳打中她的下顎。

她的雙膝一彎，不支倒地。

看到瑟蕾娜染血的臉龐面向凱因，鎧奧繃緊神經。

「看來我對妳期望過高啊。」凱因說。瑟蕾娜爬起，身體呈跪姿，還抓著無用的斷木。她咬牙喘氣，嘴角滲血；凱因打量她的臉龐，彷彿可以看穿其中，彷彿可以聽見鎧奧聽不見的某種聲音。「不知道妳爹會作何感想？」

瑟蕾娜的眼中閃過一種介於恐懼與困惑之間的情緒。「閉嘴。」她的聲音顫抖，強忍傷口的痛楚。

但凱因依然盯著她，笑得更開心。「妳的祕密全寫在那裡，」他說：「就在妳築起的那道牆底下，我看得一清二楚。」

他在胡言亂語什麼？凱因舉起劍，撫摸上頭的血——她的血。鎧奧克制心中的厭惡與怒火。

凱因發出帶有呼吸聲的歡笑。「妳在爹娘之間醒來、渾身被他們的血汙覆蓋，那種感覺如何？」

「閉嘴！」她用另一隻手扒過地面，臉龐因憤怒和痛苦而扭曲。被凱因挑起的舊傷灼熱火燙。

「妳娘死前是個漂亮的年輕姑娘，是吧？」凱因說。

「**給我閉嘴！**」她試圖迅速起身，但受傷的腿令她無法站起。她大口喘氣，凱因怎麼會知道她的過去？鎧奧的心臟急促跳動，卻無法出手相助。

她發出不成文的尖叫，但被寒風撕裂。她蹣跚站起，痛苦被怒火取代，她以殘餘的木杖揮向他的劍刃。

「很好，」凱因喘氣，用力壓住她的木杖，劍刃深陷木身。「但還不夠好。」他推她一把，她蹣跚後退的同時，他抬起一腿，重踹她的肋骨，又把她踹飛。

鎧奧從沒見過有誰承受如此重擊。瑟蕾娜倒地，身子不斷翻轉，直到撞上鐘樓。看到她的腦袋重重撞上黑石，鎧奧逼自己別叫喊、逼自己待在旁邊，看著凱因慢慢把她撕成碎片。情況怎會如此急轉直下？

她顫抖著爬起，以雙膝跪地，緊抓腰側，手中依然緊握娜希米雅的斷杖，彷彿這是在驚濤駭浪中的一塊磐石。

凱因又揪住她，把她拖過地板。她在嘴裡嘗到血味，沒試圖反抗。他原本隨時可以把劍鋒對準她的心臟，這不是決鬥——而是處決，而且不會有任何人試圖阻止。她被下藥，這不公平。陽光閃爍，她在凱因的鐵腕下扭動身子，雖然渾身劇痛。

她周遭一片交頭接耳、笑聲和其他聲音。他們朝她呼喊——但叫她另一個名字、一個更危險的名字……

她向上一瞥，看到凱因的下巴，隨即被他拉起，又以臉朝下的姿態被重重砸在冰冷光滑的石板上。她被熟悉的黑暗包圍，頭顱因撞擊而疼痛，但是哀號聲中斷，因為她在黑暗中睜眼看到某個東西——某個死物站在她面前。

那是個男子，皮膚蒼白腐爛，兩眼通紅，一口長長的尖牙幾乎容不進嘴裡，正在以破碎而僵硬的方式伸手指向她。

原本的世界跑去哪了？想必是幻覺開始。她被往後扯的同時，一道光芒閃過，她的兩眼突出，因為凱因把她甩到擂臺邊緣的地面。

一道陰影閃過太陽。結束了，她即將受死——不是迎接死亡，就是承認失敗、被送回安多維爾。結束了，萬事休矣。

兩隻黑靴來到視線中，然後是一雙膝蓋，某人蹲在擂臺邊緣。

「起來。」鎧奧低語。她無法抬頭看他的臉，結束了。

凱因開始發笑，她能感覺到他在擂臺之中走來走去時發出的震動。「妳**就這麼點本事**？」他以勝利姿態咆哮。她打哆嗦，周遭世界被迷霧、黑影和說話聲交疊。

「**起來**。」鎧奧提高嗓門。她只能盯著擂臺的白色粉筆線。

凱因說了些他不可能知道的事——他在她眼中**看到**那些事。而如果他知道她的過去……她嗚咽，為此痛恨自己，也為沿臉頰和鼻梁滑過、滴到地板的淚水痛恨自己。一切都結束了。

「瑟蕾娜。」鎧奧溫柔呼喚，然後她聽到摩擦聲，看到他的手滑過石板，指尖停在白線邊緣。「**瑟蕾娜**。」他低語，嗓音夾雜痛苦——和希望。她僅存的寄託就是他伸來的手、如果獲勝就能贏回自由、美好的未來正在白線的另一端等候。

她移動手臂，因此眼冒金星，但她繼續伸手，直到指尖接觸粉筆線，然後在那停下，距離鎧奧不到四分之一吋，兩人被白色粗線隔離。

她的視線移向他的臉龐，發現他的眼眶有些溼潤。「起來。」他只重複這兩個字。

在那一刻，不知道為什麼，他的臉龐成了唯一重要的景物。她挪動身子，但因渾身劇痛而再次倒地，不禁因此啜泣，但她把注意力集中於他的棕眼、他緊抿的嘴脣，他開口低語：「起來。」

她把手臂從白線抽回，把手掌撐在冰冷地面。凝視他的同時，她把另一隻手移向胸部下方，強忍痛楚，把自己撐起，肩膀差點崩塌。她把沒受傷的腿移向身下，正準備站起身時，感覺到凱因的腳步傳來的震動，鎧奧瞪大眼睛。

世界化為一片黑藍迷霧，凱因抓住她，又把她推向鐘樓，她的臉龐砸在石頭上。睜開眼睛時，周遭世界改變，只見一片漆黑。她在內心深處知道這不只是幻覺——她看到的人事物確實存在，就在她的世界之外，毒藥以某種方式開啟了她的心靈，讓她能看見那些東西。

她看到兩隻形體，第二隻帶有翅膀，正在咧嘴笑——咧嘴笑的同時——

瑟蕾娜還來不及吶喊，那隻怪物已經振翅升空，把她摔在地上，爪子朝她襲來，她扭動身子。原本的世界呢？她到底在哪？

更多形體出現，亡靈、惡魔、怪物——牠們想得到她，牠們呼喚她的名。大多數的形體都有飛翼，其中一些以利爪持握無翼的同伴。

牠們向她攻擊，以利爪切割她的皮肉，打算把她帶進牠們的世界，鐘樓就是敞開的傳送門。她將被吞噬，她被從未有過的恐懼控制。牠們俯衝而來，瑟蕾娜抱頭，盲目亂踢。原本的世界呢？她到底喝下多少血禍？她快死了。*不是重獲自由，就是回去等死。*

反抗怒火在血中翻攪，她揮動另一隻手臂，撞上一個暗影臉龐，對方的兩眼宛如燃燒的煤塊。這面暗影波動，浮現凱因的五官。她看到太陽——回到現實；下一波毒藥引發的幻覺襲來之前，她還剩多少時間？

凱因的手伸向她的咽喉，她立刻向後逃竄，他因此只抓到她的護符。清晰的斷裂聲傳來，脖子上的伊琳娜之眼被扯下。

陽光消失，心靈再次被血禍控制，她發現自己面對一支亡靈大軍。化為暗影的凱因舉起一手，把護符丟在地上。

大軍朝她而來。

第四十九章

鐸里昂瞪大眼睛，驚悚的看著瑟蕾娜在地上打滾、試圖推開大家看不見的東西。到底發生什麼事？難道那杯酒裡下了藥？而且凱因站在一旁、滿臉笑意的模樣也有點不對勁。難道……這裡真有什麼旁人無法眼見的景象？

她淒厲尖叫，他此生從沒聽過這麼恐怖的聲音。「中止比賽，快！」他朝鎧奧喊道，看著在擂臺邊緣的老友站起身，但是一臉蒼白的鎧奧只是目瞪口呆的凝視拚命掙扎的刺客。

她朝空氣拳打腳踢，這時凱因跨坐在她身上，一拳捶上她的嘴，鮮血瞬間飛濺。這場比賽不會中止，除非父王下令，或是她被凱因打得失去意識……或是更糟的下場。他必須提醒自己：只要以任何形式介入——就算試圖解釋她的酒中有毒——都可能讓她因此被取消資格。

她爬離凱因，血沫和唾液滴在地上。

某人來到鐸里昂身旁。從對方的倒抽氣聲判斷，他知道那人是娜希米雅。她用伊爾維語說些什麼，然後走到擂臺邊緣，藏於披風皺褶之間的手指正在迅速舞動——在半空中畫出符號。

凱因慢慢走向瑟蕾娜。她呼吸困難，臉色一陣紅一陣白，身子慢慢彎成跪姿，兩眼茫然凝視擂臺、在場的每個人……又或許是遠方的景物。

她正在等候。等他——

結束她的生命。

瑟蕾娜跪在地上，大口喘氣，找不出甩開幻覺、回歸現實的辦法。在幻覺中，亡靈大軍將她團團包圍、靜心等待。暗影姿態的凱因站在一旁觀看，臉上唯一的五官只剩燃燒的雙眼，周身黑影波動，宛如隨風飄蕩的碎布。

她即將受死。

光明與黑暗、生與死，我將歸於何方？

這個念頭令她渾身一震，強勁得讓她以雙手摸索、尋找任何東西來對付他。豈可像這樣死去！她會找到方法——她會想辦法活下去。我絕不畏懼。在安多維爾的每個早上，她都如此輕聲提醒自己，但這幾個字現在又有何用？

一隻惡魔走來，她放聲尖叫，不是出於驚慌絕望，而是為了求救。惡魔振翅後退，彷彿被她的尖叫驚擾。凱因揮手要牠再次上前。

就在這時，一幅不可思議的壯麗景象展開。

無數的門同時開啟，形式不一：木門、鐵門、風門，以及魔法門。身披金光的伊琳娜從另一個世界俯衝而來。急速墜向艾瑞利亞時，上古王后的髮絲如流星般閃爍。

凱因咯咯發笑，走向幾乎窒息的刺客，舉劍瞄準她的胸口。

伊琳娜從亡靈大軍的陣形中高速穿過，將牠們撞得潰不成軍。

凱因的劍向下揮動。

現實世界中，一陣狂風襲向凱因，將他吹倒在地，劍也因此脫手、飛向陽臺另一側。但被困於黑暗世界中的瑟蕾娜只看見上古王后撞倒凱因。就在這時，亡靈大軍發動攻擊，但已失先機。

一道金光在王后周身爆發，化為護盾，逼亡靈卻步。

同一時刻，擂臺觀眾們這輩子未曾體驗的暴風仍在陽臺呼嘯，逼得他們用手遮臉。

黑暗世界中的群魔咆哮，再次湧上前，但是一柄長劍揮出環形斬擊，一隻惡魔立即倒下，黑血沿劍刃滴下。伊琳娜王后舉劍，發出戰吼，看牠們敢不敢跨越雷池、一嘗她的怒火。

從模糊視線中，瑟蕾娜看到伊琳娜頭戴一頂以星光組成的王冠，身上的銀鎧閃爍，宛如在這片黑暗世界中指路的明燈。群魔尖嘯，伊琳娜伸出一手，金光從掌心噴發，在她們倆以及亡靈之間豎起一道防禦屏障，旋即來到瑟蕾娜身旁，以雙手捧起她的臉龐。

「我無法保護妳。」王后低語，肌膚綻放光明，臉龐也有些變化——更鮮明美麗，展現永生精靈的血統。「也無法把我的力量給妳。」她的指頭撫過瑟蕾娜的眉頭。「但我能清除妳體內的毒素。」

在她們倆一段距離外的凱因掙扎站起，強風從四面八方向他襲擊，將他定身於原地。

在一陣狂風的吹襲下，另一截斷杖從陽臺最遠側向她滾來，可惜在幾呎之外停止滾動。

伊琳娜的一手貼在瑟蕾娜的額上。「取回武器。」王后指示。瑟蕾娜拚命伸手、試圖拿回斷杖，視線在陽光明媚的陽臺和無盡黑暗的雙界來回切換。肩關節微微扭移，她強吞因痛楚而想吐出的尖叫；最後，她終於感覺到平滑的雕紋木身——但也感覺到手指傳來的痛楚。

「等毒性消退，妳就看不見我，也看不見惡魔。」王后解釋，在瑟蕾娜的眉頭畫下一道符號。

凱因拾起劍，看向國王，對方點個頭。

伊琳娜的雙手貼於瑟蕾娜的臉頰。「別害怕。」金光護牆後方的亡靈尖嘯、呼喚瑟蕾娜的名諱。但這時凱因——以潛伏於體內的暗影魔物的型態呈現——穿過屏障，將其徹底擊碎，彷彿視其為無物。

「真是無用的把戲，王后殿下，」凱因對伊琳娜說：「看在我眼裡不過是雕蟲小技。」

伊琳娜立刻站起身，攔在凱因和瑟蕾娜之間。

凱因輪廓邊緣的暗影起伏如浪，如餘燼般的雙眼閃爍，注意力集中在瑟蕾娜身上。「妳是被特意帶回來這裡——你們都是。一場尚未結束的遊戲中的所有參賽者。這是我那些朋友，」他指向亡靈，「告訴我的。」

「給我滾。」伊琳娜咆哮，以十指結印，形成符號，雙手之間爆發奪目藍光。

在光線的衝擊下，凱因嗥叫，暗影型態被切成碎片。藍光隨即消失，現場只剩徘徊不去的亡靈與受詛者，伊琳娜依然攔在牠們面前。大軍再次發動攻擊，但她咬牙喘氣，以那面金光護盾將牠們掃退，接著雙膝跪下，抓住瑟蕾娜的肩膀。

「毒素即將消失。」伊琳娜說。周遭世界不再那麼黑暗，瑟蕾娜能看到幾抹陽光滲入。

瑟蕾娜點個頭，驚慌被痛楚取代。

她能感覺到冬天的寒意，感覺到腿傷的痛楚以及渾身上下溫暖又黏稠的血汙。

伊琳娜為何在這？在擂臺邊緣移動雙手的娜希米雅到底在做什麼？

「站起來。」伊琳娜說，形體開始變得透明，雙手從瑟蕾娜的臉頰移開，天空綻放白光，毒素已經離開瑟蕾娜的身體。

凱因恢復原貌、變回以血肉組成的男子，走向躺在地上的刺客。

渾身痛楚，來自大腿、頭部、肩膀、手臂和肋骨……

「**站起來**。」伊琳娜輕聲重複，然後不見蹤影。現實世界回歸。

凱因就在不遠處，身上不帶一絲暗影。瑟蕾娜舉起手中呈鋸齒狀的斷杖，視線也再次清晰。

蹣跚搖晃，瑟蕾娜站起身。

第五十章

右腿幾乎無法支撐體重，但瑟蕾娜咬牙起身。看到她挺起肩膀，凱因停步。風輕撫她的臉龐，將髮絲吹向身後，化為一道飄動金簾。我絕不畏懼。一道烙於她額上的符號綻放耀眼藍光。

「妳臉上那是什麼玩意兒？」凱因問。國王站起身，瞇起眼睛，不遠處的娜希米雅倒抽一口氣。

瑟蕾娜抬起疼痛不已、幾乎已廢的手臂，擦掉嘴角的血。凱因低吼，揮劍前來，打算砍掉她的腦袋。

瑟蕾娜箭步上前，速度驚人，宛如女神黛安娜射出的疾矢。

她把木杖的銳利斷面刺進凱因的右側，正是鎧奧說過他會疏於防守的位置。凱因瞪大眼睛。

她抽出木杖，鮮血從洞口噴出、灑上她的雙手。凱因緊抓肋骨，蹣跚後退。

她忘了痛楚、忘了恐懼、忘了正以黑眸凝視她額上符文的暴君。她向後跳一步，以杖尖割傷凱因的手臂、切開肌肉和筋腱。他用另一手朝她反擊，但她閃向一旁，順勢將那隻手一併劃開。

凱因衝上前，但她迅速閃退。他終究趴倒在地，她的腳底狠狠踹進他的背脊；他抬頭，感覺利如刀刃的杖尖就抵在頸後。

「膽敢動一下，我就讓你的喉結出來見太陽。」她警告，下顎因為過度緊繃而痠痛。凱因停止反抗。有那麼一刻，她幾乎確定他的兩眼確實亮如燃煤。她考慮當場將他滅口、避免他把所知道的事洩漏出去——關於她、她的父母，還有命痕及其力量。如果讓國王知道這之中任何祕密……她的手顫抖，不讓自己把木尖刺進他的頸後，但她抬起布滿瘀傷的臉，面向國王。

議員們開始緊張的鼓掌，他們都沒目睹那幅異象，沒見到強風中的那些黑影。國王打量她，她逼自己站直、接受他的評量，寂靜的每一秒都像毆打她內臟的拳頭。他在考慮有沒有其他做法？經過一段漫長如永恆的時間後，國王開口。

「吾兒的鬥士獲勝。」國王低吼。她感覺天旋地轉。

她贏了，她贏了！她重獲自由——至少是離自由又近一步。她將成為御前鬥士，然後她將恢復自由之身……

這個認知襲來，瑟蕾娜丟下染血的木杖，腳從凱因背上抽回。她跛腳走離，呼吸沉重而凌亂。她獲救，是伊琳娜伸出援手，而且……她贏了。

娜希米雅站在原地，微微一笑，只是——

公主不支倒地，貼身保鑣連忙上前。瑟蕾娜想走向朋友，但自己也兩腿癱軟而倒下。鐸里昂彷彿終於回過神來，連忙衝向她，在她身旁跪下，不斷呼喚她的名字。

但她幾乎聽不見他的聲音，只是將身子縮成一團，熱淚沿臉龐滑過。她贏了。雖然渾身痛楚，但她發出歡笑。

刺客輕笑、頭垂向地面的時候，鐸里昂打量她的狀況：大腿的縱向刀傷仍在滲血，一隻手無力下垂，臉龐和雙臂布滿割傷以及迅速浮現的瘀傷。一臉怒火的凱因站在不遠處，緊抓腰側，鮮血從指間不斷湧出。就讓他慢慢痛下去。

「她需要治療師。」他對父王說，但對方不發一語。「你，孩子，」鐸里昂朝一名侍童喊道：「快去找個醫者來——不容耽擱！」鐸里昂感到呼吸困難，他早該在凱因第一次擊中她時就中止決鬥。她顯然是被下藥，他早該採取行動，而不是繼續看下去。如果換作她，她一定會出手相助、絕不猶豫。就連鎧奧也幫了她——他曾跪在擂臺邊緣。到底是誰下藥？

他小心翼翼用雙臂抱著瑟蕾娜，眼睛瞥向嘉爾黛和帕林頓——也因此沒注意到凱因和父王交換的眼神。

來自山地的前任士兵掏出暗藏的匕首。

但這沒逃過鎧奧的銳眼。凱因舉起匕首，準備刺向女孩的背脊。

不假思索，也不明白自己為何這麼做，鎧奧已經縱身攔截，以長劍刺穿凱因的心臟。

鮮血噴灑四處，濺上鎧奧的雙臂、頭部和衣物，而且居然散發死亡與腐屍的惡臭。凱因重重倒地。

現場一片死寂。鎧奧看著凱因吐出最後一口氣、就此斷氣。等凱因的眼睛失去光芒，鎧奧的劍也掉在地上。他跪倒在凱因身旁，但沒伸手碰觸，他不敢相信自己的舉動。

鎧奧無法停止凝視自己沾滿血汙的雙手。他殺了人。

「鎧奧。」鑻里昂吸口氣，懷抱中的瑟蕾娜靜止不動。

「我做了什麼？」鎧奧問他。瑟蕾娜微微呻吟一聲，開始顫抖。

兩名衛兵扶鎧奧起身離去，但他只能盯著自己的血手。

鑻里昂看著老友進入城堡，接著把視線移回刺客身上，聽到父王正在嚷些什麼。

瑟蕾娜劇烈顫抖，傷口的出血量因此增加。「他不應該殺了他……這下他——他……」她顫抖的喘道：「她救了我，」她把臉龐埋於他的胸膛。「鑻里昂，是她幫我解毒，她——她……唉，諸神在上，我根本不知道到底發生什麼事。」鑻里昂完全聽不懂她的胡言亂語，只是把她抱得更緊。

鑻里昂感覺到議員們的目光，他們正在評估她說的每一個字以及他的每個舉動和反應。鑻里昂在心中詛咒那幫議員早日下地獄，一吻她的頭髮，她額上的符號淡去。那道符號有何涵義？這一切到底怎麼回事？凱因今天觸碰了她的逆鱗——他提到她的父母時，她徹底失控。鑻里昂從沒見過她這麼狂野而驚慌的模樣。

鑻里昂因為自己沒有採取行動、像個懦夫一樣袖手旁觀而痛恨自己。他會補償她——他會確保她日後獲得自由，而且在那之後……在那之後……

他吩咐治療師跟上，然後把她抱回她的房間，她沒抗拒。

他已經受夠了政治和陰謀。他愛她，沒有任何帝國、君王或是恐懼能讓他離開她。不，如果有誰試圖將她從他身邊奪走，他會以這雙手撕裂這個世界。不知道出於什麼原因，這個念頭並不令他害怕。

嘉爾黛以絕望和困惑的心情目送鐸里昂抱著哭泣的刺客離去。那賤貨明明被下了藥，為何還能擊敗凱因？她為何沒死？

坐在一臉怒意的國王身旁，帕林頓火冒三丈，其他議員們忙著填寫文件。嘉爾黛從口袋掏出空藥瓶。公爵不是提供了足夠的血禍，能癱瘓刺客？為何鐸里昂此刻不是在刺客的屍體旁號啕大哭？為何她不是正抱著鐸里昂加以撫慰？顱內再次爆發劇痛，強烈得令她的視線發黑、思緒模糊一片。

嘉爾黛走向公爵，在他耳邊嘶吼。「你不是說過這會成功？」她勉強壓低嗓門。「我以為你說過這該死的毒藥會發揮效果！」

國王和公爵瞪她，她站直身子，議員們交換視線。公爵緩緩從座位站起。「妳手裡是什麼東西？」他的聲音有點太響亮。

「你明明知道這是什麼！」她氣得冒煙，仍然試圖壓低嗓門，雖然腦子裡的痛楚已經化為雷鳴，她幾乎無法思考，只能回應體內的怒火。「我給她下的毒。」她放輕嗓門，只讓帕林頓聽見。

「毒藥？」帕林頓的大嗓門令嘉爾黛瞪大眼睛。「妳給她下毒？妳為何這麼做？」他朝三名衛兵做個手勢。

國王為何保持沉默？為什麼不幫她？帕林頓是按照國王的命令把毒藥交給她，不是嗎？議員們交頭接耳，以控訴的眼神瞪她。

「是你給我的！」她對公爵吼道。

帕林頓皺起橘紅濃眉。「妳在胡說些什麼？」

嘉爾黛衝上前。「你這陰險的雜種！」

「麻煩把她架住。」公爵的口氣毫無情緒，彷彿她只是個發神經的僕人、毫無價值。

「如臣先前所說，」公爵在國王耳邊低語：「這女人會不擇手段，就為了獲得王——」她被拖走，因此聽不見剩下的話。公爵臉上沒有任何變化、任何情緒。他把她像笨蛋一樣耍弄。

嘉爾黛在衛兵之間掙扎。「國王陛下，**求求您！**是公爵跟我說過**您**——」

公爵只是把頭撇開。

「老娘要宰了你！」她朝帕林頓尖嘯，再以乞求的眼光轉向國王，但他也轉過頭，臉龐因厭惡而皺成一團，拒絕聽她所說的任何一個字，無論真相為何。帕林頓這項計畫不知道已經準備了多久，她也徹底上當。他裝得像個色瞇瞇的傻子，只是為了從她背後捅一刀。

在衛兵們的押解下，嘉爾黛踢打掙扎，但是國王的長桌越來越遠。她來到城堡大門時，公爵朝她露齒而笑，她所有的夢想瞬間粉碎。

第五十一章

隔天早上，在父王的瞪視下，鐸里昂依然抬頭挺胸。無論父子之間沉默多久，他都沒垂下頭。瑟蕾娜的模樣一看就知道是被下藥，父王居然還放任凱因耍弄傷害她那麼久……鐸里昂截至目前為止還沒發怒，可謂奇蹟，但他需要與父王當面質詢。

「什麼事？」國王終於開口。

「我想知道鎧奧因為殺了凱因而將受到何種懲處。」

父王的黑眸發光。「**你**認為他應該有何種懲處？」

「什麼懲處都不該有。」鐸里昂說：「我認為他殺了凱因是為了保護瑟——保護刺客。」

「你認為刺客的命比士兵的命更重要？」

鐸里昂的藍寶石眼眸變得黯淡。「不，但我認為她在堂堂正正獲勝後差點從背後被刺死，凱因的行為毫無榮譽可言。」如果讓鐸里昂發現是帕林頓或父王允許凱因那麼做，甚至是他們串通嘉爾黛下藥……他垂於腰間的雙手握拳。

「榮譽？」亞達蘭國王摸摸鬍鬚。「如果當時是我想從背後刺死她呢？」

「您是我的父王，」他謹慎說道：「我相信您做的決定向來正確。」

「你睜眼說瞎話的本領還真高明！幾乎跟帕林頓一樣厲害。」

「所以您不會懲罰鎧奧？」

「我看不出為何要除掉這麼適任的侍衛隊長。」

鐸里昂嘆口氣。「謝謝您，父王。」他眼裡的感激之情乃是發自內心。

「還有其他事嗎？」國王衝口問道。

「我——」鐸里昂瞥向窗戶，然後回頭看父王，再次鼓起勇氣，說出到這裡的第二個原因。「我想知道您打算如何處理刺客。」他開口，父王的微笑令他的血液凍結。

「刺客……」父王沉思，「她在決鬥時的表現不甚優雅，不管有沒有被下藥，我實在不大願意讓那種哭個不停的女人擔任御前鬥士。如果她**真有**那麼厲害，就該在把酒吞下肚之前發現毒藥。或許我該把她送回安多維爾。」

鐸里昂的怒火高速攀升。「您對她的看法有誤。」他開口，但立刻搖搖頭。「不管我說什麼，都不會改變您的想法。」

「那個刺客只不過是個殺人狂，我為何要對她另眼相看？我讓她來這兒，是為了達成我的目的，不是為了讓她影響我的兒子和帝國。」

鐸里昂咬牙。自己以前從來不敢像這樣怒瞪父王，這令他感到刺激。父王緩緩坐下時，鐸里昂不禁猜想，或許自己也開始被父王當成麻煩人物。但令他意外的是，他發現自己根本不在乎父王怎麼想。或許時候到了，他應該開始對父王提出質疑。

「她不是殺人狂。」鐸里昂說：「她所做過的一切只是為了生存。」

「生存？那是她對你撒的謊？生存的方法有上百種，但她**選擇**殺人，她**享受**殺人。她把你搞得對她唯命是從，是不是？噢，她的腦袋可真靈光！如果她生為男兒身，不知道會成為多麼高明的政客！」

鐸里昂從喉頭深處發出低吼：「您根本不知道自己在說些什麼，我跟她之間沒有搞得不清不楚。」

鏗里昂在這句話中犯了錯，他知道父王發現了他的新弱點：他非常害怕瑟蕾娜有一天會被帶走。他的雙拳鬆開，垂於兩側。

亞達蘭國王凝視王儲。「等我有空的時候，我會派人把契約交給她。在那之前，為了你自己著想，你最好把嘴巴牢牢閉上，孩子。」

鏗里昂被心中的冰冷怒濤淹沒，但是一道鮮明畫面在腦海浮現：娜希米雅將木杖交給即將踏入擂臺的瑟蕾娜。娜希米雅不是傻子，她跟他一樣知道那些符號擁有特殊力量。雖然瑟蕾娜即將成為父王的鬥士，但她是透過伊爾維的武器而贏得這項殊榮。雖然娜希米雅或許正在玩一場她毫無勝算的遊戲，但鏗里昂也不能否認，公主的膽量令他打從心底佩服。

或許有一天他會鼓起勇氣、向父王追討殘殺伊爾維反抗軍的血債，但不是今天，現在還不行。但或許他能開始準備。

所以他面對父王，抬頭說道：「帕林頓想將娜希米雅做為人質，逼伊爾維反抗軍歸降。」父王的頭一歪。「真的？這個想法有意思。你同意嗎？」

雖然兩掌開始冒汗，鏗里昂逼自己的表情保持平靜。「不，我不同意。我認為那是極不光榮的手法。」

「是嗎？你知道那些逆賊害我損失多少將士和物資？」

「我知道，但以那種手段利用娜希米雅，實在過於危險。反抗軍很可能利用這個消息來聯合其他王國，而且娜希米雅深受其人民愛戴，一旦帕林頓的計畫燃起伊爾維全國的鬥志、逼得他們群起反抗，您到時候的損失可不只是將士和物資那麼簡單。更好的辦法是贏得娜希米雅的支持——與她合作、安撫反抗軍。如果挾持她為人質，那就不可能成功。」

現場一片沉默。被父王打量時，鐸里昂試著別扭來扭去。每一下心跳彷彿身子受到捶擊。

父王終於點個頭。「我會叫帕林頓打消念頭。」

鐸里昂差點安心得渾身癱軟，但他維持面無表情，語氣平穩。「謝父王垂聽。」

父王沒回應。沒等獲准退下，王子已經轉身離去。

在毛毯和繃帶覆蓋下，瑟蕾娜醒來，試著別因肩傷和腿傷的刺痛而皺眉。她一瞥壁爐架上的時鐘，快下午一點。

她試著張嘴，下顎疼痛，她不用照鏡子也知道自己渾身都是嚴重瘀傷。她皺起眉頭，整張臉因為這個動作而悸痛，這下一定奇醜無比。她試圖坐起身，但心有餘而力不足，全身上下無處不痛。

她的一條手臂以吊帶懸掛，挪動毛毯下的雙腿時，被劍劃過的大腿感到刺痛。她不太記得昨天決鬥之後發生什麼事，但她至少知道自己沒死——沒被凱因殺掉，也沒被國王下令處決。

她昨晚老是夢見娜希米雅和伊琳娜——雖然那兩人的身影不時被惡魔與亡靈大軍的畫面取代……還有凱因說過的那些話。她雖然因為渾身是傷而疲憊不堪，卻被那些恐怖夢魘搞得幾乎徹夜難眠。她想到伊琳娜的護符，不知道那東西現在在哪？她猜想可能就是因為護符不在身上，那些夢魘才會入侵，也因此不斷希望護符能被交還，就算現在凱因已死。

房門開啟，她看到娜希米雅站在門口。公主只是朝她微微一笑，把門在身後關上，朝她走來。飛毛腿抬起頭，開心搖起的尾巴不斷鞭打床鋪。

「妳好。」瑟蕾娜以伊爾維語開口。

「妳現在感覺如何？」娜希米雅以通用語回應，不帶一絲外國腔。飛毛腿爬上瑟蕾娜痠痛的雙腿，迎接公主的到來。

「如妳所見。」瑟蕾娜的嘴巴因說話而疼痛不已。

娜希米雅在床邊坐下，床墊隨之挪動，瑟蕾娜因此痛得臉龐扭曲，看來痊癒需要相當一段時間。把娜希米雅舔嗅完畢後，飛毛腿在兩人中間縮成一團毛球睡去，瑟蕾娜把指尖伸向牠如天鵝絨柔軟的耳朵底下。

「我就不浪費時間拐彎抹角了，」娜希米雅說：「昨天的決鬥，是我救了妳的命。」

瑟蕾娜依稀記得娜希米雅的指尖在半空中畫出怪異的符號。「所以那不是我的幻覺？而且——妳也看到那些畫面？」瑟蕾娜試圖坐得更直，但實在痛得幾乎動彈不得。

「沒錯，那不是幻覺，」公主說：「而且，是的，我也看到妳見到的一切，我的天賦讓我能看見常人所不能見。昨天，透過嘉爾黛在妳的酒裡下的血禍，妳也看見隱藏於這個世界表面之下的景象。那應該不是嘉爾黛的用意，但毒藥確實在妳的血液中產生那種效果，魔法對魔法的呼應。」聽到這番話，瑟蕾娜不安的挪挪身子。

「先前那幾個月，妳為什麼裝作聽不懂我們的語言？」瑟蕾娜問道，雖然迫切想改變話題，但這個疑惑跟身上的傷口一樣令她難受。

「原本只是為了保護我自己，」娜希米雅輕輕把手按在瑟蕾娜沒受傷的那隻手上。「旁人如果以為妳聽不懂他們的語言，反倒願意吐露真心話。但隨著日子一天天過去，我越來越不願欺騙妳。」

「那妳為什麼要我給妳上課？」

娜希米雅抬頭看天花板。「因為我想要朋友，因為我喜歡妳。」

「所以我在圖書館碰到妳的時候，妳真的在閱讀那些書。」

娜希米雅點個頭。「我……我那時候在做研究，研究『命痕』──在你們的語言中應該被譯為『命痕』的符號。我之前說我對那些東西一無所知，那是謊話，我其實對它們瞭若指掌。我看得懂──也會使用，我整個家族都會，但我們將這個祕密隱瞞，而且代代相傳。命痕只能用作抵擋邪惡勢力的最後一道防線，或是用來治療重病。但在這裡，魔法被禁……總之，就算命痕之力不同於魔法之力，但我相信如果有人發現我使用命痕，我一定會因此被監禁。」

瑟蕾娜試著坐直，但一動就痛得想昏倒，因而詛咒自己。「妳那時候在使用命痕？」

娜希米雅嚴肅的點個頭。「我們之所以將其保密，是因為命痕擁有恐怖力量。之所以『恐怖』，是因為命痕可以用來行善或行惡──雖然大多數人都選擇後者。打從我來到這，我就察覺到有人使用命痕差遣來自『異界』的惡魔──『異界』是泛指我們這個世界之外的眾多世界。凱因那傻子知道如何透過命痕召喚怪物，但不知道如何控制牠們、把牠們送回原處。我這幾個月都忙著驅逐消滅那些怪物，所以妳有時候找不到我。」

瑟蕾娜慚愧得臉頰泛紅，她居然一度懷疑是娜希米雅殺害那些鬥士！瑟蕾娜抬起右手，查看疤痕。「所以我這隻手被咬的那晚，妳什麼都沒問。妳──妳用命痕治療我。」

「我還是不知道妳是在何處或何故碰到滅絕獸──但那個故事留到以後再說。」娜希米雅嘖嘖兩聲。「妳在床底發現的那些符號，是我畫的。」聽到這話，瑟蕾娜微微一震，身子因此集體傳來痛楚，她難受得嘶吼。

「那些符號是防禦結界。每次被妳洗掉之後我得溜進去重畫，畫了又洗、洗了又畫，妳不知道那有多麻煩。」娜希米雅飽滿的嘴唇勾起微笑。「要不是因為那些防禦符文，那隻滅絕獸應該老早去找妳了。」

「為什麼？」

「當然是因為凱因看妳不順眼、想剷除妳這個對手。可惜他死了，否則我實在很想問清楚他是在哪裡學會那種本領，能劃出那種時空裂口。毒藥讓妳在兩個世界之間遊走時，不知道出於什麼原因，是他的存在把那些怪物引至『夾界』——雙界交會之處，打算將妳撕碎。不過，他幹了那麼多壞事，倒也應該像那樣被鎧奧一劍刺死。」

瑟蕾娜瞥向房門。從決鬥之後就沒再見到鎧奧，他因為殺了凱因而遭到國王懲罰？

「他其實不知道自己有多在乎妳，妳也一樣遲鈍。」娜希米雅語帶笑意，瑟蕾娜臉頰灼熱。

娜希米雅清清喉嚨。「我猜，妳大概想知道我是怎麼救妳的。」

「如果妳願意解惑。」瑟蕾娜回答，公主咧嘴笑。

「透過命痕，我成功開啟一道通往某個異界的傳送門——伊琳娜，第一任亞達蘭王后，從中而來。」

「妳認識她？」瑟蕾娜揚起一眉。

「不認識——但她回應了我的呼救。不是每個異界都被黑暗和死亡占據，有些地方充滿良善之物——如果我們身陷重大危機，他們會進入艾瑞利亞、伸出援手。早在我開啟傳送門之前，她就已經聽見妳的呼救。」

「那麼……我們有沒有可能**前往**那些異界？」瑟蕾娜模糊想起幾個月前在書上看到關於命運之門的描述。

娜希米雅仔細打量她。「我不知道，我的修行還沒完成，但我能告訴妳的是，王后當時雖然身處這個世界，卻也不在這個世界。她當時處於夾界，無法完全脫離那個次元、進入我們這個世界，妳看到的那些怪物也不行。開啟一道真正的傳送門、讓物體能穿越其中，那需要極大能量──而且就算成功開啟，通道也只能維持一小段時間。凱因開啟的那種裂口所能維持的時間也僅足以讓滅絕獸通過，之後便會封起，所以我必須讓那道裂口維持到讓我能把那種怪物**送回去**，這種貓捉老鼠的遊戲我已經玩了好幾個月。」她揉揉太陽穴。「妳不知道那有多累。」

「凱因是在決鬥時召喚那支怪物軍團，是不是？」

娜希米雅思索這個問題。「或許。但牠們也可能早已等候多時。」

「但我能看到牠們，只是因為嘉爾黛給我下的血禍？」

「我不知道，艾蘭堤雅。」娜希米雅嘆口氣，站起身。「我只知道，凱因知道我的人民擁有這種神祕力量──在北方大地早已被遺忘多時的力量，而這令我非常不安。」

「至少他已經死了。」瑟蕾娜指出，隨即嚥嚥口水。「可是……在那個……夾界──凱因看起來不像凱因，而像惡魔，這是為什麼？」

「或許他再三召喚的那些魔物已經入侵他的靈魂，把他扭曲成別的東西。」

「他曾談起我的事，彷彿知道我所有過去。」瑟蕾娜抓緊毛毯。

娜希米雅的眼睛閃過某種光芒。「有時候，惡者的話語只是為了讓我們困惑──在我們的心靈之中產生揮之不去的騷擾。如果他知道妳到現在還因為他說的一些廢話而緊張兮兮，那豈不令他痛快？」娜希米雅輕拍她的手。「別因為他說過什麼而心煩意亂，這樣只會順他的意，把那些雜念拋諸腦後吧。」

「還好國王對這些事一無所知。如果他能利用那種力量，後果我想都不敢想。」

「我能想像他會幹下多少好事。」娜希米雅輕聲說：「妳知道當時在妳額上燃燒的那道命痕是什麼嗎？」

瑟蕾娜整個人僵住。「不。妳知道？」

娜希米雅投以沉重一眼。「我也不知道，但我之前就看過妳額上出現那道符號，它似乎是妳與生俱來的一部分，而且我實在擔心國王對此作何感想。他當時沒多問，已算是奇蹟。」瑟蕾娜的血液失溫，娜希米雅連忙補充道：「別擔心。他如果想質問妳，不可能多等一秒。」

瑟蕾娜顫抖的喘口氣。「妳來裂際城到底有何目的，娜希米雅？」

公主沉默片刻。「我不會向亞達蘭國王表示忠誠，妳老早知道這點，而且我也不怕讓妳知道，我來這裡只是為了能就近觀察他的一舉一動、所有計畫。」

「妳真的是間諜？」瑟蕾娜低語。

「妳想這麼說也行。只要能讓我的人民活下去，避免下一場屠殺，而且別讓他們成為奴隸，我願意獻出任何代價。」她的眼中閃過痛苦。

瑟蕾娜的心臟糾結。「妳是我見過最勇敢的人。」

娜希米雅撫摸飛毛腿的毛皮。「我對伊爾維的愛勝過我對亞達蘭國王的恐懼。但我不會把妳牽扯進去，艾蘭堤雅。」瑟蕾娜差點安心的嘆口氣，雖然因為自己居然有這種反應而慚愧。「妳我的人生道路或許有交集，但……但我認為妳現在必須繼續走妳自己的路，妳必須準備迎接妳的新職位。」

瑟蕾娜點個頭，清清喉嚨。「我不會讓任何人知道妳擁有什麼樣的力量。」

娜希米雅露出哀傷的微笑。「而且妳我之間將不再有任何祕密。等妳好一點，我想聽聽看妳是怎麼跟伊琳娜扯上關係。」她低頭一瞥飛毛腿。「妳介不介意我帶牠去散步？我今天很想去吹吹風。」

「沒問題，」瑟蕾娜說：「牠已經在這裡窩了整個早上。」

小狗彷彿聽懂人話，跳離床鋪，在娜希米雅的腳邊坐下。

「我很高興有妳這個朋友，艾蘭堤雅。」公主說。

「我更高興有妳這個後援。」瑟蕾娜說，強忍呵欠。「謝謝妳救我一命。其實已經救了兩次，或許更多次。」瑟蕾娜皺眉。「我會想知道妳到底從凱因的怪物手中救了我幾次嗎？」

「如果妳今晚想好好睡一覺，還是別知道的好。」娜希米雅一吻她的頭頂，隨即走向門口，飛毛腿立刻追上。來到門口時，公主停步，把某個東西丟給瑟蕾娜。「這是妳的東西，我的一名保鑣在決鬥後撿起。」是伊琳娜之眼。

瑟蕾娜一手緊握護符的堅硬金屬。「謝謝妳。」

娜希米雅離去後，瑟蕾娜微笑閉眼，雖然剛剛得知這麼多難以消化的祕密。有護符在手，她這下終於能迎接久違幾個月的甜蜜夢鄉。

第五十二章

隔日醒來時，瑟蕾娜不太確定現在是什麼時辰。有人敲門，她眨眨眼、排除眼中的模糊睡意，及時看到鐸里昂走進。他站在門口凝視她片刻，她勉強露出笑容。「嘿。」她的聲音沙啞。她記得他把她抱回房間，在治療師縫合腿傷時幫忙壓住她……

他走上前，腳步沉重。「妳今天看起來更糟。」他低語。雖然渾身依舊疼痛不已，瑟蕾娜還是坐起身。

「我很好。」她說謊，她一點也不好。一根肋骨被凱因打斷，害她一吸氣就痛。他繃緊下顎，凝視窗外。「你怎麼了？」她問道，伸手試著去抓他的外衣，但這個動作令她痛得要命，而且他站得太遠。

「我——我不知道。」他茫然失落的眼神令她的心跳加速。「決鬥結束後，我就一直無法入眠。」

「過來，」她盡可能以溫柔的口氣邀請，拍拍身旁的位置。「坐這。」

他乖乖坐下，但是背對她，而且把頭埋在雙手中，深呼吸幾次。瑟蕾娜小心翼翼撫摸他的背脊。但他僵直身子，害她差點抽手。他終究放鬆脊椎，繼續緩緩深呼吸。「你生病了？」她問道。

「沒有。」他喃喃自語。

「鐸里昂，發生了什麼事？」

「妳居然還問我『發生了什麼事』？」他的臉依然埋在雙手中。「前一秒，妳完勝古雷夫，下一秒，妳被凱因打得不成人形——」

「你因為**這種事**失眠？」

「我不能——我沒辦法……」他呻吟，她給他一些時間整理思緒。「抱歉。」他開口，抬起頭，挺直身子。她點個頭，她不會逼他立刻振作起來。「妳到底感覺如何？」他的話語之中仍透露恐懼。

「很糟，」她小心回答：「而且我猜我現在的模樣也一樣糟。」

他微微一笑，試圖排除不斷煩擾他的某種情緒。「我從沒見過妳這麼可愛的模樣。」他一瞥床鋪。「妳介不介意我躺下？我好累。」

她沒反對。他脫下靴子，解開外衣鈕扣，呻吟一聲，在她身旁躺下、伸展身子，雙手放在腹部。她看著他閉上眼、從鼻孔長吐一氣，臉上恢復某種常態。

「鎧奧還好嗎？」她問道，身子緊繃。她想起凱因血濺四處，鎧奧瞪大眼睛、一臉驚悚。

鐸里昂睜開一眼。「他不會有事的。他這兩天休假，我認為他確實需要休息幾天。」瑟蕾娜的心臟糾結。「別自責，」他翻到側身，凝視她的臉龐。「他只是做了他認為該做的事。」

「是沒錯，可是——」

「沒有可是，」鐸里昂堅持。「鎧奧知道他當時在做什麼。」他用一根手指輕撫她的臉頰，冰涼的指尖令她差點打顫。「對不起，」他重複，手指離開她的臉龐。「我當時沒出手救妳。」

「你在說什麼啊？你痛苦又煩惱的原因就是因為**那件事**？」

「我當時知道有事情不對勁，卻沒阻止凱因。嘉爾黛給妳下毒，我早該知道——我早該想辦法阻止她搞鬼。當我意識到妳在胡言亂語的時候，我……對不起，我沒及時阻止。」

那些怪物的綠皮和黃獠牙在眼前閃過，瑟蕾娜痠疼的手指握成拳頭。「你不應該道歉，」她不願提起那些驚悚畫面、嘉爾黛的陰謀，或是娜希米雅的祕密。「你做了任何人都會做的——應該做的。如果你當時介入，我就會被取消資格。」

「凱因出手傷妳的時候，我就應該當場把他剖開，我卻只是站在那，看著鎧奧跪在擂臺邊緣支持妳。凱因當時應該由我殺掉才對。」

她臉上綻放竊喜，眼前那幫惡魔消失。「你說話的口氣越來越像刺客，吾友。」

「大概因為我成天跟妳鬼混。」瑟蕾娜的腦袋從枕頭移向他肩膀和胸膛之間的軟窩，她感覺自己渾身發燙。雖然整個人差點在翻轉時痛得癱瘓，但她把受傷的手放上他的腹部。鐸里昂的溫暖氣息拂過她的頭部，伸手摟住她的肩膀，她微笑。兩人沉默片刻。

「鐸里昂。」她開口，他用指頭輕彈她的鼻尖。「痛耶。」她皺起鼻頭。雖然臉上布滿瘀傷，但奇蹟般的結果是凱因沒有對她造成任何永久傷害，雖然腿上劍傷會讓她的疤痕紀錄再創新高。

「什麼事？」他把下巴貼在她頭上。

她聆聽他沉穩的心跳聲。「你把我帶離安多維爾的時候——你真的認為我會獲勝？」

「當然，不然我幹麼跑那麼遠去找妳？」

她朝他的胸膛嗤笑一聲，他溫柔的扶起她的下巴，他的眼神令她感覺熟悉——彷彿她遺忘的某物。「我看到妳的瞬間，就知道妳會贏。」他低語。明白兩人將面對什麼樣的未來，她感到心臟一緊。「雖然我得承認，我沒想到**我們之間會這樣**。而且……不管這場競賽是多麼無聊又荒謬，我還是很感激它，因為它把妳帶進我的人生。只要我活著的一天，我永遠會為此感恩。」

「你打算讓我哭出來？還是只是在說傻話？」

鐸里昂靠向前吻她，這令她的下顎疼痛。

高坐於玻璃王座，亞達蘭國王輕撫諾盾的劍首，帕林頓跪在面前等候，就讓他慢慢等下去。

雖然刺客獲勝，但他還沒送出契約。她跟他兒子以及娜希米雅公主之間關係密切，讓她擔任御前鬥士，這會不會帶來威脅？

但是侍衛隊長信任刺客，甚至願意為了保護她而殺人。國王的臉龐冰冷如石；他不會懲罰鎧奧・韋斯弗——就算只是因為不想聽鐸里昂為了替鎧奧辯護而囉哩叭嗦。如果鐸里昂生下來想成為戰士，而不是讀書人，那該有多好。

但鐸里昂心中確實有個男子漢——能被鑄造成戰士的男子漢。或許讓他去前線待幾個月會對他有些好處，頭盔和長劍能為年輕人的性格帶來不可思議的效果。而且他曾在這個王座間頂撞老子、展現出決心與力量……如果好好鞭策一番，鐸里昂或許可以成為戰場名將。

至於刺客……等她痊癒，還有誰比她更適合替他賣命？況且，現在也沒有其他人值得信賴。既然凱因已死，瑟蕾娜・薩達錫恩就成了最佳人選，也是唯一人選。

國王撫摸玻璃扶手上的一道符號。他精通命痕，卻從沒見過她額上那道符文，他會找出答案。如果那道符文暗指日後將出現什麼威脅或是不利預言，他會立刻把她吊死。看到她被下藥之後的瘋狂模樣，他原本想下令將她處死，但他當時也感覺到牠們的存在——亡靈的憤怒眼眸……有人出手救了她。如果襲擊她以及守護她的那些東西都是來自異界……

或許她不該被他處死，至少先等他查清楚她額上那道命痕的涵義。但現在，他有更重要的事情要處理。

「你利用嘉爾黛的手法還真有意思。」國王終於開口，帕林頓依然屈膝跪地。「你有在她身上使用那種力量？」

「不，如您吩咐，我最近有克制自己。」公爵回應，轉動粗手指上的黑曜石戒指。「更何況，她開始表現出明顯症狀——蒼白貧血，她甚至提到頭痛的毛病。」

嘉爾黛女士的陰險狡詐令人心煩，如果他當初知道帕林頓打算讓她露出本性——甚至證明她多麼輕易就願意配合他們倆的計畫，而且她的決心多麼強烈——他就會阻止帕林頓。在公眾場合搞得那麼難看，只會惹來一堆議論。

「你在她身上做試驗，那麼做確實高明。她成了強大的盟友——而且對我們在她身上造成的影響完全不起疑，我對這種力量有很高的期許。」國王吐露真心話，一瞥自己手上的黑戒指。「凱因證明了形體變化的效果，嘉爾黛證明了影響思考和情緒的效果。我想再用那種力量來心控幾個人，測試它在這方面到底有多大能力。」

「其實我原本希望嘉爾黛沒那麼容易被影響，」帕林頓低聲道：「她想利用我來接近王子殿下，但我不希望那種力量把她變得像凱因那副德行。說實在的，我不想看到她在地牢腐爛。」

「別為嘉爾黛擔心，吾友，她不會一輩子被關在地牢。等這場醜聞被淡忘、刺客忙著替我賣命的時候，我們會向嘉爾黛提出一個讓她無法拒絕的條件。但如果你認為她不值得信賴，我們還是有辦法控制她。」

「臣以為，先看看她會不會因為地牢而改變想法。」帕林頓立刻回應。

「當然，當然。這只是個提議。」

兩人沉默片刻，接著公爵站起身。

「公爵，」國王的嗓音在室內迴響，巨嘴造型的壁爐中火焰閃動，房中所有陰暗處都被綠光滲透。「我們即將在艾瑞利亞全地進行那項重大計畫，你給我做好準備，也別再推行你那個挾持伊爾維公主的方案——那引來太多注意。」

公爵只是點個頭，鞠個躬，大步離去。

第五十三章

瑟蕾娜癱靠椅背，兩腳撐在桌上，讓椅子單靠兩條後腿搖晃聳立。她享受著伸展僵硬肌肉的感覺，把捧在手上的書翻到下一頁。飛毛腿在桌下打瞌睡，發出輕柔鼾聲。外頭的午後豔陽把窗面積雪轉化為閃爍水滴，讓整間臥室映上光明。身上的傷口已經沒再那麼令她心煩，但走路時還是會一瘸一拐；如果夠幸運，她很快就能恢復晨跑。

決鬥已經過了一星期，菲莉琶最近都在忙著清理瑟蕾娜的衣櫥，為了**放進更多衣服**。等瑟蕾娜拿到身為御前鬥士的高薪，就能進裂際城去買所有想要的衣服。只要契約一簽就能開始領取的薪水……雖然不曉得到底要等到什麼時候才能簽約。

因為菲莉琶過於忙碌，娜希米雅和鐸里昂自願幫忙照料——王子常常念書給她聽，直至半夜，等她終於入眠。她的夢境滿是上古文字、被遺忘已久的臉龐、綻放藍光的命痕、國王，還有一支召喚自地獄國度的亡靈大軍。醒來時，她盡量逼自己忘掉那些夢境——尤其是魔法相關的情節。

門把喀喀作響，她的心臟跳上咽喉。國王的契約終於送來？但進來的不是鐸里昂或娜希米雅，也不是侍童。看到鎧奧入內，整個世界瞬間停止。

飛毛腿衝上前，搖著尾巴。瑟蕾娜連忙把腳從桌面移開，也因此差點摔下椅子，從腿傷傳來的刺痛令她皺眉。她在幾秒內站起，但開口時不知道該說什麼好。

鎧奧親切的摸摸飛毛腿的腦袋，牠轉身回到桌底下，打兩個轉，然後又縮成一團。他為什麼杵在門口？瑟蕾娜一瞥身上的睡袍，不禁羞紅了臉，以為對方正在凝視她裸露的雙腿。

「妳的傷勢如何？」他的嗓音輕柔——她意識到他不是在盯著她裸露的肌膚，而是大腿上的繃帶。

「我還好，」她連忙回答。「繃帶只是為了引發旁人的同情心。」她試圖微笑，但笑不出來。「我——我已經一星期沒見到你。」感覺像一輩子。「你最近……你還好嗎？」

他的棕眼凝視她的雙眼。突然間，她回到那場決鬥，倒在地上，凱因的嘲笑從身後傳來，但她的視線與聽覺只知道鎧奧跪地、朝她伸手。她的喉頭一緊；在那一刻，她明白了某件事，卻不記得是什麼事，或許那件事也只是一場幻覺。

「我很好。」他說。她向他走近一步，清楚知道自己的睡袍有多短。「我只是……想向妳道歉，因為我沒早點來探望妳。」

她停步，距離他不到一呎，歪起頭——她發現他沒帶劍。「我知道你一定很忙。」他只是站在原地。她嚥嚥口水，把一縷亂髮撥到耳後，又向他靠近一步，現在得仰頭才能看清楚他的臉，他的眼中充滿憂傷。她咬唇。「你——你救了我的命，你知道，兩次。」

鎧奧微微皺眉。「我只是做了該做的。」

「所以我欠你一份人情。」

「妳什麼都不欠我。」他的口氣有些勉強。看到他的目光閃動，她的心臟繃緊。

她牽起他的手，但他抽手。「我只是想看看妳的狀況……我要去開會了。」她知道他在說謊。

「謝謝你殺了凱因。」聽到這話，他整個人僵住。「我——我還記得自己第一次殺人是什麼感覺，那並不容易。」

他垂頭看地。「這就是為什麼我無法停止思索那件事，因為殺人**很**容易，我只是拔劍出手。我**想**宰了他。」他的凝視令她動彈不得。「他知道妳父母的事。為什麼？」

「我不知道。」她說謊，她清楚知道。凱因通往異界、夾界或其他鬼地方的能力讓他能看見她的心智、回憶和靈魂……或許還不止。一陣寒意從她心中爬過。

鎧奧的表情變得柔和。「我很遺憾，妳的父母是那樣死去。」

她關閉一切，只留嗓音：「那是很久以前的事。那晚在下雨，我爬上他們的床鋪，以為床鋪溼潤是因為窗戶沒關。隔天早上醒來，我才發現那不是因為雨水。」她顫抖的吸氣，讓這口空氣抹去他們的血在她的肌膚留下的感覺。「不久後，我被艾洛賓．漢默爾收養。」

「我還是很遺憾。」他說。

「那是很久以前的事，」她重複，「我甚至不記得他們的模樣。」又一個謊言。她清楚記得父母臉龐的所有細節。「有時候，我忘了他們曾經存在過。」

他點個頭，主要是為了表示聽見她在說什麼，並非因為明白她的感受。

「你為我所做的，鎧奧，」她再試一次，「不只是殺了凱因，而是當你——」

「我得走了。」他打斷她的話，身子已經半轉。

「鎧奧。」她抓住他的手，把他轉身面對她。她只看見他眼中的憂愁，她隨即把雙臂甩上他的脖子、緊緊擁住。他繃緊身子，但她整個人貼上去，就算傷口因此隱隱作痛。過了片刻，他也以雙臂回抱，緊得令她閉眼、嗅入他的氣息，讓她覺得兩人之間不再有任何距離。

他垂下頭，臉頰貼上她的髮絲，溫暖鼻息拂過她的頸子。心跳雖然急促，她卻感到無比平靜——彷彿她不介意永遠待在他的懷抱中、任憑周遭世界分崩離析。她想到他的指尖不斷入侵粉筆線、向她伸來，就算兩人中間有道障礙。

「一切還好吧？」鐸里昂的聲音從門口傳來。

鎧奧迅速後退，她差點蹣跚往後跌。「一切都很好。」他說，挺起雙肩。空氣降溫，鎧奧的體溫離開她的身軀，她的肌膚因此起雞皮疙瘩。她無法把視線移向鐸里昂，鎧奧朝王子點個頭，然後離開此處。

鎧奧走離時，鐸里昂看著她，但她只是凝視房門，就算鎧奧早已把門在身後關上。「他大概還沒從殺了凱因而造成的打擊中恢復過來。」鐸里昂說。

「很顯然吧。」她發火，鐸里昂不禁揚眉，她嘆口氣。「抱歉。」

「妳跟他剛剛似乎有……事情要處理。」鐸里昂謹慎選字。

「那沒什麼，我只是替他感到難過。」

「可惜他太快離開，我有些好消息。」她的腸胃糾結。「我父王終於不再拖延妳的契約，妳明天會去他的議會廳簽字。」

「你的意思是——你是說我**正式成為**御前鬥士？」

「看來他其實沒嘴上說的那麼討厭妳。他沒讓妳繼續等下去，這已算是奇蹟。」鐸里昂眨個眼。

四年。只要賣命四年，她就能重獲自由。鎧奧為什麼趕著離開？她瞥向房門，猜想能否在走廊攔住他。

鐸里昂的雙手攬住她的腰際。「我猜這表示咱們倆得獨處一段時間。」他靠向她的臉龐。

他吻她，但她掙脫他的懷抱。「我——鐸里昂，我是御前鬥士。」她說，因為發笑而嗆到。

「沒錯，妳是御前鬥士。」鐸里昂回應，又走上前，但她保持距離，視線移向窗外令人目眩的白晝。世界對她張開懷抱——而且任她縱橫，她可以越過那條白線。

她把視線移向他。「既然我是御前鬥士，我就不能跟你在一起。」

「妳當然可以。雖然我們還是得保密，不過——」

「我的祕密已經夠多了，不需要再來一個。」

「那我會想個辦法向我父王說明，還有母后。」他的臉龐微微皺起。

「換來什麼後果？鐸里昂，我只是你爹的爪牙，你卻貴為王儲。」

這是事實——如果這段關係**再發展下去**，只會在她四年後離開城堡時讓事情難分難捨，更別提「擔任御前鬥士的同時跟王子交往」會讓情況變得多麼複雜。而且不管鐸里昂是否願意承認，但他確實有自己的義務要盡。雖然她想要他、在乎他，但她知道這段關係不會有好結果，因為他是王位繼承人。

他的眼眸黯淡。「妳是說妳不想跟我在一起？」

「我是說……我四年後就會離開，我不知道這段關係對我們倆能有什麼好結局。我的意思是，我不願去想該如何取捨。」陽光令她的肌膚溫暖，肩上的重擔消失。「我的意思是，四年後，我會獲得自由，而我**這輩子**未曾自由過。」她的微笑愈加燦爛。「我想知道那是什麼感受。」

他開口想反駁，但看到她的微笑時，他閉上嘴。雖然她不後悔這個決定，但聽到他說「如妳所願」時，還是感到類似失望的詭異情緒。

「但我還是想維持跟你之間的友誼。」

他把雙手插進口袋。「沒問題。」

她考慮過觸碰他的手臂，或是吻他的臉頰，但是「自由」不斷在她心中迴響，她無法收起微笑。

他轉轉脖子，臉上的微笑有點勉強。「娜希米雅應該快到了，她想通知妳契約的事，這下會因為我搶先一步而生我的氣。幫我向她道歉，好嗎？」他開門時停下腳步，手還在門把上。「恭喜妳，瑟蕾娜。」他輕聲說。她還來不及回應，他已經關門離去。

這裡只剩她一人。她望向窗外，一手撫於心口，不斷默念兩個字。

自由。

第五十四章

幾小時後，鎧奧站在她的用餐間門前，凝視門板。他不太確定自己為何回來這裡，但他去找過鐸里昂，對方不在自己房裡，他**需要**向鐸里昂解釋剛剛那場誤會、自己當時為何急著離開。他一瞥自己的雙手。

過去一星期，國王幾乎都沒跟他談話，凱因的名字也未曾在任何一次會面中被提起——當然不會被提起，因為凱因只不過是皇家遊戲中的一顆卒子，也並非皇家侍衛的成員。

但凱因死了，將不再睜眼，不再呼吸，心臟不再跳動，都因為鎧奧……

鎧奧的手移向佩劍平時應該在的位置。上星期的決鬥結束後，他回房就把那柄劍丟在角落；還好有人幫忙擦去劍上血痕，或許就是帶鎧奧回房、給他送上一杯烈酒的那幾名衛兵。他們當時只是默默坐在他房裡，直到情況似乎恢復平靜後才不發一語離開，沒等鎧奧表示謝意。

鎧奧抓抓一頭短髮，然後開門。

椅子上的瑟蕾娜正駝著背、拿叉子戳盤中晚餐。看到鎧奧，她揚起眉毛。「一天來看我兩次？」她放下叉子。「我怎麼這麼幸運？」

他皺眉。「鐸里昂怎麼不在這？」

「鐸里昂怎麼會在這？」

「我以為他通常都在這時候來妳這裡。」

「這個嘛，從今天開始不會了。」

他走上前，在餐桌邊緣停步。「為什麼？」

她把一塊麵包丟進嘴裡。「因為我喊停。」

「妳做了什麼？」

「我是御前鬥士，你一定也很清楚，我如果繼續和王子交往下去，將會多麼不恰當。」她的藍眼閃爍。他思索她為何稍微強調**王子**二字，而且為什麼這個字眼使他的心跳掉了一拍。

鎧奧強忍笑意。「我之前也在想，妳什麼時候才會讓腦子清醒過來。」她在第一次殺人後有沒有經歷過同樣的掙扎？有沒有一直想著自己染血的雙手？可是看她總是一副氣焰囂張的模樣、雙手扠腰的得意洋洋……

她的臉上還是有些柔和之處，這給了他希望——他不會因為殺人而喪失靈魂、他仍然擁有人性、他能重拾榮譽……她待過安多維爾那種地方，卻依然能綻放歡笑。

她以指尖勾轉金髮，身上還是那件短得令人搖頭的睡袍；她把雙腳抬到桌邊時，下襬沿大腿不斷向後滑。他把注意力集中在她臉上。

「要不要加入？」她問，一手指向餐桌。「一個人慶祝也太悲慘。」

他看著她，她臉上微微一笑。凱因的遭遇、決鬥時發生的事……那將繼續糾纏他，但現在……

他拉出一張椅子坐下。她在一支高腳杯裡斟滿酒，遞給他。「敬四年後的自由。」她舉杯。

他也舉杯致意。「敬妳，瑟蕾娜。」

兩人交換視線，她朝他露齒而笑，他這次沒藏起笑意。

和她多相處四年，或許稍嫌太短。

瑟蕾娜站在墓穴中，知道自己在作夢。她常在夢境中探望墓穴，例如再消滅一次滅絕獸，或是自己被困於伊琳娜的石棺，或是面對一位年輕的金髮無面女子、對方頭上的王冠沉重得讓瑟蕾娜根本戴不動。但今晚……今晚只有她和伊琳娜，墓穴沉浸於月光中，完全不見滅絕獸的殘骸。

「妳恢復得如何？」王后問道，斜靠在自己的石棺旁。

瑟蕾娜待在門口。王后身上不見銀鎧，而是平常那套飄逸長袍，臉上也沒有臨敵對陣、殺氣騰騰的猙獰表情。

「我還好。」瑟蕾娜回答，但低頭瞥自己一眼；在這個夢中世界，她身上的傷口不見蹤影。「我不知道原來妳是戰士。」她的下巴朝達瑪利斯所在的平臺一撇。

「我有許多事蹟已被歷史遺忘。」伊琳娜的藍眸夾雜憂傷和憤怒。「我曾經上戰場對抗惡魔埃拉魍──與蓋文並肩作戰，我們倆就是因此相戀。但你們的傳說把我描述成獨守高塔空閨的公主、手持一條能幫助英勇王子的魔法項鍊。」

瑟蕾娜觸摸護符。「抱歉。」

「妳可以選擇成為與眾不同的人，」伊琳娜輕聲道：「成為偉人，比我──比任何人都偉大。」

瑟蕾娜張嘴，但說不出話。

伊琳娜走近一步。「妳能震撼蒼穹，」她低語：「只要妳鼓起勇氣，就能成就任何偉業。妳在內心深處也知道我此話不假，這就是妳最大的恐懼。」

伊琳娜走來，瑟蕾娜拚命克制逃出墓穴的衝動。王后熾烈的冰河藍眸與那張美麗臉龐一樣輕靈。「妳消滅了凱因帶入這個世界的魔物，也終於成為御前鬥士，完成了我的要求。」

「我那麼做是為了我自己的自由。」瑟蕾娜說。伊琳娜給她一個心照不宣的微笑，她很想尖叫，但維持面無表情。

「隨妳怎麼說。但當妳呼救時——護符斷裂、妳傳達妳的需要——妳知道有人會回應，妳知道**我**會回應。」

「為什麼？」瑟蕾娜斗膽問道：「妳當初為何回應？**為什麼**我必須成為御前鬥士？」

伊琳娜抬頭，面向滲入墓穴的月光。

「因為有人需要妳的拯救，正如妳也需要被拯救。」她說：「妳儘管可以否認，但確實有人——妳的朋友們——需要妳留在這；妳的好友，娜希米雅，需要妳留下。也因為我原本正在熟睡——永恆而無盡的安眠——卻被某人的話語驚醒，那個聲音也不單屬一人，而是眾人，有些是低語，有些是尖叫，有些人甚至不知道自己正在哭喊，但他們都提出相同呼求。」她觸摸瑟蕾娜的額頭中央，一陣高溫劃過。伊琳娜臉上閃過一道藍光，瑟蕾娜額上的符號燃燒片刻，隨即熄滅。「而且當妳做好準備——當妳也開始聽見他們的呼求——妳就會明白我為何揀選妳、支持妳，而且永遠守護妳，無論妳如何抗拒我。」

瑟蕾娜感覺兩眼刺痛，向後退一步，靠近走廊。

伊琳娜露出哀傷的微笑。

「在那一天來臨之前，妳已經來到應該駐足之地；站在國王身旁，妳就能知道有哪些工作必須完成。但現在——享受妳的成就吧。」

想到以後恐怕還得面對更多要求，瑟蕾娜感到難受，但還是點個頭。「好吧。」她吸口氣，轉身要走，但在走廊停步，瞥向身後，看到王后仍站在原處，正以憂傷的眼神凝視她。

「謝謝妳救我一命。」

伊琳娜低頭行禮。「畢竟血濃於水。」她輕聲道，隨即消失，餘音縈繞於寂靜墓穴。

第五十五章

翌日，瑟蕾娜走向玻璃王座，小心翼翼瞥視這間議會廳，裝潢擺設跟她幾個月前見到國王那次一樣，巨嘴壁爐中燃燒青火，十三名男子坐在長桌旁瞪著她。只不過這次沒有其他鬥士——只有她，優勝者。鐸里昂站在父王旁，朝她微笑。

希望他的笑容是個吉兆。

儘管他的燦爛笑容賜下希望，她還是無法忽視心中的恐懼，因為國王正以黑眸盯著她走上前。廳堂之中鴉雀無聲，只聽見她的金色裙襬沙沙作響。她的雙手緊貼於深紅胸衣前，逼自己別因為緊張而擰手。

她停下腳步，屈膝行禮，身旁的鎧奧也跪下，跟她之間的距離比平常更近。

「妳來到這裡，是為了簽署契約。」國王的嗓音幾乎令她渾身骨碎。

這種野蠻人為何能號令天下？

「是的，國王陛下。」她盡量以順服的口氣說道，低頭凝視對方的靴子。

「一旦成為鬥士，妳將於日後重獲自由。妳與吾兒所商定之役期為四年，雖然我無法想像他跟**妳**之間有什麼好商量。」他說話的同時朝鐸里昂怒瞪一眼，王子咬唇但不發一語。

她的心臟如浮筒般在體內載沉載浮。她會完成國王的任何要求——所有下流任務；等四年役期結束，她就能自由過自己的人生，不用擔心被追捕或是奴役。她可以重新開始——遠離亞達蘭，忘掉這可怕的國度。

她不知道該微笑、歡笑、點頭、哭泣或是跳舞慶祝。她可以靠四年間的高薪安享晚年，她不再需要殺人。到時，她能向艾洛賓道別，也向亞達蘭永別。

「妳不打算謝恩？」國王咆哮。

她連忙下跪行禮，幾乎難掩喜悅。她擊敗了國王——她曾在他的帝國犯罪，現在卻成為勝利者。「感謝陛下的大恩大德，小女子誠惶誠恐。」

國王嗤之以鼻。「少演戲了。把契約拿上來。」一名議員畢恭畢敬的把一張羊皮紙放在她面前桌上。

她凝視羽毛筆，以及紙上等她簽字的空白處。

國王的目光閃爍，但她沒上鉤——只要她表現出任何反抗或攻擊的跡象，一定會被他送上絞刑臺。「妳不得有任何質疑。我叫妳做什麼，妳就得乖乖照辦，我無需向妳做出任何解釋。如果妳被抓，到死之前都必須否認跟我有任何關聯。聽明白了嗎？」

「一清二楚，陛下。」

國王站起身，離開王座高臺，朝她走來。鐸里昂也打算跟上，但鎧奧朝他搖搖頭。瑟蕾娜凝視地板，國王在她面前停步。「給我聽好，刺客。」國王開口。跟他距離不到幾呎，她感覺自己渺小又脆弱。「如果妳無法完成任何一項任務，如果妳忘了回城，妳將付出慘痛代價。」國王的聲音輕得連她也幾乎無法聽見。「如果妳在執行任務後不乖乖回來，我會讓妳的朋友，隊長——」他為了加強語氣而停頓，「去見劊子手。」

她瞪大眼睛，凝視國王身後的無人王座。

「如果隊長丟了小命之後妳還是不回來，我就處決娜希米雅，然後輪到她的兄弟，再來我會讓她的母親一起陪葬。別以為我的狡猾陰險不如妳。」

她能感覺到他的微笑。「明白我的意思了吧？」他後退。「簽字。」

她凝視空白處、盯著簽字之後的後果，無聲的深吸一口氣，為自己的靈魂默念祈禱文，然後動筆，一筆一劃愈加沉重。簽字後，她把羽毛筆放回桌上。

「很好，妳可以滾了。」國王指向門口。「等我需要妳的時候，我會再傳喚妳。」

國王回到王座。瑟蕾娜小心翼翼鞠個躬，視線沒從他臉上移開。她只瞥鐸里昂一秒，他的藍寶石眼眸閃過某種情緒——她確信是憂傷——隨即對她微笑。她感覺到鎧奧的手擦過她的手臂。

鎧奧可能會因她而死，她絕不能讓他或是耶格家族送死。她離開廳堂，雙腳感覺既沉重又輕盈。

外頭的狂風呼嘯，向玻璃尖塔吹襲，但完全無法撼動這座玻璃之城。

離廳堂每走遠一步，她肩上的重擔就少一些。鎧奧一直沉默不語，進入石城堡的區域後，他才轉身看她。

「那麼，鬥士。」他開口，腰間依然不見那柄鷹隼長劍。

「是的，隊長？」

他的嘴角上揚。「妳現在開心了？」

她沒逼自己藏起咧嘴笑容。「我或許剛剛簽字出賣自己的靈魂，不過呢……沒錯，至少是能有多開心就有多開心。」

「瑟蕾娜．薩達錫恩，御前鬥士。」他沉思。

「怎樣？」

「聽起來還不賴，」他聳聳肩。「想不想知道妳的第一項任務是什麼？」

凝視他的金棕眼眸以及暗藏其中的希望之光，她挽起他的手臂，嫣然一笑。「明天再告訴我。」

銘謝

《玻璃王座》從構思到出版花了十年的時間，我要感謝的人實在不勝枚舉。

我要向我的經紀人暨御用鬥士塔瑪・李津斯基表示感謝，妳從第一頁就看懂瑟蕾娜的個性。也謝謝妳打來的那通電話，改變了我的一生。

致我英明勇敢的編輯瑪格麗特・米勒，妳對我以及對《玻璃王座》的信心令我永生難忘。能與妳共事，我實在感到驕傲。致蜜雪兒・納格勒以及布魯姆斯伯里出版社的強大隊伍——超感謝你們的努力支持！

我欠曼蒂・哈伯一份大人情，謝謝妳當初推我一把。曼蒂，妳是——也永遠會是——我的絕地大師尤達。

致我美好的丈夫，喬許——是你給了我每天早上醒來的理由，你在各方面都讓我變得完整。

謝謝我的父母布萊恩和凱蘿，你們看完我寫的童話故事，也從不對我說我這麼大的人了還喜歡童話故事。也謝謝我的弟弟艾倫，你一向是我希望能成為的那種人。

致史坦里・布林伯格和珍妮爾・史瓦茲——你們不知道你們的鼓勵帶來多大效果（雖然這本書或許能提供一些證據）。真希望有更多老師像你們一樣。

致蘇珊・丹納，謝謝妳在潤稿時提供的重要建議，而且無論何時總是願意與我同甘共苦。

妳在我最需要妳的時候進入我的生命，而我現在的世界因為有妳參與其中而更為精采。

謝謝艾力克斯．布萊肯，不可思議的評論員、傑出作家，而且是最棒的朋友——我無法用言語來形容我多麼慶幸有你這個朋友。還有謝謝你在我修改稿子的那段日子送來那麼多糖果！

致凱特．張，謝謝妳這個超棒的朋友一向抽空評論我的作品。致布麗姬．肯邁爾，謝謝妳那些讓我避免發瘋的電子郵件。致比利安娜．李奇克——因為跟妳討論書中角色和劇情，它們才得以成真。致蕾．巴度戈，我的非凡戰友——如果沒有妳，我實在不知道該如何熬過這個過程。

致艾琳．波曼、艾米．考夫曼、凡妮莎．格雷格里奧、梅格．史普納，寇特妮．艾莉森．摩爾頓、艾米．卡特，還有在Pub (lishing) Crawl出版社的女士們——妳們實在是天賦異稟的作家，而且個性超棒，謝謝妳們成為我人生的一部分。

致馬里帝茲．安德森、芮兒．布坎南、芮妮．卡特、安娜．德勒斯、葛德納．李奇克、莎菈．劉、朱麗安．馬、香岱兒．梅森、艾莉亞娜．史特林、莎曼珊．沃克、迪雅娜．王，以及珍．趙，雖然我從沒與你們見過面，但你們多年來未曾間斷的熱情支持對我意義重大。凱莉．迪古特，謝謝妳精心繪製的艾瑞利亞地圖！

最後，大概也是最重要的，謝謝我在FictionPress.com上的所有讀者。你們的來信、同人插畫以及鼓勵讓我得到信心、試圖讓作品出版。我很榮幸有你們這些粉絲——但更榮幸能有你們這些朋友。這是條漫漫長路，但我們成功了！我敬你們！

玻璃王座第二集　預告

百葉窗隨著暴風吹襲而搖擺，這是她入侵室內的唯一跡象。沒人注意到她在夜幕掩護下翻過莊園別墅的花園圍牆，也因為雷鳴和不遠處的海岸傳來的強風，沒人聽見她沿一條排水管慢慢向上爬，擺盪到一面窗臺然後溜進二樓走廊。

聽見一串沉重腳步聲逼近，這名御前鬥士就近藏身於一面壁龕中。在黑面具與黑兜帽的遮蔽下，她讓自己遁入陰暗處、化為一抹黑影。一名年輕女僕拖著步伐走向開啟的窗戶，嘴裡念念有詞的把它關上，然後移向走廊另一端的樓梯井，下樓消失，完全沒注意到地板上的溼腳印。

一道電光閃過，照亮走廊。刺客深呼吸，在腦海中複習這棟坐落於貝爾海文郊區的莊園別墅的平面圖——花了三天監視所整理出來的成果。每一面牆有五道門，尼洛爵士的臥室是左邊第三間。

她傾聽是否有其他僕人在附近，但這棟被暴風包圍的別墅室內沒有其他動靜。她沿走廊而行，整個人如鬼魅般寂靜輕靈。打開尼洛爵士的臥室門時，門板微微發出吱嘎聲。趁另一團雷霆翻騰而至時，她把門輕輕在身後關上。

又一道電光閃過，照亮睡在四柱床上的兩個人影。尼洛爵士的年齡不超過三十五，而他美麗的黑髮妻子正安睡於他的懷抱中。他們倆到底哪裡得罪了國王，換來這等下場？

她悄悄來到床邊。她沒資格提出質疑，她的職責就是服從命令，這攸關她日後的自由。走向尼洛爵士的每一步，她都再次在腦海中審查這項計畫。

利劍出鞘時只發出微弱的摩擦聲。她顫抖的吸口氣，為接下來的一幕做好準備。

御前鬥士的劍高舉於尼洛爵士頭上，這時他突然睜眼。

瑟蕾娜．薩達錫恩抬頭挺胸，穿過裂際城的玻璃城堡之中的走廊。她手中的沉重布袋隨著每個步伐而搖晃，不時撞上膝蓋。雖然她的臉龐大半被黑披風的兜帽遮蔽，但是衛兵們沒攔住她前往亞達蘭國王議會廳的去路。他們清楚知道她的身分——以及她為國王幹些什麼差事。身為御前鬥士，她的階級高過他們；事實上，城堡中現在沒幾人高過她，對她不懷恐懼之人更是少之又少。

她走向敞開的玻璃大門，披風於身後擺動。進入議會廳前，她朝大門兩旁的衛兵們點個頭，他們立刻挺直身子。踩在大理石地板上，她的黑靴近乎無聲。

亞達蘭國王坐在議會廳中央的玻璃王座上，陰沉視線鎖定她指間懸垂的布袋。和之前三次會面時的程序相同，瑟蕾娜在王座前單膝跪下，低下頭。

鐸里昂．赫威亞德站在父王的王座旁——她的臉龐能感覺到那雙藍寶石眼眸的凝視。佇立於王座高臺的底端、永遠攔在她和皇室之間的人，則是侍衛隊長鎧奧．韋斯弗。她從兜帽的陰影下窺視他，觀察他的臉龐線條。從他的表情來判斷，她似乎被他當成陌生人，但這是意料之內，也是他們倆這幾個月越玩越熟練的遊戲一部分。雖然鎧奧算得上是她的朋友、她願意信賴的人，但他仍然是侍衛隊長，最重要的職責依然是保護在場的皇室性命。

國王終於開口：「平身。」

瑟蕾娜昂首，站起身，摘下兜帽。

國王朝她揮個手，他手上的黑曜石戒指在午後陽光下閃耀。「完成了？」

瑟蕾娜把戴上手套的手伸進布袋，從中取出首級，丟到國王面前的地板上。化為一團腐肉的頭顱在大理石彈跳幾下，發出不堪入耳的沉悶撞擊聲，滾到高臺邊緣才停止，混濁的眼珠朝向天花板的華麗玻璃吊燈。

鐸里昂挺直身子，將視線從頭顱撇開。鎧奧的反應只是瞪著她。

「他的抵抗還算頑強。」瑟蕾娜說。

國王俯身向前，仔細查看面目全非的臉龐和鋸齒狀斷頸。「我幾乎認不出他。」

瑟蕾娜朝國王露出歪嘴微笑，雖然喉頭緊繃。「斷頭並不適合長途旅行。」她又把手伸進布袋，掏出一隻斷手。「他的印章戒指在這。」她試著別把太多注意力放在這團腐肉上，其惡臭隨著時間經過而愈加濃烈。她把斷手遞向鎧奧，他接過、交給國王，棕眸依然冷漠。國王厭惡的抿起嘴唇，但還是從僵硬的手指拔下戒指，把斷手丟回她腳邊，打量戒指。

在父王身旁的鐸里昂挪動身子。她之前參加競賽時，他似乎不介意她的過往。不然他**以為**她成為御前鬥士後要幹些什麼差事？雖然她也知道，斷肢斷頭這類東西確實會讓大多數人作嘔——就算已經在亞達蘭的血腥統治下生活了十年。鐸里昂未曾見過戰場，未曾目睹以鎖鍊串在一起的隊伍緩緩走向屠宰場……

國家圖書館出版品預行編目(CIP)資料

玻璃王座 / 莎菈・J・瑪斯 (Sarah J. Maas) 作 ;
甘鎮隴 譯.
-- 1 版. -- 臺北市 : 尖端出版, 2015.06
面 ; 公分.
譯自 : THRONE OF GLASS
ISBN 978-957-10-5972-3(平裝)

874.59 104004133

奇炫館
玻璃王座
（原名：THRONE OF GLASS）

著者／莎菈・J・瑪斯（Sarah J. Maas） 譯者／甘鎮隴
發行人／黃鎮隆 副總經理／陳君平
總編輯／洪琇菁 國際版權／黃令歡、李子琪
執行編輯／許晶翎 美術編輯／許晉維、李政儀
企劃宣傳／邱小祐、劉宜蓉 文字校對／施亞蒨

出版／城邦文化事業股份有限公司 尖端出版
台北市中山區民生東路二段一四一號十樓
電話：（〇二）二五〇〇—七六〇〇
傳真：（〇二）二五〇〇—二六八三
E-mail：7novels@mail2.spp.com.tw

發行／英屬蓋曼群島商家庭傳媒股份有限公司城邦分公司 尖端出版
台北市中山區民生東路二段一四一號十樓
電話：（〇二）二五〇〇—七六〇〇（代表號）
傳真：（〇二）二五〇〇—一九七九

中彰投以北經銷（含宜花東）／楨彥有限公司
電話：（〇二）八九一九—三三六九
傳真：（〇二）八九一四—五五二四

雲嘉經銷／威信圖書有限公司 嘉義公司
電話：（〇五）二三三—三八五二
傳真：（〇五）二三三—三八六三

南部經銷／威信圖書有限公司 高雄公司
客服專線：〇八〇〇—〇二八—〇二八
電話：（〇七）三七三—〇〇七九
傳真：（〇七）三七三—〇〇八七

香港經銷／城邦（香港）出版集團有限公司
香港灣仔駱克道一九三號東超商業中心1樓
電話：（八五二）二五〇八—六二三一
傳真：（八五二）二五七八—九三三七
E-mail：hkcite@biznetvigator.com

馬新經銷／城邦（馬新）出版集團Cite (M) Sdn. Bhd.
E-mail：cite@cite.com.my

法律顧問／王子文律師 元禾法律事務所
台北市羅斯福路三段三十七號十五樓

二〇一五年六月一版一刷
二〇一八年一月一版三刷

■中文版■

郵購注意事項：
1.填妥劃撥單資料：帳號：50003021戶名：英屬蓋曼群島商家庭傳媒(股)公司城邦分公司。2.通信欄內註明訂購書名與冊數。3.劃撥金額低於500元，請加附掛號郵資50元。如劃撥日起 10～14日，仍未收到書時，請洽劃撥組。劃撥專線TEL：(03)312-4212 ・ FAX：(03)322-4621。E-mail：marketing@spp.com.tw